神授·魔岭记

梅卓 著

青海人民出版社

图书在版编目（CIP）数据

神授·魔岭记 / 梅卓著. -- 西宁：青海人民出版社，2019.11（2022.10 重印）
ISBN 978-7-225-05913-6

Ⅰ. ①神… Ⅱ. ①梅… Ⅲ. ①长篇小说－中国－当代 Ⅳ. ① I247.5

中国版本图书馆 CIP 数据核字（2019）第 258928 号

选题策划 马 非
责任编辑 梁建强
责任校对 田梅秀
责任印制 刘 倩 卡杰当周
书籍设计 杨敬华

神授·魔岭记

梅卓 著

出 版 人 樊原成
出版发行 青海人民出版社有限责任公司
西宁市五四西路 71 号 邮政编码：810023 电话：（0971）6143426（总编室）
发行热线 （0971）6143516 / 6137730
印 刷 陕西龙山海天艺术印务有限公司
经 销 新华书店
开 本 890 mm × 1240 mm 1/32
印 张 14.625
字 数 300 千
版 次 2019 年 11 月第 1 版 2022 年 10 月第 2 次印刷
书 号 ISBN 978-7-225-05913-6
定 价 68.00 元

作者在阿尼玛卿山区

作者简介

梅卓，女，藏族。一级作家，中国作家协会全委会委员，青海省作家协会主席，《青海湖》文学月刊主编，国务院特殊津贴专家、青海省优秀专家。主要作品有长篇小说《太阳部落》、《月亮营地》，诗集《梅卓散文诗选》，小说集《人在高处》《麝香之爱》，散文集《藏地芬芳》《吉祥玉树》《走马安多》《乘愿而来》等，作品入选多种选集。曾获全国百千万人才工程奖，全国文化名家暨四个一批拔尖人才，全国第五届少数民族文学骏马奖，全国第十届庄重文文学奖，中国作家百丽小说奖，青海省首届青年文学奖，青海省第四、五、六届省政府文学作品优秀奖，青海省四个一批拔尖人才等。

献给爱女仁卓

13 岁，以及永远

若无人类神灵佑助谁？

若无神助怎能成人事？

若要随心两者需相依。

——题记：藏族谚语

目　录 contents

第一章　东查仓：姻亲联盟　1
一、火曜日　1
二、成人礼　12
三、红铜角野牛事件　27

第二章　次巩卡Ⅰ：神箭之路　42
一、傍晚的白唇鹿　42
二、森伦箭、松耳石奶桶和姜噶贝嘎神杖　53
三、桑烟升起的时候　66

第三章　次巩卡Ⅱ：阿尼玛卿的珍藏　79
一、奇妙之香　79
二、狮王金座　92
三、九股如意能断神剑　102

第四章　苍纳卡多 I：石崖上的三怙主　113

一、聚石成灵　113

二、扎定童子　126

三、圆光镜　137

第五章　仓纳卡多 II：即使有那么一天　147

一、藏羚羊　147

二、空行女　159

三、阿达拉姆魔戒　169

第六章　桑杰曼拉 I：神山救赎　183

一、乌鸦的誓言　183

二、昨夜的战马　194

三、药佛泉　205

第七章　桑杰曼拉 II：莲师的节日　217

一、白衣使者　217

二、狮王法舞　227

三、魔戒的秘密　238

第八章　卓玛本宗 I：柏树上的宫殿　250
一、度母之名　250
二、藏在水里的箴言　261
三、闭关女　272

第九章　卓玛本宗 II：月镜的加持　285
一、女神的荟供日　285
二、守塔者　297
三、千年鹿城　309

第十章　达却贡卡 I：黎明前的风暴　322
一、黑暗中的授记　322
二、来自墓穴的人　334
三、镜的自述　347

第十一章　达却贡卡 II：圣地的火焰　357
一、护身符　357
二、艺人的葬礼　368
三、马蹄印　380

第十二章　昂唯雪当Ⅰ：龙族的礼物　390
一、水边的功德　390
二、龙畜之乳　402
三、心圆光　412

第十三章　昂唯雪当Ⅱ：众神的后裔　422
一、狮龙宫殿　422
二、亚尔康魔王　433
三、嗓子里的百灵鸟　445

第一章　东查仓：姻亲联盟

一、火曜日

这是藏历六月的第二个火曜日。当晨曦的微光透过帐篷天窗，刚刚能够照亮中柱的时候，阿旺罗罗立刻就睁开了眼睛。他说不清楚昨晚一夜到底睡熟没有，只觉得久久盼望的日子来得实在太缓慢了。

隔着灶墙传来母亲轻微的鼻息，她这几天一定累坏了，否则她永远是家里第一个起床的人，除非偶尔彻夜不归的父亲在天亮前赶回家中，但他通常并不进帐篷，而是坐在帐篷前长久地抽烟。身形高大的父亲的一系列怪异表现，总在母亲沉默地递过去一碗热气腾腾的早茶后结束，在他恢复正常的举止后，爷爷的情绪才会平复。

但近来父亲表现得很不正常，似乎接连几天都未在家中过夜。阿旺罗罗在温暖的被窝里侧耳细听，果然没有听到父亲的鼾声，看来他昨夜睡下后又出门了，难怪爷爷这段时间都不给他好脸看，母亲却什么也不说，只管早起晚睡忙活家务……这么说自己是睡踏实了，并没有听到父亲离开的声音。

他提着一口气缓缓起身，唯恐吵醒母亲。当他抱着靴子光脚走出帐篷时，看见远方连绵的雪山上一层薄薄的雾霭正在舒缓地散开，深蓝色的天空渐次明朗。正如爷爷所说，今天是个特别的日子，天气果然不错。

此时，搭在不远处的另一顶帐篷里传来嗡嗡的诵经声，时而伴随着一两声咳嗽，那是爷爷每天雷打不动要完成的功课，但今天那声音里明显带着怒气，仿佛要把那张薄薄的经文纸念破似的。

爷爷是东查仓部落最后一个盖定居房的人，并非个性懒惰，而是他深深地眷恋着游牧生活。他仿佛与大自然签订了一份承诺书，定时定点地搬迁到冬窝子或夏窝子，爷爷说帐篷就像能够移动的宫殿，自由自在扎在中意的地方，何况四季轮牧转场的过程中，能够真切感受到雄狮大王格萨尔驰骋疆场的豪迈，这里的山山水水、一草一木可都与那位千年前的英雄息息相关。一想到脚下这片土地上，曾经留下过格萨尔大王战靴的足迹，阿旺罗罗就会和爷爷一样激动不已。

整理好藏装腰带的阿旺罗罗在晨光中舒展着呼吸，这种混合着青草和露珠香味的气息和他十三年来呼吸的一样，充满了宁静和甘美，使他倍觉安全。

在上一个火曜日，他家从春季牧场辗转三百多个箭程，搬到了这个名为“果第塘”的夏季牧场。那天一大早，爷爷就把他从热被窝里提溜出来，要教习他学习祭祀仪式。他睡眼惺忪，只得竭尽全力睁开眼睛，饶有兴趣地正式为徒。草原上早就有俗语说，男孩十三岁后就不要再问父亲，女孩十三岁后就不要再问母亲，意思是这个年龄已经算成年，要自己拿主意，不能再事事依靠父母。牧人家庭中男主人每天一早的首要任务，就是要煨起桑烟祭祀众多的神灵，桑料里混合着柏枝和青稞、炒面、酥油，点燃后桑烟的香气很快就会弥漫在草原的上空，接着爷爷向四方吹起白色海螺，这支海螺由祖辈传下来，亘古以来招引着众多神灵：早餐备好，请众神降临。

除此之外，爷爷还要布施烟供，并且告诉他，不要小看了烟供，它的气息虽然无影无形，但却能喂饱四处游荡的野魂，温暖他们看似无形的体格。可怜那些野魂，都是由于种种原因而未能及时走上转生之路，只好到处游走，走到哪儿算哪儿。没有人为他们祈祷，没有人为他们祭祀。他们自己没有力量摆脱中阴，常常为饥饿大发脾气，因而时常作祟人间。爷爷当时的神情依然历历在目，他双眼冷峻，目光深远，坚强的外表下包裹着一颗慈爱之心，爷爷说，让我们祭祀他们吧，愿他们都有幸福的来世。

不知爷爷和爷爷的爷爷们祭祀了许多年的游魂可有转生，也不知还有多少可怜的魂魄正走在赴宴的路上。他们可曾嗅到这烟供里奇特的香味，可曾因为这些不相识的人们的慈悲施舍，而获得珍贵的转生机会。

阿旺罗罗已经练习了一周，母亲总在前一夜帮他准备好桑料，爷爷也从此留在自己帐篷里念诵经文，煨桑祭祀的事情似乎就这样自然而然地交到他手里了，仿佛把一家之主的责任也交到了他手里。至于为何没有交给父亲，他还没有来得及深究。

感觉重任在肩的阿旺罗罗这一周来乐此不疲，天天准时与太阳一起从睡梦中醒来。此刻，他手握白海螺，朝四处望去。白海螺从爷爷手里接过来后，似乎还保留着老主人的体温。爷爷是从何时开始祭祀神灵的，他不得而知，只知道还在很小的时候，爷爷就手把手教过自己怎样使用白海螺。白海螺的音质呈现出纯粹的美，那是久远的声音，仿佛很久以来就铭刻在心灵当中，那是熟悉又陌生的大海的回响。多少个清晨醒来，听到远方的天籁之声，与白海螺的声音相叠相印，成为生命里的一部分，这重要的一部分，从父辈接来，再传给子孙。

当站在晨光中的阿旺罗罗刚把白海螺收好时，小藏獒东噶尔就低吠着跑过来了。它其实早就醒了，但在小主人举行祭祀仪式的时候，它懂事地乖乖待在母亲身边，小主人一放下海螺，它就知道可以出场了，又是跳跃，又是摆尾，嘴里吐露着热情洋溢的哼哧声，一点也不掩饰热乎劲。它一身黑亮亮的长毛，鼻尖上有一处形似海螺的白色斑痕，因此家人亲切地称其为“白海螺”。它是阿旺罗罗从小的玩伴，虽然已长大如一头小牦牛，生性凶猛，但在阿旺罗罗的面前却非常顽皮，它围着阿旺罗罗转圈，力量已经大得几乎把赤脚的小主人拉倒。

阿旺罗罗弯腰抱住东噶尔硕大的头颅，当即被它舔得满脸湿漉漉的，他帮它整理一下项圈，那是野牦牛毛染成红色编织起来的，阿妈说那有辟邪纳福的作用。东噶尔戴着项圈更显得威风凛凛。阿旺罗罗说："东噶尔，今天我有重要的事情，不能带你出门了。"

东噶尔似乎明白得很，它跟着阿旺罗罗来到羊圈。实际上，羊圈是牦牛群围起来的，家中的六十多只牦牛围成一个圈，把羊群围在中间，它们是母亲每天用鼻圈固定在草地上的，既可以吃草，也可以看护羊群。阿旺罗罗穿过牦牛群找到头羊，摸着它被晨露打湿的一对长长的弯曲的犄角，对它说："今天拜托你了。"

头羊那双明澈的眼睛望望小主人，它是羊群的领袖，负责引领部下寻找牧草或水源，通常阿旺罗罗都是在它的帮助下完成放牧任务的。

此时，东噶尔的母亲，那只用六辫牦牛绳牢牢地拴在柱子上的大藏獒已经开始使劲拽着颈绳，期望离开柱子的束缚，自由地奔跑到小主人的身边。只听得绳子在它的一次次冲力中发出嘭嘭嘭的闷响，它的名字叫森玛，正如健壮的母狮子一样，浑身漆黑如锦缎一样的披毛在晨风中飘逸出威严而凌厉的气息，牙齿的咬合声硬铮铮犹如生铁，而金铜色的眉骨下两只油亮的眼睛却散发着柔情的母性光芒，它望着儿子与小主人亲热，终于安静了下来。

阿旺罗罗来到森玛身边，揉搓着它长发飘逸的头颅，对它说："一会儿阿妈会给你拿糌粑来，你别着急嘛……不要着急……"

阿旺罗罗坐下来，穿好靴子。森玛现在看上去要比小主人高出一大截子，在东噶尔到它怀里拱来拱去时，它也低下头来怜爱地舔了舔阿旺罗罗乱蓬蓬的头发。

此时两顶帐篷里都有动静了，爷爷已掀帘而出，他很快瞥了一眼另一顶帐篷的门前，浑浊的眼神里满是严厉，但嘴巴里说出的话却是温和的，他对阿旺罗罗说："好样的，今天的游魂们肯定是满意的，我绛秋昂杰也是满意的。"

阿旺罗罗跳起来赶到爷爷身边扶住他。爷爷的左腿有些残疾，行动不便，每当他去扶住爷爷的时候，爷爷总会说"你就是我的小拐杖"，但今早爷爷似乎因为努力地压制着愤怒，没有别的力气夸奖他了。

两人进到帐篷，母亲已经烧着茶水，热气腾腾的灶台上摆着大大小小好几个锅具。灶台有小半米宽，三四米长，依次从高到低，砌出三个台面来，最高最大的台面上沸腾着开水锅，锅中冒出的热气氤氲而上，吹动一架纸糊的嘛呢转经筒。灶台由于够长够厚够高，自然把帐篷分出两个区域来，一边是客人落座的地方，夜晚则是父母的寝室，靠近帐壁一溜儿牛毛编织的粮食袋，整整齐齐摆放得当；另一边是主妇忙碌家务的工作间，夜晚则是阿旺罗罗睡觉的地铺。灶台正对着有一张供桌，上方供奉着一幅莲花生祖师的唐卡，两边供奉着两幅较小的唐卡，绘的是阿尼玛卿山神和雄狮制胜无敌之王格萨尔。唐卡前有各种供品，阿妈每天会在七只净水碗里供奉净水，有时能采到草原无名的野花，也会放在碗里飘逸着叶片。

阿妈随遇而安，能够在日常繁忙的劳作中旁生出闲情逸致来，展现艺术才能，把供桌打扮得分外干净清爽。与爷爷的脾气相比，显然阿妈继承她父亲的克制更多，阿旺罗罗从未见过她生气，她生活在爷爷、父亲和自己三个男人中间，能够把气氛调整到恰到好处，在阿旺罗罗看来，这正是她的神奇之处。

爷爷坐到他的老位置上。那是最靠近供桌的地方，一家之主的专座，通常只有长辈才能享用。

坐稳当的爷爷朝一个虚无的地方努努嘴，示意阿妈注意："拉达巴桑还没回来？"

"没有。"阿妈的回答很简洁，顺便把一碗滚烫的酥油茶双手捧给爷爷。

爷爷接过来，低头吹起浮在茶水上的茶叶，扑扑的声音像是要把整个茶碗都吹走。

阿旺罗罗看一眼爷爷，再看一眼阿妈，这情景这几天经常发生。接下来阿妈肯定会说"没事的阿爸，没事"，果然阿妈一边端给阿旺罗罗一碗茶，一边张嘴说出了阿旺罗罗心里默默复述的话。接下来爷爷就会沉默不语，喝完茶后他就会回到自己的帐篷，继续画那幅似乎永远也画不完的唐卡……

但是今天爷爷有点反常，他突然瞪起眼睛，眼白的部分快要在眼眶里盛不下了，他大声说道："都什么时候了，还有心情闲逛，怎么快五十岁的人了还这么不懂事！我看这种入赘的女婿就是不愿意承担责任，当初要不是可怜他孤身一人，就不应该同意他入赘到咱家。”

阿旺罗罗和阿妈都吓了一跳，只听阿妈息事宁人地嘟哝道：“没事的阿爸，没事……”

但爷爷的忍耐似乎已经到了极限：“今天是什么日子他又不是不知道，祭祀山神啊！”他的食指狠狠地敲着茶碗外壁，“大事啊！每个家庭都应该有责任去尽一份心意，如果咱家不去个壮年男人，部落里的人不是又要笑话咱家了，就像十年前一样！”

脱口而出的话也让爷爷自己吓了一跳，他怔了怔，立刻放下茶碗挪腾挪腾出去了。阿旺罗罗望着阿妈，“十年前发生什么事了，阿妈？”他问。

阿妈小心翼翼地端着茶碗，像是没听见似的，她依然嘟哝着：“没事的阿旺，没事……”

早茶时间很快过去了。阿妈收拾着灶台，在牛粪火的烟气中，她吩咐道：“阿旺罗罗乖孩子，去陪爷爷祭祀山神吧。”

阿旺罗罗答应着，迅速钻出帐篷。东噶尔已守候多时，抬起前腿就往小主人身上扑，口水又流了一片。它一般不进屋，最多在帐篷帘子掀开时卧在那里，它最亲的就是阿旺，就像两兄弟一样。

进了爷爷的帐篷，见他正在卷起那幅唐卡画，头也不抬地说：“阿旺宝贝，记得下午去艺人演唱大会的时候帮我带上它。”阿旺答应着。这是一幅雄狮制胜无敌大王格萨尔的画像，但是爷爷总是画了涂，涂了改，改了再画，一直没有完成，没有完成的原因是他在等一位神授艺人唱起格萨尔时，他才能确切记忆起格萨尔的模样，否则他不能满意自己的作品。一天，阿旺罗罗看见他又在涂改时，忍不住劝道："供桌上不是有一幅格萨尔吗？爷爷您不能照着那幅画吗？"爷爷当即就生气了，他说："那幅是格萨尔在《赛马称王》时的样子，现在这幅是格萨尔在《北国伏魔》中到亚尔康魔国征服魔王路赞时的样子，所以，告诉你，不能！"

阿旺罗罗知道两个部本有前后顺序时间的区别。自那以后，只要关于这幅唐卡，阿旺罗罗总是非常小心，不再多说什么。爷爷说什么听着就是了，况且下午就要到来的这位神授艺人早已在自己的盼望中，这份盼望足以胜过种种的不快。据说这位艺人曾经声名显赫，但许多年前不知什么原因消失不见了，人们甚至以为他已经不在人世，仿佛人间蒸发一样，姻亲联盟活动也因此而中止。他这次能够重新回来演唱格萨尔故事，两个部落的人们欢欣鼓舞，姻亲联盟就此重新提上日程，大人们不知忙碌了多久。

这也正是阿旺罗罗今天比往日起得更早的原因。所谓姻亲联盟他不甚明了，但格萨尔神授艺人将要到来的消息让他激动万分，这是他记事以来一直默默向往着的。爷爷说格萨尔大王出自藏地四大姓氏之一的东氏，他是千百年来东氏人的骄傲，我们东查仓部落的每个人身上都流着格萨尔的血液，因此我们每个人都肩负着一个责任，那就是要让格萨尔的英雄事迹世世代代传唱下去。爷爷常说"我们是天神下凡的后裔，自然形成大地的主人，山系不断来自冈底斯雪山，后裔不断源于穆布东氏族"，不过他对如今的世道非常不满意。

"如今……神灵已经远离我们，唉，末法时代啊……"爷爷每当提起责任二字，总会这样叹息。

爷儿俩相伴着加入了祭祀神山的队伍，这队伍就像一股洪流，东查仓部落近五百户牧民家中的青壮年男子基本都到齐了，有的骑着高头大马，有的骑着摩托车，更多的人走在步行队伍中。果然有人问道："阿旺罗罗，你阿爸怎么没来？"

爷爷怒目而视："我家阿旺罗罗是成年男人了，十三岁了不是吗？格萨尔十三岁的时候就赛马称王啦！"

"阿旺罗罗长着一对鸟眼，应该能看见山神吧？"又有人故意打趣。

"今天是个吉祥的日子，不要说不吉利的话，否则山神听见会不高兴的。"他们自顾自说着话，朝前走去。

盛大的仪式开始了。

一座巨大的煨桑台在神山前矗立。部落里德高望重的老人们众星捧月般，围绕着森格云丹活佛，后面的僧侣们手提香炉，高声念诵起格萨尔的祈请文，上师、本尊、空行、护法们神圣的名号一一供奉。一位眉目英俊、衣着庄严的小伙子上前点燃了架设起来的柏枝堆，桑烟袅袅而起，部落的男人们手捧哈达和桑料，长幼有序地一个个走上煨桑台，把桑料倾倒在燃烧的柏枝堆上，然后按照顺时针方向右绕而行，清冽的空气中充满神圣的气息，桑烟飘向天际，仿佛一缕缕带向虚空中的问候，神灵由此能够感知人类谦逊的问候，因而愉悦欢喜，保佑人们祛病消灾、吉祥安康，并且获得牲畜兴旺的赐予。

当僧侣们念诵起加持风马旗的经文时，所有的人把怀中早就备好的风马拿出来抛撒，长风把这些五色纸上的风马卷到高处，纷纷扬扬地飘向空中，好似晴空万里时突然降下鹅毛大雪，不一会儿，地上已经覆盖了一层又一层。

男子们高声吼起来，那雄性的声音合成一股金刚之声，在地面上形成合力，直冲九霄云天之外而去，“拉加罗！拉加罗”！

这天仪式还有一个重要的内容，就是要把供养给山神的供箭池重新整理、更新，换上经过喇嘛们加持的新经幡，以娱山神。爷爷说敬奉山神是部落联盟活动的头等大事，山神也是我们部落的战神，更新铁箭和经幡，一方面是人们对山神表达虔诚和敬仰，另一方面也是祈求战神恩赐加披部落战无不胜的力量和勇气。

供箭池是由附近山上的岩石堆砌而成，硕大的圆锥形带着坚硬的体魄，呈现在蓝天之下。圆锥体的正中向天敞开着，中间插满了各式各样的箭，有长有短，有粗有细，有铁箭，也有用木棒代替的箭，一个个直插云天，形成一个壮观的箭阵，周边一条条五色的经幡，重重叠叠，密布其上。

森格云丹活佛带着几个年轻人架梯上到箭池里去。

人们等着递上新的铁箭和木棒，期待中时间一分一秒地过去了，开始嘈杂的声音渐渐安静了下来，不知为什么久久不见旧的铁箭递下来。阿旺罗罗由于个子小，根本看不到发生了什么事情，他扯扯爷爷的袖子，仰着脸正在认真等待的爷爷绛秋昂杰没有理会他。阿旺罗罗心里还在想着另外一件事情，此时正好可以离开爷爷一会儿，他悄悄退出人群。集中精神专注仰望的绛秋昂杰根本没有注意到外孙离开了队伍。

阿旺罗罗离开不久，正在人们焦急地引颈瞭望的时候，看到森格云丹活佛从供箭池上伸出半个身体，脸上挂着肃穆的表情，他的浓黑的两道眉毛不停地抖动着，这是他遇到紧急情况时的表现，作为兄弟，绛秋昂杰再熟悉不过，只听森格云丹低沉沙哑的声音传来：“中央箭……折断了！”

铁箭！怎么可能折断？离箭池最近的绛秋昂杰被愤怒的人群裹挟着，不知怎的没费什么劲就登上了供箭池。只见池中原本摆放整齐的铁箭和木棒横七竖八，原本簇拥在一起的铁箭和木棒堆豁然洞开，露出中央的主箭，这根铁箭长数米，箭腰上系着无数条哈达，如果不仔细看，不会发现箭腰上系哈达的地方齐齐地被斩断了，人们瞠目结舌地围着这堆失去了主心骨的箭堆，不知所措地望着森格云丹。活佛的脸色非常难看。不祥的感觉涌上绛秋昂杰的心头，他看着兄长努力镇定地指挥着众人：“也正好，我们需要把主箭替换掉。”

二、成人礼

阿旺罗罗离开祭祀队伍，走向通往牧场边缘的路上。他爬过一面缓坡，沿着缓坡走下河谷，回头一望已经看不到煨桑台和供箭池以及围绕的人群，他便轻声唤了起来：“扎拉，出来吧！”

一个只有一肘高的精灵从阿旺罗罗的左肩上飞了出来，他全身是一种半透明的蓝色，披着一条洁白的哈达，后脑勺上皱皱巴巴地飘着几根头发，有两双与身体很不相称的大手和大脚，他大声咳嗽着，用大脚踢了一下阿旺罗罗的肩膀，瞪着一对圆圆的蓝眼睛，埋怨道：“你昨晚睡觉是怎么睡的？快把我压死了，直到现在才喘上气来。”

扎拉夸张的咳嗽声逗得阿旺罗罗笑起来，他说：“你不是我的保护神么，怎么会被我压着？”

扎拉抚着胸脯，做出深呼吸的样子：“那也不能朝左边睡呀，你阿妈总是对你说要朝右边睡，左肩是留给我的，你就是不听，唉，我都活了四百年了，做你家族的保护神，还从没有遇到你这个样子的，你要是把我压死了，谁来保护你啊？”

扎拉在阿旺罗罗左侧，与阿旺罗罗的头颅保持着一样的高度，在空中大步走着，他细长的两条腿迈动的频率极快，这样才能跟得上阿旺罗罗。他的那双大手一刻也不得空闲，一会儿抓抓脑袋，一会儿又把耳朵取下来掏掏耳屎再装回去，嘴里还一边数落着阿旺罗罗：“你倒是说说看，四百年前的人们可没有像你这样随便就把保护神压得半死，你说你要是把我压死了，你倒好，可你以后的人怎么办？没有我的保护，你的愿望怎么实现啊？”

“那是。”阿旺罗罗认真地说。

太阳从东边的山峦中渐渐升起，气温很快暖和起来，阿旺罗罗嘴里呼出的白气也渐渐看不见了。草地上湿漉漉的晨露在阳光下闪着水晶般的光芒。阿旺罗罗朝着太阳升起的地方加快了脚步。

扎拉做出想跟上阿旺罗罗有些吃力的样子，他费劲地迈着大脚，似乎空中有一种黏合的物质在拉扯着他的脚步，他气喘如牛，呼出的气息吹得小草都歪向了一边。

“回来吧。”阿旺罗罗指着左肩说。

扎拉也不客气，一步跨过来，蹲在阿旺罗罗的肩膀上，惬意地吹了一声口哨，说：“这下好多了，体力不消耗的话，我还可以专心思考问题。”

阿旺罗罗心不在焉地问：“你想思考什么呀？”

扎拉翻着他的蓝眼珠，说：“我在思考，哎呀呀，问题太多，我得一个一个思考。”

扎拉摇着脑袋，后脑勺上的头发发出硬喳喳的声响。他打了一个响指，空中突然出现一本长条书，端端落到他的手上，他用手指沾沾唾沫，翻得书哗哗直响，说：“我得查查历书，看看以前的人有没有这种情况。我活得太久了，很多事都已经忘了。你这小子，总是给我找麻烦。”

阿旺罗罗说：“我的事也在书上吗？”

“是你前世的事，”扎拉在一页上停了下来，“你的前世送给邻居女儿一张狼毒草纸，上面写了美丽的诗句，你的前世的前世送给邻居女儿一枚贝壳，从中能听见大海的声音，你的前世的前世的前世送给邻居女儿一枚野狼的牙齿，据说有避免被狼群攻击的可能，再前一世送的是一根孔雀的羽毛，装饰在供桌上再合适不过，再前一世送的是一枚旃檀树叶，那可是到佛国拜访的见证，对了，还听说一位姑娘在成人礼上收到的礼物是一颗金雕蛋……”

阿旺罗罗突然停住脚步，扎拉由于惯性差点从他肩膀上一个跟头栽下来。

“金雕蛋？好主意！”阿旺罗罗喜形于色。

“怎么也不打声招呼？”扎拉大叫道。那本书掉下来，却并不落到地上，只在空中飘着。阿旺罗罗抓住，想看看，可是他发现那书上的文字根本不是他能认得的，既不像藏文，也不像梵文，他茫然地翻了一遍，找不到扎拉所说的记录。

阿旺罗罗说：“我一直都在想送给仁倩卓玛一个特别的礼物，昨天晚上我还祈祷来着，金雕蛋主意不错，是不是？”

扎拉整理着身上由于刚才的惊吓而凌乱了的哈达衣服，他是位爱整洁的保护神。他嘟嘟囔囔地说：“主意倒是别出心裁，不过后来发生了意想不到的事情。”

阿旺罗罗好奇道：“出什么事了？”

“那位姑娘获得金雕蛋后很高兴，她照料那颗蛋真是可以说无微不至，结果小金雕长大后，载着那姑娘飞走了，人们说她成了空行女，修行得道才能成为空行女的，不过说起来有点难受……有点遗憾……唔，有很久很久没有看到她了……”

“修行得道，不正是人们的愿望吗？”阿旺罗罗问。

扎拉抚摸着阿旺罗罗乱蓬蓬的头发，大滴大滴的眼泪从他那双湛蓝的眼睛里涌出来，他老气横秋地说：“傻孩子，许多大师保护的是人啊，人的生命是最宝贵的。”

阿旺罗罗望着他那张凭空多出无数皱纹的脸，似懂非懂。扎拉立刻抹去感伤的泪水，恢复了常态：“哎呀，我说的太多了，这些都是需要你慢慢体会的，不能再说了，否则我会受到惩罚，神也是有法则的。”

阿旺罗罗点点头，翻动着长条书：“这是什么文字啊？”

扎拉说："这是玛尔文，三千年前象雄大师们都在用这种文字，他们记录了很多有趣的故事，你想想看，三千年都会发生什么？当然，现在是末法时代，人类的寿命都太短暂，根本没有时间和精力去领会天神的意思，只顾拼命地毁坏山川河流的纯洁，不遵从天神的旨意，最终受苦的还是人类自己喽，所以格萨尔大王的故事才需要不断地传承下去，以保护你们的生命和家园，免遭妖魔鬼怪的侵犯啊。"

"哪有那么多妖魔鬼怪……"

"唉，到时候你就知道了。"扎拉的声音变得忧心忡忡。

阿旺罗罗则仔细地观察着那些美丽的文字："现在这种文字已经失传了吗？"

"怎么可能啊？文字是非常宝贵的，大师们保存的好着呢，等有机缘你一定会看到。"

不知不觉间，阿旺罗罗和他的保护神扎拉已经来到夏季牧场的边缘。远远望去，一座嶙峋巍峨的石山下，大片牧场正呈现出夏天旺盛的生命力，绿油油的牧草绵延到天边，各种野花点缀其间，吐露着淡淡的芬芳。白色的羊群犹如蓝天上投影下来的一团团白云，柔和地飘荡在青草之间，而黑色的牦牛群则像一座座钢铁战士，守候着青草的家园。

这条名为果第隆哇的山谷是附近最好的牧场之一，扎拉每次跟随阿旺罗罗来到这里，都要兴奋地在阿旺罗罗的左肩上打个滚儿，立刻就变成一只黄羊幼仔，活泼可爱地朝阿旺罗罗眨动着无邪的眼睛。扎拉曾经告诉过阿旺罗罗，果第隆哇在若干年前是黄羊的乐园，因为很久很久以前，雄狮大王格萨尔在幼年时期，第一次降伏妖魔就是在这里，他降伏了黄羊魔，把它的皮制成帽子戴在头上，由于格萨尔的功劳，这里的黄羊越来越多，直到七八十年前还能看到它们成群结队的壮观景象，可惜现在人们的贪婪之心比妖魔有过之而无不及，黄羊们的命运可想而知。

此时此刻，扎拉又以一只黄羊幼仔的形象站立在阿旺罗罗的左肩上，他举目远望，看到一只油黑锃亮的大鸟正从石山顶上翱翔而去。“快上山吧，那只金雕觅食去了，说不定它在洞里留了一颗蛋呢。”扎拉忽地变回自己，匆匆忙忙地说。

“金雕蛋？”阿旺罗罗兴奋起来，他也看到那只远去的金雕，它的翅膀在高空留下一道金色的弧线。“你认为仁倩卓玛会喜欢吗？”

扎拉用指甲尖在那本重新出现的长条书上记录了一行新的文字:“阿旺罗罗将要送给邻居女儿的成人礼物是一颗神奇的金雕蛋。”

阿旺罗罗与爷爷差不多同时回到家，正赶上父母已经穿戴完毕，焦急地等待着他们。爷爷远远望见阿旺罗罗的父亲时，明显地喘开了粗气，但他并没有对这个女婿说什么，只是不理会他。父亲看上去满脸憔悴，双眼无神，勉强穿着整洁的衣裳，显然那是母亲刚刚给他换上的。母亲过来牵住阿旺罗罗的手，父亲牵着驮着礼物的马匹，一家四口沉默地朝邻居家走去。

仁增赤列家的帐篷就在绛秋昂杰家的另一面缓坡上，说是邻居，实际上还是有好多箭程的距离。这是东查仓草原相距最近的两户人家，他们的友谊也保持得很久，自从阿旺罗罗稍谙人事后，就知道最近处的这家人在爷爷的爷爷辈时就是朋友。

刚踏上缓坡，远远就见三只牧狗呈包抄阵列风一般掠过来，但很快它们似乎从空气中嗅到一些信息，凶猛的外表变得善意起来，到了能够看清风中飘扬的毛发的距离时，牧狗们直竖着的颇具威慑力的尾巴开始低垂下来，并且摇动出一种迎接的仪式。

及至来到眼前，阿旺罗罗已经呼唤出它们的名字：“多干、佳玛、木智！”三只牧狗以高低错落的深沉吠声应答着问候，调头引着客人走回帐篷。仁增赤列家的帐篷前一派节日的气氛，帐顶上挂着崭新的经幡，炊烟里弥漫着奶茶的浓香，帐前宽大的草地上已经铺上几条长型卡垫，卡垫前的矮桌上摆满了酥油、炒面、奶渣、糖果和饮料。一架 DVD 影碟机里高声唱着好听的民歌。

仁增赤列爷爷的儿子南卡华丹早早迎出帐篷，他是一条壮实的汉子，身后紧跟着他笑容可掬的妻子，他们乐呵呵地问候了绛秋昂杰爷爷，并和拉达巴桑夫妇互致问候。拉达巴桑从怀中抽出一条丝质哈达，献给主人家，并向他表示祝贺，南卡华丹也同样向老邻居绛秋昂杰献上一条哈达，表达作为主人的谢意。

阿旺罗罗向南卡华丹夫妇献上哈达后就急匆匆地问：“德格卓玛大婶，我现在能见仁倩卓玛吗？”

仁倩卓玛的母亲德格卓玛说：“现在不行啊小伙子，等一会儿仪式开始了你就能见她了。”

阿旺罗罗有些失望。这当儿母亲达娃玉珍已经帮助丈夫从马上卸下礼物，是一袋青稞、两包机制茶，还有一些糖果。她随主妇进入帐篷，说：“还有什么需要帮忙吗？”

德格卓玛说："就等你给孩子梳辫子呢。"

达娃玉珍说："我哪能呢，你该找一位有福气、运气好的主妇。"

"我看你最合适，美丽善良、性情温顺，这样才能招来福气呵。"德格卓玛快人快语，把达娃玉珍引进了旁边的帐篷。

阿旺罗罗跟着爷爷、父亲一同被引进主帐，已经有几位客人到了，大家互相问候过后就坐下来，只见魂不守舍的父亲还没坐稳就跳起来出帐了，爷爷的怒气不便当场发泄，他狠狠剜了一眼父亲的背影，干咽了几口唾沫。坐在旁边的仁增赤列没发现有什么不对，他俯身同爷爷说起悄悄话来："老家伙，你听说过没有，最近有很多风言风语，说什么亚尔康魔国的魔王路赞正在寻找寄魂的宿主，准备还魂再来，好破坏格萨尔的英雄事迹，这明摆着最终是要灭了咱们东查仓啊，岭国的后裔们不能坐视不管啊……"

"只要神授艺人在，那他就休想得逞。"爷爷断然答道。

他俩说话声音越来越小，阿旺罗罗觉得无趣，便独自走出帐篷，绕到帐篷背后看不到人的地方，小声唤道："扎拉！扎拉！"

扎拉应声现身，蹲在阿旺罗罗的左肩上，大大地打了个哈欠，说："你今天不想让我安静一会儿吗？"

"我想知道，"阿旺罗罗望着他困意十足的蓝眼睛说，"别的朋友会送她什么样的礼物呢？"

扎拉说："我也想知道。"

突然一只大手拍了一下阿旺罗罗的肩膀，阿旺罗罗吓了一大跳，转身一看，是仁倩卓玛的哥哥伍金扎西，他说："阿旺罗罗，你在和谁说话？"

阿旺罗罗结结巴巴地说：“没说什么，伍金扎西哥哥，你什么时候来的？”

伍金扎西在县上民族师范学校读书，他浓眉大眼、血气方刚，一头卷曲的长发，是位帅气的小伙子，今年十七岁了，这个假期他一直忙于收购虫草，然后再卖到城里去，据说他赚了不少钱，但仁增赤列爷爷坚决反对孙子干这事，说是破坏了草场的生态环境，因此他的生意都是背着家人在做。伍金扎西拉着他走回帐篷前，说：“我刚回来，让你看一样东西，见见世面。”

草场上立着一辆崭新的摩托车，在太阳的照耀下闪着生气勃勃的光芒。阿旺罗罗的眼睛亮了起来。他奔过去，抚摸着车身，爱不释手。伍金扎西黝黑的脸庞上透着得意，他说：“花了不少钱呢，等一会儿仪式结束，让你骑骑。”

“真的吗？伍金扎西哥哥你要说话算数！”阿旺罗罗兴奋的眼睛从伍金扎西的脸上再次转回到摩托车上去。

就在他俩欣赏摩托车的时候，客人们都已陆陆续续到了。这是方圆几十公里的东查仓部落的一件大事，部落里凡是婚丧嫁娶、添丁成年，都是每个家庭与部落成员联络、交流感情的机会，因此人们也都会不辞辛劳远道而来参加聚会，不仅表达着善意的友谊，也是部落绵延千年的和睦共处、荣辱与共的一次次见证。

阿旺罗罗从摩托车边恋恋不舍地离开，刚坐到母亲身边时，仪式就开始了。几十位客人已将长条卡垫坐满，伍金扎西提着茶壶，为大家依次添上奶茶，大叔大婶们开始品尝主妇准备的食物。客座上席上铺着一张白毡，德格卓玛大婶扶着盛装的女儿仁倩卓玛坐到了白毡上。仁倩卓玛头上披着一条头巾，她看不到客人们，但每位客人的眼睛都盯着她。阿旺罗罗远远地望着她，发现她的样子是拘谨的，小心翼翼地侧身坐着。这时，她的父亲从帐篷里引来森格云丹活佛和两位弟子，三位僧侣坐在了白毡的上首。

阿旺罗罗悄声对母亲说："阿妈，贡嘎一西又长高了。"

母亲抹了一下眼睛，说："你弟弟侍奉佛法，是我们全家的福气。"

喇嘛两位弟子中的贡嘎一西是阿旺罗罗的弟弟，两年前由爷爷送到寺院，出家做了沙弥，那时他只有十岁。端坐着的贡嘎一西也正在往这边看着，当他找到家人时，英俊的眼睛里就露出了笑意。绛秋昂杰略略颔首，随即坐直了腰板，端起茶碗大声地喝了一口。在他看来，外孙做了德高望重的喇嘛的弟子，是他一生的荣耀。

大家的喧哗立时静了下来，就连牧狗们的吠声也听不见了。喇嘛的金刚铃声一响，犹如微风掠过长天，大地一片清凉。老人们手上的念珠已经快速转动，喇嘛的诵经声开始抑扬顿挫地传来，他用世上最美好的语言，祝福面前这个女孩获得可贵的生命，并且平安度过婴孩与童年时期，身心健康地进入一生中最灿烂的成年阶段。

仁倩卓玛面朝喇嘛伏下身去。阿旺罗罗看不到她的表情，但从后面看到了她新梳的长辫子，一根根细密地结在一起，辫梢上拴着五彩丝线。她今年十三岁，草原上的女孩到这个年龄就算是成年了，要担负家庭的责任，实际上她早就开始帮助母亲做家务了，她不仅会拾牛粪、挤牛奶，还会炒青稞、制酸奶，在同阿旺罗罗一起放牧的时候，还能用扁草编出小马、小羊，她是个聪明能干的女孩。

喇嘛的祝福经诵完后，还送给仁倩卓玛一份礼物，由贡嘎一西交给这次成年礼上的主人：一页白度母心咒。喇嘛对仁倩卓玛说：“愿你经常念诵度母咒，它能帮助你摆脱各种磨难，并且让你心地善良，人也美丽。”

仁倩卓玛双手接过经文，谢了喇嘛。她的父亲躬身迎请喇嘛离席，移座到帐篷里。贡嘎一西边走边朝母亲看着，达娃玉珍忍不住又抹起了眼睛，绛秋昂杰爷爷就开始瞪着她，阿旺罗罗说：“阿妈，你看贡嘎一西穿着袈裟很漂亮。”

达娃玉珍说：“是啊，是啊，他穿着袈裟最漂亮。”

绛秋昂杰满意地望了望远去的外孙，把捏好的一抟糌粑送到阿旺罗罗的手上。

这时，由几位妇女开始为仁倩卓玛戴上象征成年的首饰。其中有一颗鸟蛋大小的琥珀，黄灿灿，半透明，简直夺人心魄。仁倩卓玛的头巾取了下来，她的脸庞如一轮满月，清亮的一对眼睛俏皮地看了一眼人群就低垂下去，浓密的睫毛微微颤动，在眼睑下留下可爱的阴影，几粒儿雀斑在笔挺的鼻梁上淡淡点缀着，使她看上去更加天真纯朴，她正咬着好看的嘴唇，使劲儿憋着不笑出来。母亲从昨晚开始就反复训导，劝她在仪式上一定不要傻乎乎地笑出声来，那样就会成为部落的笑谈。母亲拿傻姑娘来威慑她，因为仁倩卓玛实在太爱笑了，一点点芝麻大的事情，她也会笑上好一阵子。

德格卓玛、达娃玉珍和别的几位中年女性把首饰结在仁倩卓玛的头发里。这时，仁倩卓玛的舅舅等亲戚们带头开始为姑娘送上礼物，有做衣裳的锦缎，有头巾，还有布匹、粮食、茶叶、酥油。伍金扎西送给妹妹的是一只溜溜球，据说是城里孩子的最爱，球体的两面图片是芭比娃娃和奥特曼战士，仁倩卓玛仔细端详了芭比娃娃的漂亮眼睛，发现那蓝色眼珠很是可爱，忍不住朝哥哥做了个鬼脸。

她今天穿着节日的盛装，胸前挂着一串祖传的珊瑚，晶莹剔透得犹如她红润的脸庞。她笑吟吟地望着阿旺罗罗。阿旺罗罗艰难地走向她。大家的礼物都送完了，该自己了。他看到伍金扎西好奇地等待着，也看到仁倩卓玛鼓励的眼神。他走向前，把礼物从怀中取出，塞到小姑娘手里。

“这是什么？”一眼就看到这份不寻常礼物的德格卓玛大婶大为惊奇。

南卡华丹大叔凑过来一看，沉吟道：“是一枚金雕蛋啊！”

站在一边的阿妈用责备的眼神看了看阿旺罗罗，阿旺罗罗手足无措地低下头去。爷爷过来抚着孙子的肩膀，与他站在一起，说：“金雕？是很吉祥的飞禽啊。”

“金雕蛋是圆的，祝愿仁倩卓玛一生圆满嘛，是不是阿旺罗罗？”仁增赤列爷爷笑呵呵地说。

阿旺罗罗抬眼看看仁倩卓玛，她纯真的眼睛里含着信任，她说：“这是今天我收到的最特别的礼物。”

阿旺罗罗心满意足地放松下来。是的，他在几天前就向仁倩卓玛保证过，一定要送她一件特别的礼物，只不过他也没有想到礼物会是金雕蛋，当时除了信心外一无所有。

此时仁增赤列爷爷大声问道："我们的小姑娘现在要去珠姆泉了吧？"

妇女们立刻响应，大家簇拥着仁倩卓玛上马。一支马队浩浩荡荡地朝几个箭程外的珠姆泉奔去。

珠姆泉是镶嵌在辽阔的东查仓草原上的一颗明珠，传说中它是格萨尔大王的王妃、绝世美女森姜珠姆的寄魂泉。千余年前，森姜珠姆就是在这片草原长大，她父亲嘉洛王的红色宫殿在经年的更替中已变作一座红色山峰，屹立在泉边，守护着寄托女儿灵魂的一泓清泉。

泉水似一座小小的湖泊，清澈地映照着盛夏的草原美景。曾几何时，美丽的森姜珠姆在这里嬉戏沐浴，与玩伴们放牧牛羊，唱着母亲教会的歌谣，无忧无虑地成长，成为岭国王妃后，却因自己的美貌而成为与霍尔国交战的起因。当她在泉边等待远征敌国的丈夫时，泉水照着她忧伤却仍然不失美丽的面庞，她开始仇恨起自己的容貌，对着泉水发下了誓言：愿以后女人的长相都不如我的脚后跟。可是，这只是她不愿战争发生的善良愿望而已，后人们却纷纷来到泉边，用珠姆泉的泉水洗脸沐浴，盼望着能获得像森姜珠姆王妃一样的美貌。东查仓草原的女孩们在成人礼上，更要郑重其事地用泉水精心打扮，这成了仪式的一部分。

德格卓玛大婶帮助仁倩卓玛下马，已经有妇女奔到泉边照着自己哈哈大笑了，人们七嘴八舌地议论彼此的长相容貌，戏言某某比森姜珠姆还要美丽十倍。男子们留在家中了，而男孩们却跟着来到泉边看热闹。阿旺罗罗在男孩堆中，远远看到德格卓玛大婶把第一勺泉水舀出来，仁倩卓玛纤细的双手掬起水，朝自己的脸上洒去，然后抬起头湿漉漉地做了个鬼脸。德格卓玛大婶连忙说："这会儿可不能这样，以后会变丑的。"

大家在期待中全都笑了，阿妈达娃玉珍说："东查仓草原从来都是出美女的地方，德格卓玛姐您不要不知足，仁倩卓玛已经够美啦。"

德格卓玛大婶说："只要她健康平安长大，我就知足了。"

另一位大婶把一勺泉水舀起来递给仁倩卓玛，说："您忘了森姜珠姆王妃不但漂亮，还很聪明呢，仁倩卓玛快洗洗头，你也会像森姜珠姆一样聪明的。"

仁倩卓玛边洗边说："谁不喜欢聪明啊！不过男孩们怎么不用这泉水洗头呢，他们不想聪明吗？"

站在后面的男孩们哄笑着，把身边的玩伴朝前推去，"你去洗""你去洗"地推来推去，不知怎的，阿旺罗罗被一下子推到前面，头朝下扑进了泉水里。

他的脸正好抵着泉水，冰凉的泉水突然沁满了眼睛，他屏气待了一会儿，耳畔的噪杂声竟渐渐远去。一阵突如其来的清凉使他慢慢睁开眼睛，他看到泉水深沉无际，清幽得像深夜的天空，又仿佛一座迷宫，四周笼罩着神秘的气息，星星点点的光斑从泉水深处弥漫而来，刹那间照亮了泉底，光斑聚集起来，形成灿烂的光的漩涡，五彩斑斓地照射着阿旺罗罗的脸庞，他惊奇地睁大了眼睛。这时，从光的漩涡中心漂上来一位年轻女子，愈来愈近，直到阿旺罗罗能够清楚地看到她的全貌，她穿着华丽的藏装，头上戴着珠宝的发饰，肤色白净，眉眼秀丽端庄，胸前挂着护身宝盒。只见她朝他招手，示意他朝自己近一些。

阿旺罗罗清晰地听到那女子说："过来，阿旺罗罗你过来。"

阿旺罗罗不由自主地靠近她。她向他伸出手，把一样东西放在他手心里。阿旺罗罗低头一看，是一枚小巧精致的白色海螺。

突然，阿旺罗罗远离了泉水，是同伴们又把他从泉边拉了起来。伍金扎西替他揩去脸上的水珠，说："大家看阿旺罗罗是不是漂亮多了？"

"我觉得他比原先更黑了。"

"他可能会聪明吧？"

"那也是女人的聪明。"

"男子汉是不洗这个泉水的。"

男孩们的话惹得大人们一阵哄笑。阿旺罗罗若有所思地回头望了一眼梦幻般的泉水。泉水的冰凉尚在脸上，他清楚地记得那女子的脸庞，非常非常熟悉，又恍恍惚惚像梦一般缥缈，清幽幽地飘向了远方。

他觉得自己在泉水里待了一百年之久。

三、红铜角野牛事件

傍晚时，全部落男女老少都要去格萨尔文化广场观看神授艺人说唱格萨尔史诗的表演。阿旺罗罗陪着爷爷往广场方向走去。

绛秋昂杰的左腿膝盖完全坏掉了。“很多年前。”每当阿旺罗罗问他的时候，他总是这样回答。从他的表情上看，他根本不愿意谈他的腿是怎么回事。他不愿意谈的事情还有很多，只要一说到“很多年前”，那你就甭再问了。

阿旺罗罗发现爷爷停下脚步不走，才见老人眯着眼睛向远方望了好一阵。阿旺罗罗问：“那是什么地方？”

爷爷说：“那是阿尼玛卿神山的方向。”他像是自言自语，“我们在你这么大的时候，几个伙伴儿相约着去朝拜过的。”

阿旺罗罗接话道：“我也想去……”

爷爷说：“如今人都不全啦……”

阿旺罗罗问：“爷爷，您说的是谁啊？”

“那时我有个好朋友……如果你有机会见他的话，你应该叫他爷爷的……”

“那当然，仁倩卓玛的爷爷，我不是也叫他爷爷的吗？”

“那不太一样，”绛秋昂杰沉吟不决：“阿旺，那不太一样……”

“那他现在在哪儿呢，您说的那位爷爷？”

“很多年前……”爷爷叹道。

又是很多年前，唉，爷爷老了。

“很多年前，他就出门修行去啦，从此就没了联系，也不知他过得怎么样，身体是否健朗，问题是他有一个重要的任务，还无法预料结果如何……”爷爷若有所思，“一个人修行，是很苦的。”

阿旺罗罗被暖暖的夕阳照着，鼻子痒痒的，他心不在焉地问道：“既然很苦，为什么要一个人修行呢？”阿旺罗罗从泉边回来后，一直搓着双手，因为他发现那枚清清楚楚捏在手心里的白海螺实际上根本不存在，但奇怪的是手掌上竟然若隐若现地浮现着海螺的痕迹，摸上去也鼓凸着，好像长进肉里去了。关键是那位女子似乎非常面熟，好像总是在梦里反反复复地出现过。

爷爷又看一眼那个方向，眼神虚无缥缈起来，他喃喃道：“那不是他个人能够决定的，那是神灵的选择。”

就在阿旺罗罗眨巴着眼睛思索这个问题的时候，只见缓坡上仁倩卓玛飞奔而下，跑来扶住绛秋昂杰的另一边胳膊。

绛秋昂杰脸上的皱纹顿时舒展开了，他高声喊道：“老家伙，小时候怎么看不出你有这么好的福气。”

仁增赤列一大家子前前后后出现在缓坡上，两家很快走到了一起，形成一个朝前涌动的人群。仁增赤列走到绛秋昂杰身边，说：“你没看到的还多着呢，”他得意扬扬地环视一遍，儿孙绕膝的满足瞬间挂在脸上，“有些事只有人到老了的时候才能看到。”

仁增赤列的家人们加入绛秋昂杰的队伍后，速度慢了下来，基本以绛秋昂杰的步幅速度为准。虽然队伍行进慢了许多，但目的地还是很快到了。

阿旺罗罗伸头去看另一边的仁倩卓玛，在爷爷腰间因腰带盘根错节而挺起的肚子前，只见她小脸红扑扑的，因为奔跑而喘息不止，两人微微一笑，算是打招呼。仁倩卓玛拍拍自己的腰带，阿旺罗罗明白她的意思。他俩没说话，听着两个老人继续聊天。

“老家伙，你听说没有，东查仓古老的白塔竟然整个塌啦，真是个不祥的兆头。”绛秋昂杰突然降低八度的声音里充满了叹息。

仁增赤列也小声道：“谁说不是呢，这几年的变化真是奇怪极了，我们小时候修塔从来没见有塌掉的，这是几年来着？”

绛秋昂杰步履艰难地挪着左腿，他说：“三年了，刚开始重修是前年，你忘了我们一起去装过塔藏的，你家青稞不够，我帮你拉了一麻袋的？”

“噢……对了，没错，”仁增赤列大咧咧地擤一把鼻涕，顺手甩出去，“别人干好事我不记得，我干的好事可是记得的。”

绛秋昂杰不接他的话，顾自说道：“可是当年一个塔角就破损了，去年修复后又破损一个塔角，今年刚刚修复完，就赶这个联盟活动庆典上要开光的，谁知昨晚竟然整个塌了，真是不可思议。”

“你说是不是有人存心破坏啊？”

“不可能，谁都知道修塔修福的道理，哪个活人都怕来世下地狱的啊，何况塔里还有秘密神剑……”

“不是活人，那就是死人干的。”

绛秋昂杰听闻此言，不再接话，气呼呼往前挪。仁增赤列往孙女身边挤挤，以便把他的亲热通过孙女传递过去，仁倩卓玛夹在两个老人中间，她已经习惯了他们的交谈方式，抬头插话道：“绛秋昂杰爷爷，既然不是死人干的，那还会是谁啊？”

绛秋昂杰对她的提问尽量和颜悦色：“宝贝，这个世上除了人类外，还有许多妖魔鬼怪。”

趁着仁倩卓玛愣神的工夫，仁增赤列赶忙说道：“不要吓唬我们家仙女，你倒是说说森格云丹活佛是不是为这事儿很费神啊？”

绛秋昂杰说：“我那老兄为这事儿烦恼得紧，人整个瘦了一圈，塔是能修好，可问题是今天就来不及开光了。”

仁增赤列虽然年纪比老朋友大几岁，但他步履轻快很多，他说：“十年不容易，我们都等了十年了，自从红铜角野牛事件发生以来……”

绛秋昂杰狠狠地瞪了一眼老家伙，仁增赤列马上意识到什么，噢噢了两声，立刻说：“孩子们，你俩比赛一下，让我看看谁跑得快。”

但是阿旺罗罗已经清楚地听到了这句话，他朝仁倩卓玛看了一眼，两人乖乖地跑到前面去了，依稀还能听到两位老人的嘀咕声。朝前跑了一阵，阿旺罗罗就问道：“你听说过什么是红铜角野牛事件吗？”

仁倩卓玛认真地跑着，她说：“听说过一些，他们经常会提到这个，但是不让人说。”

她突然停下脚步：“想起来了，说是尤其不能让你知道。”

阿旺罗罗惊讶地问道：“不让我知道什么？”

“我也不知道。”

阿旺罗罗狐疑地回头看看，只见两位老人激烈地争执着什么，根本没有注意他俩是否在赛跑。

当阿旺罗罗和大家一起来到格萨尔文化广场时，偌大的广场已经人山人海、人声鼎沸，人们的脸上挂着兴奋的表情，那久久期盼的愿望就要实现了。

阿旺罗罗与仁倩卓玛左右穿梭，很快钻过环绕的人群，来到观众的里圈。石头砌成的平整广场中央的一侧，早早备着一张高高垫起的高座，那是班玛门吉多杰林的寺主森格云丹活佛的专座，座位后撑立着橘红色的硕大法伞，活佛还没有进场，说明演出还没有开始。

广场中央立着两支立式麦克风，环绕的一圈卡垫是留给部落的老者们落座的，现在已经挤得满满当当。绛秋昂杰和仁增赤列也已经坐在老者们中间，整理着衣衫和专为这次盛会特意准备的宽檐礼帽。他俩的宽檐礼帽在人群中非常显眼，是前不久特意到镇上买的，赭红色的羊毛呢，一圈窄窄的同色牛皮当帽绳，侧面斜插着一支孔雀翎，在阳光下散发着蓝绿色的光芒。他俩还为神授艺人也备了礼物，一顶同款礼帽和一副墨镜。老人们无一例外地手持念珠，一边互相打着招呼，一边还抓紧念诵着自己的功课。

神授艺人还未到来，但已经掀起了阵阵热潮，人们期盼听到格萨尔史诗的热忱情绪越来越高涨。阿旺罗罗曾经问爷爷为何这位艺人消失如此之久，爷爷都闪烁其词，还责怪他问题多。但在围绕着的人群中，阿旺罗罗听到急切等待着的人们低语着，“十年了，十年了……”阿旺罗罗慢慢地注意到，“十年”，这个词出现的频率很高，就是说，此刻他们等待着的这位著名艺人，已经十年没有说唱了。

正在这时，阿旺罗罗觉着旁边的仁倩卓玛一直在扯他的袖子，他回头一看，仁倩卓玛在朝他使眼色，他便跟着小姑娘从人群中挤出来。她低声说："我们去迎接巴仲爷爷。"

每次听到“巴仲”这个神圣的字眼，阿旺罗罗的眼神就会一下子灵动起来。他知道这个称呼是格萨尔神授艺人所专有，千百年来，人们用“巴仲”这个名字命名被神灵赐予格萨尔故事的人，他们天生与格萨尔有缘。

他跟着她跑起来。向前……向高处……风从他的耳旁吹过，心越跳越欢。

两人刚跑下山坡，就看到大家围着艺人往回走，一条又一条的哈达挂在他的脖子上，只见艺人的宽檐礼帽压得很低，鼻梁上架着一副黑墨镜，几乎看不到他的脸庞。

阿旺罗罗及至跑到跟前，不知怎的一下子跪倒在地，人们哄笑起来，神授艺人弯腰扶着他的胳膊让他起来，阿旺罗罗抬眼一看，老人笑眯眯的面庞正对着他，他顿时紧张地说不出话来。

老艺人说："孩子，我们又见面了。"

阿旺罗罗连忙双手合十行了礼，努力回想自己是否见过这位老人。

老艺人拉住他的手，在他手上摸索了许久，停留在有着白海螺凸痕的手掌上，“看来，你已见过森姜珠姆王妃了。”

“她就是森姜珠姆？”阿旺罗罗惊讶地张大了嘴巴。

“好兆头啊，孩子。”老艺人叹息着，“我们都老了，总该有年轻人继续这个事业的。说说看，森姜珠姆王妃是什么样子？”

阿旺罗罗回忆着珠姆泉边发生的事情，那种清凉的感觉重新弥漫在他的身旁，泉水中形成的光的漩涡又在眼前浮现，那女子缥缈而来，手里拿着一枚白色的海螺……

“我只记得她很美。”

老艺人笑道：“你的表达也太乏味啦，她的美不是这一个词就能表达的，我告诉你格萨尔故事里是这样形容她的：珠姆面如莲花、口似樱桃，眼赛白螺闪光，头发像乌丝发亮，嘴唇像朱砂点穴，身影像修竹亭亭玉立；她前进一步价值百匹骏马，后退一步价值万头肥羊；冬天她比太阳暖，夏天她比柳荫凉；遍体芳香赛花朵，蜜蜂成群绕身旁。”

老艺人滔滔不绝的描绘让阿旺罗罗激动起来，他抱住老艺人的胳膊肘儿，轻声复述了一遍刚才的唱词，老艺人赞许道：“你是个聪慧的孩子，记着格萨尔还有很多壮丽的事业，你的描述一定要丰富、要到位才成。”

阿旺罗罗使劲点点头。

神授艺人在大家的簇拥下来到格萨尔文化广场，取下围成小山的哈达。此时，森格云丹活佛已经到场，他和艺人互相敬献了哈达，大家竞相上前，再次用哈达礼仪将艺人堆起来，阿旺罗罗注意到爷爷和仁增赤列爷爷与艺人行的是贴面礼，看来他们是老相识了。

姻亲联盟活动的真正高潮在人们的期盼中拉开了帷幕，躁动了一天的草原静了下来。淹没在人群中的阿旺罗罗几乎听得见自己咚咚的心跳声。他远远看去，艺人正在做演唱前的祈祷。这位格萨尔的使者摘下礼帽，他有着一个疏朗而皱纹满布的额头，风吹日晒的脸庞上刻满了岁月的痕迹，仿佛江河沟壑都曾经穿流过，想必那双墨镜后的眼睛也异常坚定执着，日月星辰也肯定曾在那里闪耀过……他薄薄的双唇开始念念有词，合什的双手朝向远方深深拜伏下去，等他祈祷完毕后，就将一顶艺人帽戴在花白的头发上。

阿旺罗罗目不转睛地盯着那顶帽子。他知道称作“仲夏”的艺人帽有着神奇的传说，并非人人都能顶戴，只有神授的艺人才有资格。这顶仲夏神帽由金银两色织锦制成，呈四角形，高耸而硕大，两边竖着兽形耳朵，帽子正面饰有一枚小巧玲珑的铜镜，左右镶着金属的弓箭，帽檐上有七粒贝壳一字儿排开，一簇孔雀翎在帽顶上随风摇曳，那蓝绿色的羽毛正散发着神秘的光芒。

只见艺人端出一面圆光镜，对着镜子开始了抑扬顿挫的说唱……此时此刻，人们与他心灵相通，那个久远的英雄时代刹那间近在眼前，人们感受着从他嘴里汩汩而出的格萨尔传奇中最初的篇章《天岭卜筮》。

“鲁阿拉拉毛阿拉，鲁塔拉拉毛塔拉……”他的声音那么清亮，在说唱体中尽情描述着雄狮大王格萨尔的前生故事。阿旺罗罗一下子从他的声音里感觉到那久违的激情！是呵，格萨尔的传说，是草原上每个少年心向往之的世界，阿旺罗罗的心跟随着艺人的声音而热血沸腾。

很久很久以前，天国中住着大梵天王，他同王妃绷迥杰姆生育了三个王子，小王子顿珠英俊潇洒、天资聪颖，与父母和哥哥们无忧无虑地生活在美妙的天界。可是下界人间却正处在黑暗时期，妖魔鬼怪四处横行，欺侮压迫着善良无辜的百姓。大慈大悲的观世音看到人间生灵涂炭，苦难重重，心生不忍，就向极乐世界的主宰阿弥陀佛恳请，阿弥陀佛预言大梵天王的一位王子将投生人间，他将是人间的菩萨，只有他能教化众生，使藏区脱离恶道，人们从此享受太平安乐的生活。神子顿珠肩负重任，在莲花生大师的精心安排下，选择了父系为念神后裔、母系为龙神后裔的父母：岭国三王子森伦与王妃郭萨拉姆。他降生人世后，开始了命运多舛却豪气冲天的英雄生涯，人称雄狮大王格萨尔。

阿旺罗罗深深地被吸引到一波三折的故事中去，他在心中默默重复着刚刚被艺人唱诵的歌词：

陌生的孩子你从哪里来?
来到这里做什么?
牛尾洲是万恶的苦海，
罗刹的食欲比火还热，
女罗刹的魔手比水还长，
找肉吃的罗刹比风还快。
古老的谚语说得好：
没有难以忍受的痛苦，

无须把生命溺在水中；
没有遭受极大的冤屈，
不必把财富送进官府。
你这乳臭未干的孩子，
来到这里究竟有何事？
你是什么地方人？
你的父母又是谁？

阿旺罗罗暗暗有些吃惊，他重复起这些歌词来可以说是得心应手，仿佛他的心中本来就有，只是艺人帮助他重新记忆了而已。他翕动着嘴巴，无声地复述着艺人的唱词，那一句句看似简单实际上很深奥的句子他并不能全部了解，但却像流水一样流畅地从心底里倾泻而出。

“阿旺罗罗，阿旺罗罗！”坐在旁边的仁倩卓玛用胳膊肘儿撞撞他。阿旺罗罗回头看，见她满眼泪花，是艺人说唱到一股妖风刮到雪域之邦，顿时刀兵四起、烽烟弥漫，晴朗的天空变得阴暗，嫩绿的草原变得枯黄，善良的人们变得邪恶的描述时，不由得淌下了眼泪吧。

“你刚才在嘀咕什么呀？”仁倩卓玛瞪着他，“你不好好听，以后这种机会很少的。”

“以后我唱给你听！”阿旺罗罗的话冲口而出，把自己也吓了一跳。

仁倩卓玛认真地想了一下，说：“你得说话算数。”

阿旺罗罗懊悔得要命，恨不能找个地缝钻进去。这时他的保护神扎拉使劲地掐着他的肩膀，他忍着痛，匆忙从人群中撤了出来。

一到没有人的地方，他就大喊道："扎拉，你个儿这么小，劲儿怎么那么大，掐得我好痛！什么事啊？"

扎拉一脸严肃："这种事儿你也能乱说？这话还没到要说的时候。"

阿旺罗罗很不情愿听到他的责备："又不是故意的，那么什么时候才能说？"

扎拉从空中扯出那本破破烂烂的书来，沾一下唾沫，准备查阅。阿旺罗罗不耐烦地说："不要查啦，我只是随便说说，我哪会唱格萨尔啊，以后我给仁倩卓玛背一段不就行了。"

扎拉说："男子汉大丈夫一诺千金，要说话算数。"

他翻翻那双蓝色的大眼睛，望着远方，"你会唱出来的。唉，美好的时代什么时候能到来呢？"

"你说什么？"阿旺罗罗警觉地问。

"没什么，"扎拉连忙说，"和你一样，我也是随便说说。"

阿旺罗罗很想问问保护神，自己想跟着艺人学唱格萨尔的事情，可是话到嘴边，又觉得无法形容，就问道："扎拉，听说艺人都是神授的，有没有后来跟着老师学唱的艺人啊？"

扎拉的目光从夜空中收回，看着阿旺罗罗，等了好一会儿，似乎在斟酌研究自己的措辞，"你听过青蛙的传说吗？"

阿旺罗罗莫名其妙道："青蛙和艺人有什么关系？"

"你听我讲嘛，"扎拉挪挪屁股，在阿旺罗罗的肩膀上坐稳，他洁净的哈达衣裳在微微飘动。他说："当年雄狮大王格萨尔的次妃梅萨绷姬被亚尔康魔国的黑魔王路赞抢走，格萨尔为了降伏路赞，救回梅萨绷姬，开始了称王后的第一次征程，可是就在快到魔国的路上，他的宝马不小心踩死了一只青蛙，格萨尔感到非常痛心，他本来就有一副慈悲心肠，无缘无故的杀生对他来说是有罪过的，所以他立刻跳下马来，双手捧起青蛙，虔诚地为它祈祷度亡，并请求天神保佑，让青蛙来世能投生人间，成为故事人，专门讲述格萨尔怎样降妖伏魔、如何造福百姓的英雄业绩，让天下所有的黑发藏民都能听到。他还说愿我的故事像杂色马的毛一样。果然，那只青蛙后来脱胎换骨来到人世，转生为一名故事人，讲啊，讲啊，一直到今天，你们听到的格萨尔故事人都是他的转世或者化身。"

阿旺罗罗惊奇地思索着："那么青蛙的转世就是第一位艺人喽？"

"那当然，这还有假？"扎拉说。

阿旺罗罗又问："格萨尔王说的杂色马是什么意思？"

"他说的是马身上毛多，难以用数字表达，意思是格萨尔的故事像马毛一样多，一个人一辈子说也说不完。"

阿旺罗罗感叹道："那么多啊，青蛙艺人真了不起！"

"那都是格萨尔大王祈祷的结果。"扎拉拍拍手，打了个长长的呵欠。

阿旺罗罗仔细想了一番："你的意思就是说，艺人都是神授的？"

“是格萨尔选择你，不是你选择格萨尔，就这么简单。”

“那么一个人没有被选择，可他特别特别喜欢格萨尔，格萨尔会不会传授呢？”阿旺罗罗心有不甘。

扎拉蓝色的大眼睛定定地看着阿旺罗罗，眼前这个十三岁少年的目光中充满了真诚和渴望，如同一束蓬勃的火焰，正在放射着热烈的光芒。扎拉说：“孩子，你要相信自己的感觉，格萨尔不会无缘无故地选择某个人，他选择的那个人必定热爱格萨尔，但这还不算，他还要经过一系列的严格考验，等到时机成熟，格萨尔就会把这个伟大的事业神授给他。”

阿旺罗罗神往地望着深幽的远方，心里想，如果我是那个被选中的人那该多好啊！扎拉似乎看到了他的内心，用一只大手抚平他乱蓬蓬的头发。阿旺罗罗又问：“他会考验什么呢？”

扎拉说：“这是天机啊，不可以随便乱说的，只要这个被选择的人坚信自己的信念，就能经受住种种考验，格萨尔不会选错人的。”

“什么时候算是时机成熟？”

扎拉见阿旺罗罗着急的样子，笑起来，但旋即消失了。阿旺罗罗知道是有人来了，转身一看，是仁倩卓玛嗔怪地站在身后，“这么难得的机会，你也不好好听，忙什么哪！”

她嘴上埋怨着，手却从怀里掏出好多块阿妈做的甜食“辛”，放进阿旺罗罗的怀里，然后还拍拍腰部，他知道那枚金雕蛋静静地孵在她的体温里。

阿旺罗罗收好“辛”，调头准备随仁倩卓玛返回人群中。这时他看到，在艺人忽而高亢激越、忽而低回婉转的说唱声中，一道若有若无的光环渐渐从他头顶上扩张开来，渐渐升起，渐渐扩大，像一个透明的保护罩，渐渐把人群罩起来，越拱越高，逐渐向广场四周扩散开去，阿旺罗罗感觉仿佛身在一个巨大的气泡里面，一种特殊的香气渐渐弥漫开来。他使劲张开鼻孔呼吸，试图辨别出到底是什么香味，但一会儿能嗅到，一会儿又嗅不到了。他蹭蹭仁倩卓玛的胳膊，用眼睛示意光环，再用鼻子示意香味，仁倩卓玛虽然领会他的意思，抬头看了，也张开鼻孔吸了，但显然从她迷茫的眼神里可以看出她并没有看到光环，没有吸到香味。

就在他准备张口说明的时候，人群突然躁动起来，他惊愕地看到一头巨大的野牦牛从天而降，突然出现在广场东面的山坡上，还没等大家反应过来，它已经低着头直抵广场而来，它高耸的肩椎仿佛一座大山，红铜色的双角在夕阳中闪着金属的光芒，像一双粗壮的利剑举在空中，阿旺罗罗随即看到那轮光环在牛角锋利的切割中烟消云散。

此刻，太阳忽然失去光辉，一声惊雷从天空炸响，万里晴空刹那间乌云密布，只见野牦牛裹挟着一股黑风滚滚卷来，鼻孔里冒着毒气，嘴巴里喷着火焰，闪电似的红舌拖在地上，震天裂地的凶猛吼声已经传至心扉，刚刚吸到袭人馨香的鼻孔里全是呛人的毒雾，粉红色和烟灰色的雾气弥漫在半空中。

惊慌失措的人群中惊呼声一片，已经有些妇女和孩子踉跄着纷纷倒地，慌乱的狗吠声此起彼伏。阴森可怖的野牛直奔广场而来，人们躲避不及，被撞倒的接二连三，但那野牛似乎目标很明确，低吼着冲着场中心奔去，阿旺罗罗定神看到，爷爷和仁增赤列以及森格云丹活佛已经围住艺人嘎玛威色，似是要保护艺人的安全，阿旺罗罗甩脱仁倩卓玛的胳膊，喊道："你快跑！"自己立刻跑向爷爷，他要和爷爷在一起。

阿旺罗罗和四散奔逃的人群逆向而行，几乎与野牦牛同时到达广场中心，他看到手无寸铁的几位老人眼里却是无畏的光芒，三人形成鼎足之势，团团围住嘎玛威色，老艺人则双手紧护着前胸的圆光镜，好像还在禅定的状态。但野牦牛已经全力奔袭到老艺人面前，那双红铜色的犄角三下两下就挑烂了仲夏艺人帽，紧接着挑起圆光镜但没挑稳，正在犄角尖上晃悠，眼看他们就要受伤，阿旺罗罗不顾一切冲了过去，嘎玛威色一把夺过圆光镜塞到他怀里，"快去阿尼玛卿找闻宝大师！"爷爷也大喊道："阿旺快跑！"此时野牦牛也注意到阿旺罗罗，它瞪着一对凸出眼眶的血红大眼，朝他奋力一扑，阿旺罗罗已经能感觉到一股臭气熏天的气流从对方身上涌动而来，但他胸前的护身符突然将他一推，他抱住圆光镜，转身跑向远方……

第二章　次巩卡Ⅰ：神箭之路

一、傍晚的白唇鹿

男孩行走在沉默中。圆光镜沉甸甸地躺在怀里，护身符已经不在胸前，系绳的脖颈处还有些隐隐痛意。薄暮里，翻越一面缓坡，眼前又出现一面缓坡，不知过了几道山口，刚攀上一面山坡，迎面遇上一队鹿群，大约有七只，大小不一，领头的鹿个头高大，其他几只母鹿和幼鹿迅速走到它的身后，幼鹿屁股上的黄色斑块若隐若现着。这是一群白唇鹿，全身金褐色，只有唇部呈现出柔和的白色。头鹿的两枝犄角阔大而高峻，阿旺罗罗粗略估计一下，分叉多达七枝，带着毛茸茸的光环。头鹿俯视着眼前突然出现的男孩，机警地与阿旺罗罗对望着。阿旺罗罗似乎看到了它赭色的眸子，那里闪动着一丝光，仿佛要倾诉什么。头鹿的蹄子轻轻地敲打了几下地面，然后引着鹿群轻快地转身离去，伴随着它们骨关节发出的咔嚓咔嚓的脆响，很快不见了踪影。

也不知爷爷他们怎么样了，阿旺罗罗感觉身后的世界仿佛轰塌了一样，他不时回头望望，又加紧了脚步，看来只有赶紧到阿尼玛卿找到闸宝大师，才能妥善解决发生的一切。怀揣着圆光镜，就像揣起了一个使命，他心里明白，只有不停地向前、向前……

此刻，黑暗已经降临，繁星下远方的雪山呈现出黝黯的轮廓，坡下的河水哗啦啦地流淌着，冷冷的夜风裹挟着寒意扑面而来，令人浑身战栗。仁倩卓玛塞进他怀里的“辛”早已吃完，阿旺罗罗不由得收紧了身子，隐约看到河水边有一顶游牧人的小帐篷，便向帐篷走去。

小帐篷孤零零地坐落在岸边的乱石上。没有炊烟，没有獒犬的叫声，静寂如无人。阿旺罗罗迟疑着掀起帐帘，里面黑洞洞的看不端详。“有人吗？请问有人吗……好像没人吧……”

“谁说没人啊？我还没死呢。”一个苍老的声音从里面的角落里响起。

阿旺罗罗吓了一跳，缓过神来赶紧解释道：“老人家，请问这里是什么地方？我迷路了……”

里面一团黑影蠕动了一下，随着渐渐适应的光线，阿旺罗罗看清那是一位满头灰白乱发的老奶奶，蜷缩在一堆看不出颜色的皮袄里，她的嗓音沙哑无力：“这里是桑巩卡，当年格萨尔大王带着岭国大将们要去阿尼玛卿祭祀神山，可是有三座大山挡住了道路，格萨尔射出神箭，劈开三座山，开出一条道路，这三座山垭口就是桑巩卡、格巩卡和次巩卡，你继续往前走，到了次巩卡，就算到了阿尼玛卿的地界，能看到格萨尔的煨桑台啦。”

“老奶奶，能给碗茶喝吗……”

“我也没茶喝啊，长着小鸟眼睛的年轻人，我都快死啦。”

阿旺罗罗已经顾不上不快，满心的怜悯促使他走到近前：“奶奶，我能帮您什么吗？”

“唉，你还太小，”老奶奶翻起眼皮，浑浊的目光看了看他，“帮不上我的。”

阿旺罗罗顾不上脚上起泡的疼痛，连忙扶着老人坐起来：“您说说看，我会尽力的。”

老奶奶好沉啊，阿旺罗罗费劲地搬动她，坐直了身子的老人家不知从哪儿摸出一个小巧的转经筒，咿咿呀呀地转了起来。她慢条斯理地说：“按说你也可以做到，只怕你没这个心帮我。”

阿旺罗罗真诚地望着她，尽量不去嗅那直冲鼻孔的气味，她可能有一百年没换衣服了吧。“您说说看，我能做到的一定帮您。”

“这么说你是答应啦？”老奶奶立刻来了精气神儿似的，眼睛里放出一道光，“看着你就是好孩子。”

“你看到我病的样子了吧？年纪大了，身体不行了，又没人照顾我，死到临头啦，除非你能帮我取到一样东西，我的病就马上好啦。”老奶奶闪一下眼神，接着眯缝起来，漫不经心地说道：“我说的是一种动物身上的东西，唉，可能你也没办法，算了吧，我估摸着天亮的时候我就断气啦。”

阿旺罗罗急道：“那怎么行，不能等到天亮，我这就去找。”

“好孩子，你虽然年纪小，但已经是男子汉了。”老奶奶一只手紧紧抓住阿旺罗罗的胳膊，另一只手的拇指与食指比画出一段很小的距离：“我需要一截鹿茸，我说的是这么一小截。”

“鹿……的鹿茸？”阿旺罗罗被她的手抓得好痛，本能地想挣脱她，可是发觉根本行不通。“我不杀生！”

老奶奶忽地又放了手，说：“不是让你杀生，你可以和它商量，它会答应的，我保证，何况我还有回报，我送你这个。”

她的手上多出来一样东西，阿旺罗罗仔细一看，骨节枯槁的手上躺着一枚红艳艳的石头吊坠。

阿旺罗罗说：“我不要回报，问题是怎么和它商量？”

“就像和我商量一样啊，白唇鹿是非常聪明的动物，比有些人聪明多了，它一定能听懂你的话。”

阿旺罗罗只好接过来那枚石头，沉沉的，小鸟蛋那么大，闪烁着深红色的光芒，昏暗的破帐篷顿时红彤彤地亮堂起来。他说：“我上哪儿去找鹿啊……”

老奶奶嘶哑的声音里开始有了笑意：“你不是刚刚遇到一群鹿了么？我说的就是那头雄鹿。”

阿旺罗罗艰难地站起来，不知该怎样完成这个任务，他看一眼病入膏肓的老人，实在不忍心她就这么死去，决定出去试试。他刚要起身，却被老奶奶压住胳膊：“让你的保护神在我这儿待着，等你回来。”

“什么……什么保护神……”

扎拉却已从左肩飘出来，向着老奶奶双手合十行了礼。

阿旺罗罗嗔怪地看着他，自己可从来没有在外人面前让他显形过。可扎拉低眉顺眼的样子，完全不在意他的感受。

“这就对了，”老奶奶一把将扎拉拉到身边坐下，继而用严厉的声音嘱咐道：“还有，你拿到鹿茸后得到河里，那里有一眼泉水，用泉水泡着拿回来，记住，别用河水糊弄我。”

阿旺罗罗听明白了，点头答应了她。老奶奶把一支牛角壶递到他手上，朝他连连摆手：“快去快去！”

阿旺罗罗出了帐篷，茫然地看看四周，星空下万籁俱寂。他粗略地判断一下方向，便朝记忆中鹿群离开的方向走去。寒冷的夜风袭来，很快冻僵了他的双颊，幸好有呼出的热气温暖着冻僵的鼻尖。粗粝的石头硌着他的脚，尽管他穿着爷爷亲手缝制的牛皮靴，但尖锐的触感还是不断传到双腿，他紧握那颗红色石头，坚持走向几个时辰前走过的缓坡。

坡下是一条黑黝黝的山沟，两边是茂密的岩石山壁，零星有一两棵树长在岩石间，在夜风中摆动着黑沉沉的轮廓。远方隐隐约约回响着野狼的长嗥，昏暗的天光忽隐忽现，一轮薄薄的月亮悬在空中，岩石山崖下传来河水的哗哗水流声，更显得空旷而寂寥。

阿旺罗罗的喉头一阵阵发紧。说实在的，他长这么大，放牧归圈时走迷路也发生过几次，但都没有现在这么紧张，好像要有什么事发生。山沟尽头曲折而漫长，阿旺罗罗又饿又冷，他紧紧衣裳，挂在腰带上的牛角壶啪嗒啪嗒地拍打着他的大腿。

正在阿旺罗罗颦眉思索的时候，忽然听到一阵马蹄声由远而近，从那声响可以听出，那是一匹身姿矫健、快步如飞的好马。阿旺罗罗出于本能，连忙躲到一块岩石后面。很快马蹄声就来到不远处，他发现一匹高头大马上载着一位武士模样的人，听得“扑”的一声，那匹马踩到了一个什么东西。只见武士跳下马来，捧起那个被马匹踩着的东西，说：“江噶佩布啊，我的宝马，你怎么踩了青蛙？”那匹被称作江噶佩布的马儿竟然开口说起了人话：“是我不小心，拜托大王赶快给它念念超生经，让它早日转世。”

那位武士说：“可怜这只青蛙，我们无缘无故杀生是有罪的，为了忏悔，我就祈祷让它脱离动物界，来生变成人类吧。”说着，他就念念有词，向上天祈祷起来。

阿旺罗罗在岩石后躲藏着，但却看得一清二楚。这不是常常梦见的格萨尔大王吗？他的脑海里闪现出格萨尔史诗中描绘的故事，这位武士就是威名远扬的雄狮大王格萨尔，而那匹能说话的宝马就是与他一起从天界下凡的天马江噶佩布，他们正走在赶往魔国的路上，要去拯救格萨尔的次妃梅萨绷姬。那么，青蛙的传说就是这么开始的……

阿旺罗罗蓦地发现武士捧着青蛙朝自己的方向走来，紧张得不知所措，格萨尔大王来到阿旺罗罗面前，用手一拨，那块岩石竟然移动到一边去了，阿旺罗罗站在那里，直愣愣地望着他。曾经深深留在记忆深处的一些片段缓缓地回流到了脑海，不错，在《魔岭大战》篇中，青春焕发的格萨尔正是这样的模样：长着白螺牙齿紫面皮，穿着岭地金甲衣，骑着火红千里驹……

格萨尔大王来到阿旺罗罗面前，什么也没说，就把青蛙朝他手里一推。阿旺罗罗来不及思索，不由自主地接了过来。啊呀呀，那份凉滋滋的感觉真令人害怕，青蛙疙疙瘩瘩的皮肤挨着阿旺罗罗的手，心里毛瘆瘆的。他低头一看，青蛙四脚朝天地躺在他的手掌里，那张怪模怪样的脸庞上似乎挂着一个可疑的微笑，阿旺罗罗简直不敢相信，低头定睛再看，那只青蛙忽而飞来一脚，直接踢在阿旺罗罗的额头上！

阿旺罗罗唉哟一声，扔掉青蛙，格萨尔大王却疾速地接到手上，他笑呵呵地说："孩子，青蛙长相虽然丑陋，但也是一条生命，我们人类不应以自己的好恶来定标准，所有的生命都是平等的，应该珍惜，况且你与它还有缘分呢。"

阿旺罗罗摸着额头，隐约觉得青蛙的脚印留在了上面。格萨尔大王撩开阿旺罗罗的头发，查看了一番，说："很好！很好！"

阿旺罗罗这才想到要行礼，面前站着的就是魂牵梦萦的格萨尔大王呀！他双手合十，感觉心脏快要蹦出胸膛，同时又害羞得要命，全身冒出大汗来，一时竟不知说什么好。

格萨尔大王和蔼地看着他，"赶夜路的人一定使命在肩，你这是要到哪里去？"

"我要到阿尼玛卿……"阿旺罗罗想起爷爷和嘎玛威色老艺人，千言万语如鲠在喉，两眼竟冒出泪花来。

"我的寄魂山呀，东查仓的后裔历来守护得很好。"格萨尔大王微笑着，"青蛙脚印并非都能印到每个人的额头上，看来你得继续你的使命了。"

阿旺罗罗使劲点头，把泪水咽回去，我也是东查仓的儿子，不能流泪丢脸。他望着对方那张英气逼人的脸膛，不敢深看那双射出光芒的眼睛。他说："我愿意完成使命。"

虽然他目前还不能完全明了那使命究竟是什么，但他在英雄面前，陡然升起一种自豪感，是啊，梦寐以求的格萨尔，竟然就和自己面对面地站着，他都能感觉到英雄的呼吸声，甚至能嗅到他的气息。率真的性情促使他庄严地朝英雄重重地点了点头，表示已经承接了这个光荣的任务。

"很好，我们藏人最看重诺言，尤其男子汉大丈夫，对说过的话要负责任，快去找闸宝大师吧。"格萨尔说完，骑上宝马飞一样离开了。

阿旺罗罗追着他的背影道了别："再见，雄狮大王！"

格萨尔的声音从远方飘来："祝你好运，小伙子。"

阿旺罗罗失魂落魄地追了几步，忽而一阵咔嚓咔嚓的声音从身后传来，那么近，那么清晰，阿旺罗罗惊吓得转过身来……

那头雄鹿是突然出现的，令阿旺罗罗猝不及防。雄鹿站在阿旺罗罗面前，很近，个头比他还高，那双犄角更是高不可及，散发着一种威严的气息。阿旺罗罗这才从梦境般的奇遇中回过神来，他攥紧那枚红石头，都快要攥出血来了，还是不知道该怎么办。

雄鹿是单独出现的，它的身后没有鹿群。它盯着阿旺罗罗看了一会儿，身后是又大又圆的月亮。阿旺罗罗结结巴巴地说："是老奶奶生病来着……病得很严重……只有你的鹿角才能救她……

你也愿意救她，是吧？”

阿旺罗罗把手掌打开，那枚红石头挂坠摊在手心中，黑色牛皮绳在夜风中飘动。他接着也像老奶奶一样，比画着手指说：“我用老奶奶的这个换你的鹿角，不知你肯不肯换？她只需要这么一小截……”

雄鹿似乎在看着那枚石头，轻捷地挪动了一下脚步，然后就把头低了下来。阿旺罗罗迅速把挂坠挂到雄鹿的脖子上，牛皮绳在犄角上牵牵绊绊的，好不容易挂到雄鹿的脖子上，一支很短的鹿角枝杈竟然被挂断了，不偏不倚地落在了阿旺罗罗的手里。

雄鹿转身离去，它的四肢骨节发出咔嚓咔嚓的声响，不一会儿就消失在黑夜里了。阿旺罗罗欣喜地捧着鹿角叉，感觉那支鹿角叉在引导着他朝河滩跑去，很快找到老奶奶说的泉水的位置，他一头扎下水去，好凉啊，冰凉的泉水迅速淹没了他，他将鹿茸放进牛角壶，然后咕咚咕咚灌满泉水。

除了浑身湿透，一切都很顺利，可是阿旺罗罗还没来得及高兴，就发现返程时迷失了方向，一离开河滩，高悬着的月亮就消失在云层里，周围黑漆漆一片，他握着牛角壶，前后左右判断了半天，估摸着朝前走去。

离开河滩不久，远远看到一丛火光隐隐约约闪现着，阿旺罗罗赶紧过去，是一丛篝火，旁边是熟睡着的扎拉，篝火映红了他的脸庞。阿旺罗罗推醒他：“你怎么在这儿？老奶奶呢？帐篷呢？”

一大堆疑问在阿旺罗罗脑海盘旋，然而扎拉一问三不知，“不知道啊……我不知怎么就睡着了……”他迷迷糊糊地说。

篝火上架着一大壶奶茶正冒着热气，旁边还有满满一盒“辛”！那红糖酥油炒面点心散发出的香甜味道简直太诱惑人啦。饥肠辘辘的阿旺罗罗坐下来，架起衣服烤火，一边吃着“辛”，喝着奶茶，一边把得到鹿角的情况给扎拉讲述了一遍，身上也暖和起来了。

天亮了，还不见老奶奶回来，整个河滩上空无一人。这时扎拉一拍脑袋：“想起来了，记得她说让你把鹿角带在身边，直接去次巩卡，她在前面等我们。”

阿旺罗罗记挂着老奶奶，但也别无他法，只好与扎拉重新朝着雪山出发。太阳照着人暖洋洋的，阿旺罗罗心情放松下来，慢慢咀嚼着昨夜梦幻般的奇遇。

扎拉则在肩膀上一直打着瞌睡。

“扎拉，你醒醒，带着小镜子吗？给我看看。”

扎拉半梦半醒地埋怨道：“你一个男孩子，要镜子做什么？鼻子上跑着牛吗？”

“快给我！”

扎拉变幻出一个小镜子。阿旺罗罗别别扭扭地歪过身子，背对着他，连忙撩开额头上的头发，扎拉的镜子虽然小得不能再小，但还是能看得清清楚楚，额头上除了几颗小痘子外，什么痕迹也没有，他有些发傻。

收起镜子的扎拉似乎清醒了许多，“这是什么情况？有点反常，什么时候开始注意自己的形象了？是不是在看眼睛啊，你不是最不喜欢别人说你的眼睛长得像鸟眼吗？其实看上去很好，你不要总担心这个，记住什么都是最好的安排，眼睛也不例外……”

“不是眼睛……”阿旺罗罗打断小伙伴的喋喋不休。

“那就更奇怪了，男子汉总照镜子不是什么好事。”

阿旺罗罗最看不得他的目光里那追究到底的执着，在扎拉认真的追究下，他只好吞吞吐吐地把昨天晚上的奇遇都告诉了他。

这会儿保护神愣了半晌。他摸摸阿旺罗罗的额头，怎么使劲也没摸出个青蛙脚印来。“到底是你又做梦了还是真的遇见了？关键时候你怎么不喊我？”

“什么都没来得及……”

“还有什么没来得及？”

“我经常梦到他，不知他是否能感觉得到……”

“傻孩子，他到你梦里，他一定是知道的！”

“你的意思是……”阿旺罗罗吃惊起来，“是他到的我梦里？”

“不管怎么说，你都答应人家格萨尔大王了，男子汉要言而有信。”

“这我知道，我肯定会遵守我的诺言。”阿旺罗罗烦躁地说，“可是我额头上并没有青蛙脚印，如果我真的找到闸宝大师，他会相信吗？”

“是啊，这是个难题。”扎拉抱着一双膝盖，不知怎么办才好。一会儿他又小心翼翼地问：“你相信自己将来会是位神授艺人吗？”

“说实在的，我不能确定，我只知道我非常喜欢格萨尔，非常！”

他俩说着话，同时把目光望向了远方，那很远很远的山峦，雪峰在太阳下熠熠闪光，银白色的冰川穿过了千年万年，神秘的名号经常出现在每个藏人的双唇之间，那就是大名鼎鼎的阿尼玛卿神山。

扎拉忽然喜形于色道：“或许我们看不见的青蛙脚印闻宝大师能看见吧？”

“哎呀，我也是这样想的，只是怕万一他也看不见呢？”

“你找到他就会有法子的，要不他怎么叫大师呢。”扎拉万分肯定。他的话给了阿旺罗罗很大的信心，阿旺罗罗也放松了下来，但转而又想，是格萨尔大王在考察自己的能耐吧……

“你快赶路吧，我要睡会儿。”扎拉说着就飘进了他的肩膀里。

二、森伦箭、松耳石奶桶和姜噶贝嘎神杖

从清晨到正午，阿旺罗罗一刻也没有停下脚步。他行走在广袤的草原，时而穿过溪流，时而越过缓坡，天上的白云亦步亦趋，头顶的百灵掠过耳畔，发出好听的鸣唱，不知多少时辰已经过去，次巩卡依然遥远。

阿旺罗罗坚定的脚步疑惑起来。

昨天晚上的情景是真实的还是幻觉？是愿望还是想象？抑或是神灵顽皮地开了一个玩笑，还是梦神好心前来抚慰一下他孤寂的时光？

“扎拉！扎拉！”

阿旺想和扎拉说说话，可是奇怪的是扎拉在这一路上都没有出现，任他怎么呼唤都以无言来相对。这太不正常了。

他摸摸左肩。感觉不到扎拉的分量。当然他从来感觉不到保护神的重量，他只是明确地知道扎拉的存在。

扎拉无数次地保护过自己。有一次在山上放羊，不小心被草蛇咬伤，他在快昏厥时大声地呼唤扎拉，醒来后看到扎拉已将他腿上的毒血尽数吸出，正在那儿擦嘴巴呢；还有一次遭遇野狼袭击，眼看就扑上了他的喉管，却被扎拉咬住尾巴，硬是拖出一箭射程那么远；还有一次他爬上山崖去捡山鹰蛋，脚下一滑，接着就开始绝望地坠落下来，是扎拉张开哈达般的一张网，结实地网住他，使他轻松落地，毫发无伤……

要说扎拉的好处，简直太多了，自从第一次发现了扎拉的存在，他就有了一个朋友，孤单时说说话儿，即使扎拉不出现，他也知道自己是不孤独的，因为只要他诚心祈请，扎拉总会现身。

可是今天怎么了？难道是决定做错了？还是远离了扎拉的保护范围？

阿旺罗罗无奈地看看天。太阳光亮晃晃地照耀着大地，汗水已经湿透了他的脊背。他突然一泄气，一屁股坐到草地上，饥饿和疑惑同时袭击着他单薄的身体。他自说自话道："我实在走不动啦……"

他坐稳后，从怀里拿出那盒剩余的"辛"，开始吃起来。

"巴仲不能太饱，也不能太饿。"扎拉尖声尖气地说着话出现了。

阿旺罗罗看着他轻飘飘地浮在眼前，埋怨道："你去哪儿啦？"

扎拉满头大汗，他用力甩落额头的汗珠，阿旺罗罗奇怪地听到那汗珠落到草地上的“啪啪”声，怎么会有那么大颗的汗珠啊！

扎拉夸张的神态让阿旺罗罗高兴起来，他一张口，吞掉了最后一颗“辛”。

他说：“我还没饱呢，你说什么啊？”

扎拉的脸色红扑扑的，似乎经历了长途奔波，现在正在大口喘气，“是古老的谚语，意思是巴仲吃得太饱就没有兴趣到处传唱格萨尔大王的故事，如果太饿就要整天为口粮奔忙，也顾不上说唱格萨尔了。”

阿旺罗罗说：“这话有道理，可是跟我有什么关系呢？”

扎拉诡秘地闪动着一双大眼睛：“因为……因为……你想当巴仲呗，一名真正的格萨尔神授艺人，我还能不知道！”

“那也不是我想当就能当上的呀，格萨尔说了，要有缘之人才有这份幸运。”

阿旺罗罗伤感地舔舔指头，“辛”遗留下的碎屑也全进了嘴里。实际上他还是小心地把一小块食物压在舌头下面，慢慢地咀嚼，但是“辛”耐不住他丰富的唾液，一下子全化了，他觉得越发饿了。

“扎拉，你不饿吗？”

“饿啊，有什么办法？你也不为我煨个桑。”

扎拉垂头丧气地坐在阿旺罗罗的肩膀上，细细的胳膊肘儿撑在膝盖骨上，用大手支着下巴，一边说着话，一边就有大滴的口水滴滴答答地落了下来。阿旺罗罗看着好笑，翻身起来。“好吧，我就为你煨个桑，这里只有草，没有酥油和糌粑，你就将就点儿吧。”

阿旺罗罗找来一堆草，堆在一块儿，打开腰带上挂着的火嫌，取出打火石和羊毛引火绳。仁倩卓玛的大哥伍金扎西曾经给过他一个塑料简易打火机，他用着很方便，可是被爷爷夺去，说塑料都是妖魔，用塑料燃烧的桑烟，会呛跑保护神，就不会保佑人和人生存的土地了。阿旺罗罗只好用打火嫌。火嫌是爷爷的旧物，爷爷在第一次带他上牧场的时候，郑重其事地把它挂在了阿旺罗罗的腰带上，并且告诉他，一个男人身上需要几样宝贝：火嫌、佩刀和叉子枪，如果再有一匹骏马，这个男人在草原上就算是有立足之地了。俗话说，我虽然没有帐篷，但蓝天就是我的帐篷，我虽然没有靠山，但肩后的叉子枪就是我的靠山。男人可以依靠这些宝贝，成就自己的事业。阿旺罗罗牢牢记住了爷爷的话，现在，他的腰带上已经挂上火嫌和佩刀，他已经是半个男子汉了。

由于湿气重，草料好半天才燃起来。烟气很大。阿旺罗罗虔诚祈请道：“索索索索拉加罗！这一个桑烟献扎拉！愿扎拉勇气百倍终成就，愿扎拉保佑阿旺得平安！”

扎拉满意地从阿旺罗罗肩膀上轻轻地飞起来。他并没有翅膀，但是比有翅膀的飞禽飞得还轻松、还漂亮。

“啊！”扎拉的眼睛散发着柔和的光芒，双唇间不断发出感叹的声音。他围着桑烟飞了一圈又一圈，速度从疾速渐渐慢了下来。他的鼻孔至少放大了两倍，强烈的吸食声令阿旺罗罗吃惊地张开了嘴。阿旺罗罗看到所有的桑烟毫无例外地全部被吸进扎拉的鼻腔中，而他的小小的喉结在有节奏地吞咽。扎拉追随着桑烟陶醉地飞着，洁白的哈达衣裳在空中飘出一抹快乐的弧光。他飞啊飞啊，双眼也由于饱食而慢慢眯缝了起来。

当扎拉呼哧呼哧地坐定在阿旺罗罗的肩膀上时，阿旺罗罗发现他刚刚还干瘪的肚子竟然变得圆滚滚的，而桑烟的烟气也消失得无影无踪。

“吃得那么香啊！”阿旺罗罗说。

“虽然是素食，也不错。”扎拉心满意足地打个哈欠，一连串长长的饱嗝竞相响起。“等你再长大一点儿的时候，就知道不应该总是让我饿肚子的。”

阿旺罗罗问道：“那么，你刚才饿着肚子跑到哪里去了呢？”

“我饿着肚子去干活可不怎么样，走了很远很远的路呢。”扎拉夸耀着，看看阿旺罗罗的脸色，“老实说，我是帮你去借梦了。”

“借梦？”阿旺罗罗吃惊不小，“梦还有借的？”

“那当然，只有我这样的扎拉才能办到，我是忠心耿耿为你服务，你怎么一点儿也不领情？”

阿旺罗罗置疑的眼光把扎拉看了个遍。“借梦？什么借梦？借什么梦？到哪儿去借梦？”

“问题太多，问题太多。”扎拉刚刚恢复原状的鼻孔又放大了，这次是得意，“听我慢慢说。”

扎拉大步跨到阿旺罗罗对面，坐在空气里，正对着他，表情少有的郑重其事，他说：“我看你小小年纪，走得辛苦，走得又慢，就先到次巩卡去了一趟，想看看有什么可以帮你的，虽然没有运气拜访到阿尼玛卿大山神，也没有缘分面见到闸宝大师，不过我倒是找上了他的弟子兰顿大师的弟子。他开始还变幻成野牛魔来吓唬我，那双犄角有那么那么长，牙齿有那么那么长，嘴巴有那么那么大，一甩尾巴半空就响起大大的霹雳，啊呀呀，那样子太可怕啦，就是他喷出的臭气简直都能熏死我，不过我可没有那么傻，想想看，我都活了四百年，什么没见过？我报了闸宝大师的名号，他才变回原来的模样，以后你也得像我这样，一定要有勇气才行。”

阿旺罗罗看他那双大手在空中忽然伸出老远，用来比画野牛魔的犄角长度。那的确够长。天色已经完全黑下来。扎拉在昏暗中呈现出银灿灿的形象，照样让阿旺罗罗看得清楚他挥舞的双手和丰富多变的表情。

“跟他借的梦？”

“别着急，耐心听我说。”扎拉慢条斯理地收回长手，“兰顿大师的弟子认为我们在见到大师之前还应该了解一些情况，不然我们会白费功夫，我就问了，那么怎么样才能让受我保护的人——我指的是你——不白跑一趟呢？他就说了，看在你辛苦为他先跑一趟的份上，我把三个梦借给你，这对他——他说的是你——有用。”

阿旺罗罗这才知道扎拉一借就借了三个梦。“哎呀，你没见到兰顿大师啊？”

“兰顿大师是你要见的，不是我。”扎拉有些气恼，“你见兰顿大师之前必须先了解这三个梦才行。”

“好吧，你说来听听。”阿旺罗罗的心思全在兰顿大师的身上，对梦不梦的不大在意。

扎拉说：“阿旺你开开窍行不行？梦不是说的，是做的。”

阿旺罗罗在昏暗中睁大了眼睛，“我怎么能知道要做什么梦啊？”

“你不是有我吗？我帮你想办法呗。”扎拉说着，握起一只拳头，半闭眼睛，念念有词起来。等他慢慢张开手掌时，阿旺罗罗借着月光看到他手里有些东西，但因为太小看不清楚，随着扎拉的时断进续的嗡嗡声，那些东西慢慢在变化，越变越大，直到扎拉用两只大手捧着时，阿旺罗罗这才看出端详来，那是三样东西：一支铁箭，一个用松耳石做的奶桶，还有一根手杖。

阿旺罗罗询问的目光朝扎拉望去。这时扎拉已经停止念诵，他抑制不住得意的样子解释道：“这三样东西和三个梦有关，我帮你做准备。”

扎拉把双手一合，再打开时，三样东西又变回刚开始时那么小了，只能隐隐约约地看出个模样。突然，扎拉用力朝阿旺罗罗的耳朵眼儿里推了一把，一阵强烈的冲力击向阿旺罗罗，他踉踉跄跄后退了几步，终于朝侧面跌倒下去。只觉得一股热腾腾的气流冲进了耳朵，也感觉到那三样东西疙疙瘩瘩地随着热气畅行无阻地进入耳道，直冲脑顶。整个脑袋热了起来。接着，全身也热了起来。四肢关节开始麻酥酥地松弛，一种惬意的舒适感充满了大脑，整个身体放松得动都不想动啦。阿旺就势侧卧在草丛里，愉快的睡意不知不觉已经来到，他迷迷蒙蒙地闭上眼睛，一会儿就已经呼呼大睡了。

扎拉对此非常满意。

但他仍然仔细查看了双手，确保三样与梦有关的器物都已经顺利进入阿旺罗罗的脑袋后，也打起了哈欠：“做个好梦吧。我也睡喽。”他转瞬即逝，化作一缕轻风飘向了阿旺罗罗的肩膀。

阿旺罗罗感觉自己的身体很轻，竟飘了起来。“啊呀！”他在心中默默地喊了一声，不是因为恐惧，而是这种飘浮带给他从没有的愉快，他似乎摆脱了一切羁绊，自由自在地向天空飘去。他听到风从耳畔呼啸而去，他向上飘着，仿佛都快与大地失去了联系。他试着张开双臂，一阵向上的强力使劲地托着他，沉重的衣裳也变得若有若无，星星们好像在触手可及的地方闪耀，而一束光就在头顶上方打开，越来越亮，他直接飘到光的中间去了。

这是一所光的宫殿。

光的正中，坐着藏人们熟知千年的莲花生大师。他头戴觉悟帽，手持金禅杖，坐在一朵硕大的莲花上。大师的对面是一位身披七彩天衣的神子，面目英俊，身形健朗，他正在用美妙动人的声音向莲花生大师启请：

前世我曾发誓愿，
教化众生降妖魔。
现在已有慈悲箭，
要配良弓才能射。
想要甘雨降人间，

大海蒸气浓如烟。
父母不造血和肉，
神子哪能投人间。
慈悲大师听我言，
降生人世需条件：
生身父亲要念神，
凡有祈求皆如愿；
生身母亲要龙族，
没有亲疏与厚薄。
为了降伏强妖魔，
为了除净众生障，
慈悲大师莲花生，
敬请满足我心愿！

啊！原来是白梵天王的儿子、雄狮大王格萨尔的前世顿珠王子呀！只见莲花生大师微微颔首，答应了神子的要求。他们的面前突然出现了一幅雪域之邦的山水立体图：江河纵横，湖泊浩荡，十三座神山巍峨高耸，分布在四面八方；谷地里禾苗葱茏，山坡上牛羊成群，北方雪峰绵绵，南方森林郁郁；向上望去，阿里三围的壮观景色尽收眼底，向中间看去，卫藏四茹的秀丽山水一览无余，向下瞭望，朵康六岗的吉祥宝地也清晰得如在眼前。

莲花生大师的两撇胡须动了动，双手伸向前，把那朵康六岗的地方撑开，那地方竟神奇地放大了。他那双浑圆的眼睛亮了起来。

阿旺罗罗随着他的目光看去，发现他的目光停留在地图的中心。

莲花生大师浑厚的声音回响在天宇：“在朵康六岗的中心，有一个叫岭的地方，它十善俱全、权势兴盛，这正是幸福的太阳将要升起的国土。”

顿珠王子说：“岭国土地肥沃、属民善良，我愿意前往，那么我的生身父亲是谁？生身母亲又是哪一位？”

莲花生大师拿出三样东西，正是阿旺罗罗曾在扎拉手中见到的铁箭、松耳石奶桶和手杖，只不过要比他见到的大得多。

“铁箭属于你生身父亲森伦王，他天性善良，器量宽宏，来自古老的东氏家族，带着念神的血统；松耳石奶桶是你生身母亲郭萨拉姆的，她是龙王的女儿，龙神的荣耀她都具备，这样，你的身上就汇聚了天神、念神、龙神的所有品德和勇气，你会成为拯救岭地的大王。”阿旺罗罗听到莲花生大师说。

顿珠王子又问：“那么这根手杖有什么用呢？”

大师笑道：“这是你叔父超同王的，它的名字叫姜噶贝嘎，曾经是天上的魔王献给象雄苯教贤人，又被你叔父得到，这是鬼神的宝物，念动真言，可以快步如飞，行止如意，现在让你辨认清楚，以便今后机缘到时取用。”

原来这是格萨尔为了降生岭国大地在做准备啊。阿旺罗罗刚看端详，又不知怎的迷糊起来，不由自主地开始飘动，渐渐远离了那束光，远离了光中的宫殿、神圣的莲花生大师和顿珠王子。

他飘啊飘啊，心中充满了懊恼，在莲花生大师身边再多待一会儿多好啊，可惜只有那么一刹那的幸运时刻……等他从迷糊中清醒一点时，已经来到了郭部落和岭部落的交界处。阿旺罗罗曾经在格萨尔神授艺人的演唱中，了解过这片黄河川的旷野荒郊里发生的故事。这是《英雄诞生》篇里一个重要的部分，格萨尔在人间的父母双亲就是在这里相遇的。

阿旺罗罗看到郭部落的人们四散逃离，岭军在森伦王长子嘉察协嘎的带领下奋勇当先，可是却看不到敌人的行踪。这之前超同早已暗通郭王，想霸占先前来到郭地安家的龙女郭萨拉姆为妻，因此他坚持停战返回。总管王请来森伦占卜。森伦拿出箭来。

阿旺罗罗的心扑通扑通跳个不停，这不就是刚刚看到的那支箭么？眼前的景象真真切切，战争中的紧张情绪也使得阿旺罗罗清醒了起来。

森伦王占了一卦，他说："再过一顿饭的工夫，刀不必出鞘，箭不必上弦，美女和宝物唾手可得。"

超同一听，脸上带着坏笑，语气中充满了讥讽之意："在这旷野里，如果刀不出鞘，箭不上弦，就能得到美女和宝物，那么所得之物就应该全部归你所有。"

总管王说："一言为定。"

总管王话章刚落，就在阿旺罗罗一眨眼的工夫，眼前的景象已经幻变为一片草原。这里看不到战争的迹象，只有一位女子正在饮下松耳石桶里的奶汁，然后追着一头乳牛奔跑。这正是龙女郭萨拉姆呀。阿旺罗罗的脑海里突然出现了赞颂她美貌的唱词：容光似湖上的莲花，莲花上闪耀着日光；黑白分明的眼睛好像蜜蜂，蜜蜂在湖面上尽情飞舞；身体丰腴似夏天的竹子，竹子被风吹动；柔软的肌肤如润滑的酥油，润滑的体肤用汉地的绸缎包裹；头发似梳过的丝绫，丝绫涂上了琉璃溶液……

郭萨拉姆追赶着乳牛，竟然跑到了岭兵的千军万马之中。刚吃过饭的岭兵看到龙女和龙畜乳牛从天而降，好不欢喜。总管王按照前面的约定，把龙女赐给森伦为妻。那头龙畜乳牛服服帖帖地跟着郭萨拉姆来到了新家“四门福院”。人们相传：“吉祥的白色乳牛，有一百三十个乳头，非龙女无人能挤奶，非松耳石桶不能承受。”

阿旺罗罗看到岭国人欢欢喜喜的样子，紧张的肌肉也松弛下来。是啊，这下好了，格萨尔王的人间父母终于相见，不久后这位英雄就要诞生在这雪域之邦。

阿旺罗罗又迷糊起来。这次他有经验了，知道还有精彩的景象将要呈现。他开始升起飘浮，心情愉快地等待着姜噶贝嘎手杖的故事。

不料呈现在阿旺罗罗面前的是超同那张阴险凶狠的脸，把他吓得后退了几步。再看，超同正坐在一顶华帐中独自思索。这位终生与格萨尔作对的叔叔没有得到龙女，龙女却为森伦王生下了一个一出生就有三岁小孩那么大的神奇孩子，而且还获得同父异母哥哥嘉察协嘎的万分喜爱，特别赐了乳名觉如。超同嫉恨觉如，决定加害他。超同请来专修法术、能夺人魂魄的术士贡巴热杂，两人一拍即合。而此时神变之子觉如已经料到了超同的阴谋诡计，他决定报复一下贡巴热杂。

觉如取来四个白色石子，按前后左右的方位摆好，然后闭眼静坐。

两人开始斗法。只见贡巴热杂嘴里念一声“呸”，空中的神都不见了，但九百个身穿甲胄的神依然围绕着觉如。他又念一声“呸”，下面的龙王都消失了，但九百个龙族眷属依然保护着觉如。老妖又念了一声“呸”，中间的厉神都不见了，但觉如呼唤的护法神依然留在身边。

贡巴热杂黔驴技穷时，觉如抛出了四个石子。九百个白甲人，九百个青甲人，九百个黄甲人，九百个空行神兵同时出现在贡巴热杂面前，吓得老妖扭头就跑回自己修行的山洞，觉如马上以神通搬来如牦牛般大的一块磐石，堵住洞门。贡巴热杂只好将每日修炼的供神之物抛了出来，把石崖震得轰隆隆响。他又将每月的供品抛了出来，把石崖炸开了一个缺口。觉如变化成莲花生上师的模样坐在那里，贡巴热杂见了无奈，最后把全年的供品抛了出来，石崖发出猛烈的霹雳般的声音。觉如将那石洞化为霹雳室，老妖想抛出的东西，竟一点也未能抛出洞外，非但没有损害觉如，反把自己炸成了粉末。

觉如除掉了贡巴热杂，马上变作贡巴热杂的模样来见超同。他以贡巴热杂的身份要求超同报恩，其他的供养暂且不论，单只要手杖做谢礼。

超同一听觉如已死，心中异常高兴，但听到贡巴热杂要他家的宝物魔杖，又非常舍不得。可是贡巴热杂的意思说得很明白，如果不把手杖给他，他就要把害死觉如的事告诉总管王和嘉察协嘎。“假如他们知道自己害死了觉如，那还有活路吗？”超同心里害怕，禁不住打了个冷战。“俗话说：权力被别人夺去，头发被树梢缠住，就会身不由己。现在已经没有别的办法了，贡巴热杂要什么只好给什么。况且贡巴热杂已经老了，不会活得太久，等他死了，宝物还归我超同所有。”想到这里，超同心一横，把宝杖交给了觉如的化身——贡巴热杂。

阿旺罗罗看到这儿，舒心地大笑起来：“哈哈哈……”他一出声，就开始从天空往下掉，还没有搞清楚是怎么回事，他就重重地跌到草地上。睁眼一看，他仍然蜷缩在草丛里，原来他是把自己笑醒了，先着地的屁股疼得要命，但他还是高兴地把三个梦境分享给了焦急等待的扎拉。

三、桑烟升起的时候

黄昏来临时，阿旺罗罗已经清醒了很久了。他坐在草丛中，一直仔细回忆着刚才三个相关联的梦。

扎拉则扒在阿旺罗罗的耳朵上使劲往外掏着什么，把阿旺罗罗都弄痛了。他说：“你脸侧一侧，我把三样东西拿出来，还要还给人家呢，好借好还，再借不难，懂不懂？”

阿旺罗罗懂，但他搞不懂放进去容易拿出来怎么这么难。

“跟你开个玩笑。”扎拉其实那么比画了一下，森伦箭、松耳石奶桶和姜噶贝嘎神杖都回到了他的手掌心里。阿旺的脑子里一下子清凉了，那股热乎乎的气流也随着三样东西从耳朵中消失了。

扎拉独自咕哝着什么。阿旺罗罗不大在意，他在意的是那三个梦竟然有些模糊起来，而刚刚还清晰地浮现在眼前的呀。

“你跟我去了吗，扎拉？你记得梦境吗？”

“嘿嘿嘿。”

“扎拉我有些记不住了，记得的越来越少了，怎么办啊？”

“嘿嘿嘿。”

扎拉用心不在焉的笑声答复阿旺罗罗。他已经把森伦箭和松耳石奶桶收到不知什么地方去了，只留下神杖在手心里，反复掂量着。

“如果我们暂时借用一下姜噶贝嘎神杖会怎么样呢？”扎拉好像在自说自话。

扎拉蓝色的大眼睛里闪着狡黠的光。看阿旺罗罗不解，有些失望。“神杖的故事没有忘记吧？”

“姜噶贝嘎神杖！快步如飞……行止如意……”阿旺就记得这么多。

“这就对了。”

扎拉重新回到阿旺罗罗的肩膀上。这时神杖神奇地变大变长变粗，那是一根类似蟒蛇皮包裹的粗壮杖子，杖头又像盘根错节的千年树根，上面伸出一个狮头，大张着嘴，嘴巴里一颗闪亮的珠子正在滴溜溜地转动。

“抓紧它！”扎拉吩咐。

阿旺罗罗发现一只手根本无法抓牢，只好用两只手紧紧环抱住杖身。只听扎拉念了句什么咒语。神杖忽然飞起来，一下子把他拽得往前冲去。

他们在离地面一尺高的地方飞行。草丛疾速向身后滑过。阿旺罗罗听得见飞行的“唰唰”声。晚归的百灵鸟尖叫着飞开了，这大概是它们今天的最后一个噩梦。

他们向地平线的山峦飞去，那座老辈人传说中非常殊胜的神山，山势巍峨磅礴、气势雄伟，高高地矗立在晚霞中。当神杖带领他们飞到一座山垭口时，突然停下来，缓缓落到地上。还没停稳当，扎拉就开始朝手心吐唾沫，用来抹平阿旺罗罗飞起来的头发，然后收起神杖，整理自己的衣裳。

“怎么不飞了？”阿旺罗罗觉得自己的眼睛里都是风的凉气，他气喘得厉害。

扎拉太爱整洁啦，他不但整理衣裳，还连带整理了头发、脸孔和手指甲。阿旺罗罗侧眼看着他，除了我，还有谁能看见你呢。

“我们总得干干净净地见大师吧，”整理清爽的扎拉说，“快到了，这段路我们得走着去。”

次巩卡到了，阿尼玛卿神山已经清晰可辨。

十三座拉则从大到小排列在山垭口，最大的拉则底座是三层石头砌成的台座，上面插着许多铁箭，羊毛和哈达包裹着箭杆，其中一支最高的铁箭箭镞上闪耀着黄金色彩，直冲云霄。其余十二座拉则的底座依次变小变矮，里面插的铁箭也少了很多。大拉则前有一座正方形供桑池，四边绘有龙鹏狮虎的图案，盘绕其上的经幡在晚风中呼啦啦地飘扬着。

“这是转山路口的第一座拉则，据说很久很久以前有一位大师，名叫贡则赤加，他在一天之内，用法术修建了一百零八座拉则，这座拉则就是其中一个，快叩头快叩头！”扎拉说着就自顾自地双手合十念念有词，开始叩拜。

阿旺罗罗也跟着伏下身去……但当他的额头碰触到大地的那一刻，突然听到轰的一声，供桑池里的桑料点燃了，桑烟滚滚而起，惊讶的男孩抬起头来，怔怔地跪在原地，只见浓郁的桑烟逐渐铺满大地，柏枝发出爆裂的声响，到处弥漫着柏香的气息。

浓烟散处，听到远远杂沓赶来的马蹄声，人声鼎沸，锣鼓喧天，螺号之声四面响起，正是格萨尔大王汇集岭国各部来到阿尼玛卿祭祀山神的盛大情景。

号角在鼓声、螺声和钹声中响起，上岭的金旗军旗主尼奔达雅带领赛巴八部人马、红旗军旗主阿奴斯潘带领达绒部落人马，中岭的银旗军旗主曲鲁达潘带领六部人马、黑旗军旗主却君威那带领嘎德部落人马，下岭的白旗军旗主仁青达鲁带领穆姜四部人马、大英雄森达阿冬带领达部十三万户人马、绿旗军旗主嘉察协嘎带领奔巴部落人马，汇聚到煨桑台前，彩旗遮天蔽日，铁骑威风凛凛。

父辈总管王、超同王、森伦王三王齐聚，大元帅奔布嘉察协嘎率领岭国七勇士等众英雄悉数到场，森姜珠姆和梅萨绷姫两位王妃也在众女眷的环绕中出现。

众位英雄合声呼唤道："岭国格萨尔大宝王，你是空行母心爱子，你是莲花生一化身，你引度众生是上师，你降伏敌人是英雄，你保佑百姓是君王，你镇压强梁济弱小，你心无亲疏是太阳！"

在人们的呼唤声中，雄狮大王格萨尔在高处冉冉升起，只见他头戴佛陀义成白头盔，上插太阳自升绸盔旗；身穿坚固防雷黑铠甲，上插护法怙主依魂的紫红火焰绸背旗；战神依附的虎皮箭囊系右侧，九十七支上等披箭装里面；畏尔玛住魂的豹皮弓袋挂左边，里面装着牛角大弯弓；右手持有上系战场取胜枪缨的三界制敌长矛，腰间挂着金刚劈岩的宝刀；脚登威镇天龙八部的长筒靴，上系母续空行彩虹纹的靴带子。他以无碍自鸣金刚曲调唱道：

天神派我下凡尘，
赛马称王护玛域，
岭国从此自当强，
拒缴魔王暴敛税，
属虎男儿服兵役，
斩妖除魔保社稷，
扶助众生得安宁。
用烟作供酬神灵，
善神助我灭魔军。

众人捧月一样围绕着他，开始合唱：

珍宝堆饰花旗悬，
秘密青龙大鼓敲，
我等遵从大王意，
集结圣地煨桑烟。

此时，森姜珠姆和梅萨绷姬两位王妃走上前来向格萨尔大王献茶、献酒。森姜珠姆美妙的歌喉响起来：

阿尼玛卿吉祥地，
殊胜金刚宝刹土；
黄金宝座雄狮王，
日月星辰众围绕；
森姜珠姆我献茶，
梅萨绷姬她敬酒，
祝愿岭国事业顺，
降伏四魔显神威。

大家开始拾柴点火，供奉桑料，格萨尔大王洒上圣水，用诸多供品供养了阿尼玛卿山神。

桑烟却引来了魔国魔王寄魂牛——红铜角野牛，只见一股黑风滚滚而来，随风而来的红铜角野牛鼻孔里冒着黑色的毒气、闪电似的红舌拖在地上，冲着岭地直扑而来。刹那间天空中的太阳失去了光辉，一声雷鸣巨响传至耳旁……

围观百姓顿时慌张起来，歌歇舞停，乱作一团。超同朝后躲藏，他说："哎呀！我说大王和勇士们啊，煨桑的烟气引来红铜角野牛，它身体巨大像山峰，毒风弥漫像狂飙，怒气冲天要置人死地啊，我看还是逃到大山里去，能保住性命就是一件奇事啦！"

以嘉察协嘎为首的众英雄纷纷全副武装，争相上前准备第一个冲上去杀死野牛。嘉察协嘎说道："这分明是北地魔王路赞的寄魂牛，它来得正是时候，让我先来收拾它！"

总管王绒察查根拦住众英雄说："今日吉祥时辰时，我们煨桑很及时，至于降伏野魔牛，只有雄狮有缘分。"

格萨尔披挂整齐，十三位战神伴随着虹光和火焰汇集到格萨尔身边，他威风凛凛地唱道：

我从天界降人间，
专做善事利他人，
千方百计护众生，
须要射杀魔王牛，
手拉扳指射利箭，
箭与赤电一同行，
福德事业从此始，
引度牛魂净土去。

与此同时，野牛碰倒了梅萨绷姬，它正要张开血盆大口吃掉梅萨绷姬，却在刹那间似乎被她的美貌震慑住，正犹豫时，格萨尔的箭伴随着铺天盖地的火焰、狂风、雷声、冰雹飞来，正中野牛前额，它应声倒地。

惊魂甫定的梅萨绷姬被格萨尔扶起。躲在一旁的超同看看梅萨绷姬，再看看野牛，暗自点点头，心怀叵测的他似乎明白了什么。

“禀报大王，这是很好的缘起，是黑魔、霍尔、姜国、门国四方敌人的勾魂物，是攻取十八大宗、打开上部天竺佛法大门、运来下部汉地的茶叶、把众生引向信佛之路的因缘具备的标志。”总管王说，“雄狮傲踞雪山顶，迎击风雪鬃丰满，射杀魔牛好缘起，从此降伏四方敌，我等谨祝格萨尔，制胜事业永顺利。”

动人的音乐响起来，岭地百姓们跳起欢乐的舞蹈。天边飘来云霞，架起彩虹，大地降下花雨，半空中四方诸神显示尊容，颔首点头允诺要保佑和帮助岭国的事业，年神和龙神也来庆贺。岭国王臣勇士们高呼“拉加罗”，声音响彻云霄……

阿旺罗罗分明看到一缕黑烟升向空中，迅疾地朝着山根退去，但众人拥着狮王却朝着他的方向过来。他清晰地看到格萨尔英武的面庞，不由得再次深深俯下身去，将额头虔敬地奉献在格萨尔大王的脚下。此时此刻，他激动地喘不过气来，格萨尔离他那么近，他的额头几乎就抵在了那双金花镶嵌的马靴尖上……

突然世界安静下来。周围的静谧让阿旺罗罗疑窦丛生，他缓缓地抬起头，发现桑烟已经散尽，四周偃旗息鼓，悄然无声，刚刚看到的惊心动魄的场景已经消失不见，唯有供桑池依然冷峻地昂立在天地之间。

阿旺罗罗恍惚了半晌，真真切切看到的一切转瞬即逝，恍若梦境，但那头野魔牛让他联想起东查仓的红铜角野牛事件，两者似是有着隐秘的联系，可是一下子又理不清楚头绪，尤其超同的最后一眼让他感觉心里像堵着什么。他还来不及继续思索，扎拉已经把他拉起来，说："快点走吧，我怕大师等不及了。"

这时，阿旺罗罗发现身后不远处也跪着几位信徒，他们正在虔诚地叩着等身长头，还在兴奋状态的阿旺罗罗问道："您刚才看到格萨尔大王了吗？"

"你说什么？"他们茫然的眼神看着他。

"噢噢，没什么。"他感觉扎拉踢了一下肩膀，便恍恍惚惚地起身，慢慢向前走去。

山上的岩石裸露在午后的阳光中。到处都是岩石、岩壁、岩沟，杂草和一些灌木丛顽强地从岩缝里伸展出来，散发着绿绿的鲜活色彩。蓝天下，阳光硬邦邦地砸在岩壁上。阿旺罗罗甚至能听见岩壁上发出了"当当"的回响。

阳光真好。阳光下一切都是透明的。透明的群山，透明的空气，透明的心情。阿旺罗罗走在通往上山的路上。可是……可是时间怎么又回到午后了呢？

阿旺罗罗的额头忽然开始疼痛起来。他捂住额头，不知道这阵剧烈的疼痛来自何处。"扎拉！扎拉！我们怎么才能找到闸宝大师呢？"

扎拉在他的肩膀上东张西望："应该来接我们的呀。"

"谁？谁知道我们要来？"

“当然是兰顿大师的弟子，我通告过的。”

“兰顿大师是谁？”

“兰顿大师是闸宝大师的弟子，我们得先拜见兰顿大师。”

话音未落，就看见不远处山崖底下一处阴凉地方站着一位中年男子。他穿着一件简陋的藏装，头发乱蓬蓬地覆在头顶上，脸色十分冷峻。

阿旺紧张地忘了头痛，不知怎么开口。扎拉从空中一步跨过去，深深地行了个礼，并且立刻把手中的三样东西奉上。

那人说：“我就料到这么快，你肯定用了姜噶贝嘎神杖。”

扎拉用拇指和食指比画出一段非常小的距离：“只用了一小会儿，为了不耽误大师的时间。”

那人打量了一番阿旺罗罗，犀利的目光似乎掠过阿旺罗罗的额头，“你替他收好。”便不再说话，扭头便走。扎拉连忙收起三样宝贝，示意阿旺罗罗跟上。

他们走上一条人迹罕至的小路。小路四周被矮小的灌木丛覆盖，杂草高及脚踝，根本不容易被发现。渐渐地，他们走进了两片悬崖的深缝里，宽窄正好能容下一人。阿旺罗罗抬头看，已经不大看得见日光。四周昏暗下来。

终于，他们在一处高耸入云的岩壁下停住了脚步。那位弟子在岩壁前站了一会儿，就忽然不见了。阿旺罗罗左右看看，没有踪影。扎拉说：“还愣着干什么，进去。”说着就推了一把阿旺罗罗。阿旺罗罗一个趔趄，竟扑进岩壁里。眨着眼睛看时，他已经进到一座洞里了。再回头看，那面岩壁仍然坚硬地矗立在那儿。

“那是大师设置的幻象。”扎拉又开始整理衣裳，他显得有些激动，在阿旺罗罗前面大步往前走。

这是一座幽深的岩洞。左右岩壁上燃着两盏酥油灯，自动向前移动着，给他们照明。灯光映照处，一缕缕奇异的香味扑进鼻腔。真好闻呀。

他们七拐八拐，走到岩洞的尽头。那是一间开阔的洞府，正中盘腿坐着一位中年人。他穿着一身白色的衣裳，正笑眯眯地望着他们，先前那位弟子侍立一旁。

“兰顿大师！”扎拉已跨前一步，规规矩矩地行了礼，阿旺罗罗也连忙合掌行礼。

兰顿大师道：“这么说，你们已经见过这三样宝贝了？”

他的声音像是具有某种穿透力，深幽低沉，从地底下穿过来，透过阿旺罗罗的脚心，直击他的心房。阿旺罗罗震动了，额头又开始痛起来。

“过来让我看看。”

阿旺罗罗走上前去。兰顿大师撩开他的额发端详了一眼，说：“我们等了你很多年了。”

阿旺罗罗用手一摸，额头上清晰地鼓突出一只青蛙的脚印！

“兰顿大师，这都是真的吗？”

“你说呢？”兰顿大师笑着，慈祥的面容离他很近。阿旺罗罗苦恼地说：“可是，关于英雄诞生的三个故事，还有……还有次巩卡桑烟升起的地方看到的情景，我好像记不太清楚了呀。”

兰顿大师说：“已经到你心里的东西，不会忘记的。”

“我确实有点……”

“每当格萨尔大王出征前，都要在阿尼玛卿煨桑祭祀，祈祷山神保佑，《魔岭大战》是格萨尔称王后重要的第一场大战，征服亚尔康魔国的魔王路赞，是他开疆拓土的肇始，”兰顿大师说：“你真的想忘掉吗？”

“当然不想！”

兰顿大师深沉地看着他：“那么我帮你复习一遍吧。”

他让阿旺罗罗躺在一张草垫子上。这时，空中出现了一大摞书，像经文一样大小，用一根牛皮绳捆在两张夹板中间。夹板上绘着彩色的图案。兰顿大师打开后翻了一遍。他说：“这就是格萨尔王的《魔岭大战》篇。”

然后他让阿旺罗罗解开腰带，把肚皮露出来。阿旺不敢多问，一切照做。

兰顿大师用长长的指甲在阿旺罗罗的腹部上上下下比画了一阵，突然以迅雷不及掩耳的速度划开了他的肚皮！

阿旺罗罗惊骇得大叫起来。他看见自己瘦弱干瘪的肚皮完全翻开了，里面五脏六腑的鲜红色正令人恐惧地蠕动着！他不停地大喊大叫，可是任他怎么企图扭动、躲闪，身体根本不听自己的，而是静静地躺着听凭兰顿大师的摆布。

在阿旺罗罗的惊声尖叫中，兰顿大师从容地把双手伸进阿旺罗罗的肚子里，竟把他的肠肠肚肚全拽了出来，嘴里还在说：“这些都是无用的东西。”

他把阿旺罗罗的内脏一扔，就扔得远得看不见了。阿旺罗罗简直要死了，他觉得自己除了疯狂大叫，连喘气的时间都没有。他把全部力量都用在疯狂大叫上，声音简直震耳欲聋，可是兰顿大师似乎根本就没有听见，他此时正在专心致志地把那一大摞书装进阿旺罗罗的肚子里。

他的双手甚至又伸进阿旺罗罗的肚子里，像是整理了一下书籍的位置。

然后，他合上阿旺罗罗的肚皮，用手掌一抹，一把把他拉起来，说："好了。"

阿旺罗罗发疯一样大叫着摸摸肚子——是好的。

再摸，又看，是好的。拍打，揉搓，还是好的。他的叫声渐渐停了下来。他试着喘气，试着鼓吸，肚皮竟然完好如初，连一条缝都没有。

他看见扎拉和那位弟子在一旁捂着嘴巴，眼睛眯成了一条缝儿。岩洞里的芬芳香气重新弥漫开来。大师也回到了原先坐着的地方。

"怎么回事？"阿旺罗罗用最后一点力气问道。

"这样你就不会忘记了，现在你可以去拜见闸宝上师了。"兰顿大师说。

第三章　次巩卡Ⅱ：阿尼玛卿的珍藏

一、奇妙之香

阿旺罗罗饿疯了。

当他从惊悚的恐惧中逐渐恢复常态时，发现自己独自一人身处荒芜的山根。已是清晨。四周怪石嶙峋，山崖陡峭，满山遍野都是青灰色的岩石。

又是梦吗?

阿旺罗罗使劲掐耳朵、拍大腿，疼得不得了。他去摸周围能摸到的任何一块崖壁，都是硬邦邦的实实在在的石头。不知道兰顿大师的洞门是哪一个。不久他就放弃了这个愚蠢的做法。

他只是觉得饿。怀里的“辛”早已吃光。怎么办?饿。饿极了。

“扎拉！”阿旺罗罗气恼地喊起来。

扎拉出现在肩膀上。他看上去气色不错。两只蓝色的大眼睛陶醉地望着虚空。“哎呀呀，你真是个幸运的孩子。”扎拉说。

阿旺罗罗奇怪道：“我已经有一天没有为你煨桑烟了，你不觉得饿吗？”

扎拉仍然陶醉着：“记得山洞里的香气吧？那是几代大师修行了几百年的结果，聚集着无限的热量，我们闻到一次，可以十天不吃饭，你看，我还给你偷偷带了点儿。”

扎拉从背后拿出一只透明如水晶般的包裹，用丝带束着口。他打开一个小缝，说：“快吸快吸！”

阿旺罗罗埋头试试。果然那熟悉的香味冲进了鼻腔。“香气也能带啊。”

“这么珍贵的东西，可遇而不可求，多少人只是听说却没有闻过，你看你，多幸运，都不知道就闻上了。”

香味帮助阿旺罗罗记起了兰顿大师的慈祥笑容。香味也让他记起了心肺爆裂般的恐怖一刻。他摸摸肚皮。奇怪的是，他除了恐惧外，并没有感到疼痛，腰带松散地勒在胯上，肚子仍然干瘪，但的确没有刚才那么饿了。

阿旺罗罗不再吸了，他想给扎拉留着。扎拉小心翼翼地把袋口束好，藏到肩后去。大概这两天可以不用操心为他煨桑烟了。扎拉说：“别忘了收好大师给你的贝壳，以后用得着的。”

阿旺罗罗这才想起兰顿大师在合上他的肚皮后，往他怀里塞了一枚贝壳。他搜索一番，果然在。这是一枚白色的贝壳，只有拇指肚大小。举到晨光中看，光滑的壳表有着淡淡的赤色光斑。

虽然不知这枚贝壳会有什么用，但他还是仔细收好。惊魂未定的阿旺罗罗判断一下自己的方位，根据太阳升起的地方，他们仍在阿尼玛卿神山东面的次巩卡，应该向右环绕神山，按照兰顿大师指点的方向，找寻在神山修行的闸宝大师。

闸宝大师又是什么样的一个人呢？

阿旺罗罗犹犹豫豫地迈开了脚步。肚子里沉甸甸的。真的有那么一大摞经书装进去了吗？阿旺罗罗是苦恼的。不管怎么说，他想忘掉那个可怕的记忆，但是手指头不由得就去肚皮上摩挲，感觉那装进去的经书渴望与他交流，只要手指在放了经书的地方徘徊，肚子里就安静了，似乎在默默等待着什么。阿旺罗罗时不时地用手指在肚子上划拉，渐渐地，隔着衣服都能获得一种平静而厚实的安慰。

不久，阿旺罗罗就遇上了转山的信徒。前面是两位尼姑，一老一少，后面跟着一位拉行李车的少年。阿旺罗罗问了好。自称班玛曲珍的年长尼姑看阿旺罗罗一个人赶路，有些奇怪，她说："这么小的孩子怎么没有伴儿啊？家在附近吗？"

阿旺罗罗告诉她们，自己来自东查仓。班玛曲珍尼姑不再多问什么，给他介绍了自己的外甥女——身边的小尼姑德央梅朵，自己的外甥、德央梅朵的弟弟——拉车的布群昂加。他们是来转神山消灾的，从自家的帐篷门口开始叩长头，现在已经过去了整整二十天。

阿旺罗罗看那一家子，班玛曲珍尼姑四十多岁，小尼姑有个十七八岁的样子，而那少年看上去和自己差不多。他们三人都很瘦，大概加起来还没有阿爸重。两位尼姑的袈裟已经布满尘土，额头上结着一块厚厚的皮痂，粗糙的双手上套了一双木板，腰间围着一条牛皮围裙，脚底下的帆布鞋子顶端包着汽车轮胎上剪下来的橡胶皮。两人勤勉地在大地上起起落落。少年的脸上则一片茫然。阿旺罗罗慢慢落到后面，跟少年走在一起。

两人沉默地走了一会儿。阿旺罗罗问："这样转，要转到什么时候啊？"

"月亮满月三回吧。"少年说。

"时间不短。"

"是不短。不过在家也是闲着。"

"你不照看牛羊吗？"

"我家没有牛羊，阿爸阿妈去世后，阿妮班玛曲珍把牛羊全都捐给了寺院。"

"那你们回去后吃什么呀？"

"不知道。"

少年回答很简洁。阿旺罗罗侧脸看看他。他有一个笔直的鼻子，眼睛看着前方，但好像什么也没在看。阿旺罗罗把手放在架子车的把手上。布群昂加就让出来。两人一人抓着一个把手，架子车推得快了许多。

阿旺罗罗说："我的阿爸阿妈都在家，我每天要照看两百多只羊和六十多头牛。"

"够你忙的。"

“我还有个邻居，她叫仁倩卓玛，我们一块儿放牧，还在一块儿下大王棋。”

布群昂加茫然地点点头，“我不会下大王棋，这么说你家有很多牛羊肉和酥油了？”

“也不是太多，但够我们一家人吃的了。”

布群昂加的嘴角突然沮丧地垂了下来，他说：“我已经有半年没有吃到肉或者酥油了。”

阿旺罗罗停顿了半晌，说：“你休息一会儿，我来帮你推。”

布群昂加就放了手。前面是一个上坡，班玛曲珍尼姑回头看，大声斥责外甥没有推车。布群昂加又木然地开始推。两人还是费了不少劲，才把架子车推到坡上去。

班玛曲珍尼姑看布群昂加的额头上湿了，就找块空地，让大家坐下来。德央梅朵尼姑从车上拿来糌粑口袋和水瓶。阿旺罗罗看三个人的木碗里是磨得很粗的炒面粉，青稞麦芒时而露出尖尖的小刺。没有酥油，没有奶渣，没有白糖，他们用白水拌了糌粑。班玛曲珍尼姑坚持让阿旺罗罗多吃一点。阿旺罗罗已经注意到糌粑口袋中本就不多的粮食，推说不饿。布群昂加的手指在木碗里搅啊搅啊，那糌粑团很不情愿地放入嘴里。布群昂加的眼睛里噙着泪。

阿旺罗罗犹犹豫豫地开了口：“听说有一种修行者修炼成的香气，闻了以后就不觉得饿了。”

班玛曲珍尼姑说：“怎么会没听说过呢？只是我们这些没福气的人这辈子是闻不到了，我们这样转神山，就是希望来世能过得好些。”

阿旺罗罗不顾扎拉在肩膀上用劲踢他，忍着痛说：“我这儿有一点儿，你们闻闻看行不行。”

扎拉没办法，只好将水晶袋子给他。布群昂加惊奇地看到阿旺罗罗凭空从背后拿出一个袋子，打开袋口让大家吸。三人你一口我一口，袋子很快空了。

布群昂加裂开嘴巴笑得很灿烂：“阿姐，我好像吃到香喷喷的羊肉啦！”

德央梅朵尼姑很害羞，但也大大方方地承认她闻到的是从没有吃过的美味。

班玛曲珍尼姑难掩激动的表情：“孩子，你到底是谁？怎么会有这么珍贵的香气？”

“是……是一位大师送的。”阿旺罗罗匆匆收拾了袋子。班玛曲珍尼姑若有所思地望着他，不好再问什么。

这时布群昂加说：“你教我下大王棋吧。”

阿旺罗罗挺高兴，找来一颗稍大些的白色石子，十颗稍小些的黑色石子，然后在地上画出五横五纵的棋格，其中还有许多斜线连接，棋格一头是封闭的，另一头由斜线延伸出一个倒三角形，这张简易棋盘很快画好。阿旺罗罗把黑色棋子密密排列在封闭一头的交叉线上，紧压着的线上巍然立上那颗大个白子儿。阿旺罗罗耐心地告诉布群昂加，黑子儿是士兵，白子儿是格萨尔大王，大王可以吃士兵，但中间必须隔一子儿跳着吃才行。士兵则不能吃大王，只能一格一格地把大王赶到倒三角形——厕所里。

如果大王吃完士兵，就是大王赢，如果士兵把大王赶到厕所里，就是士兵赢。

布群昂加的兴趣来了，他要当格萨尔大王。他跳来跳去，把阿旺罗罗的士兵吃了不少。阿旺罗罗不急不躁，步步为营，缜密的思路让布群昂加最后大吃一惊，他竟顺利地把格萨尔大王逼进了厕所。当然他也仅剩下四颗黑子儿了。

布群昂加认为阿旺罗罗以多胜少，赢头大，就换当士兵。他不知阿旺罗罗和仁倩卓玛下棋时当格萨尔大王是强项。布群昂加还没搞明白局势，阿旺罗罗就已经左冲右突，把士兵吃了个一干二净。

班玛曲珍尼姑和德央梅朵尼姑都被吸引过来，她俩帮助布群昂加出主意，让兴味索然的布群昂加重新斗志昂扬。这回他又当上了格萨尔大王，不过谨慎多了，在吃阿旺罗罗的士兵时也考虑自己的处境。阿旺罗罗看他有进步，有心让他一局，在赶他快到厕所入口时，故意露出破绽。布群昂加痛快地赢了一把。

阿旺罗罗在班玛曲珍尼姑一家人的欢声笑语中告辞了。

扎拉很不高兴地现身，一路上都在责怪阿旺罗罗把香气让给了别人。阿旺罗罗也不申辩。他心里是愉快的。

“这回没有姜噶贝嘎神杖，我们走得慢多喽。”阿旺罗罗说。

“走得快有什么用？没有香气填饱肚子，还没见到闸宝大师就先饿死了。”扎拉没好气，脾气显然大了许多。

阿旺罗罗乐呵呵地邀请扎拉坐到肩膀上，“找到闸宝大师就行了嘛。”

扎拉看阿旺罗罗满不在乎的样子，要故意给他找麻烦，就变得像石头一样重。阿旺罗罗驮着他，愈走愈沉，直累得满头大汗，气喘如牛。“肩膀快塌啦，你的气也该消了吧！”阿旺罗罗终于爆发，他甩甩肩膀，想把扎拉甩下来，可是扎拉粘得结实，任阿旺罗罗怎么甩，都休想甩掉。

扎拉看阿旺罗罗真累了，也就收了手。他飘出来，在阿旺罗罗旁边悠闲地迈着大步，像是把香气那回事给忘了。“一身臭汗，想熏死我，我才不稀罕待在你身上呢。”

阿旺罗罗气呼呼地说：“在我熏死你之前，你已经累死我了。”

扎拉高兴了，他喜欢自己的功力。“说实在的，我怎么舍得累死你呢，再说了，目前你也算是拜过阿尼玛卿山神了，他可是大主儿，他保佑你不受伤害，别人拿你是没办法的。”

“可我还没见到他呀。”

“那你就要托爷爷的福了，记得爷爷教给你的祈祷文吗？你要时刻祈祷，山神是能够听见的。”

这时，天色突然阴沉昏暗起来。阿旺罗罗抬头一看，刚刚还晴朗无云的天空已经浓云密布，霎时降下冰雹来，指肚儿般大小的冰雹叮叮当当砸落下来，扑了阿旺罗罗一身一脸。他连忙找了个山崖躲避。眼看着前面草地上一些稀稀拉拉的小花朵立时就没了踪影。

草原上的天气说变就变，太阳出来，就晒得皮肤发烫，风雨一到，即使穿着皮袄也会冻得发抖。在高海拔地区，六月里落雪下冰雹也是常有的事。由于山崖太低，阿旺罗罗窝着身子，吸进去的都是冰凉的空气，渐渐感觉到了冷意。望着突如其来的冰雹，阿旺罗罗抖瑟着声音："有点冷啦！"

扎拉在肩膀上又开始埋怨了："你要是把香气全吸完了，身体会有很多热量的，也不会在这儿冻得活受罪。"

阿旺罗罗想到那尼姑一家人吸了那么多香气，该不会觉得太冷吧。

他不搭话。

冷酷的冰雹肆虐了一顿饭的工夫，就像来时一下子就消失了。天空很快转晴，好像什么也没有发生过。阿旺罗罗从山崖底下出来，脚踩着冰雹粒儿吱呀作响，根本走不快。这样什么时候才能到啊？

耀眼的阳光下，一座小山丘似乎动了一动。

是山神吗？阿旺罗罗眨巴着眼睛，再看。那山丘离他并不远，像一只大鸟展开着翅膀卧伏着，被冰雹完全遮盖。它又动了动。这次阿旺罗罗看得真切，甚至听到冰雹粒扑簌簌地从上面滑落的声音。

"扎拉？"

扎拉不吱声。阿旺罗罗疑惑地朝前迈了几步。并非幻觉，山丘更明显地抖动了一下，随着冰雹的全部滑落，显现出人影来。是个男子，他披着一件白毡大氅，四肢伸开趴在一块岩石上，脸朝下呼着气。

阿旺罗罗感觉到自己的喘息声。他试探地大声问道："大叔？"

那人抬起头来。一张老气横秋的脸上沾满了冰雹粒儿，冻得青紫，嘴边的胡须上由于热气而结着霜，散乱的头发也残留着冰霜，黑一块白一块的。

“大叔生病了么？”

那人摇摇头，关注地看着阿旺罗罗，说：“时辰还没有到啊，怎么也是个小孩。”

他答非所问，让阿旺罗罗愈加奇怪起来。“大叔，您这样会冻坏的。”

那人不答，又把脸埋到身下的冰雹堆里去了。阿旺罗罗判断这位大叔肯定是附近的牧人，受到冰雹的袭击而生病了。他的同情心促使他走过去，想把大叔扶起来。

大叔把阿旺罗罗伸过去的手打开，执拗地扭动身子，不想阿旺罗罗动他。他说：“你不是我要等的人。”

阿旺罗罗说：“您等谁啊？”

“等一个朝圣的孩子，他从这里经过，我需要他的帮助。”

“您说说看，或许我能帮您。”

那人听阿旺罗罗这么一说，就翻身坐了起来。他身下的巨大岩石中间是凹进去的，里面装满了冰雹。“你帮不了我，只有他才行。”

阿旺罗罗看他无奈，就陪着坐了下来。屁股上一会儿就凉了。“您说的是布群昂加吗？”

“和你一般大？”

“差不多。”

“和两位尼姑一起转神山的男孩？”

阿旺罗罗说：“您认识他？”

“不是我认识他，是闻宝大师认识他。”

阿旺罗罗一听闻宝大师的名字，顿时来了兴趣：“您见过闻宝大师呀，他在哪里？他是什么样？”

“这里还有谁不认识闻宝大师啊，只是不常能见到他。”那位大叔有些骄傲。他从怀里摸出一只鼻烟壶，往拇指指甲上倒了一些黑色的鼻烟粉末，朝鼻孔里一吸，一股浓郁的草药味就飘散开来。

阿旺罗罗崇敬地望着他，问：“那么您等布群昂加有什么事啊？”

“大师吩咐让我在这儿等他，说他身上有非常大的热量，让他把这个金座上的冰雹焐化。”大叔用拿鼻烟壶的手朝他刚才趴着的地方指了指。

“热量……金座……”

阿旺罗罗使劲转着脑子，还是不明白。他看看那岩石，倒是有几分像一张圈椅，只是巨大了些，可那明明是岩石啊，怎么成了金座？什么金座……

大叔看着阿旺罗罗发愣，冷冰冰的脸色有些回暖，他说：“你虽然年纪小，但格萨尔大王总是知道的吧？这是他赛马称王的地方，他的千里马带他飞奔到这金座前，坐上了岭国的国王宝座，懂不懂？”

阿旺罗罗当然知道《赛马称王》，其中的重要情节耳熟能详，比如少年觉如到了十三岁时，怎么变作一只乌鸦为叔叔超同假传预言，超同深信自己将称王天下，便说服岭国上下，以国王宝座、岭国七宝和美女森姜珠姆为彩注，召开赛马大会；比如觉如的阿妈怎么招来与儿子同年同月诞生的天马江噶佩布，森姜珠姆用世上最美的语言赞美它，为觉如赢得参加大会的乘马；又比如觉如在赛马期间一路上怎么捉妖降魔，超同与其他赛手又是怎样张狂逞能，最终觉如以最快的速度登上金座，成为雄霸一方的岭国君王格萨尔。

可是阿旺罗罗想象中的金座应该是宝石镶嵌、黄金铸造的，怎么会是岩石做的呢？再说为什么要焐化冰雹，太阳出来冰雹很快就会自己化掉的呀。

“因为这金座上的冰雹已经结了十年了，太阳怎么照它都化不掉。”大叔叹着气，连吸了三次鼻烟，“百姓们都着急啊，冰雹不化掉，格萨尔大王怎么保佑我们呢？我们连他的金座都照看不好。”

看着大叔焦虑的神色，阿旺罗罗一点儿也不怀疑，他说：“那想法子让冰雹融化不就行了吗？点火，或者铲掉……”

“什么法子都想了，也都试了，没用的，第二天一看，还是这么多。”

阿旺罗罗抓起冰雹，凉入骨髓。捏一捏，硬得像小石子一样。“您趴在这儿是想焐化吗？”

“前些天闻宝大师预言说，今天黄昏前会有一个孩子来转山路过这里，只要他抱着金座，用胸脯焐上两三个时辰，冰雹就会化掉，我一边等，一边先焐一焐，看看能不能焐化一些，可是我焐了半晌，也没融化一点儿，大师说了，我们这些人焐是没用的。”

“为何布群昂加就不一样？他还是孩子呢。”

“他虽是孩子，可他身上有特殊的能量哩。”

阿旺罗罗恍然大悟：“是不是香气……”

“你也知道香气？”大叔青紫的脸色激动起来，“是啊，谁不知道兰顿大师的香气呢？只是我们这些凡夫俗子，没有运气闻到，布群昂加那孩子也不知是怎么闻到的，闸宝大师说了，只有闻到香气的孩子，才能把金座上的冰雹焐化，格萨尔大王又会重新保佑我们的。”

阿旺罗罗终于明白了，一想到布群昂加，就仿佛看到那张由于饥饿而木然的脸，他有些不忍。布群昂加毕竟好多天都没有吃上一顿像样的饭，他有再大的热量，在冰雪上趴上两三个时辰，也会冻坏身体的。阿旺罗罗决定自己试试。他说：“大叔，布群昂加还在后面很远，我先焐一焐吧。”

“你没用的，我要等布群昂加。”大叔看也不看他。

“我……我也闻过香气。”

大叔不信任的眼神瞟过阿旺罗罗，再次向布群昂加来的方向望去。“你快赶你的路吧，别误了我的大事。”

阿旺罗罗也不再和他理论。决定了的事，他是要做到底的。阿旺罗罗走上前，身子一扑，就扑上了那块岩石。啊呀呀，与其说是他在焐岩石，不如说是巨大的岩石包裹住了他。岩石冷冰冰、硬邦邦的，硌得阿旺罗罗的胸脯痛得很，但疼痛并不是最主要的痛苦，他很快发现，那沁入骨髓的冰凉，一下子就吸光了他全身的热气，那才是真正的痛苦啊！

阿旺罗罗开始还感觉得到扎拉一直在肩膀上一会儿踢他，一会儿又在耳边大声喊他，声嘶力竭地要他赶快起来。可是阿旺罗罗是坚定的，他紧紧地抱着岩石，用胸脯的全部力量抵住岩石。化吧，融化吧。那坚硬如石的冰雹在他身下，仿佛千万把利刀刺进了他的肉体。痛啊，全身的关节都已经松散，力量变得虚无，而冰雹却越来越强大，把他的肉一块块冻硬，把他的目光冻硬，把他的呼吸冻硬，把他的脑子冻硬……渐渐地，他感觉不到扎拉了，扎拉好像已经离他而去。他什么也不知道了。

二、狮王金座

天空上的星星在闪耀。黑夜是那么博大、那么深沉，容纳了万物众生。青草在生长。岩石在夜风中瑟瑟低语。星光越来越近，光亮逐渐变大，逐渐笼罩了阿旺罗罗的全身。他躺在光亮中，身上感觉到温暖。

每个清晨在他醒来的那个懵懂片刻，都会听到爷爷正在念诵的莲花生心咒：嗡阿哄巴扎格日班玛色德吽。同时也能听到母亲念诵的度母心咒：嗡达惹德达惹德耶索哈。午后漫长的时光里，他在牧场上抱着抛石索打瞌睡时，偶尔也能听到仁倩卓玛问他：

“今天我漂亮一点儿了吗？”阿旺罗罗迷迷糊糊说：“和昨天一样啊。”仁倩卓玛不满意了，因为阿妈告诉她，每天念诵度母咒，能让女孩变得更加漂亮，而她一早起来就足足念了一百零八遍。

诵经声是多么美妙的声音啊！他在诵经声中长大，天天习惯了听到各种各样的经文，有赞颂佛祖释迦牟尼的，有赞颂各位护法本尊的，有赞颂山神湖神的，更多的是赞颂莲花生大师的。男子们的诵经声大多低沉深幽，仿佛那声音发自肚腹之中。小时候他伏在爷爷背上，听到诵经的爷爷脊背上发出嗡嗡的回响，他的耳膜能够明显地感觉到一阵阵的震动。而女子们的诵经声则轻盈飘扬，好像从头顶上发散开去，美丽的头饰装点着声音，听上去柔婉动人。孩子们也在诵经，他们并不懂得诵经的意义，只是听成了习惯，也就顺嘴而出，甚至一边诵着经文，一边互相追打嬉戏。

诵经成了一种生活方式。他在诵经声中睡去，也在诵经声中醒来。

亮光使阿旺罗罗觉得温暖，而真正让他醒来的是绵长幽远的诵经声。他睁开眼睛，发现自己在一间狭小的屋子里。屋子的四周是石头，不是刻意垒造而成，而是一块完整的巨大石头中间凿出了一个房间。光亮是从门那里射进来的。所谓的门是一块稍小的石板，此时向外挪开。

阿旺罗罗伸出手，下意识地去摸护身符。护身符不在脖子上，这才清醒过来。一切都是陌生的，他觑一眼诵经声传来的地方。那是一位和爷爷差不多年纪的老头儿，瘦削的脸庞黝黑却泛着光亮，头顶白发盘绕，两耳上垂着两枚硕大的白色圆环坠子，一部花白的大胡子垂在胸前。他盘腿坐在一张香案前，手里握着一串念珠，正捻得飞快。他也朝阿旺罗罗看来，一道犀利的目光正好与阿旺罗罗相遇。阿旺罗罗眼见得他的一对眼珠里有两团火。

阿旺罗罗一跃而起："爷爷，我这是在哪里啊？"

诵经声戛然而止。那位爷爷挪过来，抓住阿旺罗罗的胳膊，他的声音异常洪亮："孩子你躺着，你还需要休息。"

阿旺罗罗恍然记起冰雹啊、金座啊，同时记起了沁入骨髓的寒冷，脑子里乱七八糟的，骨头缝儿里还有那么一些冷瑟。"金座！爷爷，我得去看看金座！"

爷爷的力气很大，压着他的胳膊，他就无法动弹了。"你暖和过来了？"

这位爷爷脸上皱纹纵横，刀刻一般，就连耳朵上也长满了线条交错的皱纹。他穿着黑色的藏装，衣裳也老得不成样子了，质地那么单薄。他干瘦的手臂从袖管里伸出，抚摸了一下阿旺罗罗的额头。

"唔，青蛙脚印，不错。"

阿旺罗罗这才明白过来："您是闸宝大师？"

他微笑着，点点头。阿旺罗罗坚持行了礼。

"看来兰顿大师的香气仍然独一无二，你的身上还能闻得到。"

阿旺罗罗张开鼻孔嗅了嗅，除了地上铺的苔草潮湿味，他什么也没有闻出来。不过他已经顾不得香气了，赶紧把东查仓发生的一切原原本本地叙述了一遍，闸宝大师只是点着头默默地听着，不作一言。

“不知金座怎么样了？”阿旺罗罗最后轻声说。

闸宝大师说：“你想知道吗？”

阿旺罗罗刚说出“想知道”，但马上又后悔了。那金座上的冰雹那么厚，那么硬，自己怎么可能融化它呢？反而是它把自己的热量全吸走了，一定是那位好心人背自己来到闸宝大师的住处的，不然他早就冻死了。那么现在是不是布群昂加在用胸脯暖化金座呀？布群昂加太瘦啦，他肯定吃不消的……

阿旺罗罗浑身燥哄哄的，他不安地朝屋子外看去。外面有阳光，是刚刚升起的太阳。这么说已经过了一夜了。

闸宝大师拉着阿旺罗罗的手臂，把他引到香案前。香案不高，人坐在前面时高度刚好就在眼前。香案上方挂着一幅不大的唐卡画像，用黄色绸缎覆盖着，看不到画的内容。紧靠着唐卡画的下方，摆满了各种供品，有糌粑捏的食子，有净水碗，点燃的线香正在飘出幽幽的清香，一盏酥油铜灯里闪耀着橘红色的光芒。七只净水碗一字儿排开，每碗净水里都有一朵野花舒展着娇嫩的花瓣。

阿旺罗罗心中清静下来。这样度过每个昼夜，也是修来的福报吧。只见大师从案下拿出一面圆圆的铜镜，用一块干净的绸缎擦拭干净，摆在镜架上。

阿旺罗罗惊讶道：“大师，您也有圆光镜啊！”

“你看看镜子，能看到什么？”大师说。

阿旺罗罗探着身子，看到镜面光滑细腻、金光闪闪，里面清晰地显现出一个男孩的脸庞。男孩头发杂乱，气色憔悴，两只细长的眼睛正定定地望着自己。“是我啊。”他说。

大师耐心地说：“你再看看。”

阿旺罗罗再看。铜镜里的男孩歪着脑袋，目不转睛。但仍然只是自己。随后，大师的脸庞出现在阿旺罗罗的脸侧。阿旺罗罗说：“是我们两个。”

大师说：“我们试试别的法子。”

他让阿旺罗罗脱去衣裳。阿旺罗罗心跳如鼓，四下看看，没有发现大刀什么的工具。“要……放什么东西吗？”

“看来你吃一堑长一智啊，那么你自己动手吧，看看肚脐里有什么东西。”大师朗声大笑道。

阿旺罗罗迟疑着，还是打开了袍子。肚子是瘪的，胸肋条条可见，心窝上明显地感觉到心脏的震动，而腹部的剧烈痉挛让他有些害羞。

他粗糙地巡视一遍赤裸的身体，然后把讯问的目光转向大师。大师说：“肚脐。”

阿旺罗罗这才把心思用到肚脐上。肚脐和原来一样正常。那是个小小的圆窝，每个母亲都会在婴儿出生后就在肚脐里放一点点麝香，起到热腹、消炎的作用，保证孩子长大后不为腹泻所困扰。阿旺罗罗望着自己的肚脐，不知道阿妈是否也为他的未来做过这样精心的准备。

阿旺罗罗的手指轻轻翻开肚脐里深藏的部分。一种凉意立刻传来。滚落到他手心里的是两枚小小的冰雹粒儿，晶莹剔透，也冰凉万分。他诧异地举着冰雹粒儿，交给了大师。

大师说："闭上眼睛。"

阿旺罗罗把眼睛合上。他感觉到大师把两粒冰雹放置在他的眼皮上。感觉到一阵凉爽立刻沁入眼底。感觉到清新的气流穿过眼底直冲大脑。冰雹粒儿在他的眼皮上融化着，一滴融水进入眼睛，润泽了他干涩的眼珠，也润泽了几天来的疲倦。

"好了。"大师重新把他拉回铜镜前，"现在再看看。"

阿旺罗罗睁开湿润的眼睛，刹那的迷蒙过后，他看到镜子里面的自己不复存在。光滑的镜面上有一些景象在晃动，渐渐稳定下来，渐渐变得清晰。阿旺罗罗吃惊地看到那里面有一座高耸的雪峰，雪峰的模样很熟悉。阿旺罗罗很快判断出那就是阿尼玛卿神山。再仔细看，雪峰前的景象逐渐放大着，逐渐占满了铜镜的边缘，有一座小山丘，山丘上立着一张金光四射的座椅，四周围着成群的人们，正在朝金座顶礼，他仿佛还听到了鼎沸的人声……

"是金座！"阿旺罗罗喊出声来。

"正是。"大师的脸庞挨过来，同阿旺罗罗一起观看镜子中神奇的情景。"是你帮助了他们，你的同情心和慈悲心是上天所赐，你一定要好好保留下来。"

阿旺罗罗兴奋地看到人群中有布群昂加和两位尼姑班玛曲珍、德央梅朵，布群昂加正把圆润的额头抵在金座的下面。

"可是我不可能融化冰雹的啊。"阿旺罗罗又疑惑起来。

大师说："这是一个神奇的相关链条，你看，你一心想求格萨尔的故事，你的执着精神是一种非常珍贵的能量，这种能量能传达信息，感动能够帮助你的人，你才有运气获得兰顿大师的香气，而这香气不但帮助了布群昂加，也帮助你有机缘接触格萨尔的金座，同时，冰雹看上去是障碍，但却帮助你看到了铜镜里的景象。”

“这是……这是您给我的考验吗？”

闸宝大师笑了笑，说：“如果是考验，孩子，一方面考验是上天选择和判断时必要的过程，一方面你经过考验，才知道获得的珍贵。”

阿旺罗罗转向铜镜，一种自豪感油然而生。镜中的金座在阳光下那么耀眼，靠背平滑垂下，扶手上有两颗高高仰起的狮子头，线条流畅、一气呵成，彰显着无上的威严和荣耀。“格萨尔坐上去一定很威风啊！”阿旺罗罗赞叹不已。

大师问：“这面铜镜不仅能让你看到图像，还能让你听到歌声，你想听听吗？”

“当然想听啦！”

“我们从什么地方开始呢？”闸宝大师略微思索了一下，“就从《魔岭大战》试试吧。”

阿旺罗罗兴奋地等待着，不一会儿，一个雄壮威猛的声音从镜中传来：

鲁阿拉拉茂阿拉连，

塔拉拉茂塔拉连。

上供天念龙三神，

引导我来唱歌曲。

上方水晶雪山上，

雄狮猛虎兽中王，

僧珠达孜王宫里，

岭王盔甲穿在身。

北方亚尔康魔国，

百姓遭殃水火中，

路赞魔王更猖狂，

降伏魔国已到时……

就在此时，闸宝大师的耳朵突然竖了起来，他停顿片刻，仿佛在聆听着什么，然后就用一条哈达遮住圆镜，歌声戛然而止。他说："恐怕听不成了，我们来客人了。圆光期间一旦被打断，就很难接上画面。"

阿旺罗罗什么也没听到。外面只有强烈阳光照射的嘶嘶声，风吹着岩石的沙沙声，小鸟飞过的啾啾声，野草之间摩擦的唰唰声。他疑惑着，但是不敢吱声。很快，屋外传来杂沓的脚步声。阿旺罗罗引颈一看，是夫妻俩带着一儿一女，他们走到屋前，放下手中的提包，倒头便拜。

大师说："进来吧。"

他们进了屋。门上的阳光被拦去大半。年纪大的穿着藏装，饱经沧桑的脸上挂着无奈，年轻人一身城里人打扮，倔强地抿着薄薄的嘴唇。老人再次拜下去："闸宝大师啦，我是昂久部落的丹德尼玛，这是我儿子……”

话没说完，只见闸宝大师立刻用宽大袖子遮住了眼睛，他说：“让年轻人出去。”

丹德尼玛惶惑着，看看儿子，没搞明白是怎么回事。儿子则马上从拜伏的状态中一跃而起，走了出去。

“有什么用呢？”朝外走的儿子小声说了一句。

年龄看起来比阿旺罗罗略小的妹妹喊着哥哥也跟着出去了。

看上去丹德尼玛想踢儿子一脚，但碍着大师的面子，强忍了下来。他从提包里抽出一条皱巴巴的哈达，接着拿出两包机砖茶，敬献给大师：“大师啊，给您添麻烦啦。”

大师说：“您不必这么客气。说吧，什么事？”

“是我那不争气的儿子，”丹德尼玛谦恭地躬着身子，声音低得几乎听不见：“他在城里闯祸啦，几个年轻人在什么朗玛歌舞厅里唱歌，为了争谁的歌好听，就把人家的肚子戳了个洞……”

阿旺罗罗听到大师说：“怪不得我觉得一股血气冲进来，我的眼睛不能见杀人者，否则会失去圆光的能力。”

阿旺罗罗这才明白刚才大师为何捂起了眼睛。丹德尼玛嗫嚅着：“真是太抱歉啦……可他跑回来我怎么办呢？我实在没办法，只能来求您给看看啦……”

大师叹息道：“唉，末法时代……”

紧接着听见外面有陆续的声音传来，听上去至少有三个人来拜访。阿旺罗罗看大师手中的念珠一直不停地捻动。丹德尼玛一会儿擦汗，一会儿搓手，焦躁地等着来访者。果然进来三个人，两男一女，女子还带着一个女孩儿。三位大人都是正当壮年，跟阿旺罗罗的阿爸阿妈年纪差不多，领头的男子卸下肩上的褡裢袋，取出酥油、炒面、曲拉粉等食品，然后每人一条哈达，献给了大师。他们一字排开，行了叩头礼。

大师扶住他们的肩膀，说：“我用不了那么多，心意领了，一会儿您走时一定带回去。”

那男子说：“大师，我们来自吉尼部落，遇到了麻烦，想请大师圆光占个卜。”

“说吧。”闸宝大师目光澄澈，“或许我能帮上忙。”

“山里的虫草都挖光啦，外乡人一大批一大批地来，带着小铲子，拉家带口，就像乌云一般。山坡上的草皮都翻了个遍，虫草也不长了，蘑菇也不长了。如今虫草价格高，人们都愿意做这个生意。可是山神动怒了，今年气候干燥，一滴雨水都没下，草质不好，牛羊都掉了膘，部落里的人不想让外乡人来挖虫草，可是他们又来了，村长桑杰大爷年纪大了，腿脚不方便，特地让我来拜访您，请大师给看看，今年畜情会怎么样。”

闸宝大师“唔”了一声，表示知道了，然后看着另一位男子。这位男子看上去有些紧张，他结结巴巴地说：“大师啦，因为虫草的事，我们村里和外乡人起了冲突，打了起来，阿爸的腿给打折了，骨头都露出来，血流了很多，用了药到现在还不见好，麻烦您出出主意该怎么办。”

阿旺罗罗瞥见大师稀疏的眉头紧颦着：“那么你是什么事

呢？”他指的是那妇人。妇人已是涨红了脸，她低着头，两只手在袖筒里局促不安：“三天前我家牦牛丢了三头，山上水边都找了个遍，就是没有踪影，有人说看到是来挖虫草的外乡人赶走的，去问他们又说不知道。我家只有这三头牦牛啊，孩子阿爸不在家，我只好抛头露面来找大师，您帮我圆个光吧，看看还能不能找得到，牦牛没有了，我们靠什么吃饭呢。”

妇人的声音哽咽着。那女孩紧紧靠着阿妈，眼睛里含着希望，直愣愣地看着大师。大师无言。他手里快速捻动的念珠终于停下来，转过身去收拾香案上的供品。看来他要重新准备圆光。

大师说：“阿旺罗罗，你到屋外去等吧。”

阿旺罗罗行了礼，绕过愁眉苦脸的丹德尼玛夫妇和后来的拜访者，出了屋。

三、九股如意能断神剑

正是黄昏时刻。阿旺罗罗站在屋外，发现这间石屋悄然隐没于山脚下的众多巨石中，若不仔细辨认，根本看不出这方人工开凿的一景。抬头望去，夕阳映照着雪山之巅，金灿灿一片，充满了粗犷雄浑的生机和活力。这座傲立于世的神圣山峰，在金色的光线中营造出庄重宁静的神秘气氛，而脚下的小溪蜿蜒流淌，唱着轻快的歌儿向远处奔流，又显露出活泛灵动的一面。他感受着夕阳中的神山，灵、光、色融为一体，深深打动了他幼小的心灵。

阿旺罗罗心情愉快，要不是差点撞上丹德尼玛的儿子，他还会多享受一会儿这样的时刻。丹德尼玛的儿子靠在一块石头上，正在吸纸烟，他的一条伸出老长的腿挡住了阿旺罗罗的去路。阿旺罗罗停了下来。“小子，叫什么名字？”他叼着烟卷问了一声。

“阿旺罗罗，东查仓部落的。”

“有点远喽，东查仓，这个名字听说过，我叫丹底，你来找他是什么事？”丹底用下巴指指石屋。

阿旺罗罗迟疑了一下：“说来话长。”

“人不大，口气不小。”丹底无聊地把烟头弹出很远，“我的事儿你已经听到了，大概你也差不多。”

阿旺罗罗走去把烟头捡回来递还给他：“我爷爷说神山周围不能吸烟，更不能把烟头乱扔，这样会触怒山神，它要降大火的。”

丹底接过烟头，再一次弹远。“长着一副鸟眼，看什么都不顺眼吗？”

阿旺罗罗对他怒目而视。他比阿旺罗罗高出很多，有理由轻蔑地对待阿旺罗罗。阿旺罗罗低吼道：“自己去捡！”

“呵呵！”丹底傲慢地取出烟盒，又续了一根。

阿旺罗罗不知怎的已经冲过去与他拧了起来。丹底仗着个儿高，三下两下就把阿旺罗罗的两只胳膊架了起来。阿旺罗罗喘着粗气，听到身后一个女孩子的声音：“别打啦别打啦！在神山打架不知羞！”

丹底甩下阿旺罗罗的胳膊，重新靠到石头上，低头找掉了的那支烟。阿旺罗罗不好意思回头看那女孩儿，只能狠狠地瞪着丹底，瞪得眼睛都红了。忽然看见丹底乱蓬蓬的头发里冒出烟来，以为是幻觉，再看，那烟已经飘出来好多。

“哥哥，你的头发着火啦！”女孩儿喊道。

丹底也似乎闻到了异味，他惊慌失措地乱拍头顶，烟很快灭了。“怎么回事？”他的两只眼珠都快分开了。

阿旺罗罗笑起来。女孩儿也笑起来。

“你到底是谁？”丹底憔悴的脸上已经变得煞白。

男孩和女孩的笑声更大了。

丹底眼神散乱，努力地想搞明白什么。过了一会儿，他似乎明白了：“你是他的弟子是不是？你学会了他的神通是不是？听说他的神通很厉害……原来是这样……真不敢相信……”他跌跌撞撞地返身回到石屋里去了。

阿旺罗罗和那女孩笑着互相看了一眼。“你是谁？”女孩问。

“我叫阿旺罗罗，你呢？”阿旺罗罗乐呵呵地说。

“我叫拉姆卓玛。”

两个人算是认识了。女孩握着一只羊踝骨骨节，说：“我们玩‘提并古’怎么样？”

阿旺罗罗和她蹲下来。拉姆卓玛很快在地上画出一个圆圈，找来许多小石子，放在圆圈里。然后两人退到一定距离后，朝石壁上扔骨节，当骨节反弹回来时，跑去接到手中，就可以就近击打石子堆，打出圈外的石子归击打的一方，如果接不到骨节，就失去了击打石子堆的权力。

拉姆卓玛玩得很熟练。她瘦削的脸上似乎只剩下一对大眼睛，睫毛浓密，眼神专注，不一会儿就赢走了全部石子。“再玩一次‘提海捷’好吗？”

阿旺罗罗看她兴趣盎然，不忍心拒绝。这种游戏中，羊踝骨节的六面分别起了名字，较大的两面称作“热玛”（山羊）和“勒”（羊），较小的两面称作“哇龙”（犏牛）和“达”（马），而较难立住的两面称作“居赞巴拉”（十全财神）和“荀散庆勒木章”（大无畏之九）。

拉姆卓玛把那堆石子分成两份，一份给阿旺罗罗，一份留给自己。她说：“本来这要一堆骨节玩，如果头家是我，我先握一把骨节往地上抛，看站立的什么面最多，就要什么面，你是下家，你抛出的骨节达到哪个面以及哪个数，则赢那个面的所有数量，如果达不到，就要赔偿给我。知道了吗？还有如果头家站立的骨节中要了‘居赞巴拉’，那下家要赔十倍，如果是‘荀散庆勒木章’，就要赔九倍，因为这两面站立的机会非常低。懂了没有啊？”

拉姆卓玛的大眼睛认真地望着阿旺罗罗：“可是我们现在只有一只骨节，就用石子代替吧，骨节立成羊就赢四颗石子，立成马和牛就赢六颗石子，立成最难的两面就赢十颗石子，你看成不？”

阿旺罗罗点头表示明白。但他技术实在太差，立起的不是“热玛”就是“勒”，基本属于游戏的低级范围。而拉姆卓玛的大眼睛扑扇扑扇着，立起的竟大多都是“居”和“荀”，阿旺罗罗大为惊奇地输掉了自己那份石子。

“提并古”和“提海捷”的骨节游戏玩了三个来回，天就完全黑下来了。阿旺罗罗在昏暗中听到石屋里的拜访者陆续走出来。拉姆卓玛的母亲大声喊着女儿的名字，一家四口相互依傍着走远。阿旺罗罗回到石屋里，见闸宝大师疲惫地靠在香案上，他告诉阿旺罗罗，天黑以后无法圆光，等明天早上再看，一般情况下在清晨进行圆光比较吉祥。

阿旺罗罗蜷缩在大师的脚下，度过了一个安静的夜晚。

第二天，阿旺罗罗醒来时，看到大师已经穿戴整齐，脸上散发着朝气。他招呼阿旺罗罗走到近前。

闸宝大师说：“好了，现在可以把你怀里的东西拿出来了。”

阿旺罗罗伸手到怀里，把那个一路上都不想碰的圆光镜拿了出来。

这个圆光镜让他离开家乡，那个傍晚的惊魂一刻仍然让他伤感不已。

大师双手接过去，举到灯前来回观看。阿旺罗罗这才注意到圆光镜有半肘直径大小，镜钮上系着一条丝质哈达，由于长久使用已经残破得丝丝缕缕，颜色也褪变成黑灰色，圆镜铜金色的背面突起着一些图案，仔细看，是狮虎龙马四种动物围绕着镜钮飞奔，云纹和水纹相间其中。圆镜正面平滑洁白，光可鉴人，只可惜正中有个黑暗的伤口，破坏了圆光镜的完美。

闸宝大师端详着那个伤口，沉吟不决。

阿旺罗罗轻声问道：“大师，您看能修好么？”

闸宝大师灰白的胡须颤动了一下，似是喃喃而语："好事……好事……"

阿旺罗罗疑惑地望着他："镜子不是不能用了吗，大师？"

"镜子是不能用了，我们得想想办法……"

闸宝大师心不在焉地回了一句，又陷入到自己的思考中去了。只见他一会儿将镜子举起来对着光看，一会儿又侧过去看斜面，甚至将手指伸进残破的洞里试了试。

"看来魔王的力道还没恢复……"最终他松了口气。

"什么意思呢，大师……"阿旺罗罗问道。

闸宝大师的声音显然轻松起来，"这面镜子是许多大师加持过的，一般的武器根本不可能伤害它，只有阿尼玛卿山神的九股如意能断神剑才能破坏它，"他指着镜面上的伤痕说："你看，虽然神剑毁坏了镜面，但却没有洞穿，说明使剑者的力量不够，否则九股如意能断神剑是能够轻易洞穿圆镜的。"

阿旺罗罗恍然大悟："原来魔王破坏森格云丹活佛的宝塔就是要盗走这九股如意能断神剑，因为只有神剑才能洞穿圆镜，魔王的目的就是要破坏圆光镜！"

"远非如此……"闸宝大师小心翼翼地举着圆镜，"九股如意能断神剑具有很强的力量，当年阿尼玛卿山神用九种超级能量在岩石中煅烧而成，具有土、水、火、风的特性，汇聚了天神、念神、龙神的动力，集结了太阳和月亮的光能，魔王路赞花大力气得到它，恐怕不是只破坏圆光镜那么简单……"

"这么厉害的神剑为何到了东查仓部落的宝塔里？"

“因为东查仓部落是狮王格萨尔的后裔，世世代代保护着歌颂狮王功绩的神授艺人，也因此最容易招来魔王的忌恨，所以山神就把神剑赐给东查仓部落作为镇魔之基，东查仓的先人为了保护好神剑，才修塔供奉的。”

“啊啧！可惜让魔王抢走了……”

“是啊，现在神剑依然在魔王手里，我担心他还会利用神剑的威力……”

“可恨魔王毁坏圆光镜，嘎玛威色爷爷没法唱格萨尔了！”

闻宝大师慈爱地看了他一眼，说：“圆光镜毁坏不要紧，要紧的是神授艺人的安危……”

阿旺罗罗点点头，悲伤之情油然而生，他想起嘎玛威色爷爷那凝重的眼神，悲愤中又交织着希望的托付，还有爷爷保护自己时那用力地一推，把自己推进了一个责任里，也把自己推出了家乡……他不由得攥紧了两只拳头。

“那么现在我们应该怎么办呢？”他望着圆光镜一筹莫展。

闻宝大师把圆光镜平放在案子上，然后朝向阿旺罗罗，望着他的眼睛：“解铃还须系铃人，还记得你来的路上遇到的人和事吗？”

“记得，神杖帮助我飞来神山，拜见了兰顿大师，还有格萨尔金座，还有布群昂加和班玛曲珍、德央梅朵二位尼姑，还有好几个梦……当然是梦还是真的我也分不清楚……”

“再想想看。”

“虽然离开家乡没几天，但遇到的事情简直比过了一年还要多……”阿旺罗罗说着，突然想起来了：“对了，还遇到一位老奶奶，她需要鹿茸，不是我有意要伤害那头白唇鹿，是她生病很严重。”

他结结巴巴地说着，才想起牛角壶，想起牛角壶里的泉水和那一小截鹿角。他伸手在怀里摸索着："问题是我还没有把鹿角交给她，也不知她的病怎么样了……"

闸宝大师却微微笑起来。

“我回头找她来着，可是她不在，”阿旺罗罗小声咕哝道："大师您能不能帮我带给她？她非常需要这个东西。”

“我们大家都需要。”闸宝大师说，“至于老奶奶，你以后会有机会见到她。”

阿旺罗罗把牛角壶拿出来，摇晃了一下，听到泉水发出清亮的回应，感觉到那冰凉的泉水重新弥漫到身体的四周，他记起了呛进嗓门的那一口发出冰裂的喊叫，仿佛已是很遥远的事了。

当他把牛角壶递给大师的时候，大师并不急于接过去，而是示意阿旺罗罗把壶塞打开。壶塞打开了，一股浓郁的鹿茸腥味混合着酒香扑鼻而来，阿旺罗罗急忙闭住气，好一会儿才恢复正常呼吸。

而闸宝大师却对着壶口闻了又闻，最后满意地微微眯起了眼睛，说："不错不错，正是此物。"

阿旺罗罗奇怪道："大师，我记得并没有装酒啊，怎么会有酒味呢？"

“这正是那眼泉水的神奇之处，它是河中之泉，却与河水不同，因为泉底有着非常丰富的地下资源，滋养泉水的水质，还有近千年来许多大师在此修行加持，他们把泉水供养给阿尼玛卿山神，山神很喜欢这眼泉水的味道，也加披了神山上很多宝物，因此泉水中常常涌出妙果，利益众生，人们为了保护泉水，渐渐保密起来，现在很少有人知道它的存在。”

阿旺罗罗这才明白，看来那位老奶奶见多识广，非常了解这眼圣泉的价值。

“好了，现在你把鹿血圣水洒到镜面上，慢点来。”

阿旺罗罗按照大师的指示，慢慢倾斜着牛角壶，一缕赭红色的液体滑出壶口，滴在了铜镜的破口上。

“继续。”闸宝大师低声命令道。

阿旺罗罗屏气凝神，保持着倾斜的姿势，注意着不能把液体溅到创口外面，当液体快要填满铜镜被神剑尖戳破的那个创口时，听到闸宝大师喊了声停。

液体在阳光下反射着赭红色的光芒，渐渐地颜色变淡，渐渐地洇到镜面里去了。阿旺罗罗不眨眼睛地盯着镜面，只见液体自动调整着平面，慢慢渗到每个细微的破损角落，填补着每个细微的缝隙，等到所有的平面保持完整，液体竟慢慢变成了固体。

阿旺罗罗不敢相信地端起圆光镜，翻过来试着朝下掂了掂，并没有液体滴到地上，他再看，此时，那赭红色的鹿茸圣水已经变得和圆光镜原初的样子一模一样，丝毫看不出原来的创口。

“这是怎么回事啊闸宝大师……”

“孩子，记住，这面圆光镜也是有生命的，人有了伤口，如果失血过多，就会失去生命，它也一样，我们要给它补血，它才能恢复生机。”

阿旺罗罗抚摸着圆光镜，镜面光滑如初，他感叹不已，随即又问道：“我们部落附近也有白唇鹿的，为何嘎玛威色爷爷要让我来这么远的地方呢？”

“阿尼玛卿神山的白唇鹿茸补血功能非常强大，尤其再加上圣地的圣泉酒的功效，这是上天的造化。何况阿尼玛卿圣境是格萨尔大王的寄魂山，你是需要亲自来一趟的……”

阿旺罗罗抬头望着大师，大师却沉吟不语。

“好在圆光镜修好了，我得赶紧回去交还给嘎玛威色爷爷。”阿旺罗罗许久说道。

“孩子，”闸宝大师却从阿旺罗罗手里拿起圆光镜，走到香案前，换下镜架上原来的铜镜。“这不是一面普通的圆光镜，凡是接触到这面铜镜的人，都有着非凡的功绩，嘎玛威色就是其中的一位。”

“这我懂，”阿旺罗罗说：“在东查仓部落，没有人不知道他的大名，人人热爱他演唱的《格萨尔王传》，我盼望了很多年才听到他演唱的，可惜没听完就……”

“发生这种可怕的事情也不是头一遭了。”

阿旺罗罗吃惊地望着他。

闸宝大师继续说：“千百年来，神授艺人们到处颂扬格萨尔的丰功伟业，压伏着妖魔鬼怪们不得翻身，但是现在到了千年一轮回的末法时代，正能量缺失，人们被贪嗔痴三毒蛊惑，残害身心，沉沦不拔，妖魔鬼怪们又开始蠢蠢欲动，准备东山再起，重新夺回这个世界的主宰权，让幸福的人们回到黑暗时代，艺人们做了很多努力，一代又一代，不知献出了多少生命……”

阿旺罗罗仔细倾听着，“这么说魔王路赞真的会还魂？”

“实际上，”闸宝大师停顿了一下，脸色凝重起来：“现在形势非常严峻，嘎玛威色年纪大了，恐怕需要你的帮助。”

阿旺罗罗感觉胸膛里有一股气流在涌动，一下子就冲出了他紧闭的嘴唇：“我当然愿意帮他，可是我怎么才能帮他呢？”

“他之所以让你来到阿尼玛卿神山，肯定有他的用意，至于你能不能成为真正有用的人，还得看你是否精进。”

阿旺罗罗点点头，一想到嘎玛威色爷爷那顶神圣的仲夏艺人帽在半空中残破地飞舞，他就不由得气冲斗牛，恨恨道：“我这就回去帮他，和我爷爷，还有仁增赤列爷爷，一起和魔王决一死战！”

“你现在手无寸铁如何帮他？”闸宝大师按住跃跃欲试的男孩，“你需要学习的还有很多，让我们从头开始吧。”

“从头开始？”

“从转神山开始，孩子，阿尼玛卿是世界开天辟地创世九神之一，是玛曲流域山中之王，是证得十地的菩萨，是雪域宝库的守护神，也是格萨尔大王的护法神。他的寄魂山神需要认识你、了解你，只有转了神山，你才有可能与他产生联系，获得山神的加持力，获得格萨尔的加持力，当这种力量增强到一定程度的时候，魔王就无法伤害你了，你才有可能扭转乾坤，让魔王的阴谋诡计彻底破产，记住，只有格萨尔大王才能救我们！”

“可是……我拿什么供奉神山啊？”阿旺罗罗焦急得一头汗雾。

“当一个人一无所有的时候，俯拾即是的石头也可以是礼敬的最好供养，代表你的心意就好。”

第四章　苍纳卡多Ⅰ：石崖上的三怙主

一、聚石成灵

他朝雪山的方向走去。远远看到前面高耸入云的石崖上依次铺排着白黄黑三种颜色，遮天蔽日的经幡经旗纵纵横横挂满了三岔路口的上空。向左而行，是正确的转山之路。

扎拉曾在路上反复叮咛："记住你是朝圣者，要想好发什么愿。"

阿旺罗罗此刻站在三色石崖下，仰望着那面石壁。千百年的风吹日晒在石崖上留下了岁月的痕迹，但这三种颜色却旷日持久地保存了下来，与周围山色迥然不同。仔细辨认，真的如闸宝大师说过的一样，仿佛三座不同颜色的佛像依崖而立，庄严宝相依稀可辨。黄色身相的文殊菩萨居左，手持智慧剑和经卷匣；白色身相的四臂观音菩萨居中，手持水晶念珠和无瑕莲花；青黑色身相的金刚手菩萨居右，手持金刚杵和降魔绳。崖壁上方矗立着几丛灌木，就像天然的华盖，遮护着象征智慧、慈悲和力量的三尊佛像。

“三怙主石崖到了！”阿旺罗罗对自己说。

石崖前有一块很大的平滩，满地都是石头，到处是一丛丛石块，白色的、大小不同的石块相摞而立，三五不等，仿佛一座座不规则的小型石塔。

阿旺罗罗拣拾了七块石头，小心翼翼地垒起来。“这是我用心供奉的灵石，敦请三怙主护佑我心愿达成！”

他深深地叩拜下去。当身体完全与大地贴合，额头紧紧贴着冰凉的土地时，深沉的地下隐约传来鼓声，他仿佛听见了大山的脉搏。一而再，再而三，他一口气叩了七个长头。单薄的身体起起伏伏之后，他的心中轻松起来。走到三怙主石崖近前，他试着站在不同的角度，发现怙主们的眼睛总是朝向他站着的位置。

“不可思议啊！”他不由得赞叹道。

“别光顾着赞美，赶紧祈祷！”扎拉细声细气地一跃而出，飘浮在空气里，开始整理衣裳，捋顺发型，一本正经地双手合十，闭上眼睛：“跟我念！”

阿旺罗罗也不耽搁，立刻学习他的样子，虔敬地朝向三怙主石崖垂下眼睛。

行者皈依直至成正觉，

佛陀正法以及圣僧众，
因做布施等诸修持故，
愿证佛境得普有情生。
皈依胜圣三部怙主尊，
顶礼胜圣三部怙主尊，
加持止息病疾错乱诤，
虔求加持众生皆安乐。
……

祈祷完毕后，扎拉咕哝道：“诚心祈请的话，三怙主会时刻护佑你的。”

阿旺罗罗点点头，表示完全认可扎拉的说法。正当他全心全意沉浸在三怙主的圣颜的时候，突然一股浓烈的黑风卷砂走石，伴随着腥臭的气息直冲他而来，他定神一看，一个有着野牛头却有着人身的庞然大物已经来到眼前，张开了血盆大口，两只长臂正向他捉来。扎拉已飞速扑上去，用他的哈达衣裳三卷两卷，裹住了牛头人的双臂，牛头人两把撕开，一只大手就要去卡住扎拉细长的脖子，却蓦然发现身处何地，惊惶失措地喊道：“这、这、这为何在三怙主的圣地？快走快走！”

阿旺罗罗惊魂甫定，黑风已经旋转而去，但腥臭味仍留在他的鼻腔里。天空恢复晴朗，仿佛打了个盹儿的噩梦……

扎拉喃喃道：“幸亏得到三怙主保佑，否则我俩可就见不到闻宝大师啦……”

他回头一看，只见阿旺罗罗两眼圆睁，但眼神却是空洞的，目光散乱，表情怪异，“我是一只鸟……我是一只鸟……”阿旺罗罗说着话，然后嗓门里就挤出一种奇怪的声音唱起来：

顶礼依怙如海佛，春春，
请对我赐大加持。春春，
若是不知这地方，春春，
这是魔国寄魂山，春春，
九尖铁围宫上面。春春，
若不认识我是谁，春春，
须弥山巅鸟宫殿，春春，
我是鹏鸟王妹妹。春春，
在那花花岭地方，春春，
玛域白色水晶城，春春，
我是鸟中白仙鹤，春春，
梅萨魂魄寄我身。春春。

然后他转身换了个姿势，用另一种沙哑的腔调继续唱道：

你若不认识鸟儿我，香香，
在西方天竺大地方，香香，
无边的神海正中央，香香，
无热龙王的无量宫，香香，

海水像美玉般清凉，香香，

那宫殿美丽又庄严，香香，

住着我共命鸟大王。香香，

龙王遣我察看魔国，香香，

魔主路赞王要上路，香香，

他要夺梅萨绷姬妃，香香，

做他罗刹魔国主母。香香，

……

看来阿旺罗罗同时扮演着两只鸟儿，一边对唱着，一边捡起地上的石头和木棍，开始往一起垒，垒成个宫殿的模样，左看看，右看看，不停地用碎石头做补充。

扎拉目瞪口呆地看着阿旺罗罗。阿旺罗罗则自顾自地表演着两个角色，双臂伸展如翼，忽而又面露奸诈之色，手抚着唇边，似是在捋着胡须，换了一种苍老的声调：

鲁阿拉拉茂阿拉连，

塔拉拉茂塔拉连。

祈祷上师本尊和三宝，

常驻头顶勿远离！

愿出外的完成出外的事，

愿在家的完成在家的事。

若不认识我是谁，

在那山阴的科莫如，
不分冬夏降大雪，
不分昼夜饿鬼叫，
崖顶的枭鸟发笑声，
崖底的雪鸡不断鸣，
当初占据这块地，
除我超同再无人。
古人的谚语说得好：
惜命的战争不得胜，
惜财的官司打不赢。
听懂此话是妙言，
听不懂就不再做解释。

阿旺罗罗唱到此处，双手挥舞，身体扭曲，一下子把好不容易垒成形状的石头宫殿一脚踹塌。

扎拉这下着急了，“阿旺！阿旺！”他呼喊着，大巴掌上去又捶又打，让阿旺罗罗从那种颠三倒四的情景中抽离出来。阿旺罗罗的眼神逐渐聚焦到扎拉身上，一阵剧烈的疼痛袭上头顶，他双手抱着脑袋喊道：“扎拉，我的头好疼！”他卧倒地上蜷缩起来，挣扎了一番，很快昏了过去。

阿旺罗罗昏昏沉沉不知道睡了多久。一道光。一曲曼妙的乐声。一阵温暖。世界在无序的急速旋转中慢慢停了下来。他隐隐约约感觉自己在闸宝大师的石屋里，那种安静祥和的气氛是闸宝大师所特有的，让他周身舒坦，虽然还睁不开沉重的眼皮，但他觉得自己活过来了。这时，听到有人进入石屋，行礼的声音，随即熟悉的香味就飘浮而来。

“嗯，你来了就好。”闸宝大师说。

“上师，您安排的事情我办妥了，特来禀报。”这是兰顿大师的声音。

闸宝大师说：“那就放心了。”

兰顿说：“上师莫怪，我只是想赶紧帮助他恢复一下记忆……”

闸宝大师低沉的声音：“你也太心急啦，这样孩子容易错乱。”

“我知道，关键还是要您开启智慧之门才行。”

“这孩子慧根好，恐怕我的道行也够不到，需要更高法门才行。”

“您是说……”

“先等等吧，魔王转世再来，我们不能先乱了阵脚，急躁只能坏事。”

阿旺罗罗一边迷迷糊糊听着他们说话，一边渐渐清醒过来，奇怪的是嘴巴里满满的，好像装满了什么东西，而且越来越多，他使劲憋着，直到双腮鼓起，口腔的空间里再也没有地方可以盛放，终于憋不住了，一张嘴，一大堆词汇就开始往外蹦，想闭嘴根本就来不及了，他听见自己唱出一支雄壮的歌曲：

鲁阿拉拉茂阿拉连，
塔拉拉茂塔拉连，
格格格，嗦嗦嗦，
三声格来呼唤神，
三声嗦来迎接神，
最初的太古时代里，
色究竟天的法界宫，
像海洋广的三世佛，
神和空行、护法神，
今天来做我后盾，
法身、报身和化身，
还有本尊明王神，
今天来做我后盾。
……

阿旺罗罗感觉自己又开始胡言乱语起来，那些词汇和语言就像在舌头上刚刚组合而成，完全没有经过大脑的整理，就那么流水一般滔滔不绝地流淌而出……

闻宝大师嗔怪地看了一眼兰顿，兰顿大师伸伸舌头，说："我给他装藏的时候顺序是对的啊，我还整理了一遍呢……"

两人默契地来到阿旺罗罗身边，盘腿坐下，一边一个，开始念诵经文。半个时辰后，念诵经文的声音终于盖过了阿旺罗罗的声音，阿旺罗罗心里着急，但根本没法控制自己，一些词在舌头上打架，一些词在舌头上吵嘴，然后一起奔涌而出……

在两位大师强大的经文念诵声中，阿旺罗罗的音量渐渐小了，但他还在断断续续地唱着。闸宝大师念完经，站起来，抓住阿旺罗罗的左手，摸到他拇指和食指的连接处，连按三下，好像那里有一个看不见的开关，阿旺罗罗的歌唱戛然而止。

回过神来的阿旺罗罗茫然地望着两位大师。

闸宝大师怜悯地望着阿旺罗罗："孩子，累坏了吧？"

此时的阿旺罗罗大汗淋漓，胸腔里似乎有一堆柴草在燃烧，烧灼着喉咙，烧灼着舌苔，四肢困乏无力，每寸皮肤都像是着火了一样。他干咳着，接过兰顿大师递过来的一碗水一饮而尽，清凉而甘甜的水让他的头脑清醒了一些。

"现在感觉怎么样？"

"好多了大师，"阿旺罗罗抹着汗，想坐起来却没力气，"我好像生病了，好像做了好多梦……"

他一眼看到兰顿大师微微弯着的笑意的眼睛，不由得警惕地抱住肚子。

这一切都看在闸宝大师的眼里，他放松道："醒来就没事啦，你睡了七天七夜，产生幻听幻觉是正常的。"

阿旺罗罗吃惊不小。七天七夜……他暗暗回忆着梦境，仿佛又听见打打杀杀的声音，马蹄声不绝于耳，跳来跳去的情景让他完全理不出头绪来，前后顺序颠倒、因果逻辑错乱，人物也东一个西一个地胡乱出现在脑海中。

"是不是妖魔鬼怪附身了……"他沮丧地说。

兰顿大师笑眯眯地说：“你在闸宝大师身边，妖魔鬼怪不敢附身。”

“不必担心，孩子，”闸宝大师搀扶他坐起来，“你长久没有进食，身体虚弱，需要补充营养。”

兰顿大师的碗又递了过来。阿旺罗罗这次喝的时候尝出味道甘美的水与平常不同，他看看碗底，旁边的酥油灯的火光映照其中，散发着温暖的反光。身上陡然有了力气，他疑惑地望着闸宝大师。

“这水的确不同，”闸宝大师说，“是兰顿特意赶到圣泉取来的，它能使生命重新焕发活力。”

“您说的是泡鹿茸的那个圣泉？”阿旺罗罗的脑袋瓜正在回到正常的现实世界。

“此泉通向大海，”闸宝大师深沉的目光看着阿旺罗罗，“大海的生命力最顽强不是吗，所有生命都来自水啊！”

阿旺罗罗的舌苔滋润起来，那泉水奔腾着，跳跃着，洋溢到身体的每个角落。

兰顿大师小声提醒道：“上师，取甘露丸的时辰到了。”

闸宝大师引着阿旺罗罗走到石屋里面，穿过曲折而狭窄的过道。“小心脚下。”大师嘱咐道。

阿旺罗罗跟着大师身后，双腿虚飘着，走不踏实，身体里好像少了什么，又好像多了什么，说不清楚，一会儿头重脚轻，一会儿又左倾右斜，他尽量想走出沉稳的步伐，但是身体根本不听自己的指挥。

前面豁然开朗起来，是一间灯火通明的洞府，四面墙壁是天然的岩石，许多佛像依壁而立，头戴各种冠冕，做出各种手印，敷金的面庞熠熠生辉，锦缎衣裳层层叠叠飘逸垂下。正中一张供桌，桌前供着一尊硕大的酥油灯，和阿旺罗罗一样高，但宽度有他三个大，灯盏里有七条灯芯燃烧着，正是它照亮了整个洞府。抬头看，供桌上方悬挂着一幅唐卡，蒙着黄绸，看上去很古旧的样子。唐卡下方供养着净水碗、吉祥八宝和各色粮食堆起的曼扎，旁边摆放着糌粑、各种馒头、甜食、饮料等食品。香薰袅袅中，阿旺罗罗注意到一张托盘紧依在唐卡下沿的流苏下，五彩丝绸平铺于上，一个半球状的东西覆盖在一方金黄丝绸下面。

阿旺罗罗双手合十，跟着闸宝大师完成叩拜礼，当他伏下身体，脸贴到地面时，发现温湿的地面上长着绿油油的青草，就像踩在一张绿绒毯上。阿旺罗罗伸手捋过青草尖，是真的。闸宝大师徐徐开口道：“阿尼玛卿雪峰林立，这里却四季如春，是在奇怪这个吧？”

阿旺罗罗说：“到了阿尼玛卿，我才知道什么事情都可能发生。”

闸宝大师笑起来，他说：“看来你已经打破了梦境、虚幻和现实之间的壁垒。”

“总觉得在梦里……”阿旺罗罗老老实实回答道。

闸宝大师不再说什么，将酥油灯盏中燃过的灯芯剪去，灯火更加明亮。他转身，一只手搭在阿旺罗罗的肩膀上，说：“这个洞府最初是我上师建造的，他是一位著名的瑜伽士，长年苦修拙火定密功，虽然只喝露水来维持生命，但身体散发出来的热量是不可思议的，这个洞和周围一年四季的草都是绿的，就像温室里一样。”

阿旺罗罗明白了：“听爷爷说到过这种神奇的功法……”

“上师因为持诵十亿遍莲花生心咒而获得了非常殊胜的加持力，人们说他是一位护法神的转世，颅顶上有一个金刚杵的封印，也因此他受到阿尼玛卿山神的嘱托，日夜守护着神山的东大门，他在这里修行了一辈子，从未离开半步。”

阿旺罗罗感叹道：“啊呀呀，这位爷爷好厉害！”

“是啊，他活到 120 岁，知道自己圆寂的日子到了，把我和弟子们叫到身边，告诉我们他将虹化而去，我们的心都碎啦，经过苦苦哀求，他答应留下了这件宝物。”

闻宝大师轻轻地揭下托盘上覆盖的金黄色丝绸。

一架颅骨法器赫然出现在阿旺罗罗眼前。

阿旺罗罗低首合起双手，将像莲花一样的心意与敬仰供养给上师！

阿旺罗罗探头靠近颅骨，用袖口捂住口鼻，担心自己呼出的浊气污染了如此珍贵的宝物。明亮的酥油灯照耀下，颅骨扣在托盘上，光洁如玉，表面呈现淡黄色的质地，温润的表面散发着玉的光泽。仔细看，颅骨合缝处，一个金刚杵的图案清晰地显现出来。

“啊！金刚杵！”阿旺罗罗为自己能够亲眼看见这个神奇的法物而惊叹。

“看到啦？”闸宝大师站在身后说，“再看看还有什么。”

阿旺罗罗的目光在颅骨法器上来回逡巡，终于发现金刚杵图案的下面，也就是接缝处，细密地排列着几粒小小的圆珠，泛着珍珠一样的光芒。

“这是……”

“这就是甘露丸，上师为了利益众生，虹化以后还在用这种特殊的方式帮助着我们。”

听得出闸宝大师在尽量克制着自己的情绪，他用双手，从上面取下了几粒，交给阿旺罗罗，说：“在三怙主的圣地，你服用这三色丸，对身体大有裨益。”

阿旺罗罗打开手掌，里面静静躺着黄色、白色和青黑色的三粒甘露丸。他合起手掌，置顶到自己的头顶上，然后放入口中慢慢含化。

“大师，如果他还在多好啊……”阿旺罗罗喃喃说道。

闸宝大师的手放在自己的胸脯上：“他从未离开过。”

阿旺罗罗听明白了，他抿着嘴唇，使劲点了一下头。

“叩拜吧。”闸宝大师说。

阿旺罗罗整理了衣裳，叩拜下去。膝盖落地的那一刻，他听见白海螺的妙音响起来，洞顶上落下花雨，纷纷扬扬，轻盈缥缈，他捡起衣袖上的一瓣，馨香的味道扑鼻而来……

二、扎定童子

“走吧，我们出去走走，呼吸一下新鲜空气，对你有好处。”

闸宝大师说着，引阿旺罗罗往外走。走出石屋后，他们爬上一座石崖，在一块地势较高的坡上停下脚步。他向空中撒出风马纸旗，清风卷着这一张张小纸片向高处飞去，然后纷纷扬扬落下，就像一场晴空中的鹅毛大雪。阿旺罗罗也跟着撒出一叠又一叠的纸风马：“嗦嗦嗦……”

“嗦嗦嗦……”山谷间回荡着爷孙俩高高低低的声音。

“你能看一眼太阳吗？”闸宝大师指着头顶问道。

阿旺罗罗看着太阳，眼睛都没眨一下。灼热的阳光射向山峦，射向大地，射向河流。七彩的光环环绕着太阳，缓慢但却坚定地移动着，天空晴朗，光线在空气中舞蹈。正午的阳光真舒心啊，照在身上暖洋洋的。闸宝大师在一旁却不看太阳，只看着他，连连点头。

“闸宝大师，您看到什么了吗？我怎么看不到太阳里有什么……”阿旺罗罗的头摆向左边，又摆向右边，从哪个角度来看，太阳都像一张燃烧的光盘，散发着炽烈的白光，和平时没什么两样。

崖下是成片的彩色经幡，山风让它们鼓荡着，簌簌地念诵着上面的文字。他们站在崖上，仿佛站在彩色经幡般的云朵上，随着山风的鼓荡轻微地摇晃着。回头看崖上，经幡一直逶迤盘旋而上，一条接着一条，一直挂到山顶上面，就像一架经幡的天梯，通向人们盼望的天堂的入口。

恢复精力的阿旺罗罗想起家乡的一首童谣，不由得唱出声来："太阳公公啊，小孩我的手冻僵了，请照照我和小虫子，我们一样需要你的温暖……"

闸宝大师看着纯真的孩子，喃喃说道："正如嘎玛威色判断的那样，你的天分很好，缘起很好。"

"您和嘎玛威色爷爷是怎么认识的啊？"

"我们很早以前认识，也曾在一起很长时间，说起来是有很深的缘分。"闸宝大师一边说着，一边引着阿旺罗罗返回坡下。

"嘎玛威色热爱格萨尔史诗是出了名的，他和几位朋友曾经为了一部珍贵的手抄本，专门赶了四头牛到德格部落去换，吃了苦头呢。"走在前面的闸宝大师说。

香案上洁净一新。

大师重新摆放了供品。这次多了一只大盆子，盆里盛满染成五彩的青稞粒，圆光镜架在盆子中央，镜前立着一支水晶柱，水晶柱的不规则切面向四面八方折射出神秘的光芒。大师打开唐卡上覆盖的黄色绸缎。啊，原来是格萨尔大王的画像！他在画面上穿着金盔银甲，骑着高头大马，手执武器，双目炯炯，上方有祥云环绕，身边有大将簇拥，下方是岭国的万里河山。大师指点阿旺罗罗跟他一起点燃线香，在香雾弥漫中向格萨尔叩头三次，然后敬献了哈达。

大师闭上眼睛，轻声诵起经文。

阿旺罗罗在他身边跪着，双手合十，虔诚祈祷："格萨尔大王啊，愿您永披神圣光芒，照拂人间众生。"

大师的经文很长。大师的声音很好听。阿旺罗罗侧脸看着大师，发现大师睁开的眼睛有了奇怪的变化，原来松散的眼皮此时已经堆叠成了三层，在眼睛上方紧凑有致，使双眼看上去更加有神。大师诵完经，盘腿坐下。

"来，坐在这里。"大师让阿旺罗罗在身边坐好，说："你要保持一颗洁净的心，想象自己坐在白狮子的中央，最初你是白狮子的一部分，然后你就成了白狮子。"

阿旺罗罗合上双眼。"格萨尔大王。格萨尔大王。格萨尔大王。"

大师的声音传来："你要想象这面圆光镜是广袤无垠的大海，蓝色的海面上风平浪静，阿尼玛卿神山从大海上升起，这座神山是格萨尔大王的寄魂山，能看到它就有着殊胜的作用。"

阿旺罗罗心中默念："格萨尔大王。格萨尔大王。格萨尔大王。"

大师说："白狮子环绕阿尼玛卿神山奔跑，神山赐予它力量和勇气，大海赐予它慈悲和善良，现在，白狮子化进了阿尼玛卿，它们成了一体。来，你跟我这样做。"

阿旺罗罗跟着大师从盆中拿起十几颗青稞粒，放到唇边吹三口气，然后置在额头，然后撒向圆光镜。

这时，缭绕着香雾的圆光镜渐渐明朗。阿尼玛卿神山雄伟的身影出现了。雪峰在阳光中熠熠闪光，照耀得睁不开眼睛。闻宝大师说："千百年来，慈悲的阿尼玛卿山神一直都在照拂着广阔的山河大地。”

阿尼玛卿，这座梦幻般的神山，向阿旺罗罗展示着壮观的自然景象和奇异的神秘传说。阿旺罗罗看到雪山在幻化，渐渐化作一位武士。武士身色雪白，右手拿着白藤鞭，左手拿着珍宝，身穿金制的盔甲，骑在一匹金鞍的白马上。大师说："这位就是神圣的阿尼玛卿山神，他居住在富丽堂皇的白玉琼楼宝殿之中，有英姿勃勃的九儿九女，还有三百六十位眷属，以及忠实勇武的卫士和侍从一千五百多个。如果向他祈祷，他能满足世间一切愿望。"

大师的声音里充满了敬畏："阿尼玛卿四周是一块风水宝地，水源不断，牧草丰美，草尖上开着美丽的花朵，草腰中沾着露水，草根里聚着酥油汁，只有这样的地方才会诞生英雄。"

圆光镜中徐徐出现了格萨尔大王的形象，和挂在上方的唐卡画上的一模一样。阿旺罗罗随大师再次顶礼。格萨尔大王隐去，随后出现的是一行行文字。这种文字阿旺罗罗是见过的，家乡寺院里的门楣上、经筒上都有。大师说："这是梵文祈祷词。"

紧接着出现了另外一种文字，阿旺罗罗在扎拉的历书上见过。大师说："这是象雄文，青藏高原上最早的文字。"

然后出现的是藏文。

双手合十的阿旺罗罗一刻都没有眨眼睛，他盯着圆光镜，看到镜里风起云涌……

远方的石山烘托着雪峰，山脚下间隔着一带乱石滩，然后就是铺砌着绿玉一样的草原。不远处是一座投映着雪山雄姿的蓝色湖泊，平静的湖面上波纹不惊。湖周围有一群又一群的马群、牛群、羊群，正惬意地游走在湖光山色之间。

真美啊！雪山白得耀眼，青草绿得喜人。湖泊依傍着高山，静谧中透出灵动。

直到这时他才看见湖边有个人影。是个男子。只见他脱下袍子，把头伸进袍子右边的袖筒，把脚伸进左边的袖筒，就像一张弓一样，蜷缩起来，睡进了这幅美丽的风景画之中。

这时，天边飞来一朵光华四射的彩云，飘来飘去，端端停在了睡着的男子头顶上。彩云中徐徐落下一位身穿华丽衣裳的女子，芬芳扑鼻的香气顿时弥漫在草原的四面八方。那位女子走到男子身边，用唱歌一般好听的声音说：

天神之子格萨尔，
不要贪睡快快起。
速去东方查姆寺，
修炼大力降魔法。
三七二一好日子，
白梵天王令勿违。
天姑的话要记牢，
修法须带梅萨去。

格萨尔连忙俯身听旨后，天姑贡曼婕姆踩着祥云回到了天上。格萨尔骑上他的宝马飞奔回家，立刻吩咐森姜珠姆：“天姑降旨令我去东方查姆寺闭关静修，二十一天后就回来，森姜珠姆爱妃留在家里侍奉母亲，梅萨绷姬随我去修行。”

森姜珠姆立刻反对:“大王闭关事关重大，应该我去陪侍才对。”

格萨尔只好说：“森姜珠姆和梅萨绷姬谁去谁留，你俩好好商量一下。”

森姜珠姆对梅萨绷姬说：“大王要去查姆寺闭关修炼大力降魔法，让我前去作陪侍，叫你安下心来，在家好好侍奉父母亲，等闭关结束，我们自会回来，这期间千万不要来打扰。”

梅萨绷姬不好争辩，点头称是就退出宫去后，自言自语道：“森姜珠姆最爱面子，所以才乐意跟着大王去，不像是大王有什么旨令，尽管不是大王的意思，我也得忍让才对。”

此时一位尖嘴猴腮、满脸白须的人来到梅萨绷姬的面前，此人正是达绒王超同，他左看看，右瞅瞅，问梅萨绷姬：“侄媳为何面带愁容？”梅萨绷姬答道：“伯父超同您有所不知，大王要遵从天姑旨意，带着森姜珠姆去查姆寺闭关修行整整二十一天。”超同说：“大王离宫要远行，留你一人好孤单！”

梅萨绷姬行礼离去。

超同眼珠一转，立马躲到一边写了一封密信，唤来寄魂鸟乌鸦，乌鸦飞来落下，超同俯耳说：“乌鸦我的寄魂鸟，速将密信带给魔王，有朝一日超同我登上岭国国王宝座，定让你同享荣华富贵！”乌鸦带上密信飞离宫殿。

“啊呀呀，这下糟了！”

阿旺罗罗心里头惊叹起来，但他不敢吱声，害怕圆光镜里的景象转瞬即逝。

圆光镜里肃杀的气息扑面而来……

出现了一座宫殿，是黑乎乎的生铁铸成，九个尖顶直指天空，远方耸立着八座阴气森森的大山，四座是熊罴的家园，四座是紫红色的石岩山，一个像一座小山一样的妖魔站在殿里，只见他头上有九个脑袋，九个脑袋上长着十八只犄角，黑色毒蝎是他身上的装饰品，爬满了全身，腰带是口吐蛇信的九条毒蛇，环绕着他粗壮的腰身，他的手上和脚上长着三十六个铁爪，口中吐出烟雾，就像火山喷发，鼻孔呼出的毒气，犹如暴风狂卷。

“在黑魔国土亚尔康北方，上面降着腥风血雨，下面堆着白骨城墙，这不是魔王路赞的九尖铁围魔城么……”阿旺罗罗倒吸一口冷气。

魔国国王路赞在阴气森森的宫殿里，身边环绕着内大臣齐卡热索、外大臣夏那肖让、管事大臣炮姜俄那以及二十九位法师，王妹阿达拉姆公主、王臣秦恩等。

他们跳着阴森的舞蹈，嘴里唱道：

世界北方亚尔康，
高高耸立八座山，
四座乃是熊罴山，
四座紫红石岩山。
九尖铁围大魔城，

宫殿修在此中央。

魔王路赞被魔臣们簇拥着，他霸气地唱道：

你要不知我是谁，
我乃黑魔国主人，
九个头颅模样怖，
十八犄角似刀锋，
黑色蝎子爬满身，
九条毒蛇缠腰间，
手脚铁爪三十六，
身体高大像座山。
生起气来驾乌云，
口中火山喷烟雾，
鼻孔毒气狂弥漫，
犹如暴风卷残云。

大家又齐声谄媚地说："胆小的人见您会心惊胆战，胆大的人见您也惶恐万状。"

魔王得意扬扬环顾四周，复又咬牙切齿唱道：

可恨岭国格萨尔，
宣称拒绝缴贡税；

不让男儿服兵役，
断我财富和兵源；
还在祭山煨桑时，
一箭射死寄魂牛；
定要寻机去复仇，
抢来梅萨做王妃。

众人围绕着魔王，点头哈腰地奉承着他。

此时乌鸦飞来，送来超同密信。魔王打开看，顿时高兴得手舞足蹈起来：

岭国超同是密友，
送来密信告我知，
岭王携妃已离宫，
剩下梅萨独一人，
天赐良机去突袭，
抢来梅萨抢牛羊。

魔王的妹妹阿达拉姆公主一听，立刻阻止道："到处传扬的格萨尔，是黑暗中的指路灯，是传说中的真英雄，王兄您最好不要招惹他。"

魔王路赞恨恨地说道："我乃罗刹魔化身，顶天立地路赞王，一百男子肉当早饭，一百女子肉当晚饭，一百童子肉当零食，男人的武器不能敌，女人的纺锤不能拒，抢他女人和财产，高枕无忧休再言！”

说完，大手一挥，宫中妖臣魔将便跟随他出宫突袭岭国去了。

剩下阿达拉姆独自叹道：“生在魔地会堕地狱，可怜我不知今后路，若遇雄狮王大丈夫，要离苦得乐走正道……”

圆光镜中又起了云雾，阿达拉姆公主隐去后，出现了岭国的吉祥草原，可是王妃梅萨绷姬却愁容满面，焦虑地走来走去，她对侍女说：“昨夜梦不祥，沟脑吹红风，沟口卷黑风，可怜梅萨绷姬我，卷在两风间……”

侍女玛蕾桂桂劝解道：“梦境原本是错觉，不要太相信了，您若不放心，明天禀告大王就好。”

两人正在说话，突然间，从沟脑刮来一股红风，从沟口刮来一股黑风，狂风中间出现一个面目狰狞可怕的妖魔，恶雕捉羊羔一般，把梅萨绷姬捉到空中带走了。

玛蕾桂桂手足无措，大声呼救起来。

同时，火光四起，四处是狗吠声、牛羊嘈杂的叫声和百姓的呼救声……

“啊呀！如何是好……”阿旺罗罗轻轻叫出声来。

闻宝大师停止了诵经，从入定观修的状态中睁开眼睛。这时，圆光镜中的一切突然消失了，阿旺罗罗调整视角，但是什么也看不到了。他努力睁大眼睛，却是白费功夫。

“现在明白了吧？”闻宝大师用一条哈达盖住了圆光镜，说：“你充当了我的‘扎定’，意思就是依托者，你通过我的圆光能力看到了刚才看到的一切。”

“神奇啊……”阿旺罗罗不舍地端详着圆光镜。

闻宝大师一边收拾香案上的供品，一边说：“很久很久以前，圆光术就是藏地的四大珍宝之一。”

“哪四大珍宝？”

“占卜的圆光、现实的历算、治病的医药和赎命的法门，古代的国王运用这四宝来治理国家。”

“圆光术还可以治理国家？”阿旺罗罗问道。

闻宝大师用目光示意他撤下净水碗，说：“圆光术帮助人们明善恶之道，断是非疑惑，讲有漏预言，历朝历代以来许多大师都修习过这个法门，撰写了很多著作，尤其是格萨尔神授艺人，获得圆光的加持后，留下了许多宝贵的传承和记录。”

阿旺罗罗把七只净水碗摞起来，心思却在圆光镜上，他说：“他们真幸运啊……”

大师说：“让你看到圆光中的景象，是为了让你生起信心，不置疑，不为困惑所左右，只要你有坚定的决心，相信你会达到你想要达到的目标。”

阿旺罗罗说：“那么大师，如何才能获得这种传承呢？”

闻宝大师看着他的眼睛，一字一句告诉他：“如果想自己拥有这种能力，就需要从头学习。”

阿旺罗罗急切地点点头，立刻跪拜下去："闸宝大师，我以我的身、语、意向您供养！"

三、圆光镜

阿旺罗罗被一阵叮当作响的悦耳声音惊醒，他坐起来，石屋里黑暗无声，一盏小小的酥油灯照着亮，他的眼睛适应了黑暗后，发现大师并未在身旁入眠。叮当作响的声音断断续续但却清晰地飘来，他循着声音寻去，走过曲折而狭窄的过道，是的，就是昨天闸宝大师带他走过的通向修行洞府的小道。

来到洞口，阿旺罗罗惊讶地发现众多的酥油灯自动点亮了，室内灯火通明，充满着温馨的气息，那些开过光的佛像们环佩叮当，衣带飘飘，有的竟然正在相互低声耳语交流，有的还伸手享用着自己案前的供品，发出品尝赞叹的声音……啊啧啧！阿旺罗罗赶紧捂住自己的嘴巴，生怕打扰了众佛们悠闲自在的状态。三弦琴正在自动奏出动人的音乐，钟鼎的叮咚声四处回荡，法铃清脆的伴音妙不可言，一个合十的佛手状香炉内的薰香自燃焚烧起来，散放出沁人心脾的馨香……

与昨天不同的是，殿中央多了一架密宗坛城，五彩缤纷的砂石积聚而成，莲花生祖师端坐其上，正在举行圆光仪式。阿旺罗罗仔细端详，见一位童子侍立一侧，长着一双像鸟一样的眼睛，简直和自己的眼睛一模一样啊！只见莲花生祖师入定观想，那童子看着圆镜，回答着祖师的提问：“不驯服的香波山神水淹了旁塘，不驯服的唐拉山神雷击了玛宝，不驯服的永宁地母十二尊制造着灾荒、散布了瘟疫……”

他一定是莲花生祖师的“扎定”童子了！阿旺罗罗兴奋地一不小心就喊出声来，刹那间，灯熄光灭，他被一股强大的力量摔回到自个儿的床铺上。

石屋的门开了，带进一片阳光。阳光中闸宝大师信步而来，坐到他的床边，说：“睡醒了？也该起来啦。”

闸宝大师蓄着一根花白的辫子，用一块长长的绛红色棉巾缠裹在头顶上，看上去头很大。清癯的脸庞上有一双深沉的眼睛，因为长久的闭关而不适应强烈的光线，常常眯缝着，但这并不妨碍他看清想要看清的事物。他还有一部大胡子，花白的胡须一直垂到胸膛上，飘飘欲仙的样子。

阿旺罗罗看着大师的胡须出神，大师通常藏在胡须里的嘴巴似乎除了和他说说话以外，并没有其他用处，因为既没有看到他喝水，也没有看到他吃饭。

但今早哪个地方有点不对劲？阿旺罗罗蓦然发现闸宝大师的花白胡须编成了精致的两条小辫子，从下巴正中分开，分别向耳根盘去，最末的辫梢挂在耳朵上。看上去倒精神了很多。

闸宝大师微微笑着，黝黑的脸色红润起来。他说：“昨晚我拜见了山神，山神很高兴我去看他，抓着我的胡子说了很多话。我认为山神抓过的胡子很珍贵，就把它编起来了，怎么样，还看得过去吧？”

阿旺罗罗也笑起来。晨光中，远方的阿尼玛卿雪峰露出圣洁的容颜，两人沉默地望了一会儿，阿旺罗罗才看到闸宝大师带来了早餐，糌粑和茶水。

“今天是初十日，是莲花生祖师的荟供日，一千多年前，他曾来过阿尼玛卿修行，做过法事活动，所以今天是个好日子啊！”闸宝大师容光焕发。

一千年。这对于阿旺罗罗来说是不可想象的数字。“那么山神有一千岁了？”

闸宝大师说：“比那还要久得多。”

阿旺罗罗想了又想，再问：“那么人能活多久？”

“很久很久以前……”闸宝大师徐徐说道。

老人们怎么都爱说很久很久以前呢，爷爷也爱这样说。阿旺罗罗看着闸宝大师，觉得此刻的他和爷爷还真有几分相像。阿旺罗罗熟练地拌好糌粑，就着茶水吃起来。

“很久很久以前，这个世界是由神和半神生活的区域，那时他们有很长的寿命，时刻处在光明之中，富足而幸福，但是后来他们发现了一种名叫沙苇的油脂果实，由于它的甘美，得到了众神的青睐。除了沙苇，他们再也不吃其他食物了，很快这种油脂果实被食用殆尽，但他们不知道这种充满诱惑的食物实际上夺去了他们的神力和光明，从此黑暗降临大地，他们降为人类这种次等生命，需要日夜不停地劳作才能果腹，疾病和恶行时有发生，贪婪和愚蠢如影相随。本来还可以活一百五十岁，可是人类由于懒惰、自私、易怒、不思精进，还破坏了大自然留给我们的美好环境，所以只能自食其果，活到一半就不错了。”

“精进？什么是精进？怎么做才算精进呢？”

大师粗糙的食指指着阿旺罗罗的心口，双目炯炯有神："就是要在这里树立一个目标，然后不停地向这个目标努力，虽然这个过程很难，但你只要有勇气面对，任何问题都能解决。”

阿旺罗罗低头看看自己的心口，衣服上有几块油渍。

“那么后来呢，大师？”

“后来，瘟疫、疾患和干旱横扫大地，人类在这些灾难中家破人亡，幸亏观世音菩萨慈悲为怀，把一面圆光镜带到人间，凡是被那面流光溢彩的圆光镜照过的地方，浓雾一样的病魔被扫荡一空，圆光镜还降下甘霖，拯救了饥荒的大地和人民。”

“再后来呢，大师？”阿旺罗罗依恋地靠着闸宝大师。

“再后来，观世音菩萨带着弟子们隐入了圆光镜。”闸宝大师说完，拍拍两只手，“说到圆光镜，你是不是该读点书了？”

桌子上摆满了书，阿旺罗罗一部部看过去，有《光明圆光导释》《白度母圆光占卜修持大法》《格萨尔大王圆光占卜仪轨》《格萨尔阿嘎光明威尔玛圆光修供法》《甘露医药圆光清澈明镜》《医药圆光照亮镜子明灯》《依止观世音菩萨修持圆光玻璃明镜》，等等，一本比一本厚。

闸宝大师说："圆光观察法有 360 种，其中 120 种是形象观察法，120 种是物质观察法，还有 120 种是不确定因素观察法。”

“不确定是什么意思，大师？”

“意思是说虽然圆光术不会有错，但圆光师的分析判断有不到位和容易出错的时候，因此判断一定要慎重。”闸宝大师说，“时间、经验、直觉、智慧，等这些齐备了，你的判断力也就齐备了。”

大师说着，焚了香。“这些都是历史上非常出色的大德们的作品，对你大有裨益，先来顶礼吧。”

阿旺罗罗跟着焚香顶礼，把一部部著作双手捧到头顶上，祈祷完毕后，恭敬地打开《格萨尔阿嘎光明威尔玛圆光修供法》，读了起来：“请赐予先知的殊胜法门，请赐予开启明察世界的魔幻之门，请赐予透视过去、现时和未来的千里之眼，请赐予真实无误的因缘预兆和明了世界的圆光成就……”

有一天，在阿旺罗罗认真学习完入镜法后，他想出了一个主意，碰巧这天闸宝大师一早就出门去了。

阿旺罗罗看看扎拉，见他正专心致志地摆弄着那本长条经卷，不经意地说道：“扎拉，你能不能帮我做一件事？”

“说吧，”扎拉毫无防备地说，“我的任务就是帮助你呀。”

“你帮我把这本书交给闸宝大师，我怕他路上要用。”

扎拉警觉道：“我不能离你太远。”

“求你啦，就这一次。”

“一次也不行！”扎拉断然拒绝。

阿旺罗罗说：“你看我不是好好在这儿待着吗？这里安全得很。”

扎拉扭头继续自己的工作，没有商量的余地。

阿旺罗罗好像放弃说服他了，“好吧，你说要帮我，其实并不愿帮我，看来你一点儿都不称职。”

这下说到扎拉的要害了，他斜起眼睛盯着阿旺罗罗，洁白的脸庞挣得通红："你的意思是我不称职？”

他绞着双手，愤怒得声音都颤抖起来。

“是喽，这不明摆着么……”阿旺罗罗仰躺下去，头枕着双臂，看着要睡觉的样子。

扎拉在他面前大步流星，他踱步，他掉头，在空气中摩擦出嗞啦嗞啦的响声，他的步幅越来越大、嗞啦嗞啦声越来越大的时候，终于停在阿旺罗罗的面前。此时，他的主人似乎已经睡着了。

“也就是说，我不完成这么个小任务，你就有资格说我不称职？”他对着半张着嘴发出轻微呼噜声的阿旺罗罗，声音小了下来，“好吧，反正你也睡着了，这个任务我完成给你看。”

他慈爱地看了一眼阿旺罗罗，转身飞走了。

阿旺罗罗确定扎拉真的离开了石屋，立刻翻身起来，重新回到圆光镜面前。

他看着熠熠闪光的镜面，深呼吸，再深呼吸，然后按照闸宝大师的方法，准备了些供养，开始祈祷起来。“莲花生祖师”，他呼唤着他的名号，虔诚地闭上眼睛……

他成功入镜，只觉得身体在不停地坠落……速度越来越快，简直没办法控制，不敢睁眼睛，阿旺罗罗急中生智，紧喊了一声入镜咒语，话音刚落，他就一下子摔倒在地上，他摸摸左右，还好，在一片草地上。

睁开眼睛一看，呀，这里的草地是黑色的，天空是白色的，远方的山峦也是黑色的，四处游走的牛呀羊呀，不是白色就是黑色……这是个两色世界。他的目光迅速掠过周边，一切尽收眼底：这是一处牧场，应该在魔王路赞前往岭国的必经之路上。

正如阿旺罗罗预测的那样，一会儿就见远方的沟脑里卷起一阵黑风，从沟口里卷起一阵白风，两股风拧成一股，黑白相间，盘旋着刮来，飞沙走石，那股风吹到脸上生疼生疼，裹挟着腥气，刮擦着大地，像是把地皮也要卷起来。

阿旺罗罗顾不得屁股痛，连忙站到风口上，仰面大喊："魔王路赞！魔王路赞！"

盘旋着冲来的风窝里拱出一个牛头妖魔来，四处张望，阿旺罗罗一眼看到他手里挥舞着的正是九股如意能断神剑。

这时魔王也看到了他，凶煞煞吼道："我正要找你，你倒自己送上门来！"

"快把神剑交出来！"阿旺罗罗双腿直立，义正词严。

庞大的魔王围绕他笨拙地转着圈："在你拿走神剑之前，我看你还是识相地把圆光镜先给我，我不但要圆光镜，还要你一起跟我走！"

他阴沉的声音就像滚雷一样炸开在阿旺罗罗的头顶上，阿旺罗罗一阵眩晕，但仍努力保持着冷静的姿态，并且非常清楚一点，只有神剑才能让魔王就范，如果顺利的话，先夺取神剑，再砍断他的牛头……

他们在旷野里对峙，阿旺罗罗小心翼翼地寻找着突破口，但魔王死盯着他，卷起来的沙石击打着圆光镜，他听到刺耳的刮擦声，耳膜似乎都快要洞穿了，就在他寻机准备出击时，耳畔响起闸宝大师紧锣密鼓般的呼唤，紧接着他像是被一只大手一把拉回到石屋里！

闸宝大师神色严肃，而扎拉怒气冲冲地在离他鼻尖三寸的地方跳起三尺高："你现在会骗人了！不得了不得了，我保护的人会骗我了！"

世界恢复秩序，一刹那间万籁俱寂。阿旺罗罗低着头，仔细回味着圆光镜里发生的一切，那么激烈的心跳声，那么荡人魂魄的对峙，要是闸宝大师再晚来一会儿就好了，我完全可以把魔王的魂给收了，他再也不能害嘎玛威色爷爷了，尤其不能害格萨尔大王的事业了，还有……等等，他说什么来着，他不是要破坏圆光镜吗，为何还要我带着圆光镜跟他走……对了，他身体上除了腥臭味外，还有一种熟悉的味道，像是放坏了的烟草味……

这时他才感觉到手腕子疼得要命，是闸宝大师紧紧攥着的缘故。闸宝大师徐徐放开，长舒一口气："你想干什么，孩子？"

"我想阻止魔王！"阿旺罗罗理直气壮地说。

闸宝大师看着他，扎拉始终摇着头。

"我想明白了，魔王要去抢夺格萨尔的妃子梅萨绷姬，这正是魔岭大战的导火索，如果现在制止他抢妃，魔岭大战不是就打不成了吗？格萨尔大王也不会在魔地耽搁九年之久，霍尔国就不会来侵犯岭国，也就没有后来的霍岭大战了，人民安居乐业，岂不更好……"阿旺罗罗此时已从刚才经历的纷乱中恢复镇定，逻辑清晰、口齿伶俐地表达出自己的想法。

扎拉抢着说："就你，自以为知道的还挺多，其实不知道的更多！"

闸宝大师用眼神制止扎拉再说下去，"更危险的是，你可以入镜，魔王也可以出镜啊！"

"出镜？什么意思大师？"

"魔王正在寻找强大的宿主，他正好可以借圆光镜出镜后，得到他想要的东西，而这正是我最担心的。"

阿旺罗罗望着大师："宿主？"

闸宝大师忧心忡忡地说："因为他自己还没有形成气候，他需要一个实体，我想是一个身强力壮的人，他可以进入宿主的身体，把灵魂寄托到他身上，指挥宿主代替自己完成任务。"

"可是他现在是野牛的身体呀！"阿旺罗罗嘟哝了一句。

"说明他还没有完全与宿主融为一体，红铜角野牛的形象只是他的一个幻化身。"闸宝大师说，"阿旺，历史不能改变，也没法改变，人们了解历史的目的，是要解决当下的问题，以便更好地向前。"

"当下？"

"魔王会借魂再来，这是最棘手的问题，等他获得足够的能量，就会破坏格萨尔留下的保护光环，人们不再受到格萨尔的护佑，就可能堕入无明的黑暗世界，一代代人的努力就白费了。"

闸宝大师摩挲着那面圆光镜，那上面已经被风沙摩擦得失去了光泽，不再泛着亮光。"这可如何是好……"他沉吟着。

阿旺罗罗这才意识到自己犯了一个错误，歉疚的眼神求救地望望扎拉，见扎拉毫无反应，“圆光镜是不是不能用了，大师？”

“需要打磨一下，恢复光亮才成。”

阿旺罗罗赶紧站起来，只要能补救，现在使什么力气都行，“那么我们打磨吧，需要什么工具我来拿，石头？还是……”

闸宝大师摇摇头，说：“一般的工具不行，反倒会磨坏镜面，孩子，这个镜子是特殊材料制成的。”

阿旺罗罗羞愧地低下头，绞着双手，不知道该怎么办。大师接着说道：“除非……”

“除非什么，大师？”

“你是否还记得，你初到次巩卡时，那位老奶奶让你取鹿茸，是不是也给了你一颗红宝石呢？”大师问道。

阿旺罗罗记得的，“她是给了我颗红宝石，不过我戴在雄鹿的脖子上了，我是想跟人家交换鹿茸来着，人家不能白白送给我鹿茸啊……”

“是这个道理，不过圆光镜就不好办了，只有那颗红宝石才能磨亮圆光镜，可是怎么取回来呢？”闸宝大师的声音里有些遗憾。

阿旺罗罗迅速回放当时的情景，老奶奶是怎么说的来着，是送给我的礼物，她难道有预知的本领，知道我们需要磨光镜面？他暗暗吃惊，立刻说：“大师，我认得那头雄鹿，我去找回来。”

“让我再想想，”大师起身说道，“天黑了，也累了一天了，先休息吧，明天再商量。”

阿旺罗罗躺在黑暗中辗转反侧。半个时辰后，他决定独自去把红宝石找回来。他起身穿好衣裳，悄悄出了门。

第五章　仓纳卡多 II：即使有那么一天

一、藏羚羊

深夜深不可测。

阿旺罗罗紧裹单薄的衣裳，夜风袭来，禁不住直打哆嗦。星空下他辨别方向，右边是黑黢黢的山影，左边是较为开阔的河谷，一些稀稀拉拉的灌木丛在夜风中摆动着暗影，发出轻微的爆裂声，一条简易公路通向黑暗的深处，他朝着公路走去。

但是很快他就迷失了方向。

“扎拉！扎拉！”他呼唤道。

扎拉长久地没有回应。

阿旺罗罗估计扎拉还在生他的气，也就不好多说，只管闷头朝前走。他避开一些山石，避开一些灌木丛，脚底下磕磕绊绊，呼哧呼哧地喘着粗气，好在因为疾走，身上暖和起来，只有脑袋瓜上被夜风吹得生疼生疼，两个脸蛋儿也冻得失去了知觉，他时不时搓搓双手，再抚慰一下脑门和双颊。

走着走着，他就茫然起来。实际上他也不知那头雄鹿会在哪里，刚才告别闸宝大师的石屋时的那股豪情已经在寒冷的空气中消失殆尽，他绝望地听到肚子里咕噜咕噜的饥饿呼号，双腿也颤抖起来。

又累又饿又冷！阿旺罗罗左右环顾，看到一面山崖较为避风，便想到崖根暖和一会儿再走。走近一瞧，崖壁垂直而下，崖前丛生的灌木正好可以挡住凛冽的寒风，他一弯身子，钻了进去，一边是崖壁，一边是灌木丛，正好是一处稍事休息的好地方。

阿旺罗罗抱着膝盖蹲在里面，天上的星光冷冷地对他眨巴着眼睛，好似在嘲笑他的无能。他无奈的目光从天上垂下来，半闭着眼睛，过一会儿，世界更加安静了。静静蜷曲着的阿旺罗罗仿佛听到了身边丛生灌木的低语，它们交谈着，有的哗啦哗啦，有的吱吱呀呀，互相碰碰臂膀，或者手牵起手，甚至干脆拥抱起来，枝条缠绕着，诉说的音量越来越大。

阿旺罗罗低着头，享受着它们的世界。不同的声音加入进来，逐渐嘈杂，好像地上的石头也加入了它们的谈话，低沉的、清亮的，雄性的、雌性的，悠长的、短促的，脚底下的泥土也似乎在隐隐地拱动着，拱出的植物争相露头，伸展新芽，要努力加入这场宏大的交流，看来这个话题是大家都关心的，它们讨论的热烈足以感染蜷伏着一动不动的大活人。

阿旺罗罗忘记了寒冷和饥饿，沉浸在它们繁复细碎的谈话中，仔细倾听，逐渐听到一个不同于植物的声音，那声音来自高处，在灌木丛的上方，他不由得好奇地引颈张望，是来自崖壁那边的。他站起身来，由于蹲伏太久，膝盖麻木得要命，此时，所有的声音淹没在他的动静里，膝盖骨清脆的吧嗒声听起来都放大了好几倍，但他认清了声音传来的地方，正在崖壁上。

他摸索着过去探究，星光照耀在崖壁上，一些线条纵横交错，使崖壁呈现出光亮和暗影，他走近端详着崖壁，很想找到那个发出不同声音的出口，但越近越找不到。他退出两三步，才蓦然发现崖壁上的线条是一幅图画，粗略地勾画出一头庞大的雄鹿带领一群雌鹿奔跑在原野上……

阿旺罗罗震惊地看着那头雄鹿，不错，头上有七叉犄角，侧脸的一只眼睛正盯着自己，而胸前有什么闪着光亮，仿佛是那颗他挂上去的红色宝石！

阿旺罗罗站在巨大的崖壁前，雄鹿的四蹄扬起，正在奔向一个充满希望的地方。他也看到了那个希望。此时，阿旺罗罗恢复了体力，胸膛里鼓荡着一种激情，他重新出发。

太阳在遥远的峰峦间缓缓升起。

奔走着的阿旺罗罗不知自己已经出来了多少天，这段时光中应接不暇的事情一件件到来，让他忽略了“时间”这个概念。他只知道这些天的旅途中，阿尼玛卿始终就在身边，只要一抬头，它那硬朗的岩石外表就显露无遗。但实际上，阿旺罗罗似乎还是对它一无所知。

“扎拉！”孤寂时候，保护神是阿旺罗罗最好的伴侣。

扎拉终于应声而出。他飘荡起来，两只大脚有力地摆动在空中，很卖力的样子。“想我了？你不是不需要我吗？不像话。”他抱怨道。

清风扑面而来。清晨清新的空气让阿旺罗罗愉快起来。风中有桑烟的味道，也有青草和野花的味道。他弯腰摘下一根扁冰草，放进嘴中咀嚼着。浓郁的汁液滑过舌苔，滑进了咽喉。阿旺罗罗问：“扎拉，我们出来多久了？”

“我只知道桑烟停煨了四天。”

“你不是说兰顿大师的香气可以吃饱十天么？”

“幸亏是这样，否则我已经饿死了。”

阿旺罗罗笑起来：“你记仇啊。”

“唉，做了你的保护神，我也没办法，谁让你的前世对我那么好呢？我记好，不记仇，不然我早飞走了，要不然就是给你找麻烦，让你一辈子不敢小瞧我。”扎拉凶巴巴地说。

“好吧，这就向你顶礼。”阿旺罗罗笑嘻嘻地合起双手，向扎拉行了礼，“愿扎拉长命百岁，愿扎拉永远常驻！”

扎拉立刻转怒为喜，他的大手抚过阿旺罗罗的头顶，蓝蓝的眼睛里充满慈爱：“这就对了，我保护的人不尊敬我，我还忙活什么呢？”

“你忙活什么啦？”

“就说最近的事吧，我帮你融化冰雹，怕你冻死，帮你点燃丹底的头发，怕他把你打死。你忙的时候我不多嘴，你闲的时候和你聊天。你高兴的时候给你唱歌，你苦恼的时候给你解闷……多了去了。”

“这么多啊，那你看我现在是什么样子呢？”

“高兴呗。”

“那么你是不是唱支歌啊？”

“又让你抓住了。”扎拉的两只长耳朵一会儿转向前，一会儿转向后，这是他思考时的特点。“让我想想。”

阿旺罗罗支起肩膀，让他落到肩膀上。扎拉思考的时候还有一个特点，就是不能出力气，飞行啊、走路啊都是力气活，会影响他的思路，要坐着才行。这是扎拉早就告诫过的，阿旺罗罗知道。

扎拉额头的皱纹堆得像白云那么多、山沟那么深。身体变得很沉，变得很大，似乎思考的东西是实实在在的，有重量，有体积。阿旺罗罗知道他是故意的，就喊了起来："想好了没有啊？"

扎拉这才笑眯眯地恢复原状，说："我把四百年来唱过的歌都想了一遍，费劲呢，你以为容易啊？有一首很古老的歌，不知你爱不爱听。"

阿旺罗罗立刻甩脱肩膀，让扎拉飘起来。“唱吧，路还长着呢。”

“是关于格萨尔故事的。”扎拉斜着眼睛看阿旺罗罗的表情。

阿旺罗罗果然注意起来："快唱快唱！"

扎拉试了几个声调，终于唱出来：

即使有那么一天，
飞奔的野马变成枯木，
洁白的羊群变成石头，
雪山消失得无影无踪，
大江大河不再流淌，
天上的星星不再闪烁，
灿烂的太阳失去光辉，
雄师大王格萨尔的故事，
也会世代相传。

阿旺罗罗沉浸在歌声里。说实在的，扎拉的声音很好听，尤其唱歌的时候。阿旺罗罗的眼睛亮晶晶的，他抬头望去，阿尼玛卿崇高的身影在阳光下熠熠生辉。“这座神山是格萨尔大王的寄魂山，老辈人说，要想摧毁格萨尔大王，必须先要摧毁他的寄魂山，我想这世上没有谁有那本事，你说呢？”

扎拉正在用一根扁冰草清理嗓子。他说：“那是当然，你没发现人们多么爱惜阿尼玛卿吗？那是因为不想失去格萨尔。”

是啊，他想到布群昂加一家艰辛的朝圣，金座前攒动的人群那么虔诚。到处桑烟缭绕。许多有德行的修行人在这里闭关。阿尼玛卿永不寂寞。

阿旺罗罗加快步伐，那头雄壮的白唇鹿会在哪里呢……

“我们马上就到阳柯河了。”扎拉好像看到了他的想法，引颈前后观察了一下后说。

“可是河岸那么大，也不知道具体的位置……”

“你不要老是怀疑自己，要相信自己，信念坚定才会成功。”扎拉还补充了一句：“这是我四百年的经验。”

阿旺罗罗笑起来。他喜欢扎拉活泼的性格。

远处一群藏羚羊出现了。它们美丽的头颅在阳光下机警地张望着，矫健敏捷的身体跳跃出优美的弧线。这个群体大约有七八只，雄壮些的分别排列为前锋和后卫，把其他的照应在中间，极有秩序地朝一座山丘后奔去。阿旺罗罗看明白了，它们在寻找水源。

“我们也去喝点水吧。”阿旺罗罗说。

扎拉坐在他的肩膀上，把脖子伸长，脑袋竟高出三肘多。阿旺罗罗抬头看他，只见他细长的脖子顶着个大脑袋，朝山坡那边望去：“藏羚羊是最机灵的动物，虽然我看不到，但我估摸着它们已经喝上水了。”

扎拉一本正经地缩回脖子：“一定是泉水，它们喜欢干净的水。”

阿旺罗罗的脑海里浮现出《格萨尔王传》里描绘过的场景：

苍茫天地间流动着藏羚羊的潮流，
迁往产仔地的羚羊犹如云雾弥漫，
向无边的天际扩散开来，
仿佛整个大地都在移动，
那直插天空的羚角，
仿佛茂密的刺林
……

阿旺罗罗遥望着渐渐消失的藏羚羊的背影，想象在格萨尔时代，前往产仔地长途迁徙的藏羚羊群，那震天动地的奔跑，是如何壮观，那灵动机敏的身姿，是如何优美，那温顺和谐的性情，又是如何打动了藏人的心房……

忽然一声剧烈的尖利响声划破了山谷的宁静，震得扎拉从阿旺罗罗的肩膀上一个跟头栽了下来。“怎么回事？什么声响？”阿旺罗罗边问边急忙朝前走去。

扎拉快速爬回老地方，声音都变了调：“枪声！是枪声！”

阿旺罗罗跑起来。冲向山丘时，他听到自己的心脏嘭嘭嘭地敲击着胸膛，单薄的身躯似乎不堪重负，步态趔趄地奔上去。隐匿了的扎拉发出声音：“小心！”

阿旺罗罗终于跑上山丘，他看到惨不忍睹的景象：坐落在岩石中的一泓清泉边，散乱地躺倒着那七八只藏羚羊，一位老奶奶在离藏羚羊不远的地方仰面躺倒。就在阿旺罗罗目瞪口呆之时，对面山坡上冲下来十多个手持长枪的男人。

阿旺罗罗顾不得多想，也跑下了山丘。就在他快接近老奶奶时，听到那边一个男孩喊道：“停下停下，别过来！”

阿旺罗罗没听明白，他接着朝老奶奶跑去。耳畔一声凄厉的枪声响起，他只觉得左边耳垂一热，滴滴答答地落下液体，血腥的气味就传进了鼻腔。他仍然下意识地跑着，又一声枪响，右腿忽然就沉重起来，提不起也放不下，没有感觉了，他跌倒在老奶奶的身边。

那伙人围了过来。一些人去查看藏羚羊，剩下的几个人走近阿旺罗罗。

“是个尕仔儿。”一个人说。

“冰了没？”另一个人过来摸阿旺罗罗的脖子。阿旺罗罗把埋下去的头抬起来，吓了那人一跳。“还没冰呢！”

“补个子儿吧？”前面说话的那人站得远远的，端起了枪。

阿旺罗罗看到过来的是三个人，其中一人看上去年纪和自己差不多。那个男孩的面孔是害怕的，他看一眼老奶奶，再看一眼阿旺罗罗，怯生生地说：“阿大，算了吧？”

“没出息的样子！”被称作阿大的人恶狠狠地瞪一眼自己的儿子，把一杆枪塞到儿子怀里：“你来锻炼锻炼！”

儿子好不容易端正枪。那杆枪比他还长。枪口对着阿旺罗罗，游移不定。

那边喊声传来：“全都冰了！”

这边两个人就走到泉边去了。只剩下那个端着长枪的男孩，与阿旺罗罗面面相觑。

“药劲儿大哩。”那边的人们开始说话。

“药劲儿不大着叫药哩吗？”

翻动藏羚羊的声音、枪杆敲击羚羊角的声音不时地传来。

“这个羊角好。”

“这个才叫好看，直着像刀哩。”

那个阿大的声音：“看角着有啥用？看绒！一帮没用的东西！开车去！”一个人应声跑远了。

“嘻嘻，啊么没用？昨儿晚夕刚下的药，今儿出门就收货，用处大了！”

“甭犟吵，你嬉皮笑脸地犟啥哩？还不是人家大哥出下的主意，不用药的话枪声太大，老乡们听见不得了，现在的老乡们都精着哩。”

“对着对着，大哥出下的主意最真。”

“绒好着很呢，大哥！运出去可做成阿么多沙图什围巾哩，我们还不得狠赚一笔？”

“以后学着点。”那个阿大的声音里充满了得意：“问题是这个阿奶在这儿是阿么回事？还有这个尕仔儿？”

“不知道从哪儿就冒出来了……”另一人嘀咕道。

卡车的轰鸣声由远而近，停了下来。

“大哥，我看再甭耽搁，枪声已经响了，老乡们就来啦，赶紧拉羊要紧。”

“唔，”阿大的声音：“装车装车！”

阿旺罗罗朝那边看去。卡车上蒙着车篷，一只角掀了起来。那些男人两个一组，抬着已经死去的藏羚羊，疾速地朝车厢扔去。他们动作娴熟，有条不紊，很快把藏羚羊的尸体全部装上了车厢。

半醒半迷糊的阿旺罗罗急了，看到离他最近的一只羊，连忙爬过去扑到羊的身上。

“阿大阿大！”那男孩远远跟着阿旺罗罗，不知道该怎么办。

那阿大闻声掉头看到了阿旺罗罗，过来就一脚踩在阿旺罗罗的胳膊上：“松手！”

阿旺罗罗的胳膊在那只翻毛皮靴的踩踏下麻木不堪，但他死死不松手。

站在山头上瞭望的一人喊道：“赶紧走，老乡们来了！”

“把枪拿来，我还不相信。”那阿大气哼哼道：“枪来？”

儿子抱着枪，不敢近前。

山上的那人声音慌张：“快些！人家到了！”

旁边一人掉头往车后跑：“算了大哥，那是个羊崽儿，没用，让他抱着去。”

阿大这才松脚，一把拉起儿子，往车头赶。簇新的卡车已经起步，十几个人一下子全钻进车厢，篷子一落，什么也看不见了。

轰鸣声渐行渐远。

阿旺罗罗心里一松，昏厥过去。

一切都在颠簸。阿旺罗罗在颠簸中醒来，是躺在担架上，两个男人急促的脚步声咚咚咚地行走在小路上。后面也有咚咚咚的脚步声。他们一路上都没有说话。阿旺罗罗仍然紧抱着一只藏羚羊羔。他时而清醒，时而昏迷。不知走了多久，终于停了下来。

“到了。”一个男人说。

“快去请康珠玛。”另外一个人说。

不一会儿，一阵细碎的脚步声走到近前。阿旺罗罗听到男人们顶礼的声音：“康珠玛啦，您好！”

“不必行礼。”一位女子的声音传来，接着一只温暖的手伸到腿上：“啊啧，这孩子流血太多啦！”她往阿旺罗罗的嘴里塞了几粒硬籽儿，阿旺罗罗不由自主地吞咽下去。

阿旺罗罗听到那女子走到后面去："阿妈更桑也不好啊！"

阿旺罗罗渐渐清醒过来。已经是黑夜，天上的月亮非常明亮，繁星闪烁，清澈的光辉照耀着大地，清晰地勾勒出身侧的山影，另一侧则有哗哗的流水声。

"奶奶怎么样了？"阿旺罗罗虚弱地问。

"醒啦？"女子的脸庞出现在阿旺罗罗的眼前。这是一张年轻秀美的脸庞。像阿妈一样温柔的气息飘来："奶奶肩膀上中了弹，我们一起努力吧，明天就会好起来的。"

几个男人的脸庞也出现在阿旺罗罗周围。他们仔细瞧着阿旺罗罗，一人说："这孩子不认得，不知道是哪个部落的。我们听到枪声，赶到泉边一看，藏羚羊全被抬走了，只剩下阿妈更桑和他，他还抱着一只羔子不松手呢。"

"可怜见的。"女子轻抚着阿旺罗罗的额头，在他曾经有过青蛙脚印的地方停留了一会儿。"他来自东查仓。你是迷路了吧？"

阿旺罗罗点点头，又摇摇头。

男子说："孩子给吓糊涂啦，那些魔鬼！"

阿旺罗罗费劲地支起怀里的藏羚羊羔："它还好吗？"

女子叹息道："它已经死了，中了毒，他们在泉水里放了毒药，可怜这么聪明的动物。"

阿旺罗罗的眼里噙住泪："藏羚羊群爱走老路，它们再聪明，也抵不上猎人的狡猾，猎人总是等在它们取水的路上捕获它们，这个我懂。"

那男子掉过头去恨恨地说：“那些魔鬼只要藏羚羊的皮，剥了皮就把尸体扔下，别的动物吃了又会中毒的。”

“泉水怎么办？”另一个男子焦虑地问。

那女子说：“我已经配好了药，你们拿去撒到泉水里，要尽快，赶在天亮以前，天一亮动物们就会去饮水的。”

“知道了。”那男子收好交到他手里的药包。

女子说：“你们都回吧，奶奶和孩子留给我，我来照应。”

男子说：“交给您我们就放心了。”

他们把阿旺罗罗的担架和奶奶的担架并到一处，就向女子行了礼，告辞离开。

阿旺罗罗看到一顶华丽的帐篷梦幻般地从脚下升起，遮盖过来，把他和奶奶严严实实地罩在中间。月亮和星星看不见了，但仍然在帐篷外面照耀。一阵温馨暖和的气息扑面而来，阿旺罗罗迷迷糊糊地睡着了。

二、空行女

“阿妈！”阿旺罗罗抓住抚摸着额头的一只手。似梦非梦中，阿妈轻诵着经文，把阿旺罗罗的护身符佩戴在他的胸前，嘱咐他切不可丢失。一会儿又觉得在珠姆泉中，冰凉的泉水环绕着他，森姜珠姆王妃的纤纤十指与他相握，交付给他一枚白海螺。一会儿又是一位穿着普通衣衫的妇人在身边哭泣，抬脸看去，像是森姜珠姆王妃但又不完全是，她的亲吻印在自己的额头上，那么温暖……阿旺罗罗尚闭着的眼睛看到了光亮，那是阿妈起早点起的灶火。暖洋洋的奶茶味儿清香扑鼻，阿旺罗罗的嗓子眼里冒出了火焰，起来一定要喝上七碗再说。

可是身上哪来那么多痛，耳朵痛、胳膊痛，腿也痛，简直没有办法一骨碌爬起来啦……阿旺罗罗痛得睁开眼睛，吓了一跳！

眼前一位老奶奶周身带着一轮光环，正坐在身边微笑呢。

阿旺罗罗瞪圆了眼睛：那轮光环呈现出七彩的光芒，柔和地照亮了老奶奶的满头银发，也照亮了她脸上大概有一百年的皱纹。她因衰老而垂下的眼睑里几乎看不到瞳仁，但眉心却有一只眼睛正在闪闪发光！

“这是哪儿？我做梦吧？”阿旺罗罗结结巴巴地问。

“我来看看你的伤，借点光照亮。”老奶奶的声音又有一些熟悉。那轮光环倏忽消失，周围恢复了黑暗。“你昨天受了伤，好心人把你送到我这里，你是昏迷了，不是做梦。”

阿旺罗罗看不到她，只能隐隐约约看到轮廓。怎么与次巩卡的老奶奶那么相像呢？不过这不可能，因为那位老奶奶的声音多么凌厉啊，而眼前这位的声音柔婉动听，好像清澈的流水，哗哗哗地流过阿旺罗罗干涸的心田，他有些清醒了，原来天还没亮！

老奶奶扶着阿旺罗罗的脑袋，给他灌了一碗清凉的汁液。那么甘洌，沁人心脾，比阿妈的奶茶还香，比仁倩卓玛的“辛”还甜。阿旺罗罗从头到脚似乎有了力气。

老奶奶说：“这是阿尼玛卿神山上的雪水结晶而成的甘露，

对你的伤有好处。”

“甘露水？”阿旺罗罗舔着干裂的嘴唇，慢慢镇定下来。

黑暗中，昨天悲惨的一幕重现在眼前，那些藏羚羊奔跑着的美丽身影，那一声刺耳的枪声，山丘上的清泉和清泉周围倒下的生灵。啊呀呀，从耳畔飞过的子弹震耳欲聋，让他的脑袋里又回响起嗡嗡嗡的眩晕。

“老奶奶呢？还有小羊羔？”阿旺罗罗突然从黑暗中坐起来。

“阿妈更桑好多了，等天亮了你就能见到她，只是小羊羔……”那声音里含着忧伤。

阿旺罗罗复又躺下，眼泪涌上了眼眶，他倔强地紧闭着嘴巴，不让她听见哽咽。

怀里是空的，昨天紧紧抱着的地方还留着温暖。一个生命就这样消失了。对于阿旺罗罗来说，看着一个生命在怀里消失是残忍的。

“你再睡会儿吧，天亮我来叫你。”那个温柔的声音站起来，挪到帐篷门前，离开了。

阿旺罗罗在黑暗中睁着眼睛。小羊羔啊，你的灵魂飘荡起来了吗？你将在哪里投生？是否还会来这个到处都有陷阱的世界？

“扎拉！”阿旺罗罗轻轻唤道。

等了一会儿，还是没有扎拉的回音。扎拉睡着了吧。阿旺罗罗昏昏沉沉地想。

不知过了多久，阿旺罗罗再次清醒时，天真正亮了。华丽的帐篷打开了一角，外面清新的空气徐徐吹来。他的精神为之一振。坐起身来时，伤口也不似昨晚那么痛了。

阿旺罗罗这才想起应该看看伤口。他发现腿肚子上已经仔细地包着白布。打开来看，一个触目惊心的子弹擦伤骇然出现在胫骨旁，不过伤口已经清洗得干干净净，不再流血，是昨晚那位康珠玛帮我的吧？

阿旺罗罗重新包好。左肩上还有血痕，虽然耳垂上的擦伤仍有些隐痛，但整只耳朵还好好的。阿旺罗罗起身，环顾帐内，帐篷不大，但一切井井有条，奇怪的是既没有帐篷支架，也没有灶台、炊具。他这才发现帐篷的另一边躺着阿妈更桑。

“阿妈更桑？”阿旺罗罗叫了一声。

阿妈更桑转过身来，眼睛里含着泪水，喃喃说道：“孩子，我们好福气啊，如果不是空行女康珠玛，我们已经走在中阴的路上了。”

阿旺罗罗过去扶住阿妈更桑。老人的左边肩膀的衣服上有一大片血迹，一块干净的白布垫在里面，整齐地用绳子固定住。

“阿妈更桑，昨天是怎么回事啊？”阿旺罗罗帮她靠好身子。

“昨天遇到魔鬼啦，可惜我老太婆人单力薄，不能把他们赶走。”阿妈更桑满脸憔悴，双眼黯淡无光，她干瘪的嘴唇慢慢回忆着昨天发生的事情。“因为那个泉水离我家夏窝子很近，我每天天不亮就要去取水回去敬佛，可是昨天的水很奇怪，我刚倒进净水碗献给佛像，佛像一下子就变黑了，还冒出臭烘烘的烟来，要知道我供奉着玛姆女神，很灵的，我吓坏啦，想来想去就觉得是泉水有问题，赶紧又到泉水那儿去看个究竟，谁知就看见一大片藏羚羊死在泉边，阿尼玛卿山神啊，一定是泉水有毒，羚羊们喝了哪还有生还的道理？我想就把它们埋了吧，还没等我抓牢一只，就看到几个人闹哄哄地过来，跟我老太婆一句话也不说，就一枪把我打倒了，唉，作孽啊。”

两个人都难过。阿妈更桑把阿旺罗罗搂在胳膊弯里，说：“还是当孩子好啊，身上干净，心里也干净，长大了弄不好就会让魔鬼附身，做的事情连魔鬼都会害怕。你是朝山路过吧？可怜的孩子，怎么一个人走远路啊？”

阿旺罗罗吞吞吐吐说：“我是……”

话未说完，康珠玛进来了。她明亮的一双大眼睛仿佛含着露珠，线条优美的嘴唇上挂着微笑。她端着一张托盘走到近前。

阿妈更桑挣扎着起身给她行礼，被她笑着拦住了。阿旺罗罗惊奇地看着她，看上去她的年纪和自己的阿妈差不多，这么年轻就很有道行吗？女子放下托盘，里面是两只精制的瓷碗，边上绘着彩釉的吉祥八宝图，盛着的白水中，一朵雪莲花儿绽放着瓣叶。

“你们俩把这个喝了吧。”女子说。

阿妈更桑端起碗说：“多谢您啦！”

阿旺罗罗啜饮几口，蓦然想起昨晚的梦来，这碗里的汁液香甜得一模一样呵！“甘露水！”阿旺罗罗说。

康珠玛点点头：“喝上三碗，我想你们的身体就应该恢复得差不多了。”

“我在梦中喝过了呀！”

“不是梦，那是真的。”

“是一位老奶奶给我的，她人呢？”阿旺罗罗问。

阿妈更桑已经一口饮干，连忙说：“小孩子别乱说话，你只管喝就是了。”

女子笑道：“没关系，这孩子心眼纯洁。阿旺罗罗，我已经有七十岁了，白天你看到的我是年轻的样子，这是我在太阳下修炼的结果，到了晚上没有阳光的时候，我就是老奶奶啦，所以你昨晚见到人还是我。”

阿旺罗罗深感意外，世上还有这样的事！怪不得道行深，我还没告诉她我的名字，她就知道了。他打量着她。不错，虽然脸庞和身形截然不同，但那声音是一样温和柔婉的，还有那眼神，慈悲中透着精明，看在人身上，能把人看化了。

“原来是这样……”阿旺罗罗喝下那朵雪莲花，花儿入口即化，只留下浓郁的香味在舌尖盘绕。

阿妈更桑看上去感觉好多了，苍白的双颊上浮起淡淡的红晕。康珠玛说：“我想你们这会儿应该需要点新鲜空气。”

她面向帐篷门伸开双臂，朝空中缓慢地挥去，好像在指挥帐篷自动后撤似的。奇怪的是帐篷果然按照她的意愿朝后褪去。阿旺罗罗回头看，只见帐篷堆在草地上，一会儿竟像钻进地底下，不见了。

现在，他们是在露天里。早晨的空气中散漫着露水的潮湿气息，有些凉，但让人舒服。阿旺罗罗深深呼吸着。远方黛蓝色的青天一望无余，山峦的剪影美得像画儿一样。近处的阿尼玛卿山峰上飘着薄薄的云雾，好似水晶宫殿的护纱，神秘地遮盖着山神的容颜。

这里简直就是动物的乐园，阿旺罗罗看见康珠玛向前走去，那些藏原羚、白唇鹿、岩羊们反而迎着她围过来，她给它们喂食，一一叫着它们的名字，一些调皮抢食的动物使劲挤来挤去，细心的康珠玛还会顾及落在后面的，把食物抛给它们。她喂完食，捉住一只小羚羊，给它包扎过的后腿换了药。

“那是小羚羊跳不过去网围栏，给夹住受伤的。”身边阿妈更桑说道。

阿旺罗罗说：“看来他们彼此非常熟悉啊！”

“这里基本上是个动物收容站，很多动物受伤都会自己跑来找康珠玛治疗，也有送来的，还有她自己巡山捡来的，再没有比她更慈悲的女上师啦！”

阵阵由远而近的流水声引起了阿旺罗罗的注意。侧脸一看，一条环绕着阿尼玛卿的河流曲曲弯弯地流淌而来。“是阳柯河么？”阿旺罗罗问。

阿妈更桑点头给了他肯定的答复后，他避开她俩走得远一点，轻声唤道：“扎拉，我们到阳柯河岸了，听到没有，扎拉？”

阿旺罗罗等了半天，不但没见扎拉显形，也听不到他的声音。奇怪。阿旺罗罗盯着自己的左肩膀愣神，这是从来没有过的事情。

“需要我帮忙吗？”后面传来康珠玛的声音。

阿旺罗罗扭头一看，康珠玛站在晨光中，周身披着一层金光。他想起了昨晚她的身上不是也在发光么？不是凡常人都能发光的，这点阿旺罗罗清楚，何况还有那只亮晶晶的第三只眼……

阿旺罗罗连忙行礼，倒头拜下去。康珠玛上前扶住他："我们之间不用见外，何况你还有伤呢。"

"那也得尽到礼数，我爷爷说了，见到修行者一定要行礼。"

"嗯，你爷爷教育得很好，家里人都好吧？"

"不太好，我出门比较匆忙，现在也不知道他们怎么样了……"男孩有些不安，"实际上我很想早点回家……"

"让我想想，"康珠玛说："你爷爷名叫绛秋昂杰，他有个老朋友叫仁增赤列，他俩最爱格萨尔大王的故事。"

"您认识他们？"阿旺罗罗喜出望外，怪不得他见到康珠玛就有一种亲切的感情，好像家人一样，内心里非常希望在她身边多待一会儿，甚至有一种扑到她怀里撒娇的冲动。

"算来也有十年没有见面了。"康珠玛点点头，随即说道："怎么，这点小伤就要改变主意了？想做的事情一定要完成，男子汉的诺言一字千金，不能随便改变的。"

阿旺罗罗慎重地听着，焦躁的情绪慢慢平静下来。康珠玛站在身旁，晨风吹拂着她的衣裳，一缕缕清淡的香气随风而来。他们一起遥望着远方。阿旺罗罗心中伸出一双翅膀，在风中飘飘欲飞——那隐秘的梦想，何时才能成为现实？

"对了，让我看看你的保护神好吗？"康珠玛出其不意地说。

"他……他在休息，我们最好不要打搅他。"阿旺罗罗结结巴巴地拒绝了。

"依我看，他也和你一样，昏迷了。"

“怎么可能啊？”阿旺罗罗赶忙查看左边的肩膀，但什么也看不到。

康珠玛说：“你差点被子弹伤了性命，而扎拉并没有出来保护你，你不觉得奇怪吗？”

“我也奇怪来着……”

“是你耳朵上的血滴下来污染着他了。”

阿旺罗罗恍然大悟：“那怎么办？”

康珠玛说：“让我们想想办法吧。”

她让阿旺罗罗去山坡上捡柏枝。阿旺罗罗捡了一大堆回来时，看到康珠玛已经准备好了各种香草。他们在河边煨了一个很大的桑。当浓烈的桑烟升起来的时候，康珠玛让阿旺罗罗褪去肩膀上的衣裳，迎着桑烟祈祷。阿旺罗罗焦急地盼望着：扎拉快醒来……扎拉快醒来……

桑烟飘上阿旺罗罗的肩头，久久地环绕。他没有扎拉可不行，谁和他说话？谁给他唱歌？谁和他一起游走四方？

“扎拉——”阿旺罗罗情不自禁地喊出声来。

突然，肩膀上轻微地震动了一下，一个小小的白色身影飘飞了出来。阿旺罗罗急忙一把捧住他。扎拉跌坐在阿旺罗罗的手掌上，大声地咳嗽着，竟吐出一大口鲜血来！

“呛死我啦！”扎拉面孔青紫，蓝色的眼睛凹陷下去，洁白的哈达衣裳褴褛不堪，不知他是怎样地挣扎过啊。阿旺罗罗心疼极了，他用指尖扶住扎拉，因为扎拉咳得快要从手掌上跌下去了。

康珠玛拿来一只净瓶，朝扎拉的口中滴了一滴净水。扎拉咕咚一声吞咽进去，两只大手使劲揉揉眼睛，看上去似乎好多了。阿旺罗罗说：“扎拉，真是抱歉！”

“这怎能怪你，怪那些魔鬼啊，我没保护好你，还让你受了伤。”扎拉脸色缓和过来，眼睛又恢复了亮丽的蓝色。

“我们一起谢康珠玛吧，她救了我们两个。”阿旺罗罗由衷地说。

扎拉两只大手一抱拳，深深作个揖，然后朝阿旺罗罗闪闪眼睛。

阿旺罗罗没明白。再看他，扎拉又很快地闪闪眼睛。阿旺罗罗疑惑地问：“嗯？”

康珠玛已经看到了。她说：“阿旺罗罗，我给你讲个故事吧。”

阿旺罗罗还没反应过来：“好啊……”

康珠玛说：“很久很久以前，草原上的一个女孩儿长大了，她在成人礼上得到了一件特别的礼物，那是邻居送给她的一颗金雕蛋，她非常喜欢，想尽办法要孵出来，后来她果然如愿以偿。那只金雕非常漂亮，也非常雄壮，女孩儿常常骑着它在天上飞。有一次她在天上飞的时候，遇见了一位上师，那位上师不骑金雕也能飞，于是她就拜她为师傅，骑着金雕来到阿尼玛卿修行了。”

“您就是扎拉说过的那位空行女啊！”阿旺罗罗惊喜极了。

扎拉这时已经恢复正常了，他把哈达衣裳整理得干干净净，说：“我可暗示过了，我们是很多年的老朋友了。”

康珠玛带着笑容：“我们也应该是老朋友啊，人们一旦结下了缘分，生生世世总会见面。”

“您是说和我？”

“是啊，我们在次巩卡见过面。”

“原来……您就是那位让我去找鹿茸的奶奶！”阿旺罗罗喜出望外，“我正要找那头雄鹿呢，它戴走了红宝石！”

阿旺罗罗简明扼要地叙述了经过，好奇地问道：“您是不是有预感啊？您怎知我们会需要红宝石和鹿茸圣泉水的呢？”

“不是预感，是预防。”康珠玛说，“很多事看起来容易，但做起来都非常不易，总会有意想不到的艰难险阻，何况圆光镜是个非常稀罕的宝物，为它而起的纷争已旷日持久，因此想到那两件宝物有可能派上用场。”

阿旺罗罗内疚起来，“问题是我没有遵从您的嘱咐……”

“不要紧，白唇鹿非常灵敏，它还是阿尼玛卿山神众多眷属的坐骑呢，你的善意它能体会到，相信那枚红宝石自有它的用处。”

阿旺罗罗满腹的疑惑正待要问，只见康珠玛朝他手心里放了一样东西，他低头一看，是一枚镶嵌着红色宝石的戒指。

三、阿达拉姆魔戒

阿旺罗罗举着戒指朝太阳望去，那戒面上镶嵌的红色宝石发出耀眼的光芒——阿旺罗罗不由得闭上了眼睛。

康珠玛说：“知道阿达拉姆吗？”

阿旺罗罗回忆着《格萨尔王传》里的点点滴滴，记忆之门打开了一个闸口，格萨尔的王妃有森姜珠姆、梅萨绷姬、阿达拉姆……

“当然知道，是雄狮大王的王妃。”

“没错，但她在成为王妃之前，是北方亚尔康魔国国王路赞的王妹，这枚戒指是她与格萨尔大王见面后送给他的礼物。”

“阿达拉姆魔戒？”

康珠玛侧着脸看着阿旺罗罗期待的眼神：“你不妨戴上试试。”

戒指看着很大，但是阿旺罗罗的手指刚伸进去，戒指立刻缩小，紧紧箍住了他的左手无名指。接着，阿旺罗罗觉得一股巨大的力量把他往戒指里吸去，顿时感觉天昏地暗起来。阿旺罗罗惊恐地发现自己好像被吸进了龙卷风中，强烈的风力促使他向一个方向旋转，转啊转啊，越转越快，越转越高，直转得他头晕目眩、四肢乏力，简直快要呕吐出来。

失控状态中的阿旺罗罗情不自禁地喊出莲花生大师的心咒：“嗡啊哄巴扎格日班玛色德吽！”

话音未落，他嘭的一声就落到了地上，屁股差点摔成两瓣儿，疼得他直冒眼泪。当他勉强站起身来时，眼前的景象又让他大吃一惊：

他站着的地方并非阳柯河畔，而是一处繁花似锦、草长莺飞的美丽草原！

阿旺罗罗被这美景打动了。是真的吗？用脚跺跺，是真实无虞的大地。

熟悉的场景再现出来，当他看到一位飞行而下的天女，身披彩衣、带着清香，与湖边的一位男子交流时，恍然明白过来。

“啊呀，这是天姑贡曼婕姆和格萨尔大王！”阿旺罗罗失口叫道。

就在一眨眼的工夫，他已经回到了阳柯河岸，定定地站在康珠玛的身边，脑子里还嗡嗡嗡地回响着天姑的声音。“怎么回事？”他不敢相信，摘下戒指看了又看。

康珠玛说：“魔戒带你去了岭国的帮炯秋姆草场，很美吧？”

“很美很美！可是……”

“这是格萨尔《魔岭大战》的序幕，这位雄狮大王自从登上王位，就领导着岭国发展得欣欣向荣。但对于格萨尔来说，他是负有使命的天神之子，他的责任不仅体现在岭国的富强上，还要征服天下的妖魔，让所有的百姓都过上自由幸福的生活，所以精彩的四大战争也就开始了。”

“这我记得，是《魔岭大战》《霍岭大战》《姜岭大战》和《门岭大战》。”阿旺罗罗兴奋起来。

康珠玛赞许地点点头：“每一场战争都是一次正义与邪恶的较量，人们喜爱格萨尔，就因为他是正义的化身。”

“爷爷最喜欢，他每次听都要落泪的，还有我，就更喜欢啦！”说起格萨尔，阿旺罗罗眉飞色舞，话也多起来。

“在我出生的那个时代，富裕人家是要拿着黄金去求一套木刻本的，最差的抄写本也得三头健壮的牦牛才能换来，我的左右邻舍，每年盼着夏季赛马会，那时就会有巴仲艺人从遥远的地方来，戴着神气的夏仲神帽，‘鲁阿拉拉毛阿拉’地一唱，大伙儿别提有多高兴了，那才是真正的节日！”

阿旺罗罗对那个时代无限神往，那是格萨尔的时代啊。

康珠玛脸上露出愉快的神情：“战争让男人们血脉偾张，杀敌卫国是每一位武士施展身手的大好机会，但仅仅做个鲁莽的武夫还不能保证胜利，战争也需要智慧，在这部《魔岭大战》里，阿达拉姆和梅萨绷姬的智慧起了关键作用，她俩帮助格萨尔完成了征服路赞的任务。”

“魔王该杀，太凶残！”

“魔王凶残固然可怕，但更可怕的是岭国有奸臣。格萨尔的叔叔超同王一开始就与格萨尔为敌，总是寻找各种各样的机会想夺取岭国的大权，这次又是他密派使者到魔国报信，说格萨尔在远方修法，正是侵略岭国、抢夺梅萨绷姬的大好时机。魔王当然贪得无厌啦，他立刻刮起一阵黑风，带领妖臣魔将，席卷了岭国，还把梅萨绷姬王妃抢走了。”

“可是天母嘱咐格萨尔，修法时要带梅萨绷姬一起去的。”

康珠玛笑了：“不是还有森姜珠姆王妃吗？她不愿意与格萨尔分开，就想法子让格萨尔带自己去了。”

阿旺罗罗想起手上的白海螺，“不听天姑的话，多让人担心啊。”

“可不是？不过这也正好是格萨尔大王征服魔国的理由呀，他为了搭救梅萨绷姬，就独自向北方出发了。”

康珠玛停下来不讲了。阿旺罗罗等了一会儿，终于急不可耐地问："后来呢？"

"只用耳朵听不过瘾的，你不想用眼睛去看看究竟吗？"

"当然想，可是怎么去看啊？"

康珠玛的目光落在阿旺罗罗手里的戒指上。

"阿达拉姆魔戒！"阿旺罗罗马上又要把它戴到手指上去。康珠玛说："孩子，你很有灵性，记得刚才是怎么落到地上的吗？"

"记得，念了莲花生大师咒语。"

"那么怎么回来的呢？"

"我说了一句什么话……"

"对了，你只要一开口，就会回到我的身边了，记住了？"

阿旺罗罗点点头，赶紧把无名指放到魔戒里去。又和刚才一模一样的龙卷风来了，这次他没有紧张，虽然冷冽刺骨的寒风吹得他连舌头都麻木了。

"嗡啊哄巴扎格日班玛色德吽！"

嘭的一声，他掉到了地上，屁股火辣火辣的。忍着疼，他赶紧看看四周。

一座雄伟的寺院屹立在蓝天下，这正是格萨尔大王修法的东方查茂寺，只见修法完毕的格萨尔正准备和王妃森姜珠姆返回狮龙宫殿。

一阵杂沓的脚步声响起，各路英雄和梅萨绷姬的侍女玛蕾桂桂前来，向大王行礼后，玛蕾桂桂报告说："雄狮大王啊，黑魔把梅萨绷姬王妃抢走啦！"总管王也报告道："禀报大王，北地魔王路赞趁您闭关修行的时候，抢走梅萨绷姬，还抢走许多良马和牛羊。”嘉察协嘎摩拳擦掌道：“我们岭国日益强大，自从拒缴魔王贡税，不再让15岁以上属虎男子服兵役，北魔路赞就一直怀恨在心，这次他是来报复的，正好我们以牙还牙，出击魔国，解救百姓。”

此时天空白云缭绕，五彩虹光照耀，天姑贡曼婕姆出现在白云和彩虹中间，对格萨尔唱道：

降伏老魔到时日，
莫失良机救梅萨，
降他英雄无须多，
因此你要单独行，
现在不去待何时？
若是稍微把期延，
那就不是你降魔，
而是妖魔来降你！

格萨尔接旨后，立刻吩咐森姜珠姆取出各种武器，他唱道：

像我这样雄狮王，
降魔速快如闪电，
前去降伏路赞魔，
改变魔土把佛信，

少则一月就回还，

多则两月登归程。

格萨尔整装待发，各路英雄有的要跟随，有的在劝阻，大王道："白岭勇士们，我须遵从天姑旨意，独自一人去降魔，你等协助总管王和嘉察协嘎，管理好内外政务大小事，尤其警惕霍尔来入侵，这是大事要记牢！"他唱道：

北魔路赞甚嚣张，

长期横行霸乡里，

损坏上方佛法地，

捣毁下方律法场，

天昏地暗搅四方，

夺我百姓和财富，

如今降魔恰逢时。

可是此时森姜珠姆王妃泪水婆娑走上前，她手捧吉祥旋宝碗，为大王献酒，"大王啊！这是君王御用酒，心烦喝它解忧愁，大王喝酒好处多，请留在家不要走！"

格萨尔大王也是万般不舍，他说："天姑已传圣旨意，如若违背不降魔，你我就会错缘分，不得相见永别离。"

森姜珠姆悲泣着唱道：

解难救苦白度母，
引我珠姆唱首歌，
我似小鸟倚树梢，
树倒恐被鹞子抓，
大王狠心抛下我，
珠姆悲苦向谁诉？

大丈夫格萨尔唱道：

形影不离珠姆妃，
从来善解君王意，
我今与你生别离，
心头犹如百针刺，
我是降魔猛雷霆，
要想推脱不可能，
前生业缘已注定，
早去降魔早还家。

格萨尔唱完后，狠下心一甩马鞭扬长而去。珠姆拖着马缰绳，直到拖倒在地。总管王劝解道：“珠姆啊，俗话说豺狼走路寻足迹，男儿说话要算数，君王有令不可违，我们要按照大王旨意行事才好。”

森姜珠姆非常执拗，“我左思右想心神乱，还是追随大王去。”说完骑马找寻格萨尔大王去了。

只见森姜珠姆骑马追到河边。这是天姑贡曼婕姆施法变的大河，珠姆四望竟无渡口可过。河对面是赤兔马变的檀香树，树下是格萨尔变幻而成的格西喇嘛，他正在抛食子。

珠姆朝河对岸的格西喇嘛问道：“尊敬的出家人，请问今天清晨天刚亮的时候，有一位骑着枣红马的勇士从这里路过，格西您可曾看到过他？”

格西喇嘛一边朝河里抛食子，一边慢悠悠地答道：“看是看到了，那人现在已走远，你已无法追上他。”

森姜珠姆这才失望地伤心而别：“曾经发誓不相离，现在活活抛下我，格西转告三句话，该做事情我已做，该跑路程我跑完，今生情缘已完结，来生空行中相见。”

化身格西的格萨尔大王望着森姜珠姆远去的背影实在有些不忍心，他自言自语道：“我为降魔到荒野，荒野把妻往回遣，请助我的七家神，护送珠姆回家园。”

一只巨大的大鹏鸟在格萨尔大王的召唤中盘旋而下，随后护送森姜珠姆远去……

一直屏气观看的阿旺罗罗也不由得起了恻隐之心，怜悯地望着森姜珠姆王妃无依无靠的背影，内心哀叹了几声，但格萨尔大王独自赶去魔国的勇气令他又佩服又好奇，他太想随着大王的脚步去看个究竟了。

此时风云突变，他发现自己已站在阴气森森的一片平原上，乱石满地、寒风呼号，令人毛骨悚然。奇怪的是地上虽然长着一些可怜巴巴的花草，却全是白色的，山上怪石参天、奇崖嶙峋，却是一色儿全黑。阿旺罗罗赶紧低头看看自己，怪了，身上的衣裳全变成黑的，露出来的皮肤全变成了白的。原来这片平原没有五颜六色，山山水水只有两种颜色：黑色和白色。

阿旺罗罗心想，这就是魔国呀。

他看到一个男子骑着马向他跑来，他吓了一跳，想躲起来，左右看看，一片荒滩，没有一棵小树可藏身，只好横下心，见了再说。

那人从马上跳下来——这不是格萨尔大王吗？阿旺罗罗激动得心都快蹦到嗓子眼儿上了。姜噶佩布宝马带来的一阵旋风把他的头发吹了起来。啊呀，太近啦，他看到格萨尔英姿飒爽地站在自己面前，比那次梦中的还真切。

格萨尔撩开阿旺罗罗额头一看，说："好孩子，你相信青蛙不会随便就把脚印留在一个人的额头上，对吧？"

阿旺罗罗使劲点点头，他用手指示意嘴巴不能开口说话。

"我知道。看来你已经顺利拿到阿达拉姆魔戒了。"格萨尔大王说。他举起手来，阿旺罗罗看到他的手指上戴着一枚完全一样的戒指。

"我知道你不能说话，就用点头、摇头回答吧。"格萨尔收回手，"大师们赠送的贝壳一定要收藏好，这是他们授权给你的信物，以后会用到。当然，这些还远远不够，如果你能下定决心，战胜阻挠你的困难，拥有足够的智慧和勇气，你总会如愿以偿的。"

阿旺罗罗使劲点点头，看着对方那张威武的脸庞，他的心中充满了自豪。只要和格萨尔大王在一起，他干什么都愿意。可是，阿旺罗罗焦急起来，现在他们在魔国的土地上，怎么样才能打败魔王、救回梅萨绷姬呢？

“魔国虽然兵强马壮，个个功力高强，但起关键作用的有三个首领，第一个是三头魔采雏，第二个是五头魔秦恩，第三个就是魔王九头魔路赞，擒贼先擒王，只要制服他们三个，魔国就在掌握之中。”

阿旺罗罗知道曲折离奇的降魔大战就要开始了，好不激动！

“你想去见见魔王吗？”格萨尔好像知道他的心思。

阿旺罗罗连忙点头。格萨尔说：“这可是一件很危险的事。”

阿旺罗罗摇头。格萨尔说：“不怕？那好吧。你这么大藏哪儿好呢？就把你缩小后放在马鞍鞍头上吧。”

姜噶佩布宝马突然立起一对儿前蹄，仰天长啸一声，它说：“我是从天界来的神马，是为了帮助大王完成使命的，上天我有飞翔的翅膀，落地我有驰骋的四蹄，我的马头上依附着本尊马头金刚，马尾上依附着摧毁敌人的战神，身上还有福寿双全的兴旺神，您怎么能让一个凡人跨上我的脊背？”

“不愧是神马，这么有骨气！”格萨尔大笑道：“不过这孩子可不同一般，他生性纯洁，又聪明好学，还要好好吃苦呢，如果用心造就，将来必成大器，岭国的英雄事业还要靠他这样的人去传扬、去光大。”

阿旺罗罗见姜噶佩布还在犹豫，就抬起额头给它看。格萨尔说：“他的意思是你还踩死了青蛙，理应让他上马。”

姜噶佩布没办法了，它喷着响鼻，气呼呼地放下了前蹄。

阿旺罗罗早知道格萨尔具有神变的能力，但把他变得那么小他还是没有想到。格萨尔把他放在马鞍鞍头上，阿旺罗罗就像是坐在一张宽敞的大床上。那么扎拉会有多大呢？他不敢出声，就轻轻拍了拍左肩。扎拉显形了，他变得更小，原来和自己是同比例缩小的，看着扎拉比马鬃还细，他差点笑出声来，赶紧捂住嘴巴。扎拉最讨厌别人嘲笑，生气了，一扭身，钻进了肩膀。

姜噶佩布奔跑起来。风声听起来就像是要山崩地裂似的，简直骇人听闻。马鬃高高飘扬，飘到阿旺罗罗身上，就像千万条鞭子抽他一样生疼生疼。他赶忙靠到鞍头背后，极力躲避着马鬃的袭击，可是一条马鬃不偏不倚正巧抽打在他的眼睛上，万箭穿心般的疼痛使得他终于忍不住大叫起来……

他一出声，阿达拉姆的魔戒就“嘭”的一声，把他摔回了原地。

“你耽搁得太久啦，闸宝大师一定等的焦急。”康珠玛说。

阿旺罗罗攥紧那枚戒指，说：“我这就动身。”

他感觉到扎拉在使劲踢他的肩膀，“嗯？”他不解。

康珠玛说：“你的扎拉认为应该用别的方法回去，是不是？”

扎拉现身了，绕着康珠玛殷勤地飞着，“可不是嘛，路太远啦，走着回去很费力气的，再说我的主人身体还没有彻底恢复，是不是阿旺罗罗？”

阿旺罗罗拍着胸脯：“我已经完全恢复了，康珠玛的甘露水很厉害的，我走回去没问题，请康珠玛放心！”

扎拉没好气地白了他一眼。康珠玛笑道：“你也别为难他了，我明白你的意思，本来也是打算送你们的。”

扎拉转怒为喜道：“我就知道康珠玛最善解人意！”

阿旺罗罗疑惑地望着他俩。康珠玛解下腰带上的一枚小巧玲珑的海螺，吹响了它。

海螺的声音飘荡着远去，随之而来的是一只巨大的飞禽，它盘旋了好一阵才落下。好家伙！阿旺罗罗还是第一次这么近距离地观察大鸟，翅膀展开足有两米长。

“金雕！”扎拉喜不自禁道。

阿旺罗罗好奇地看到康珠玛解下系在金雕粗壮的腿上的一个编织袋，“这是什么？”

康珠玛说：“这是来转山的人们丢下的垃圾，我们这几年都捡拾起来送到垃圾站，金雕跟我多年，训练有素，是捎带垃圾的好帮手呢。”

“听说曾有一位登山运动员登山时迷路，很久以后才找到他的遗体，也是这位金雕所为吧？”扎拉问道。

说起死者，康珠玛念了一句六字箴言，爱惜地抚摸着大鸟的翅膀，“金雕的眼力非常厉害，看到的范围也很大，还能根据太阳的位置提供导航，它在一次雪崩前及时发现了那人，否则他的家人和队友们都还在痛苦中煎熬，真是可惜。”

金雕的金褐色眼珠转来转去，在康珠玛和阿旺罗罗之间来回巡视，康珠玛笑道：“我来介绍一下，这位是我的……我的小朋友阿旺罗罗，你要好好照看他。”

金雕似乎听懂了康珠玛的意思，在阿旺罗罗试探地抚摸它的廓羽的时候，它严肃的神情稍许温和了些。阿旺罗罗由此恣意地将手伸向羽毛深处，深褐色的飞羽沿着羽轴两侧斜生出整齐平滑的羽片，蓬松地覆盖着庞大的身体，羽根深处的绒毛温暖而有弹性，雕颈四周的披针上散发着金色的光泽。

康珠玛说：“想骑上去试试吗？”

扎拉已经兴奋得跃跃欲试，“康珠玛已经答应让金雕送我们啦！快骑上去！”

康珠玛念诵了一句咒语，金雕随即变化，整个身体变大了一倍。在康珠玛的指引下，金雕蹲伏了下来。“呀！”阿旺罗罗惊叹着，把腿跨了上去。

第六章　桑杰曼拉Ⅰ：神山救赎

一、乌鸦的誓言

这样的飞翔永世难忘吧！

阿旺罗罗骑在金雕背上，两条腿放在金雕翅根前，紧紧夹着它强健的胸部，朝阿尼玛卿神山的上空飞去。

当康珠玛把他扶上鹰背时，阿旺罗罗还很兴奋，可是金雕一飞起来，速度之快，令他猝不及防。

低头一看，河畔的康珠玛很快变成了一个小黑点——他已经飞到高空中去了。这只硕大的金雕长着一只威武的脑袋，头顶上羽毛正迎风飞舞，一对圆溜溜的眼睛深沉地俯视着江河大地。它的全身长满褐色的羽毛，腹部有柔软的乳白色的羽绒，翱翔的翅膀上仿佛支撑着钢铁支架，那么坚强有力，翅羽边缘镶嵌有一条金色的条纹，在阳光下放射着夺人的光芒。

金雕似乎就是为了飞翔而诞生在这个世上的，这种没有天敌的大鸟，翅膀张开就像一张安全的大网，几乎没有急促的扇动，就寻找到了与天空的默契，尾羽灵动地掌握着方向，在强烈的气流中保持绝对的平衡。阿旺罗罗紧紧抓着它颈项上的金色羽毛，感觉到它的身体很温暖。爷爷曾经说过，金雕的死亡更具有震撼人心的意义，它们从不把尸体留在这个世界上，当金雕自认为老去，死亡快要来临时，它们就极力飞向高空，最终在无法承受的强大气压下引爆自己，化为乌有。

阿旺罗罗很快适应了高空中的寒冷气温，他沉醉在飞翔中。

就这样沿着阿尼玛卿神山的东南飞翔，不知飞了多久，身下沉默的伴侣一路上除了翅膀划过天空的呼呼声外，一点儿声响都没有。阿旺罗罗在它背上渐渐稳定下来，它的飞翔是那么平稳，阿旺罗罗甚至能够稍微放纵一下自己，把双臂张开，仿佛是自己在飞翔一样，好像脱离了大地的羁绊，感觉到真正的自由。

就在阿旺罗罗得心应手地在空中舒展了目光，徜徉在阿尼玛卿神山的冰川地带时，遇见逆向飞来的一只乌鸦。乌鸦能飞到金雕的高度还是头一次见到。阿旺罗罗奇怪地望着它。那只乌鸦见到金雕，竟然行了个礼，它把翅膀朝后一收，头低下，鞠了一躬。阿旺罗罗脱口而出："哎呀，还有这种奇事！"

行过礼的乌鸦疾速地拍着翅膀，以便与金雕保持同样的高度，它张开大嘴说起了话："骑在金雕阁下身上的男孩儿，你别见笑，我有急事，想找人帮忙。"

阿旺罗罗大惊道："你……你怎么会说人话？"

"我修炼了一千年，开口说话是积了善德。"乌鸦有些羞惭地说："不过我曾经引起一场大祸患，说来惭愧。"

阿旺罗罗发现金雕看它的目光很冷峻，不过还是放慢了飞行的速度。乌鸦极力跟着金雕，说："如果金雕阁下不反对，我就把祸患说一说，一来是我对自己行为的检讨，二来也是对孩子们的教训，让后世人们引起警戒，不要学我才好。"

它见金雕不吱声，就当作默许，清清沙哑的嗓子，娓娓而谈："一千年前，我出生在霍尔国，白帐王收留我在雅司王宫里，我与印度来的孔雀、汉地来的鸽子、门隅来的鹦鹉同为霍尔国效力。有一天白帐王妃去世了，大王就派我们四只鸟儿出外寻找可以胜任新王妃的美女，可是刚出门，鹦鹉就说了：我们这四只鸟啊，是派出的使者射出的箭，虽说是身不由己，可要为白帐王选妃也实在不容易，一是大王要的美女天下难寻，二是即便找到了，如果她不愿嫁给大王，必定会惹得他出兵动武，弄得天下大乱，不知要死多少人马，到那个时候，罪魁祸首就是我们，我们不如各自飞回故乡吧。鸽子和孔雀都异口同声表示赞成，它们三个竟然一甩尾巴就飞走啦！我真是又气又喜，气的是这三只鸟在白帐王的宫中都比我受宠：鸽子温顺，雪白的鸽子喂白米；孔雀美丽，蓝色的孔雀喂青稞；鹦鹉嘴巧，五色粮食喂鹦鹉；唯独我，又丑又笨，只给我喂又酸又臭的酒糟子。可现在，最受宠的鸟却最先忘了大王的恩典，这多让人生气啊，不过我又感到欢喜，因为它们背信弃义无功离开，刚好给了我讨好大王的机会。我就下了决心，一定要为大王选一个天下最美丽的女人。”

阿旺罗罗由于吃惊，差点从天空中掉下去，他紧抱着金雕的脖子，好半天才问了一句：“你是《霍岭大战》里抢了格萨尔王妃森姜珠姆戒指的那只黑乌鸦？”

“看来人们都知道我啊。”乌鸦用一只翅膀遮住羞惭的脸，“悔不该为了向白帐王夸耀能耐，做下这万世唾骂的祸事。”

乌鸦在有节奏的翅膀的拍击声中，向阿旺罗罗叙述了它怎么飞到花花岭国，看到正在独自梳妆的森姜珠姆王妃，由于格萨尔远征魔国已经三年，还没有回到家乡，留下森姜珠姆黯然神伤。天下再也找不到比她更美的姑娘了，它偷偷带着森姜珠姆的戒指回到霍尔，向白帐王形容了岭国王妃的美貌，白帐王因此大动干戈，向岭国开战，准备强娶森姜珠姆。

乌鸦垂头丧气地说：“只因为我是霍岭大战的导火索，白梵天王惩罚我一千零八百年都要转世成这样丑陋的模样，除非我做三千件好事，才能赎清罪过，才能转世成人见人爱的生灵。”

阿旺罗罗见它可怜，不由得问道：“那么你现在做了多少件好事了呢？”

“还有三百件就够数啦。”乌鸦转忧为喜，声音也好听了许多，“这不，我正在做一件火烧眉毛的急事，当然也是想做成好事，阿尼玛卿神山那边有一些人正在登山，可是突然发生了雪崩，其中一个人掉进冰缝里去了，他的队友找不到他，只有我看到了，跟他们说他们没人理我，我只好去喊别人来救。”

阿旺罗罗一听就着急了：“在什么地方？快带我们去看看。”

威严的金雕立刻伸直翅膀，迅速振动几下，已把乌鸦落下几箭程远。乌鸦拼命跟在后面喊："那边那边，您得跟着我才行呀，金雕阁下！"

没飞多远，就飞进了风雪之中。阿尼玛卿山区的天气就像娃娃的脸，说变就变。风吹得一阵紧似一阵，夹带着雪花，刮得脸上如刀割一般。阿旺罗罗把头埋在金雕的羽毛里，又怕看不见，只得强忍住刺骨的寒风朝四下里张望。环抱着的两只臂膀不知什么时候已经冻麻木了，刮上来的雪很快结成冰霜，压得他越来越沉。

阿旺罗罗放远目光，就连目光都好像冻住了，哪里能看得见啊？到处是白皑皑的冰雪，茫茫的山梁翻过一道又是一道。冰雪覆盖了整个山区，在风雪弥漫中，仿佛山体是移动的，而睁开眼睛一看，刚刚确定的山梁已经挪了位置，阿旺罗罗甚至无法判断东南西北了。好在金雕坚定的方向感给了他很大的信心，他们朝着乌鸦指示的地方飞去。

金雕的眼睛几乎是不闭的，它在风雪中依然保持着骄傲的飞行速度，目光如炬，方圆几十里的所有一切尽收眼底。阿旺罗罗觉得这才真正了解这只神鸟，它冷峻的外表下有一副火热的心肠。乌鸦已经变成了白鸦，它的眼睛湿汪汪的，分不清是雪水还是泪水。它突然停下翅膀。地方到了。

这是一处临近高峰的山崖，山上的冰雪伪装了沟壑，一眼看去似乎是平坦的，然而仔细再看，千年汇聚的冰川中有起伏跌宕的急流缓坡，有峥嵘可怕的冰柱丛林，有深不可测的冰隙裂缝。

山腰处的云杉、松柏和茂密的桦树都披上了银装，山脚下的绿茵草场也在这场突如其来的风雪中变成一片广袤的雪原，只能依稀看清纵横的河流像一条黑色的巨蛇，蜿蜒而流。

金雕盘旋良久，终于在一座岩壁下收住翅膀。阿旺罗罗的全身湿透了，所有关节都是麻木的，他哆嗦着爬下来，一跤跌进雪窝里。他离那人不远了。这条冰缝有两人宽，一直裂到山坡的另一边，黑黝黝的缝隙里隐约能看到一件大红色的衣裳。

乌鸦再一次俯冲进去，等它上来后说："他的保护绳掉进去了，可是太重我衔不动啊！"

"我下去试试。"阿旺罗罗说。

乌鸦大喊道："岩壁太滑，你下去就上不来了，一个人没救出，又掉下去一个人，我这做的什么好事啊！"

阿旺罗罗趴在裂缝边，咬着嘴唇，以保持清醒的状态，不一会儿唇边的渗血就冻成了冰。他观察一番，招呼金雕过来。显然冰缝太窄，金雕无法展开翅膀，即使进去了也难保出来。阿旺罗罗解下腰带，一头拴死在金雕强壮的腿骨上，一头紧紧抓在手里。金雕很有灵性，立刻明白了阿旺罗罗的意思，它展开翅膀，平贴着裂缝滑了下去。阿旺罗罗够着脖子看，聪明的金雕在那人身边衔住了一根大红色的绳子，然后用那对铁爪扒住冰壁，一点点往上挪，阿旺罗罗也立刻使足力气把金雕拽了上来。

阿旺罗罗朝裂缝里大喊几声，那人一点反应都没有，很可能已经撞昏过去了。看上去他是个大个儿男人，恰好卡在冰缝中间。阿旺罗罗把那根红绳系在手腕上，借身体的重量朝后仰去。

金雕和乌鸦全都衔住绳子，他们铆足劲儿向外拉动。那男人很沉，阿旺罗罗后退的进度很慢。直到一顿茶的功夫，他们才大汗淋漓地拉出了那个男人。

男人是昏迷的，穿着防寒服的身体已经冰凉，冰镐依然紧握在手里，他满脸青紫，大胡子上还有微弱的冰雪结晶，说明肯定还活着。“怎么办啊？怎么办啊？”乌鸦兴奋又担忧的声音好像来自很远的地方。阿旺罗罗晕眩着，甚至没有发现风雪已经倏然而逝，大太阳突然出现在头顶，耀得他都睁不开眼睛。金雕已然卧下，阿旺罗罗把那人连抬带拽放到金雕背上。金雕试飞几次都没飞起来，那人太重了。最终跌跌撞撞地收起双爪，总算飞下山去。

阿旺罗罗看着金雕变成一个小黑点，这才颓然倒地。极度的疲惫和寒冷使他一阵阵昏迷。乌鸦着急地围着他一圈又一圈地盘旋：“千万别睡着，千万！”

太阳的金光好像一根根金色的长箭，直刺他的眼睛，他实在困得睁不开眼了。这样睡着多好呀，他觉得自己轻飘飘得像一片羽毛，只要吹来一点点轻风，他就能飞上天去。

不知过了多少时间，阿旺罗罗觉得自己确实飞了起来。是在金雕背上。金雕返回来寻他，他们飞越沟壑，回到了山脚下。那里扎着好几顶帐篷，一群人围着他叽叽喳喳地问这问那。阿旺罗罗清醒过来。

原来这是登山队的一个休整营地。围着他的人有的穿着和那男人一样的大红色防寒服，有的是穿着羊皮袄。一位大哥哥正用雪团搓着他的全身，他渐渐暖和过来。

“这孩子是谁？”

“他怎么会到那么高的位置？”

“你是怎么发现队长的？”

“那金雕是怎么回事？”

“还有那乌鸦，哇啦哇啦的好烦人……”

一大堆话在耳边嗡嗡响，阿旺罗罗没力气开口说话。等他再一次清醒时，发现那些人在争吵：“我早说了今天天气不适合登顶，你就是不听。”

另一人激烈的声音传来：“怎么不行？阿尼玛卿天天都是这样的烂天气，1960 年北京地质学院登山队的 11 个人不是登上去了？ 1981 年日本新潟上越登山队的 8 个人不是登上去了？ 1994 年北京青年登山队的 3 个人不是登上去了？ 1996 年北京大学登山队的 5 个人不是登上去了？”

前面的人咆哮着：“队长是为了救你才掉进了冰缝，你还犟什么犟？”

“你怕冲顶，是因为你老了，你得承认！”

“西藏登山队登了九座 8000 米以上的高峰，他们的队员没有一个是 30 岁以下的，他们靠的不是莽劲，是智慧和丰富的经验，反正你不懂，登山是成熟男人的运动！”

“大家不要吵，我们还是应该冷静下来分析分析登顶失败的原因。”

一个气馁的声音说：“我缺氧严重，呼吸困难，头疼得要死，还分析什么啊？我们就是不行，你看看人家背夫们，背着那么重的行李，气儿也不喘一个就上去了。”

“我看也是，他们才是真正的登山巨人，不过他们不是靠选拔赛和集训培养出来的，他们从小就和这座大山一起长大，他们是山的一部分。”

“咦，还没登山就患了雪盲的人成了哲学家了！”

“我没患雪盲症，我只是眼睛不适应高海拔、高紫外线、高反光！”

他们沉默了一会儿，又有人接话说道：“我搭档的手臂也骨折了，要不是我们及时从山肩上撤退，还不知会遇到什么可怕的后果。”

“大概我们固定路绳的位置稍有偏差，上面条件太恶劣，积雪太深，难以确切找到精准地点，”一个冷静下来的男人低沉地叹息着，“更糟糕的是，我们正在修复路绳的时候发生了雪崩，这虽然是情理之中，却在意料之外。”

“这真是冰与火的极致体验，看来这座山大概并不欢迎我们，它用暴风雪和雪崩来拒绝我们，我们死里逃生，何其幸也！”

“雪崩风险在所难免……”

“我们虽然有营地，有固定绳索，但还是需要谨慎行事，进一步地适应恶劣环境。”

“我们要保持良好状态，只要天气转好，我们依然有望登顶。”一个雄心勃勃的声音高声响起。“我迫不及待地想回到大山的怀抱！”

“几十年后，当我看到曾经和我一样年轻的队员还在攀登我第一个打好膨胀锥的岩壁，我是会自豪的。”

“这是我第三次尝试无氧攀登，现在想想当时天气看上去很好啊，目测那是有 100 米的雪坡，似乎很快就能登上去，可是暴风雪来的太急太猛，不知怎么回事就陷入了雪崩，我们虽然幸运地回来了，可是这个结果真令人沮丧。”

“唉，对我来说这里就是地狱！”

“不要胡言乱语，这里是人家的圣地，搞不好没人给你背行李了。”

“我就奇怪队长是最有经验的行家，怎么今天就……”

“唉，队长真是可惜，他曾用传统的阿尔卑斯方法，速攀过多条高难度的混合线路，成功登顶多座大山，被登山界寄予厚望，十年训练，一朝折翅……唉！”

“我认为还是应该分析，首先我们今早出发太晚，不符合‘阿尔卑斯式出发’，另外器材运用不当，冰爪和结组绳也没有起到应有的作用……”

“队长已经受伤，再分析什么都无用，我看应该撤出山区先休整一下。”

“没有路绳，我们寸步难行，何况目前我们长时间待在高海拔营地上也是非常不理智的决定，我同意回到大本营休整几天。”

“所谓休整从来都是弱者的借口。”

“我同意休整，现在吃点东西补给一下就撤吧。”

“是啊，我们得等等队长的情况再说……”

“恐怕这个登山季节算是已经结束了……”

篝火呼啦啦地燃烧，上面架着水壶，烤肉的香味飘来，七嘴八舌的争吵和杯盏相碰的声音混合在半空中。阿旺罗罗睁开眼睛听了一会儿，没明白是怎么回事。守在近前的那位大哥哥正在摆弄一架巴掌大的机器："醒啦？今天多亏了你，要不然他们的队长就牺牲了。"

"你也登山？"

"不是，我是背夫，帮他们背东西，家里穷，挣点钱呗。我体力好，先下山找救援，不想你小小年纪，倒把他救了。"

阿旺罗罗问："乌鸦知道那人掉下去的冰缝，他们怎么不听啊？"

"你是说那只乌鸦？乌鸦过来哇啦哇啦叫了一阵，他们认为晦气，就把它赶走了。"大哥哥奇怪了："难道你听得懂乌鸦的话？"

阿旺罗罗支吾着，难道他们听不懂乌鸦说的人话……

想到乌鸦，还有金雕，阿旺罗罗急忙支起肩膀朝四处瞭望，只见不远的山坡上金雕一动不动地守候在那里，小小的乌鸦在它脚前，尖喙时不时一张一合，看来它在掏心掏肺地热聊，而金雕则沉默以对。

阿旺罗罗放下心来，又转头问道："他们干吗要登山啊？"

"说是要征服大自然。"大哥哥用下巴指指吵得最激烈的那个年轻人说，"他还说要征服他自己。"

阿旺罗罗瞪大了眼睛："神山也要征服！那以后他们出点什么事谁帮忙啊？"

“他们不信这个，他们的家乡没山。”大哥哥瞅瞅那边，又说：“我劝他们明天再登顶，他们不听，我也不知道他们急什么呢？明天山还会在那儿，关键是他们还在不在。”

阿旺罗罗默默地点点头，他看到大哥哥手里的机器，问：“这是什么？”

“这是 GPS 定位仪，他们走到哪儿，什么高度，这上面显示得清清楚楚，很先进的。”

“噢，这就是他们说的器材吧？”

“最好的器材在这儿。”大哥哥指指自己的脑袋。

二、昨夜的战马

不知昏昏沉沉过了多久，当阿旺罗罗再次醒来时，自己正伏在一个人背后向山下走着。是那位大哥哥在背着他。

一条小路弯曲而下，不时有岩石突兀而出挡住山道，大哥哥巧妙地侧身而过，避免背上的阿旺罗罗划伤。头顶上有什么声响，阿旺罗罗费劲地抬头看，是那只巨大的金雕扇动着翅膀，跟在他们头顶上。

已是傍晚。

大哥哥感觉到阿旺罗罗的动静，问道：“醒啦？”

“嗯。”

大哥哥的声音沉稳好听，还能听到他均匀的呼吸声，能感觉到他强健的躯干充满弹性，双肩和两臂的肌肉紧实有力，两条大长腿走山路如履平地。“大哥哥，我们这是到哪儿了？”

“马上就到桑杰曼拉，”大哥哥回答道，“你和金雕都受伤了，需要到桑杰曼拉治疗。”

阿旺罗罗立刻扭动起来，说：“不行，我得去苍纳卡多，我还有事！”

他松开环抱着大哥哥的双臂，赶忙在怀里摸了摸，阿达拉姆的戒指还在。他松了一口气。

“怎么，什么事那么着急？”大哥哥调整一下平衡，继续大步往前走。

阿旺罗罗重新环抱住他的脖子，尽量保持平静的腔调说：“也没有什么事，只是……”

大哥哥听出他不愿意讲，就说：“我看你还有别的伤，身体治疗好了才能办事，别急。”

阿旺罗罗不吱声了，乖乖伏在他背上。仰望天空，那只金雕静静地划过山坡，向着山下飞去。看来那是他们要去的地方。

但金雕腿上拴着一个奇怪的袋子。阿旺罗罗回想一下，确定不是自己拴的。难道是大哥哥拴的？看来这里的人们都知道要收集垃圾带到康珠玛的垃圾站去。他看着大哥哥的后脖颈，单薄的衣领内有热乎乎的汗息，自己虽然身形瘦削，但已是 13 岁的男子汉了，让人背着赶路确实不踏实。这样想着心里就燥热起来，不好意思地开口道：“大哥哥，还有多远路？”

“就到。”大哥哥把他颠起来一些，以便双手更加结牢为一把结实的坐椅，阿旺罗罗稳稳当当地跨骑在他的两只大手上。

“如果不太麻烦的话，请大哥哥告诉我那只乌鸦去哪里了？”阿旺罗罗问道。

背着他走道的人说：“它盘旋了一会儿，就飞走啦，还真不知道它飞去了哪里。”

阿旺罗罗喃喃而语：“估计它去做好事了。”

沉默地行走了一会儿后，大哥哥问：“我叫久麦更松，你呢？”

“久麦更松哥哥，我叫阿旺罗罗。”

“从哪儿来啊？怎么一个人？”

“我从东查仓来。”阿旺罗罗停顿了一下。

久麦更松等了一会儿，答道：“噢，很有名的部落。”

“怎么有名？”阿旺罗罗还不知道外面的人是怎么看待他们的，感到有点好奇。

“是因为格萨尔大王啊，”久麦更松说着话，但一点也没耽误赶路。“格萨尔大王的姓氏就是东氏，想想看，能延续上千年的姓氏是很了不起的。”

阿旺罗罗陡地升起一种自豪感，身体也温暖起来，他说：“我爷爷常告诫我要爱惜格萨尔大王的姓氏，还要爱惜东查仓的山山水水，要不然格萨尔大王就不保佑我们了。”

“东查仓的人都像你一样吗，我说的是能听懂鸟语这件事？”

“这个……这个我还不清楚……”

“我看你的眼睛细长，长了一双鸟眼嘛，难怪会听懂它们说话。”

久麦更松大咧咧地说道。阿旺罗罗也咧嘴笑起来，他一笑，才发现全身上下的骨节都在叭叭地发出响声。久麦更松也听到了，他说：“嗯，这下身上松动了，会很快暖和过来。”

阿旺罗罗觉着这位大哥哥的体温时时刻刻传递过来，让他逐渐有了一种莫名的依赖感。他悄悄地把脸庞贴着久麦更松的脊背，问道：“久麦更松哥哥，你是住在阿尼玛卿附近喽？”

久麦更松说：“我家夏窝子就在桑杰曼拉附近，马上就到。”

来到山下时，气温明显转暖，久麦更松出汗了，他说：“真的是一天四季啊，早上还是大雪，这会儿就是难得的夏天。”

背上的阿旺罗罗也觉得身上热了：“夏天虽然短暂，但有很多的花呀草呀，看着心里欢喜。”

两人说着话，就看见不远处有一座帐篷，临河而立，炊烟温暖地飘浮着。两头藏獒呼一声窜出来，以疾风的速度来到眼前，一左一右地围绕在久麦更松的腿边，久麦更松说道：“好啦好啦，我这不是回来了么？松口！”

一只藏獒乖乖松开咬着他皮靴的大嘴巴，呼呼呼地轻声吼叫着，直往人身上蹦，要把主人背上的陌生男孩盘点个究竟。阿旺罗罗下意识地把两只脚尽量收起来。久麦更松轻踢一下藏獒的长尾，藏獒朝前跑去，一位中年妇女掀帘而出，把他们迎进帐篷。

“阿妈！”久麦更松说着卸下背上的阿旺罗罗，阿旺罗罗站立不住，一下子倒在灶边的卡垫上。阿妈赶忙过来扶他就势坐下。

“这是我爷爷，这是我阿爸，这是我阿妈，这是小多杰，我舅舅的儿子。”久麦更松一一介绍着，坐到阿旺罗罗身边。

“这是阿旺罗罗，东查仓部落来的，来朝山，”久麦更松说，歪过头问道，“是吧？”

阿旺罗罗点点头。爷爷看上去慈眉善目，双颊上的红铜色格外亮堂。阿爸身形高大，脸庞表情稍显严肃，唇内两边的虎牙都镶着黄金色，很威风的样子。阿妈则在灶台另一边开始盛茶，捧给他，也给了他一个温暖的微笑。小多杰一点不认生，立刻蹭过来，他看上去和自己年龄相仿。

“呀！来客人就要好好招待！”爷爷坐端正，以一家之主的口气开始招呼，“卓嘎，给这两个小伙子盛饭。”

阿爸低声问儿子：“怎么回来了？登山队员们呢？”

“今天登山不顺利，他们已经返回大本营了，说是要休整一阵，再说我还惦记着格萨尔金刚法舞的事呢，”久麦更松扑扑地喝着茶，说道：“我正好带阿旺罗罗回来，打算明天到桑杰曼拉药泉去治疗，他冻伤了。”

爷爷大声说：“冻伤啦？不要紧吧？”

“不要紧。”阿旺罗罗赶忙回答。

爷爷说：“呀，东查仓是出英雄的地方，尤其到了阿尼玛卿，山神一定会特别护佑你的，一点冻伤肯定不算什么，是这样吧？”

“是！”阿旺罗罗的腰板挺起来。他为自己出自东查仓而暗暗自豪。

“你瞧，”爷爷指着帐篷里侧的供桌上方，“格萨尔大王和玛卿山神，我们都是要供养的。”

阿旺罗罗看到两幅唐卡，一幅是骑着骏马气宇轩昂的雄狮王格萨尔，一幅是在水晶宫殿里的阿尼玛卿山神。两位主角都是阿旺罗罗喜爱的对象，他不由得多看了两眼。

小多杰伏在阿旺罗罗的膝盖上，仔细看着他的脸庞，好久以后终于伸手想摸一下客人：“哥哥，你的眼睛怎么了？”

“嗯？”阿旺罗罗没反应过来。

“你的眼睛像……像……”

“像鸟眼，对吧？”久麦更松笑起来。

爷爷正色道：“这些孩子没礼貌，人家这样的眼睛是很珍贵的，据说格萨尔神授的圆光艺人才会有这种长相。”

久麦更松狐疑地看看阿旺罗罗，好像刚认识一样。

“我要听格萨尔！”小多杰立刻缠着提出要求。

“我还不会唱格萨尔……”阿旺罗罗躲避着这一家人热切的目光。

晚上睡觉时，阿旺罗罗就蜷缩着睡在唐卡下方，唐卡上的人物总是映入眼帘，他半天未睡着，手指不由得放在肚皮上划拉着。自从兰顿大师把经书装进他肚子里以后，他就有了这个习惯。听着灶台另一边的爷爷也在辗转反侧，似乎过了很久，他才慢慢进入梦乡……

第二天早晨醒来，太阳已经照在中柱上了，阿旺罗罗在被窝里伸着懒腰，感觉身体恢复了，精力充沛地一跃而起。阿妈卓嘎递来一碗奶茶，他一口气喝完，才发觉除了小多杰依然睡在铺上，全家人都围坐在他身边，表情奇怪地望着他。

“醒啦？”久麦更松还是那句话，不过今天的话音里满是疑惑。

阿旺罗罗点点头，目光依次掠过爷爷、阿爸、阿妈卓嘎和久麦更松大哥哥探寻的眼神，说道：“真抱歉，我睡的太多了是吧……”

爷爷稍显激动，双颊上的红铜色愈发鲜明。阿爸则轻声责备阿妈：“还愣着做什么，快去再盛碗茶，这孩子累坏了！”

阿妈迅速收回凝神望着阿旺罗罗的目光，低下头去盛茶了。阿旺罗罗充满歉意地说：“不累，阿都睡到这会儿啦。”

爷爷笑眯眯地说：“没关系孩子，你想睡到什么时候都可以，什么时候想来睡都可以，阿尼玛卿为证！”

此时阿妈卓嘎已经递过来第二碗茶，阿旺罗罗又是一饮而尽。阿爸说：“你看我说了吧，他肯定累坏了，赶紧，再盛一碗。”

阿妈卓嘎一声不吭又接过空碗去盛。

久麦更松则悄悄捏捏他的胳膊，再捏捏他抻直的腿，好像在寻找什么答案。

阿旺罗罗这才意识到有些不对劲，他喃喃道：“没出什么事吧……”

爷爷搓着两只骨节突出的大手，然后握住两只膝盖，一挺身站起来，尽量控制着情绪，他说：“好样的，孩子，你表现得很棒！”

阿旺罗罗被阿爸小心翼翼地扶起来，坐到灶台前第一个座位上，阿旺罗罗一下子弹跳起来，说："这是爷爷的位置，我坐下边就好。"

爷爷过来压住他的肩膀："你完全有资格坐在这里。"

阿旺罗罗说："我年纪小，长辈才能坐上座，这个道理我懂，要是我爷爷知道我在别人家里坐上座，那可不得了。"

他坚持坐在昨晚坐的座位上。结果一看，其他人都坐到他的下座上去了。他紧张起来，抬头求救似的望着站在灶台另一边的阿妈卓嘎。阿妈卓嘎正从锅里捞出煮好的羊肋骨，怎么？一大早煮肉？不合常理……但肚子咕噜噜叫起来，才发觉自己饿了一百年似的，接过一块羊肋骨，右手上立刻出现久麦更松双手递过来的食肉刀，他也顾不得许多，埋头先吃起来。羊肉纤维柔软，又滑又韧，劲道恰到好处。羊肋骨刚剥净，阿妈又递过来一碗羊肉粉汤，上面漂着绿油油的野葱碎粒，看上去鲜美可口。粉条顺滑地经过食道，溜入胃囊，给已经饱满的肚腹画上了一个完美的句号。

啊，阿旺罗罗合上嘴巴，给了主妇一个心满意足的微笑。

与此同时，他发现大家并没有和他一起用餐，只是在耐心地等待他吃完后，立刻围拢过来。"现在可以讲讲吧？"阿爸充满期待地说。

阿旺罗罗问："讲什么？"

"昨晚，"久麦更松已经急不可耐，"昨晚发生的事。"

“昨晚发生的事？”阿旺罗罗明白了，“昨晚给你们添麻烦了，要不是久麦更松大哥哥背着我来，我恐怕没福分认识你们……”

“这之后……”阿妈眼睛亮晶晶地提示他。

“这之后……”阿旺罗罗搜寻着脑袋瓜里的角角落落，“我们不是就睡下了么……”

坐在身边的爷爷把手放在他的肩膀上，意味深长地对他闪闪眼神，说：“孩子，当然我们也清楚但凡神授的艺人都是上天派来的使者，不是说唱就能唱的，也要看看时机是否成熟，不过你从天而降，给我们带来了不可思议的快乐，我们全家感谢你！”

阿妈卓嘎喃喃而语道：“我说什么来着，昨天早晨给格萨尔大王供养酥油灯时，灯芯开出两朵灯花，定然是有吉祥的事情上门的。”

阿爸赞许地点着头，为昨天莽撞的答复报以一个歉意的表情。

看到阿旺罗罗仍然不明就里，爷爷手指一挥，“你看看那只盆里。”

阿旺罗罗看到桌上有只脸庞大的金属浅盆，里面有柏枝的灰烬，似乎还有柏香在暗暗浮动。这个味道好熟悉，让他好像回忆起什么来了。

“你们在盆里煨桑了吧？”

阿旺罗罗说着，煨桑一般情况下都在室外的呀，可是这只盆在帐篷里的供桌上，除非……

“是你煨的桑。”阿爸终于不耐烦了，他把盆举到阿旺罗罗的下巴前，说：“你还放了酥油糌粑。”

阿旺罗罗看着盆，似乎无法确认自己与此事有关。爷爷仿佛自言自语说：“或许午夜之后可能是最好的神授时刻吧……”

“你煨了桑，念叨着雄狮大王格萨尔的名号，你向他祈祷，然后就开始说唱格萨尔史诗啦！”阿爸继续比画着。

“真是惊奇……”阿旺罗罗不相信这是真的。

“是的，真是惊奇！”爷爷庄重地点点头。

柏香混合着糌粑的香味渐渐漂浮到他的记忆里，昨晚的梦境也断断续续漂浮到眼前……

“你一只手洒着净水，一只手抓着这个，”久麦更松举着一根放牧用的牛毛编织而成的抛石绳，“说是格萨尔大王的马鞭，这样挥舞着……”

久麦更松挥舞起来，那支抛石绳黑白两色，绳梢上缀着红色的流苏，挥舞出一个半圆的弧形，掠过阿旺罗罗的头顶。

啊，他听到骏马嘶鸣的声音！

是格萨尔的战马，那位上天有飞翔的翅膀，落地有驰骋的四蹄，马头上依附着本尊马头金刚，马尾上依附着摧毁敌人的战神，身上还有福寿双全的兴旺神的神奇天马，呼啸着从头顶上飞掠而过……

“咳、咳、咳……”阿旺罗罗干咳起来。

爷爷感叹着：“今天是土曜日啊，非常吉祥的日子，格萨尔王就降生在藏历虎年虎月的初九土曜日，降生在神圣的地方……”

“是的，《英雄诞生》里就有这样的记载，”阿旺罗罗顺嘴轻声念诵起来：

要说觉如的出生地，
名叫吉苏雅的谷叉口，
两水汇合潺潺流，
两岩相对如箭羽，
两个草坪如铺毡。
前山大鹏凝布窝，
后山犹如青岩碧玉峰。
右山恰似母虎吼，
左山好比长矛刺蓝天。
……

阿旺罗罗突然停止念诵，当他有意识去拾取记忆时，却怎么也唱不出来了，“咳、咳、咳……”他又拼命咳嗽起来。

大家耐心等他咳完，又以充满渴望的眼神望着他。阿旺罗罗张张嘴，刚静止几秒钟的咳嗽再次冲破喉咙，喷薄而出，胸腔剧烈的震动似乎传导到大脑里，震得一片空白。

阿妈卓嘎过来拍着他单薄的脊背，说：“别难为孩子了，他身体伤还没好，久麦更松先带他去桑杰曼拉药泉吧。”

一家人遗憾地默不作声。最终还是爷爷开口，“呀！是这个道理，趁今天天气好，你们快去快回。”

“其实……”阿旺罗罗嗫嚅着，“我的伤也没什么，我还是赶紧回苍纳卡多，有点事情需要办理，感谢您一家的款待，我得告辞了。”

“苍纳卡多？是不是要拜见闸宝大师啊？”阿爸问道。

“您知道他啊？正是……”

“闸宝大师长年在苍纳卡多修行，方圆百里的人都知道呢。”爷爷放宽心了，他说：“拜见他就不必去了，他和兰顿大师明天要到桑杰曼拉来，参加狮王法舞的盛典，你们可以在这里见面。”

阿旺罗罗喜上眉梢，“那可太巧了，这么说我可以在这里等他们。”

爷爷说：“明天是莲师荟供日，附近几个社都会联合起来，每年这个日子里表演格萨尔藏戏，供奉狮王。”

阿旺罗罗踏实了，“好羡慕扮演格萨尔大王的演员呢。”

久麦更松挺立于前，眼神已经辽阔起来，“在这，在这！扮演史诗人物，是无比殊胜的事情！”他说。

在全家人欣赏不已的目光中，阿旺罗罗才明白扮演格萨尔的人，正是这位带他离开冰雪世界的大哥哥。

三、药佛泉

“能说说昨晚是怎么回事吗？”

阿旺罗罗和久麦更松走在通往药佛泉路上的时候，久麦更松问了一句。

"昨晚？"阿旺罗罗恍惚起来。

昨晚只是做了一个梦……

阿旺罗罗眯起眼睛看看前方，那里有氤氲的雾气飘起来。昨晚他真切地见到嘎玛威色老艺人，起初老人只是远远地望着他微笑，就像刚刚见面时那样，但这微笑的模样他是熟悉的，好像几生几世都见过面似的。唯一不同的是，在梦里老艺人并没有戴墨镜，他的眼睛明亮有神，尽管皱纹密布，但眼尾明显地稍稍吊起，上眼皮有两三层褶皱，看上去很特别，转而一想，自己的眼睛是不是长得像他呢？

嘎玛威色老爷爷走过来，握住自己的手，恰是左手，藏着白海螺的那只。白海螺似乎鼓胀着，像要应和老艺人的问候。他俩相对而望，眼睛里流露出默契而温暖的情愫。

"很久以前，"老艺人开口道，"我经常在这一带游荡，除了格萨尔说唱外，我对其他的事都漠不关心。我的眼睛里只有这些大山大河，它们带给我无穷无尽的力量，让我在说唱的时候可以一鼓作气地倾诉下去。"

"听说您一唱就是三天三夜……"

"是啊，直到出人意料的事情发生，"老艺人闭上眼睛，"黑暗的时刻真令人恐惧……不过，只要心中有格萨尔大王，还有什么好怕的呢？"

"人们常说，他就像一轮太阳，照耀着我们。"一提到格萨尔，阿旺罗罗顿时周身暖洋洋的。

老艺人赞许地点点头，他说："我们在阿尼玛卿，能够感受到他的气息，他的寄魂山是所有故事的中心和核心，因此有着无限的能量，你在转山的时候，要好好珍惜每一个时刻。”

阿旺罗罗的左手被他紧紧攥着。温暖的时刻，我要记住这个温暖的时刻。手心里似乎有一股泉水快要涌出来了，潮乎乎地鼓胀着。嘎玛威色爷爷突然松开他的手，“当然你也要非常小心，罪恶的世界已经打开，你可能还要应对许多不可知的事情。”

他面带忧愁的神情是阿旺罗罗感到陌生的，他等待着老艺人继续说下去。

“因此，”他搓着双手，看看左右，“我们还是抓紧煨个桑，请求格萨尔大王驾临，以便把完整的故事传授给你，何况，时间也不多了……”

时间不多了是什么意思？阿旺罗罗来不及再问，老艺人已经埋头寻找柴草，准备煨桑了。阿旺罗罗跟着他找来柏枝，就像通常时候跟着爷爷一样，这套煨桑程序他还是熟悉的，但老艺人步履匆忙，把一支马鞭塞进他怀里，“你听仔细了……”

一道沟坎绊了一下，阿旺罗罗清醒过来。眼前是一片湿地，无数温泉的泉眼冒着热气腾腾的雾气，刚才看到的氤氲原来正是来自此处。“药佛泉到了。”久麦更松说道。

阿旺罗罗感觉到呼吸进胸脯的空气也温润起来，带着浓烈的矿物质的气息。身上的肌肉慢慢松弛下来，他迫不及待地奔向泉边。那是附近最大的一眼泉，泉水从岩石缝里蹦出来，向低处流去，看似透明清澈，但却染得周边石头全成暗红色。正在仔细观察时，他听得身后有谈话声由远而近，回头一看，风尘仆仆的几位男人背着包裹走了过来。

阿旺罗罗一看有长者，就礼让道："大叔，您先请。"

那位大叔放下包裹，取出一个大瓶子和一柄勺子，"你们也来取用药佛泉的圣水吧？最好用容器盛出来用，不要直接用手。"

久麦更松连忙从怀里取出勺子，"明白的，大叔，不能污染了水源。"

大叔这才赞许地看了看两人，招呼其他人过来取水。他们的包裹里露出一些植物枝干和根茎，久麦更松也看到了，他问道："您是药士吧？来采药的吗？"

那位药士回答道："现在是最好的季节，圣地的植物药材非常繁盛，我们作为药士是很幸运的。"

他说着话，几个人围坐在泉水边，开始合掌祈祷。阿旺罗罗和久麦更松候在一旁。他们祈祷的时间不长，但从他们心满意足的神情来看，是得到泉水的允准了。一柄铜勺小心翼翼地伸进泉眼，舀起泉水，很快装满了瓶子。阿旺罗罗探着头看，问道："药士大叔，您几位是专程来取泉水的吧？"

"是啊，据说这眼药泉是药师佛亲自加持过的，古往今来也有许多大师来此参禅修法，所以药佛泉的功力是很强大的，涂抹泉水能治疗外伤和骨病，饮用能医治消化系统疾病，上弦月时间来取用又有特殊的作用。"

另一位药士也说话了，"这些泉水泉底暗通，却各有不同的水质，不同的治疗作用。"

他们取出药草，用泉水浇洗一番。药士大叔说："自然界是非常神奇的，与人类、动物、植物的生长有着密切的联系，尤其人体，随着日月星辰的流转，天地四时的运行，人体的五脏、气脉以及血液的循环也都会随之变化，因此我们药士要按照一定的时机、物候、节令来取用药材，才是尊重自然恩赐之道。”

浇洗完药草，又整整齐齐码放进包裹里，这时他们才轮流用勺子喝起泉水。“来，你们也喝一点，保护肠胃。”那位药士抹一把湿润的嘴唇，递过盛满泉水的铜勺。

阿旺罗罗就着勺边喝了一口，哎呀！就像喝了一口火一样，泉水猛烈地烧灼了一下舌苔，但很快就驯服地顺着喉管润滑而下，清甜回甘，肠胃里也温暖起来，浑身的肌肉仿佛瞬间饱满，骨头们跳跃着，似乎迎接着新生一样。

“尊敬的药士……”久麦更松望着他们的包裹，“我这位兄弟受了冻伤，您有没有药草治这个的？意思就是加速他的恢复。”

药士笑起来，在另外一个包裹里取了一把给他们，“还真有，尤其用这个泉水的水熬制，效果出奇地好。”

“谢谢药士！我这位兄弟就是有运气！”久麦更松喜笑颜开。

“要谢就谢水吧，水知道一切答案。”药士看了一眼阿旺罗罗，说：“阿尼玛卿会保佑你们的。”

他们告辞后，久麦更松和阿旺罗罗这才坐到泉水边，一勺一勺喝了个够。泉边的草场上绿草如茵，各色鲜花竞相开放，泉水下端专门圈引出来一个池子，供人们泡温泉，两人兴致盎然地泡了好久，身上舒畅，心里清明。这时，一个巨大的阴影飞掠头顶，阿旺罗罗欢喜地喊道：“金雕！”

金雕沿着一股风滑翔而下，停留到泉边，两人抓紧它，舀起泉水把它的粗壮的双腿泡透，阿旺罗罗担心它的腿骨由于拉扯登山队员而受伤，不过看上去没有大碍。最终金雕似乎对于此等蹂躏忍耐到了极限，瞅准机会甩开他俩，展翅而去。

阿旺罗罗说："也好，康珠玛见了金雕就安心了。"

久麦更松观察着自己的胳膊，在温泉水里显得更加孔武有力，"我要有更多的肌肉才行，扮演格萨尔大王就会在形象上更加逼真。"

阿旺罗罗则想着铜镜。蓝天白云，阳光朗照，泡在温泉里，连思想都湿漉漉地沉入泉水中去，他舒服地换了个姿势，随即迷糊起来。

手心痒痒的……感觉那枚白海螺开始鼓凸起来，阿旺罗罗惊醒过来，他看到许多泉水朝手心涌去，白海螺似乎成了一个无底洞，装进去好多好多水，一会儿后它好像吸得足够饱，冒了个泡，然后沉寂。阿旺罗罗举起手试试，也不觉得有多重，就当是幻觉啦。他喊起还迷糊着的久麦更松，两人穿好衣服打道回府。

快到久麦更松家的帐篷时，老远就能听到叽叽喳喳的热聊声，及至掀帘而入，发现帐篷里坐满了人。爷爷见他俩进门，即刻起身喊道："我家客人回来了，他需要休息，大伙儿都散了吧。"

人们一边吆喝着往外走，一边对阿旺罗罗上下打量一番，故作不在意地离开了。但阿旺罗罗睡下好一会儿以后，似乎还能听到嘀嘀咕咕的低语声。

“那些人好像没走，怎么还有说话声？是他们又回来了吗？”阿旺罗罗从被窝里探出头来问。

久麦更松连说：“走了走了，你快睡！”

他根本没有继续交流的意思，也许他已经累了吧，不能太让他辛苦了，白天已经够麻烦他了，还是不要多语才好。阿旺罗罗想着，探究的心思终究没能战胜大山一般压服过来的睡意，他很快睡着了。

阿旺罗罗不知道的是，等他睡了以后，那堆人又出现了，他们充满敬畏地守候在他枕边，静静地等待着。长夜将明，他们的耐心终于见了分晓，只见阿旺罗罗从被窝里缓缓起身，庄重地煨桑、供养、祈祷，开始说唱格萨尔的故事了。

抛石鞭早就备好，阿旺罗罗举起来，声音洪亮地唱道：“我这如意马鞭有父亲，它是印度的如意树；我这如意马鞭有母亲，它是汉地满节竹；我这如意马鞭有哥哥，它是藏地神香柏；我这如意马鞭有弟弟，它是热带紫檀香；我这如意马鞭有妹妹，它是槽白柏杨木；我这如意马鞭有侄女，它是美丽的植喀木；我这如意马鞭有侄子，它是红色的加达木。鞭柄是心想事成柄，鞭带是如意法宝带，鞭须是空行母帛须，它是镇邪的宝贝，是龙界的宝藏，是王妃森姜珠姆相赠的心爱礼品。”

介绍完格萨尔的“桑比顿珠”马鞭，阿旺罗罗朝空中扬起，一声凌厉的呼啸声响彻夜空，接着就开始说唱了：

此时已是傍晚，话说雄狮王格萨尔骑着宝马一路奔袭，来到魔国的边境，哎呀！但见一座心脏一样的山峰顶上，建有一座四角城堡，四面树立着动物尸体做成的胜幢。

格萨尔骑马上前，马扬四蹄，咴声阵阵。格萨尔四处张望了一下，他这样唱道：

路口狐狸在恶嗥，
沟脑枭鸟在狂叫，
坐马左边与右边，
还有野狼在奔跑，
无头怪物唱野歌，
无形鬼魅跳魔舞。
草滩活像人皮展，
山峰犹如心肺堆，
河流好似血海翻，
树梢就像人尸立。
此处已到魔疆界，
天色将晚须借宿。

此时，城门中走出一位姑娘，她的模样不像人间女子，倒像天仙下凡，容貌美丽、英姿飒爽，这位女子打量着到访的陌生人，唱道：

如若不知此何地，

魔岭两国交界处，
高崖城堡临深谷，
全是魔王好疆土；
我乃路赞王兄妹，
阿达拉姆巾帼女；
城是路赞寄魂城，
我来守护悬崖前，
人命尽时到门口，
要想逃脱难上难。

没等她唱完，格萨尔抢先一步，紧紧抓住女城主的衣领，唱道：

若不认识我是谁，
家在岭国好家园，
僧塘热吉是我父，
果萨拉姆是母亲，
我是雄狮制敌王，
岭格萨尔是我名，
要去降伏恶魔去，
要去搭救梅萨妃。

未等阿达拉姆取出武器，格萨尔已经制伏她，把她推倒在地，抽出白柄水晶刀指着她的胸口：

歌供天念龙三神，
再供格卓念波神，
请做后盾援助我，
降伏恶魔罗刹女；
制敌大王发了怒，
你这魔女到死期，
不让你受地狱苦，
定使你走解脱道。

阿达拉姆战战兢兢地望着那柄利刃，唱道：

智悲自在大恩佛，
请现化身把路引！
雄狮王你声望高，
好像雷鸣传四方，
我如南方孔雀鸟，
喜欢闻听苍龙吟，
白岭贤圣格萨尔，
我一见你已倾心，
请别伤害姑娘我，
有啥旨意都听从。

你似在做杀人事，
不送地狱恩情重，
我虽不幸生为魔，
遇上好人心中喜，
热切向你来求情，
允许我做终生侣！

格萨尔说道："那么，姑娘从今日起，我说声打，你能不能打你王兄的头？我说声跑，你能不能跑向地狱去？我说要你的心头血，你能不能也全给我？若能答应这样做，请你起身来发誓！"

阿达拉姆站起身，郑重地开始祈祷，请魔地神灵作证，向格萨尔发誓，格萨尔也以岭国诸位神灵为证发了誓。

阿达拉姆邀请格萨尔进城，侍从们跳起欢乐的舞蹈，唱起歌谣，阿达拉姆献茶敬酒，热情侍奉，在众人的见证下，两人结为伴侣。

歌歇舞散之后，阿达拉姆看见格萨尔闷闷不乐，聪明伶俐的公主看穿夫君的心思，说道："雄狮大宝王闷闷不乐，一定为怎么去魔都在犯愁，我来告诉您路上怎么走。"随后她附在他的耳朵上吩咐了许久。

格萨尔俯身听完后，感激地与她双手相握，唱道：

深明大义好妻子，
与你相遇是缘分，

聪明伶俐知我心，
告我魔都方便路，
险境处处有破解，
锦囊妙计记在心。

阿达拉姆赠予丈夫一枚金戒指，说道："我的这枚金戒指是魔国的通行证，雄狮大王请收好。"于是两人依依惜别，阿达拉姆送格萨尔上马踏上征程……

在阿旺罗罗专注地说唱的时候，人们看到一个气泡慢慢升起来，越来越大，逐渐把大家包裹起来，但气泡不能持续很久，还没抻开就爆裂了，爆出淡淡的香味。爷爷得意扬扬地解释道："唱的是格萨尔大王和阿达拉姆女英雄。这孩子真厉害，竟然接上昨晚的情节啦！"

第七章　桑杰曼拉Ⅱ：莲师的节日

一、白衣使者

天微微亮的时候，阿旺罗罗被人摇醒。

摇他的是久麦更松。阿旺罗罗看到近在咫尺的那张脸上挂满了兴奋，眼睛里的红血丝说明这位大哥哥一宿未眠。

“是闸宝大师和兰顿大师到了吗？”阿旺罗罗一跃而起。

一跃而起的阿旺罗罗发觉身体已完全恢复了从前的灵活，可见药佛泉的沐浴使他的每一处关节都像是上足了润滑油，灵动如初。

久麦更松说：“我估摸着快到了，我俩出门迎他们！”

帐篷里的炊烟已经在清晨清冽的空气中袅袅上升，奶茶壶在灶台上扑腾着喷香的气息，但却空无一人。“家里人呢？”

“他们一早去迎候大师了。”

阿旺罗罗迅速套好衣服，跟着久麦更松往帐篷外奔去。放眼望去，一夜之间，河岸边扎满了帐篷，就像一座帐篷的都市，许多早起的家犬此起彼伏地开始在晨雾中互相问候，主妇们在河边打水，摇曳的身姿留下一路的轻言细语。远处的山崖上挂满的经幡也在晨风中飒飒而起，向神圣的阿尼玛卿致以新一天的祈祷。

阿旺罗罗跟随久麦更松跑向坡下，已见许多人在桑烟的朦胧中迎候于路边。

他俩加入队伍中，久麦更松从怀里抽出两条哈达，把其中的一条递给阿旺罗罗。这时，他看到人群中有个熟悉的身影。

“拉姆卓玛！”阿旺罗罗喊了一声。

拉姆卓玛也看到了他，跑到他身边，说：“阿旺哥哥，你也来啦？”

“嗯，”阿旺罗罗瞧着她身后，“你哥哥呢？”

“他还在睡觉呢，阿爸和阿妈在那边。”拉姆卓玛摆摆头，继续问道：“一路上都没看见你，你什么时候来的？”

“说来话长，有空讲给你听。”

阿旺罗罗看她被风吹红的脸庞，头发一丝不乱地梳成两条辫子，身上的衣服干净整洁，就说：“看来你阿妈打扮你费了些时候喽！”

“好看吗？”拉姆卓玛咯咯笑着，露出两个酒窝儿，“阿妈说了，今天是个重要的日子，格萨尔大王也要来看藏戏。”

“不是格萨尔大王来看戏，是要演格萨尔大王的戏。”久麦更松在旁纠正着，然后拉着阿旺罗罗往人群前面挤去。听到身后拉姆卓玛喊了一句：

“阿旺哥哥，有空的时候陪我下棋……”

阿旺罗罗举起手做了 OK 的手势，随即就淹没在人群中了。

兰顿大师是突然出现在山坡上的。大家还没反应过来，他穿着白净的僧衣，已经笑眯眯地来到人群中间，随着第一条哈达献上去，呼啦啦一片恭敬的问候声，哈达很快就堆满在他的双臂上，他依次再把哈达一一回赠。

阿旺罗罗费劲地挤到前面，把哈达献给兰顿大师。兰顿转而挂在他的脖子上，说：“看上去精神不错！”

“闸宝大师不来么？”阿旺罗罗大声问，声音淹没在一片喧嚷中。

“他碰巧有点事，让我把圆光镜带来。”兰顿大师尽量靠近他的耳边，“想必你已经找到打磨镜子的宝石了？”

阿旺罗罗点点头，又摇摇头：“情况有点变化，不过应该可以解决。”

兰顿大师此时把哈达回赠给挤进人群来的久麦更松。阿旺罗罗介绍道：“这位是久麦更松，我这两天借住在他家里，他们一家待我很好。”

兰顿大师打量了一下久麦更松，小伙子连忙说：“我是玛查仓部落周拉才让的长孙、扎西索南的长子。”

兰顿大师说：“噢，想起来了，你的名字还是我起的呢，爷爷和父母都安好吧？”

“都好！谢谢大师牵挂！”久麦更松热情地双手扶住大师的胳膊肘儿：“能不能请大师到家里喝口茶？”

“也好，借用一下帐篷，”兰顿大师看了一眼阿旺罗罗，就对久麦更松说：“你来带路。”

接着他安抚了来迎接他的人们，就跟着阿旺罗罗和久麦更松来到帐篷里。

久麦更松在路上一直不停地说：“看来我得重新认识你了，你小小年纪，怎么会和兰顿大师有很深的交情？”

阿旺罗罗顽皮地用食指点点脑门：“久麦更松哥哥用你的器材多想想。”

久麦更松大笑起来。

到了帐篷外，兰顿大师对久麦更松说：“小伙子，你能帮我在帐篷外看守一会儿吗？”

久麦更松点点头，说：“当然没问题。大师，请您多喝点奶茶。阿妈一早就起来煮好了。”

兰顿大师和阿旺罗罗进了帐篷，放下帐帘。终于安静了下来，周围喧杂的声音一下子远了，只能隐隐听到帐外久麦更松走来走去的脚步声。

“那么，”兰顿大师坐下来，整理着衣服上的皱褶，说：“让我们看看红宝石能做些什么。”

阿旺罗罗的手伸到怀里，捏住阿达拉姆魔戒，说：“实际上我没有拿到红宝石。”

兰顿问讯的目光扫过他的面庞，问：“这么说我是白跑一趟了？”

“白唇鹿虽然没有找到，但我找到了康珠玛，”阿旺罗罗把魔戒拿出来，“她给了我这个。”

兰顿大师举起戒指在阳光下来回端详：“唔，阿达拉姆魔戒！”

阿旺罗罗问：“您见过这个戒指？”

“从未见过，这是第一次。”兰顿大师仔细摩挲着戒指。

阿旺罗罗看着大师的手指，问道：“那么您怎么就一眼认出的？”

“珍贵的东西是有着特殊的材质的，它出现的时候必定有某种用处，康珠玛是非常有成就的瑜伽士，她给你必定是有原因的。”兰顿大师抬起眼睛看看周围，说：“应该和红宝石是一个质地，磨光镜面不成问题。”

兰顿大师从层层包裹中取出那面圆光镜。阿旺罗罗目不转睛地望着圆光镜。它静静地躺在兰顿大师的双膝上，镜面刮伤的花斑看上去那么刺眼，都是自己的错……希望阿达拉姆的魔戒能够让它恢复最初的光洁。

“让我们先布置一个坛场。”兰顿大师左右环顾着，着手忙了起来，供桌上现成的供品加以利用，很快布置了一个简单的坛场。

念诵着祈祷的经文，兰顿大师取出随身携带的牛角壶，小心翼翼地将鹿茸圣水倒在镜面上，然后用戒指快速地划圆打磨。阿旺罗罗看到兰顿大师的额头冒出细密的汗珠，想必这个活也是需要功夫的，心里不由得更加歉疚。

大概半个时辰后，兰顿大师飞速转动的手臂才停了下来。他一边诵起经文，一边用一块布开始擦拭镜面。阿旺罗罗闭上了眼睛，他不敢看镜面，如果不成该怎么办……

“好啦！”

听到大师说话，阿旺罗罗慢慢睁开眼睛，啊，圆光镜在光线下重新散发出光芒！那镜面光可鉴人，平滑、透明，犹如阿尼玛卿山顶的天空一样。

兰顿大师把圆光镜轻轻地摆放在供桌上。

“知道今天是什么日子吗？”

“知道，”阿旺罗罗快速答道：“今天初十，是莲花生大师的圣诞日。”

“来，跟我一起祈请！”兰顿大师说着，双膝跪下，双手合十，低沉浑厚的男低音响起来：

邬金刹土西北隅，
莲茎花胚之座上，
获证稀有胜成就，
世称名号莲花生，
无量空行眷围绕，
我随汝尊而修持，
为赐加持祈降临，

格热班玛色德吽……格热班玛色德吽！

莲花生大师的祈请文是爷爷常常念诵的，阿旺罗罗从小就耳熟能详，毫不费力地跟着兰顿大师祈请完毕。

圆光镜静静地立在供桌上，兰顿大师递过来一碟青稞粒，阿旺罗罗抓起一把撒到圆光镜上，默念闸宝大师口传的咒语，静候许久，镜面终于开始变化，氤氲缭绕着散开，充满旱灾和饥荒的大地上，衣不蔽体的人们蜷伏着，有的人声嘶力竭地在求雨，有的人抱着亲人干瘦的遗体在号哭，镜边出现一位双目失明的老者，颤抖着向上天祈祷："佛祖啊！邬金那国土已枯竭，我身为国王，为了子民的福祉，不但捐献了所有的财物，就连自己的眼睛也慷慨布施，可是我却失去了宝贵的独生儿子，现在贫瘠的土地也颗粒无收，民不聊生，恳请救度我们吧！"

一阵氤氲掩去，镜面上出现了一座碧青的湖水，湖中冉冉升起一朵硕大的五彩莲花，正中端坐着一位大约八岁身相的童子，周身散发着闪耀的金光。一道金光直直射入老者的眼眶，这位邬金那国王立即恢复了视力，他惊喜交集地问道："你是何人？父母为谁？来自何处？"

童子说："我无父无母，是阿弥陀佛和观世音菩萨的化身，因为听到你的祈祷，专程前来普度众生、弘扬金刚乘教义的。"

老国王喜极而泣，他拜伏下去："佛祖派遣尊者前来是我无上的荣耀，我为你命名莲花生，赐予太子之位，自此邬金那国家必定风调雨顺、国富民强！"

阿旺罗罗失口喊出声来："他就是莲花生大师！"

圆光镜中立刻弥漫出氤氲之气，随即什么也看不到了。阿旺罗罗双手捧起镜子，使劲摇了摇，仍无计可施，转头求助地望着兰顿大师。

"你还需要向闸宝上师不断学习。"兰顿大师说。

阿旺罗罗不甘心地追问："后来莲花生大师怎么样了？"

"后来他游历印度佛国，遍访大师，学法得道，成为当时非常著名的大成就者。"

阿旺罗罗由衷地合起双手，默默念了一句莲花生心咒："嗡阿哄巴杂格热班玛色德吽！"

兰顿大师继续说："一千二百多年前他应邀来到藏地，帮助藏王赤松德赞创建了第一座佛、法、僧俱全的寺庙桑耶寺，主殿乌孜大殿仿照世界中心须弥山，四周围绕着象征四大部洲和八小洲的侧殿，还有日殿、月殿相间其中，当时龙王运来木材和珍宝，让大殿更加金碧辉煌，主殿四角建筑是红、白、绿、黑四色宝塔，起到镇伏凶神魔刹的作用。"

镜中风云又开始变幻，一幅图像渐渐清晰，一座精妙的宫殿里，一位戴着禅帽、手持禅杖的上师坐在众位弟子中间，他们正在互相问答，说着什么。过了一阵子阿旺罗罗才能够从嗡嗡声中辨别他们的话题，只听一位弟子问道："敬请上师慈悲开示，末法时代，终究会在什么时候来临呢？"

正是莲师！

阿旺罗罗仔细端详着他庄严的形象和威仪。只听莲师答道：

“当铁鸟在空中飞行，铁马在地上奔驰，末法时代就会到来。”

“那是个什么样的世界啊……”另一位弟子感叹道。

莲师闭目冥想了一会儿，抬眼看着面前的圆光镜，说道：“很奇妙啊，那个时代的车子不用马匹来拖拉，自己可以自动行驶。很奇妙啊，那个时代的青少年，为什么脚底下踩着牛角，且装上轮子，就能以很快的速度滑行。很奇妙啊，那个时代的人们，不必出门，每天只要坐在镜子面前，就可以知晓天下之事了，还可以互通信息，真是奇妙啊！”

一位弟子躬身问道：“听上去还不赖呀，那么为何称之为末法时代呢？敬请上师不吝开示。”

莲师继续望着圆光镜，叹息道：“那是个无明的时代啊，那时山川失衡，水旱不调、五谷不熟，六道轮回、浮云聚散，正法难遇、邪师横行，众生心性尽染、不备资粮，那时法度衰微、魔王再来……”

众弟子起了躁动，“魔王再来？”

“一千年，”莲师说，“那时疫气流行，死亡者众，哎呀！劫数难逃……”

只听一位弟子急问道：“我们该如何？”

“当精进修法……”莲师的声音越来越远。

氤氲之气袭来，遮蔽了镜面，阿旺罗罗什么也看不到了。他意犹未尽地望着圆光镜，喃喃自语：“末法时代真的来了么……”

“你没听到刚才莲花生大师说的话吗？五浊恶世佛法衰败之时，整个世间都处于非常黑暗迷乱的状态，天灾人祸、妖魔横行，”兰顿大师说着就用哈达把圆光镜遮起来，“正因为如此，莲花生大师的功德力、加持力才显得尤为不可思议，莲师的事业将如明月一般照耀整个世间，调伏众生的烦恼。刚才我们听到的铁鸟和铁马，不就是现在的飞机和汽车么……”

阿旺罗罗恍然而悟：“他在一千年前就知道会有飞机和汽车啊！”

“所以在末法时代弘法利生、闻思修行，要遭遇很多违缘和挑战，我们更要时时猛厉祈祷莲花生大师，不要被违缘所改变。”兰顿大师说：“格萨尔大王正是延续和传承了莲花生大师的和平事业，他自诞生之日开始，就开始为民除害、造福百姓，因此我们保护好格萨尔文化、保护好神山，传承下去尤为重要。”

兰顿大师重新包裹起圆光镜，连同阿达拉姆魔戒还给阿旺罗罗，说：“你收好戒指，想必在适当的时候是要还给康珠玛大师的。记住不要按动阿达拉姆魔戒上的机关。”

“什么机关？”阿旺罗罗低头观察着戒指，除了宝石闪耀着特殊的光泽外，其他看不出哪有不同。

兰顿大师说：“你的眼力还得好好练练啊。”

阿旺罗罗这下看见了，在镶嵌宝石的内侧，有一个几乎摸不到的微微凸起的半圆形活动按钮。

“仔细着点。”兰顿大师微笑着颔首。

阿旺罗罗小心收好戒指，问道：“这有什么含义呢，按动了会怎么样，大师？”

此时听到帐篷外闹腾腾的一片声音，久麦更松掀开帐帘一角，说："兰顿大师，人们来接您去看戏，让不让他们进来呢？"

"我就来。"兰顿大师起身整理着身上的白色僧衣，对阿旺罗罗说："一会儿得空详细告诉你，我们先去会场，别让大家等焦急了。"

兰顿大师一出帐篷，就立刻被人群围绕着，朝山坡下的临时会场走去。久麦更松拽着阿旺罗罗紧随其后，对他说："兰顿大师有人照顾，你陪我去取服装吧。"

阿旺罗罗自然不拒绝，更何况他知道这位大哥哥要扮演格萨尔大王，早就心生羡慕，要先一睹为快。

"凡是见闻格萨尔王金刚法舞，就能清净一百世的业障。"阿旺罗罗想起很久以前爷爷说过的话，不由得加快了脚步。

一百世的人生有很长很长的吧……他很想问问扎拉，但这几天一直有久麦更松在身边，没办法唤他出现，他安抚似的用右手抚摸了一下左肩，便随着久麦更松朝前跑去。

取了服装回来，久麦更松去做表演前的准备工作，阿旺罗罗回到大师身边。

二、狮王法舞

此时兰顿大师已经修持了曼扎增福仪轨、格萨尔王伏藏护法经，还修持了格萨尔王金刚舞相应仪轨。阿旺罗罗看到几位从内地来的信众围绕在他身边，他们戴着遮阳帽和墨镜，身穿各色冲锋衣，衣衫整洁、肤色白净，几位女士围着防晒围巾，下半张脸都遮在围巾里，看不出年纪。只听兰顿大师在继续说话："……荟供的作用就是积累福分，火供的作用主要在于祛除不洁，也就是净障方面。你们大老远来一趟不容易，机缘难得，所以我建议你们可以参与荟供，今天的荟供不但是供养莲师和他邬金刹土上的空行和勇士，其实也在供养十方三世诸佛刹土上的一切佛菩萨和本尊。"

他们全都双手合十，恭敬地倾听着，不时点点头。其中一位女士小心请教道："仁波切，像我这种还没有皈依密法的信众，是否可以参加荟供呢？请仁波切开示一下。"

兰顿大师说："只要广开方便积福之门，都是可以参与荟供的，尤其像您已经亲自来到神山，亲身感受莲花生大师曾经闭关修法的福地，相信会有特别的参悟。"

那位女士鞠了躬，看上去放宽心了。另一男子又说道："仁波切，我是接受过密法灌顶的，我的上师让我诵念圆满心咒十万遍后，就来阿尼玛卿神山参访，会有格外殊胜的福果，今天果然遇上您，这就是我们的福分，一会儿还有缘能观看格萨尔藏戏，要不是亲自来一趟，还不知道有这么一位大王呢。"

"雄狮大王曾经去过汉地带回汉茶呢，当然那是一千年前的事啦，"兰顿大师笑道，"《格萨尔》史诗包含了雪域民族本土文化的基本内核，凝聚着无数的民间智慧，经过一千多年的发展，是这方水土养育出的政治和经济、文化和历史、宗教和自然等等的集大成，是一部雪域文化的百科全书，大致有二千多万诗行，规模之大，世上罕见，被誉为东方的荷马史诗，有着非比寻常的价值。”

在信众们的赞叹声中，藏戏就要开始了，大家已经准备妥当，观望着兰顿大师，安静了下来。坐在观众席中央的大师格外显眼，他身着白色衣衫，是众人的精神中心。“请诸位跟着我念诵三遍皈依发心文，”兰顿大师说着念了起来：“诸佛正法贤圣三宝尊，从今直至菩提永皈依。我以所修施等诸资粮，为利有情故愿大觉成！”

大家一句一句跟着念诵完毕，大师又说：“让我们一起念诵格萨尔王祈祷文：供养伏魔大狮王，降伏四魔心愿成！”

“下面进行供赞文吧，嗡啊吽——”

“显有所欲诸威德，信觉供养雄狮众，九德体性本一味，赞叹雄狮王主眷，此善令密教法兴，自他受用妙安乐。”

最后兰顿大师说：“诸位别忘了回向啊，跟着我念诵：此福以得一切智，摧伏一切过患敌，生老病死犹涌涛，愿度有海诸有情。”

他听到大家以清晰的声音回应着他，满意地点点头。

阿旺罗罗非常欣赏大师优美的手印动作，心里默默地升起一种幸福感，而他洪亮的诵经声也分外好听，似乎装到肚子里的经文也正在与兰顿大师相呼应，周周折折地蠕动起来……

此时，浑厚悠长的长号声响起，彩旗飞舞处，乱云乍起、战马嘶鸣，格萨尔大王带领一众勇士逐一登场，呼啸声此起彼伏，远古的气息扑面而来，天地之间回荡着英雄气概，雪山江河也活泛起来，骏马驰骋之处，草原大地上奔腾出正义的能量，场面上一下子就热闹起来。

阿旺罗罗看到久麦更松扮演的格萨尔大王，双目炯炯，神气飞扬，举手投足之间，颇有着狮王风范。这时突然有一位居士感叹道：“哎呀，他们的服装太简陋了，明年我来供养一套服装吧。”

“你已经供养了几个贫困学生，还是由我来供养格萨尔服装吧。”另一位信众抢着说。

“供养格萨尔会有很多好处……”又一位加入了谈话。

兰顿大师侧着脸看了一下兴奋的阿旺罗罗，接着给大家说：“目前的世界依然存在很多矛盾与争端，伤害众生的恐怖活动越来越多，有的地区甚至处在战争的边缘。为了世界和平与众生的安宁，特别需要念诵这样殊胜的祈祷文。同时，参与共修念诵的弟子，因此而发心念诵的加持功德，也将遣除违缘，令自己心想事成，净除世间、出世间的各种障碍。格萨尔王的修行本身也是集上师、本尊、空行三根本圆满的殊胜法门，尊贵的阐宝大师也是大力推动格萨尔王仪轨及心咒的念诵共修。可见此修法的殊胜与重要！”

那些围着他坐着的外地信众频频点头，有的已经跑到场中央去拍照了。兰顿大师指点着场上的人物继续解释道：

“这位大王及其将领和军人，全都是菩萨的人间化现，他们看似是在战争杀生，但却并非以瞋心为动机，而却是以悲心为动机的利生事业。在格萨尔王的年代后，这些将领、军人等便乘愿继续转生人间，藏地历代不少高僧便是他们的再来。”

阿旺罗罗坐在兰顿大师法座后面，他的身边紧依着拉姆卓玛单薄的身体。不知从何时起，他对格萨尔的故事已经非常熟稔，小时候也非常喜欢扮演格萨尔，常常和同伴们玩耍时就要模仿格萨尔，虽然不是太到位，但是唱词和腔调可是牢牢记到脑子里了。此时，看着久麦更松有板有眼的一举一动，心情已经完全融入那激动人心的场面中去了。

兰顿大师时不时回头看一眼他俩，然后继续看戏。拉姆卓玛的父母和哥哥坐在对面的人群里，虽然有一定距离，但仍然能感觉到丹底不耐烦的表情。

一阵鼓乐后，久麦更松装扮的狮王格萨尔，骑着高头大马，在场地中行进，他手搭凉篷朝着前方瞭望，说道："魔国境内阴风阵阵，前面有大象山，四处无路，山左一座桥，山前一弯牛奶湖。"

他拍拍宝马的颈部，宝马仰头长嘶一声，漂亮的鬃毛迎着风飘动起来，身上的五彩丝绸也随着骏马的步伐而充满了节奏和律动。格萨尔大王大声说道："此处正如阿达拉姆所说，四处无路可走，我须过了桥，在牛奶湖中喝水、洗漱、饮马，才能出现大路，我好继续向前赶路。"

然后他就下了马，佯作饮马的样子，然后撩起牛奶湖中的水，做出洗漱的样子。当他重新上马后，说道："果然前面出现一条大道！"格萨尔大王沿着路继续向前。

阿旺罗罗看着前面这位狮王，喉头紧紧的，他激动起来就脸色煞白，在他的想象中，自己就是那位骑在骏马上的大王，也在肚子里一句一句地说着那些道白。

场地上，格萨尔大王说："正如阿达拉姆所言，我现在到达了黑猪鬃山峰下，黑色毒血湖畔。"

话音刚落，湖中央突然冒出一头由两个人扮演的巨大恶狗，直扑格萨尔而来。

格萨尔迅速拿出阿达拉姆的金戒指给它看，唱道：

古古热杂寄魂狗，
降伏魔王先杀你，
毒药裹在牛肉里，
我送你到解脱道，
……

阿旺罗罗翕动着嘴唇，暗暗地跟着唱，那些唱词从心里浮现，竟然与久麦更松唱的别无二致。

场地上格萨尔大王把准备好的包裹烈酒的肥美母牦牛肉丢给魔狗，那狗高高兴兴吃了肉，却张不开口了，闭上嘴巴，重新跳进湖中。

格萨尔双臂一挥，用法力在湖边矗立起一座庄严的九层佛塔，远方飞来三只神奇美丽的鸟儿落在佛塔上，格萨尔对它们说："寄魂鸟请牢牢记，魔王骑马来巡查时飞起来惊吓他。"鸟儿们展翅点头后，格萨尔继续赶路……

此时阿旺罗罗发现身边的拉姆卓玛突然左顾右盼起来。

“怎么了？好好看戏！”阿旺罗罗拿出兰顿大师的口气说道。

拉姆卓玛匆匆忙忙站起身，边说着话边向场外退去：“我看到丹底哥哥出去了，我去去就来。”

阿旺罗罗低声吩咐道：“记得赶紧回来！”

拉姆卓玛钻进人群已经不见了。阿旺罗罗又专心看起戏来。

正在沉迷间，兰顿大师的声音响了起来：“阿旺！小姑娘到哪里去了？”

“她刚刚出去，说是一会儿就回来……”

兰顿大师猛地转过身，一把拉起阿旺罗罗的胳膊，“快去看看，把她给我带回来！”

阿旺罗罗被大师的古怪表情吓了一跳，他意识到有什么不对，而且这个不对是和自己有关联的，当下紧张起来，立刻起身朝场外挤，看戏的人群里三层外三层的，他费了好大的劲才挤到场外。

远远就看到了拉姆卓玛和她哥哥丹底在那里拉拉扯扯。阿旺罗罗跑过去，对拉姆卓玛说：“快回去吧，兰顿大师在找你。”

拉姆卓玛带着哭腔说：“我想让丹底哥哥一起回去看，大师说了，看完这场戏格萨尔大王就会保佑他。”

阿旺罗罗觉得有理，就对丹底说：“她说的对，你也一起回去。”

丹底满脸不屑，对矮一个头的阿旺罗罗说：“滚一边去，少管闲事。”

阿旺罗罗一气之下，掉头就走。他没走多远，就看见五六个男人朝这边走来，目光笃定地盯着丹底兄妹，脚下飞也似的咚咚而来，远远就能感觉到他们的戾气。阿旺罗罗停下脚步，疑惑地朝着他们奔去的方向望去，还没来得及反应，只见其中两人已经不知从哪儿拿出了手枪，一人直接开枪，拉姆卓玛扑到哥哥前面，首先中弹，软绵绵地倒下去了，接着那人朝着直愣愣呆站着的丹底连开数枪，蜂拥而起的烟尘中，丹底倒在地上，那人还上去补了一枪。另一人虽然握着枪，但抖瑟得厉害，最终没见射出子弹。

阿旺罗罗疯喊着冲了过去："干什么？你们干什么？"

一个高个子男人一把扭住他的胸口，把他提溜起来，冷静地说："他伤了我兄弟，这是他应得的。"

他扔下双手双脚使劲踢打他的阿旺罗罗，几个人扬长而去。

未开枪的那人低头寻着什么，但很快也拔脚跟了上去。

阿旺罗罗从尘土中坐起，枪声让看戏的人群乱了起来，人们朝这里跑来。阿旺罗罗看到拉姆卓玛伏在地上，侧脸转过来，正好可以让他看到她的脸庞，她的眼睛仍然睁着，受到惊吓的眼神还未散去，瞳孔空洞，脸色如纸……阿旺罗罗的心脏剧烈地疼痛起来，他爬过去抱住她，大声喊着她的名字。

血从她的胸口冒出来，混合着尘土的气味，呛人的血腥直冲鼻腔，阿旺罗罗渐渐看不见她了，因为眼泪已经溢满了眼眶。

"扎拉扎拉！快救救拉姆卓玛！"

阿旺罗罗尖声叫着自己的保护神，扎拉应声而出，他蓝色的大眼睛充满慈悲地望着拉姆卓玛，半透明的身体飘向姑娘，他正在想办法堵住不断地冒出鲜血的伤口。

这时有人已经来到他们身边，杂沓的脚步声淹没了他的哭泣声。他感觉到一只大手安抚了一下自己的肩膀，紧接着看到兰顿大师俯下身来查看拉姆卓玛。阿旺罗罗用手背抹去眼泪："大师大师！快救救她！"

兰顿大师用手指试了试她的鼻息，又在脖颈处探了探，脸色凝重，还未及说什么，那边探查丹底的人们的声音传来："兰顿大师！这孩子还活着……中了十一枪……真是奇迹！"

阿旺罗罗寻声望去，只见丹底浑身血污的身体被人们扶起来，胸口上挂着的一只泥巴做的护身符已经被打成几瓣，扑簌簌地掉落下来。

有人问："还活着吗？"

有人嘀咕道："身上都打成了窟窿，不可能活着……"

他们围在丹底身边，有人惊呼道："有一口气！有一口气！"

旁边的人嘀咕着："身上满是窟窿，竟然还有一口气，肯定是闸宝大师的护身符起了作用……"

兰顿大师长叹一声，说道："把这两个孩子都抬到闸宝大师府上吧，那护身符虽然烂了，还是要收好。"

几个人应诺着，过来从阿旺罗罗的怀里抱起拉姆卓玛，阿旺罗罗也爬起身来，趔趄着准备跟了去。

"你先去找拉姆卓玛的父母亲，陪他们一起到闸宝大师的府上，我们在那里等你。"兰顿大师制止道："另外，让你的保护神回去！”

“不！让他陪着拉姆卓玛！”阿旺罗罗执拗地咬着嘴唇。

他看见扎拉犹豫不定的目光在自己和拉姆卓玛之间来回逡巡，便努力睁圆了眼睛瞪着他。扎拉明白他的眼神，做个从命的表情，随即附着在了拉姆卓玛小小的肩膀上。

“你自己小心点！”阿旺罗罗听见扎拉这样嘱咐自己。

兰顿大师看他一眼，知道再说也无用，就招呼几个小伙子抬着两兄妹去了。

阿旺罗罗不知所措地看着他们远去。

人群混乱中，他努力辨别一张张脸庞，每张妇人的脸庞都好像是拉姆卓玛的母亲，而每一张男子的脸庞都好像是拉姆卓玛的父亲。他心中盼望永远不要见到他们，又焦虑地找寻着他们熟悉的身影……就在他茫然地四处张望时，一对夫妇急急地抓住了他的两条胳膊，正是他要找的人。妇人哭声连连问道：“你有没有看到丹底？是不是我的丹底出事了？”

男人抓住他后稍微镇定了一下，深吸一口气道：“好孩子别紧张……告诉我们刚才是怎么回事……”

他安慰阿旺罗罗的时候，大概是在安慰自己吧，是的，我们都无法面对刚才发生的事……

阿旺罗罗结结巴巴地说：“兰顿大师带着他俩去找闻宝大师了，让我陪您二位一起去。”

妇人终于哭出声来：“我就知道拉姆卓玛跟丹底在一起……”

男人粗声大气说：“我让你看着丹底的……”

妇人埋怨道："我和拉姆卓玛两个人都看不住他，你又不是不知道……"

男人不敢再责备，捉住妇人的手臂，"走走走！"他有气无力地说。

他们往回走，人群散乱地聚在草场上，戏自然是无法再演下去。久麦更松跑过来，他还没有卸去戏服，两撇格萨尔大王的胡须还贴在他的上唇上，上面全是汗珠子。他气喘吁吁地望着阿旺罗罗，不明白发生了什么事。

阿旺罗罗的眼眶里噙满泪水，他咬着嘴唇，努力克制着自己的情绪。人群中一些妇女在安抚丹底的母亲，她眼神散乱，完全不相信人们的低语中断断续续听到的信息。"这不可能！"她断然对自己说。

久麦更松虽然不明白到底发生了什么，但他从阿旺罗罗悲恸的表情上已经猜出了几分，他伸出左臂，宽厚地抱住了阿旺罗罗的肩膀。阿旺罗罗一下子扑到他的怀里，努力噙着的眼泪扑簌簌地滴落下来。

人们围着他们，问："怎么回事啊？"

阿旺罗罗一闭上眼睛，那浑浊的血腥气息就会扑面而来，拉姆卓玛那双受到惊吓的眼睛就直瞪瞪地望着自己……

"孩子，好像是从你怀里掉下来的，这是你的吗？"丹德大叔从地上捡起一样东西摆弄了一下，问道。

阿旺罗罗抹去眼泪，抬头一看，他粗壮的指头上举着一枚戒指，正是阿达拉姆魔戒。

三、魔戒的秘密

阿旺罗罗接过丹德大叔递过来的戒指，怔怔地望着戒指的里环，那个按钮开关明显地凹进去了。

怔了半晌的阿旺罗罗急忙用指甲尖挑动那枚按钮，企图让它弹起来恢复原状，但指甲尖无用，根本使不上劲，他低头揪起草根再试，又捡起石头片再试，按钮似乎根本没有反应……

此时，脚底下震动起来。

阿旺罗罗看到一些细碎的石子旋转着飘离地面，紧接着大块的石头也飘起来，在空中盲目地撞击着，发出嘣嘣的响声，有些石块随着撞击碎裂了，但并未落到地上，而是更加飞速地旋转着飞向更高的地方。

旋风聚集着越来越多的石块，按着逆时针方向飘离地面，带动着黑色风沙呼啸着擦过耳膜，刺耳的声音也愈来愈大，霎时间什么也看不到了。阿旺罗罗使劲眯缝着眼睛，沙粒还是拼命想钻进来。他知道情况不妙。

旋风吹得裤管哗啦啦直响，随即双腿也不听使唤，仿佛抖动得要跟着旋风旋起来了。黑沙漫天，他已经看不见久麦更松和丹德大叔，想扯起嗓子喊一声，可刚张开嘴巴，却灌了一嘴的风沙，他俩已经被吹得不见踪影。

阿旺罗罗发现黑色旋风的中心渐渐扩大开来，似乎像一个深幽的黑洞，那个黑洞很快升向天际，仿佛要迎接什么一样。

不错，黑洞很快被一个黑乎乎的实体填充了，好像很沉重的样子，旋风旋转的力度快要兜不住它了，黑洞越来越低，扑通一声，那个黑色的巨大实体随着一声巨响掉落在地面上。

阿旺罗罗定神望去，地面上站立着一个庞然大物，好似野牦牛般岿然屹立于黑色风沙之中，四周砂石飞旋，野牛身披长可及地的裙毛，每动弹一下裙毛就暴风般地席卷滚动。它的两只长如弯刀的犄角后面，好几个头颅忽隐忽现，看上去飘忽不定。

“九个头！它有九个头……”阿旺罗罗迅速地数了一下。

他忽然意识到这是不是那头红铜角野牛，但眼前这位的身形明显比上次更加庞大壮实，而且躁动的样子愈发狂暴。

它血红的眼珠转动着，看到了阿旺罗罗，含混不清地吼叫着什么。阿旺罗罗听懂了，它说的是：“我找的正是你！”

在它摇头摆尾显示威风的时候，似乎注意到了阿旺罗罗手上的东西，它阴森可怖的声音传来：“阿达拉姆魔戒怎么会在你手里？”

阿旺罗罗这才发觉自己还举着戒指，连忙握进拳里塞入怀中，说：“与你何干……”

“当然与我有关！”九头牛怪直立起身子，披毛里钻进去的砂石哗啦啦地往地上掉。它暴怒地扭动着庞大的身躯，“戒指的主人与我血脉相连，当初父王给我们的时候，让我保护她，只要她有难，按动机关就能召唤我。”

“父王？”阿旺罗罗故作不明白，心里却暗想，糟糕，原来这枚戒指还有召唤魔王的作用，可是不管怎样，如今为时已晚。

“哼哼！”那九头牛怪吼叫道：“我父王力大无比、遍知无误，人人听我父王的名号都要畏惧三分。想当初，他统御世界的北方，就连岭国都要向他上缴贡税，所有十五岁以上的男子要为他服兵役，他是世界第一主人，他的荣耀由我继承！”

阿旺罗罗发觉它说话比先前清晰很多，一听它信口雌黄污蔑岭国，心上就不乐意了：“这么说你后来统治世界喽？”

九头牛怪一下子被噎住，犄角后面那另外八个头也奇怪地消失了。

阿旺罗罗注意到它的形象变化，看来让它失去理智，就能让它的魔性减少几分。只见它开始咬牙切齿，那咬合的声音好像隆隆雷声，从它奇臭无比的嘴巴里滚滚而出，阿旺罗罗的脚底下都能感觉到酥麻的震动。它大声地说：“我当然统治过世界！只是那觉如小儿赛马称王登上岭国王位，国家日益强大，竟然不再上缴我魔国的贡税，甚至拒绝十五岁以上男子为我服兵役，哎呀呀，我怎能任他胡作非为，魔岭大战就是这样开始的。”

阿旺罗罗捏着戒指警惕地朝后退着。

“一千年了！”九头牛怪吼着逼近：“我终于快回来了！”

啊呀不好！这难道是魔国国主路赞还魂了？但看它除了主头外其他几个头都不甚清晰，呈半透明状，史诗中传说他虽是牛身但还是人形，现在如此，应该还没有彻底现身。

镇定下来的阿旺罗罗左手在怀里牢牢握着戒指，说：“阿达拉姆早已弃暗投明，离开了你这个大魔王，她是我们格萨尔的王妃，她是我们的女英雄！”

魔王诧异道："后来是这样吗？"

它摇着头，沉重的牛角晃晃荡荡地发出轧轧声，似乎很不愿意接受这个说法。

它狂乱地搅动着黑雾，兀自转了几个圈费劲地思考了一阵，好像恍然明白了，喃喃自语道："怪不得当初格萨尔能进入魔国，进了我九尖铁围魔城，毁了我的寄魂器，近得了我的身……"

"正是！"阿旺罗罗顿时觉得勇气来到了胸膛里，他大声呼喝道："是阿达拉姆帮助格萨尔大王打败了你，最后他的枭羽箭要了你的命！"

阿旺罗罗的激将法起了作用，九头牛怪大怒，仰天长呼出一口臭气后，端住牛角，直牴阿旺罗罗而来……

身形瘦小的阿旺罗罗左闪右躲，机灵地躲避着它的攻击，愤怒使得魔王丧失了理智，只是一股劲儿地蛮力冲撞，黑色旋风中，圆光镜却不知怎的从阿旺罗罗怀里滚落出来，阿旺罗罗立刻紧抓在手，那圆光镜刹那间散发出夺目的光芒，像千万支细密的金箭，直射而去，九头牛怪连忙护住眼睛，倒退了几步。

双方僵持不下。阿旺罗罗一手举着圆光镜，一手紧握魔戒，不知该怎么办。圆光镜散发光芒的时候巨大的反作用力也使阿旺罗罗吃劲儿不小，他的脚趾努力扒住地面，以免露出破绽。此时九头牛怪突然主动后退着，不知怎的从背后闪出一支宝剑，金光闪闪的宝剑和圆光镜的光芒相遇的一瞬，双方的光芒同时消失，好像互相抵消了一样。

正是九股如意能断宝剑！

九头牛怪见了大喜，犄角两侧的九个头又隐隐约约地出现了。它扑将过来劈手要夺圆光镜，阿旺罗罗紧紧护住不让。互相抢夺的时候，九头牛怪手持的宝剑竟戳穿了圆光镜！

阿旺罗罗眼看宝剑的剑锋直抵而来，但他仍拼死不松手，圆光镜中央被剑洞穿而卷起的残边瞬间就割破了他的手掌。血流出来，染红了圆光镜。圆光镜吱吱呀呀地叫起来，仿佛怕疼似的，暗自啜泣着。

就在宝剑像洞穿圆光镜一样要洞穿阿旺罗罗胸膛的时候，九头牛怪却突然住了手。它刹住力气，好像握宝剑的手被另一只看不见的手攥住了一样，两只手开始争夺宝剑，看上去它在与自己打架，一会儿气势汹汹，一会儿又哀哀怨怨。黑色旋风中九头牛怪与自己打得不亦乐乎，宝剑从一只手夺到另一只手上，旋即又被夺回来，在这个过程中，身上也有了几处剑痕，黑色的浓血渗出腐臭的气息。

阿旺罗罗护着圆光镜，企图乘机从黑色旋风中抽身而退。

这时被狂风吹远的久麦更松跑来，他远远只看到一团黑雾围着阿旺罗罗直打转，想帮助他从黑雾里挣脱出来。跑到近前一看，黑雾里黑沉沉的一个庞然大物，散发着腥臭。

九头牛怪也发现了他，一个趔趄，失声叫道："格萨尔怎么会在这里？"

久麦更松稍微愣怔了一下，但他反应极快，立刻擎出那把演出用的铁剑，朝黑雾挥舞起来，并且用格萨尔威猛调唱道：

我从天界降人间，

专做善事利他人，

千方百计护众生，

须要射杀魔王牛，

手拉扳指射利箭，

箭与赤电一同行，

福德事业从此始，

引度牛魂净土去。

九头牛怪胡乱招架了一下，心有余悸地瞪着眼珠子，久麦更松的歌声似乎有着特别的力量，让它头痛欲裂，它使劲敲打着自己的硕大的头颅，根本没有意识去判断一下格萨尔大王的真假，裹起九股如意能断利剑，快速隐身到那片又腥又臭的黑雾中，一会儿就散去了。

阿旺罗罗激动地抓住久麦更松的腕子："你竟然把它打跑了！"

他感觉到这位大哥哥的脉搏跳动得异常厉害。

"它怕的是格萨尔大王，不是我。"久麦更松慢慢镇定下来。

"你太机智啦，想不到格萨尔大王的威武让它吓破了一千年的胆！"

久麦更松的戏服上满是汗水和黑色的烟尘，他下意识地要整理一下，看到阿旺罗罗受伤的手掌，赶紧取下戏服上的装饰彩绸，替他简单包扎好。

阿旺罗罗这才感觉到异常的疼痛钻进手掌，正是带着小海螺的这只。但是意外见到九股如意能断利剑的场景很快冲淡了他的疼痛，他说："久麦更松哥哥，你不知道我的家乡，人们是如何盼望着那把剑。"

"你认识这把剑？"

"剑的名字叫九股如意能断，"阿旺罗罗想着流水一样流畅、一气呵成的剑身，"听闻宝大师说，它是阿尼玛卿山神送给我们部落的礼物，一直珍藏在一座白塔下，可是不久前被魔王偷去了……"

阿旺罗罗同时回想起爷爷和嘎玛威色老艺人，仿佛已是很久远的事情，恍然发现自己远离家乡和亲人，竟遭遇如此之多的变故，真是百感交集，如今任务没完成，意外的事情却层出不穷，不知何时才能重回家乡，回到母亲和爷爷身边。

他感伤起来。

"然后？"久麦更松期待地等着下文。

阿旺罗罗费劲地举起圆光镜："我想我们应该赶紧去见闻宝大师。"

久麦更松意犹未尽，他说："如果我能拿着这把利剑出演格萨尔大王，那一定很威风。"

他们找到丹德大叔夫妇的时候，一群人躲藏在山坡下避风处，完全不清楚刚才发生了什么。风平浪静的草滩上，人们扑打着身上的风沙，互相问候着。丹德夫妇两人好半天才从刚才的怪异情景中恢复正常，拉姆卓玛的母亲重新开始啼哭起来，阿旺罗罗和久麦更松再也无话，默默搀扶起两位老人，朝山上的闸宝大师府奔去。

他们沉默地行走在傍晚的山路上。久麦更松小声嘟囔了一句："我一直奇怪来着……"

阿旺罗罗沉浸在思考中，"久麦更松哥哥，你说什么？"

"它那么大力气，手上又有宝剑，为什么没能直接砍了你？"

阿旺罗罗回想到九头牛怪的眼神，一会儿凶狠，充满杀机，一会儿又犹疑不定，似是在与自己做着斗争。不知怎么，他一直觉得有一种熟悉的气息，在九头牛怪的身上能看到一个熟悉的影子，但又说不上是谁，难道是与梦里的场景混淆了吗……

他摇摇头，不想了。"赶紧赶路吧。"

到闸宝大师府上的时候，天已经擦黑。府上灯火通明，兰顿大师迎出来，"我们正在等着你。"

他说着话，示意阿旺罗罗和久麦更松留下，自己引丹德夫妇到里间去。

阿旺罗罗焦躁地候着，此时此刻，他只想看看拉姆卓玛到底怎么样了，但又不能擅自闯进去，他得遵从上师的意愿。

好不容易见到闸宝大师从里间出来，阿旺罗罗立刻迎上去要施礼，却听闸宝大师"啊呀"一声轻呼，随即扭头用宽大的袖子护住了自己的双眼。

"你身上有血……"

阿旺罗罗这才意识到闸宝大师不能见血，赶紧在洗手盆里取水洗涤，久麦更松也在一起帮他，但他很快发现血迹根本洗不掉，而且越洗越有一股腥臭泛滥出来，两人惊异地对望着。

闸宝大师在袖子后面说："那样洗没用的……"

阿旺罗罗受伤的手掌烧灼一般地疼起来，"那怎么办才好，大师？"

"一般的水洗不掉仇恨之血……"大师的声音从袖子后面缥缈而至，"你不是刚从桑杰曼拉来的么？"

"是啊，"久麦更松抓着阿旺罗罗的手还在使劲搓，"桑杰曼拉怎么了？"

闸宝大师慢声道："你不妨试试桑杰曼拉的心咒。"

阿旺罗罗焦躁的心情一下子清静下来，对，手心上的小海螺吸纳了那么多的药泉珍贵的泉水，那不是一般的水，一定是有用的。他闭上眼睛，双手合十，想象头顶上方盘坐着药师佛，他那幽蓝的身像在金色的背光前散发着殊胜的光芒，手上的托钵中盛满甘露之水，阿旺罗罗默默地诵读起药师佛的心咒：

"喋雅他嗡——贝堪则贝堪则——玛哈贝堪则——喇杂萨目——嘎喋梭哈……"

几遍过后，阿旺罗罗感觉到手掌发凉，藏着小海螺的手心里鼓胀着，一股泉水冲击而出，所有的污血被冲洗得干干净净。

"真是奇妙啊！"从里间出来的兰顿大师感叹道。

闸宝大师放下举着的胳膊，来到阿旺罗罗身边，赞许地望着他，说："让我看看圆光镜。"

阿旺罗罗一边从怀中取出圆光镜，一边懊恼道："圆光镜的情况越来越糟……"

久麦更松快言快语地解释经过的时候，闸宝大师和兰顿大师检查完毕，两人脸庞上的失望表情让阿旺罗罗更加羞愧，他说："都是我太大意了……"

"不是你的错，孩子。"闸宝大师握着圆光镜，似乎在找一个适合放下的位置。"物和人一样，需要打磨才能成大器。"

"您是说圆光镜还可以打磨吗？"阿旺罗罗的心底又升起了希望。

"这面圆光镜已经完全没有修复的可能。"他指着那个破洞，无可奈何的声音是阿旺罗罗感到十分陌生的，他沉吟着，似乎研究着措辞。"除非……"

兰顿大师充满期待地望着他："还是有某种可能？"

"我没有充分的把握，"闸宝大师回答道。

阿旺罗罗着急了，"只要有办法我愿意去试。"

闸宝大师弹了一下那卷起来的锋利的边，阿旺罗罗的手掌不由得抽搐了一下，他尝过它的厉害。"这面圆光镜经过许多大师的加持，充满了他们的阳刚之气，脆性十足，因此它也被称作日镜。"

"莫非这世上还有一面月镜？"兰顿大师诧异道。从他的表情可以看出，他从未听说过月镜。

"正是。"闸宝大师很快回答了他："月镜是历辈空行母们修行的法器，世代相传，沾染着许多女性上师的灵气，据说是一面洁白如月、照面如雪的宝镜。”

“您也没见过月镜吗，闸宝大师？”阿旺罗罗握起手掌，问道。

“很遗憾，我至今从未见过。”

兰顿大师说：“找月镜……您是说月镜会对这面日镜起到某种作用？”

闸宝大师把眼睛从日镜上挪开，在两张充满期待的面庞上来回移动，他说：“是的，很久以前，我听我的上师曾经说过，日镜与月镜应该天然一体，才能发挥最大的效果，如果能找到月镜，或许可以补充日镜的精气，日月合璧，才是一面完美的圆光镜。”

“问题是，月镜……上哪儿找月镜啊？”阿旺罗罗听后有些灰心。这面圆光镜……多少人为了保护它，付出了那么多代价，如今坏在自己手上，真是……

“月镜应该从未离开过格萨尔大王的寄魂山，因为只有寄魂山的山神时时刻刻保佑着关于格萨尔大王的一切。”闸宝大师举着头望着虚空，阿尼玛卿的山山水水似是从他深幽的眼神里掠过。“我想应该在卓玛本宗。”

“万尊度母宫殿？”兰顿大师神情放松下来：“倒是离这儿不远。”

大家沉默了一会儿，闸宝大师说：“现在看来只有这一个办法可以试一试了。”

两位大师同时把目光望向了阿旺罗罗。阿旺罗罗挺直了腰杆，说：“我明白，这个任务得由我完成。”

久麦更松说：“我陪你去。”

兰顿大师说：“你留下来照顾丹德夫妇，阿旺罗罗快去快回。”

闻宝大师一扬手：“别忘了带上你的扎拉。”

阿旺罗罗只觉得一阵轻风随着大师的手势袭上了自己的肩头，他知道扎拉回来了。

久麦更松再也无话。阿旺罗罗走到门口，又折回来：“我想看一眼拉姆卓玛……”

“等你回来吧。”闻宝大师说。“对了，得空你最好想办法把阿达拉姆魔戒的开关。”

看着阿旺罗罗孤独地走远，久麦更松心中不忍：“大师应该允许我陪他一起去。”

闻宝大师轻声叹道：“有些事情需要他独自完成，才能积累经验，才能成长。”

第八章　卓玛本宗Ⅰ：柏树上的宫殿

一、度母之名

所有的道路都是曲折的。阿旺罗罗行走在通往卓玛本宗的路上，心中一会儿挂念着拉姆卓玛，虔心祈祷她赶紧好起来，一会儿又想念爷爷，不知家里人都怎么样了。

阿旺罗罗听着脚下发出的沙沙声，万籁空寂中，尤其显得孤单无助。少年的脚步摩擦着大地，大地在黑夜中静静沉睡。

一轮硕大的明月一路相伴，沿着佐可河逆流而上。阿旺罗罗走得急，这时已经冒汗，开始有些累了，脑子里也渐渐清楚了一些。他从芜杂的胡思乱想中抬起疲惫的头颅。

“扎拉？”他轻声呼唤起来。

群山之中，阿旺罗罗孤寂的声音在回响。

“你不让我睡一会么？”扎拉轻盈地飘出来，坐在主人的肩膀上。

阿旺罗罗听到他的回答，身上就轻松多了。他说：“我有点累了。”

扎拉抬抬屁股，示意抬起了自己的体重。实际上他的分量几乎可以忽略不计。“再坚持一下，我想卓玛本宗应该不远。”

扎拉的鼓励永远是温暖的。“说说看，卓玛本宗那个地方真的有一万尊度母的宫殿吗？”阿旺罗罗问道，“度母真的来过卓玛本宗这个地方吗？”

扎拉半透明的蓝色身体在月光下显得轻巧而柔和，他跳下主人的肩膀，在空中大步流星。“说起卓玛本宗，那是个很神奇的地方，阿尼玛卿为什么是神山，就因为许多菩萨啊、本尊啊，都来这里修行参悟，圣地的加持力是很厉害的，而且这种加持是相互的，你懂不懂？”

扎拉看一眼阿旺罗罗渺茫的眼神，就要解释清楚：“阿尼玛卿神山给修行者加持力，同时呢，得道的大德们的修行也会给神山加持力，神山获得的加持力越多，它能赐予修行者的加持力就越多，形成一个能量的循环，你想想，几千年啊，积累了几千年啊！神山和大德们这样积累下来，阿尼玛卿就是一个巨大的能量容器——”

扎拉说到能量容器的时候突然住了口，他用大手捂住嘴巴，再抓抓脑后稀疏的几根头发，就开始大声咳嗽起来。

阿旺罗罗正听得起劲，不解地望着扎拉，扎拉咳得淡蓝色的脸庞直发白，阿旺罗罗心疼起来，赶紧把他拉到自己肩膀上坐好，说："你是不是饿了？我也没顾上给你煨桑……"

"不饿不饿，我说到哪儿了？"

"说到阿尼玛卿是能量容器……"

扎拉立刻打断他："我说阿尼玛卿的加持力那么厉害，度母当然也要来修行参悟了，你想想度母是什么人啊，她是救苦救难的大菩萨，是赐寿除障的如意宝，尤其是女孩子们心目中的众女神之王，那是不得了的，不得了！"

扎拉啧啧称赞着，一边观察阿旺罗罗的反应。阿旺罗罗的脚步慢了下来，他想到了珠姆泉水中飘浮出来的女人，是森姜珠姆王妃，又不完全是，像是常常在梦中出现的妇人，笑着，哭泣着，吻着自己的额头，为他轻声念诵度母颂，早上也念，晚上也念，每次他都恍若回到婴孩时期，在度母颂中恬静地沉入梦乡，那么幸福，那么安详，那么心满意足，在他的理解中，度母应该就是她那样的女性吧。

陷入沉思的阿旺罗罗问道："度母到底长什么样啊？"

"你抬头看看，"扎拉指着那轮皓月，"度母的脸庞就像一百个这样的月亮一样明亮。"

阿旺罗罗抬头看着月亮，那里正散发着清凉而洁白的光辉，周边万星闪烁，仿佛静静相陪的旅伴。

"想阿妈了？那是肯定的，还真有阿妈度母呢。"扎拉继续着话题，"据说有一位虔诚的信徒，有一次路过某个寺院时不小心跌进了山谷，惊慌地喊了一声阿妈，结果寺院里供养的度母像听到呼救就立刻现身，说‘阿妈在此’，就这样把他救出山谷了，以后就有阿妈度母的称呼啦。”

阿旺罗罗下意识去摸胸前的护身符，那是他记事起就戴在身上的，想必阿妈希望能够保佑孩子平安顺利吧，可是现在自己连个圆光镜都保护不好，真让人感到羞愧……

扎拉看一眼瞬间情绪有些低落的男孩，开始喋喋不休起来：“这世上有很多度母的，有印度菩提迦耶正觉塔上会说话的白度母，有呼唤阿底峡尊者来藏地传法的度母，有拉萨哲蚌寺的自然天成度母，有广仁寺代理释迦牟尼普度众生的度母，有那烂陀寺施舍衣裳的裸体度母，还有独脚度母、豌豆度母，哎呀，度母多得数不胜数。”

一听到故事，阿旺罗罗果然兴致勃勃起来：“扎拉慢点讲慢点讲！都有哪些度母？”

阿旺罗罗的注意力放在故事上，没注意脚下，一个趔趄，差点扑出去摔一跤，扎拉抓住了他的肩膀。这位半透明的保护神打个响指，眼前出现一盏灯火，向前移动着照亮了他们的道路。

“信仰度母的人们留下来很多故事，”扎拉重新在阿旺罗罗的肩膀上坐好，继续说：“还有一位入水度母呢。”

见阿旺罗罗在仔细听，扎拉也来了兴致：“故事讲的是在印度金刚座附近发生的事，一位平常不怎么祈祷度母的僧侣，一次不小心掉进了河里，紧急之间忽然想起度母能够度水难，连忙开始祈祷度母加持救他。金刚座供奉的一尊木雕度母就现身啦，救他于水难之中，后来人们就把木雕像称作入水度母。那里的人们是很信仰她的。”

阿旺罗罗沉思着，梦中那位妇人慈善的双眼一直看着自己。“这我明白，人们遇到困难、遇到灾难、遇到痛苦的事，就会猛烈地祈祷度母，向她呼救。这是爷爷告诉我的。”

“是啊，人的一生，都离不开度母的护佑。你出生时她保佑你平安；你长大后她保佑你长寿，并且获得智慧的加持；你死后她还得为你指点迷津，负责把你送到极乐世界。哎呀，度母很辛苦的！”扎拉摇着头，万分感叹，“她是一切众生之母，你记得她的祈祷辞吧？”

阿旺罗罗当然记得，跟着他祈祷起来：

嗡！顶礼至尊圣度母！
顶礼奋迅救度母，
目如刹那电光闪，
三域怙主莲花面，
花蕊绽放从中现。
顶礼月色白度母，
秋日满月聚集脸，
成千群星同汇聚，
尽放威光极灿然，
……

滔滔不绝的扎拉突然停了下来，警觉地竖起了耳朵，那双大耳朵一会儿转向前，一会儿转向后，捕捉着什么声音。

阿旺罗罗顺着他的方向，努力分辨空气中波动而来的动静。他也听到了，是左前方的不远处，那里隐约有一排金属的网围栏，一直向前伸向黑夜的深处。

隐秘的声响断断续续传来，呼哧呼哧的喘息声和金属的碰撞声越来越清晰，好像是有人在努力挣脱着什么羁绊。

扎拉判断清楚后，灭了灯火，迅速钻进了阿旺罗罗左边的肩膀里去了。阿旺罗罗朝前跑去，一定有人需要他的帮助。很快他看到一团左右移动的黑黝黝的东西。

一只羊在月光下正在与网围栏纠缠，上半身挂在网围栏上，仔细一看，原来它的两只羊角不知怎么卡在了网围栏的铁丝网中间，正在奋力挣脱。铁丝网在撞击中发出刺耳的声音，而羊的喘息声也越来越重，看来它已经挣扎了好一阵了。

此时那只羊也发觉有人靠近，它惊恐的眼神望着走近的阿旺罗罗，绝望地停止了动作。阿旺罗罗伸手去解羊角和铁丝网，声音里充满了怜悯：“可怜的羊，你怎么就钻进了网围栏？别急别急！”

那只羊似乎也看出来人没有敌意，眼神柔和起来，绷直的身体也放松了。阿旺罗罗看到半挂着的羊竟和自己的个头差不多，是只大羊，就继续说着话：“你是不是想翻过去，结果不小心挂起来了，是不是？”

他一边安抚着羊，一边使劲想把铁丝的网格挣大一些，以便放出羊角，可是铁丝拧得很结实，羊角又有一定弯度，自己力气小，怎么也没法放出来。他折腾了半天，毫无作用，只好大声喊起来："扎拉扎拉！"

"这有别人呢，怎么就叫我出来？"扎拉应声而出，一边埋怨着，一边就动手开始帮他。

"我知道你早就想出来了。"阿旺罗罗笑道："更何况它只是个动物。"

扎拉飞到羊角上查看。"动物也有保护神的，懂不懂？万一我和它的保护神不合拍就不好说了。"

只见那只羊重新紧张起来，圆滚滚的眼睛紧盯着扎拉，呼哧呼哧地将身体绷直了朝一边躲，羊角和铁丝又嘎啦嘎啦地刮擦着，看来根本不愿意扎拉接近它。

"我说什么来着，看见了吧？"扎拉大咧咧地骑到羊角上，干脆托着下巴做出要思考一阵的样子。

阿旺罗罗正使劲拉铁丝，"你别故意拖延啦，看它可怜的样子，快帮我把这个死扣解开。"

扎拉托着下巴，大大的蓝眼睛和那只羊对视着。"不急，让我再思考一会儿。"

每个网格的四角都有铁丝扭成死结，阿旺罗罗试图解开的时候，一下子划到了手指，血很快渗出来。扎拉和那只羊对视的两双眼睛同时移过来，都注意到了。羊不再呼哧，而扎拉立刻飞到阿旺罗罗眼前，"你就不能让我省点心啊。"

扎拉忙着帮他止血，一边嘀咕道："真是，搞这个网围栏不是作茧自缚吗？地上跑的，天上飞的，倒全被它网住了。"

扎拉轻而易举地解开那个死结。那只羊从网围栏上一下来，前腿趔趄着，转眼就跑远了。阿旺罗罗望着它跑进黑夜里，“但愿它能找到回家的路。”

“肯定没问题，这点上动物比人类强多了。”扎拉立刻回答了他。

阿旺罗罗和扎拉重新回到大路上继续向前。走了没多远，阿旺罗罗已连续摔了两跤，他爬起来气呼呼说：“照个亮嘛，都摔了两次了，还是我的保护神呢。”

扎拉连忙又燃起灯火，嘟哝道：“天也该亮了嘛，我觉得马上就天亮了。”

实际上天色仍然黑沉沉的，月亮已经完全消失不见。

大步走在半空中的扎拉突然不走了，他回到阿旺罗罗的肩膀上坐稳当，双眼迷蒙起来。

阿旺罗罗一只手上去扶住他细长的腿，问道：“怎么不陪我走路，也不陪我说话了？”

“我思考的时候没法走路，这你知道的。”扎拉又不吱声了。

看来这次是真的在思考。阿旺罗罗不再打扰他。两人沉默地行走在黑夜中，阿旺罗罗觉得自己好像走在浓雾中，而且这浓雾似乎很黏稠，黏在腿上阻碍着他的步伐。

“我在想，那只羊很奇怪。”扎拉终于开口了。

阿旺罗罗讯问的目光望向他。

扎拉的额头上堆积着几道皱纹，他说：“我看它眼神很奇怪，我看它模样也奇怪，总之它是一只奇怪的羊。”

阿旺罗罗说："很正常的一只羊，只是不幸被网围栏挂住了而已。"

扎拉若有所思地摇着头，"为什么它没有和羊群在一起？为什么也不见主人寻它？"

"大概，"阿旺罗罗想了一下自己放羊的时候，如果有走失的羊，那是肯定要去寻找的，他勉强找了个理由："是主人家没注意到？"

扎拉撇撇嘴："这只羊要比一般的大好多，主人家怎会注意不到呢。"

阿旺罗罗想到自家的那只最大块头的羊，是羊群的头羊，每天清晨很威风地带领着它的队伍，走向牧场，傍晚又恪尽职守地带羊群回来，头羊几乎没有走失的可能，它如果走失，家里肯定会第一个发现，再说就是家人大意没有发现，牧羊犬也会发觉的，牧羊犬肯定会到处叫个不停，一直到找到羊只为止……对啊，这里为什么没有狗吠？草原上没有狗吠也太不正常啦……

扎拉继续走在自己的思路里："它也不是一只放生羊，它的角上没有挂红布条什么的放生标志，再说放生羊一般也在羊群里一起放牧……"

"扎拉！"

扎拉答应一声，注意到男孩有些异样。

"你是不是也听不到狗吠声……"

扎拉竖直大耳朵，前后左右转了一圈，立马站到阿旺罗罗的肩膀上，"是听不到，这附近没有牧场吗？"

“我们是在牧场附近的，刚刚不是还有网围栏的么？”阿旺罗罗说着转头去寻觅，明明刚刚还伴着他们一直向前延伸着的那列网围栏，已经不知什么时候完全不见了踪影。

此时他们发觉黑夜像一堵墙矗在眼前，而且带着稠密的质感，腿上已经黏得走不动，这会儿甚至影响到呼吸，阿旺罗罗的呼吸厚重起来，他觉得吸到身体里的不是空气，而是水。

那盏小小的灯火早已熄灭。阿旺罗罗陷入了浓稠的恐惧中。

“扎拉！”他绝望地喊道。

但是这声呼喊被堵在喉咙中，根本没有冲出口腔。他感觉冰凉的水已经浸没身体，他奋力地想要举起双臂撕开眼前的黑暗，但每个举动都滞涩艰难，仿佛那黏稠的空气紧紧缠着他、捆着他，越来越紧实地包裹着他，渐渐地四肢不听使唤，脑袋里也似乎粘连住了，已经没法思考是怎么回事了。

他最后一眼看到扎拉焦急地在他头顶飞来飞去，听见他喊着什么度母……度母……

啊，梦中的妇人又出现了，她温暖的声音从远处缥缈而来，她是和往常一样，在念诵着度母的颂辞么……

“嗡达热——嘟达热——嘟热嗦哈——

顶礼解厄圣度母，

能召一切护地神，

颦眉竖动发吽光，

消除所有诸贫穷。

顶礼月相冠冕母，
一切饰品极璀璨，
无量光佛髻中现，
恒常光芒最耀眼。
顶礼烈焰圣度母，
如末劫火住光鬘，
右伸左屈喜姿态，
击毁一切诸敌军，
……

她念诵度母的声音柔和而坚定，阿旺罗罗在心里不由得跟着念诵起来。顶礼的声音还没有完全停止的时候，天空突然放亮，阿旺罗罗身上一下子轻松起来，仿佛从一万道绳索捆绑的束缚中解脱出来。

“我怎么了……”阿旺罗罗的脑海里还如糨糊一般。

扎拉一会儿抬抬他的胳膊，一会儿翻翻他的眼皮，“没事了，没事了！”

“我是不是梦魇着了……”阿旺罗罗还觉得浑身乏力。

扎拉不置可否地说：“天亮了就没事了！”

晨曦中，万物呈现出新的样貌，像一场大雨清洗过一样，空气清新，四周清晰地显现山景和水声，狗吠声从远处传来，牧人们该出牧了。

二、藏在水里的箴言

而眼前是一条河。

一切都在晃动。

阿旺罗罗继而发现自己浮在河水中。

往对岸看去，遮天蔽日的经幡铺满了整座山坡，晨风中哗啦啦地吟唱着献给神灵的歌谣，景象蔚为壮观。

阿旺罗罗再仔细看，经幡最密集的地方独独地长着一棵巨大的柏树，郁郁葱葱，遒劲挺拔，一派独立岁月、遁隐天地的婆娑景象。他一下子就忘了自己还在河水里，兴奋地喊起来："卓玛本宗！卓玛本宗！"

扎拉正忙着揪着他的肩膀往河岸拉。"是这样的，小伙子。"

阿旺罗罗连忙配合踢腿伸臂扒拉着河水。他不会游泳。从前部落的牧场上也有一条河，那条河的名字叫柯曲河，小时候他三番五次地想下河探个究竟，但最终被爷爷捞了回来，告诫他这是对水神的大不敬，河水是滋养世间万物的，不是让小孩子游水玩的，还会污染河水，大凡水神的个性暴躁易怒，万一不高兴了，不是洪水滔天，就是断流干涸，让两岸的草场和生物如何存活？何况人类就是须臾离不开水的生物，我们只有把刻着神圣箴言的经文石头供养在水里，用最美好的语言赞颂水的功德，用得体的举止尊敬它，水神才会欢喜，才会保佑你，才会滋养你，说不定还会请你到水晶宫做客呢。

阿旺罗罗记得从那时起，他放牧时只要路过河岸，就停下来，蹲在河水边，对着河水轻声地、反复地念诵六字箴言，“嗡嘛呢——叭咪吽——”，好听的经文翻着卷儿跃入河水中，钻进水底，想必水神已经听见了吧，因为他念诵过经文后，河水总是平缓起来，安静得像一面镜子，他曾在镜中看过了许许多多刻着六字箴言的嘛呢石静静地躺在水底。看到无数鱼儿游走，摆动的鱼尾划出优美的线条，当他的声音抵达它们的耳畔的时候，它们沉下水去，好像在一瞬间积蓄起某种力量，然后哗啦啦地一条条跃出水面，直接飞翔在天空中，阳光照在它们湿漉漉的身体上，闪烁着五彩的光斑，河水在歌唱，而鱼儿们在天空中舞蹈……

他也看到过自己。一个瘦削的男孩，乱蓬蓬的头发，一双圆圆的眼睛，眼尾稍稍吊起，酷似百灵鸟儿的眼睛，那双眼睛望着自己，轻声念诵了一句“嗡嘛呢——叭咪吽”……

想必水神居住的水晶宫一定是嘛呢石建造起来的吧，听爷爷说，他的爷爷和爷爷的爷爷都供养过无数的嘛呢石，水晶宫里是不是多得放不下了呢？他把疑问带给爷爷，爷爷说，每一条河流都源远流长，会经过世界上很多地方，最终汇聚成大海，大海里能装得下所有的赞美和祝福。

而所有的赞美和祝福，水也会一滴不剩地全部回赠给人类。

每个人念诵的六字箴言，实际上是在给自己搭桥呢。爷爷曾经这样告诉他。爷爷说那座桥由无数虔诚的心灵构筑而成，那是一座彩虹的桥，人们最终要踏上这座桥，跨越人生苦海，走向心中向往的地方。

“扎拉，你说这条河是不是和柯曲河连在一起啊？”阿旺罗罗一边扒拉着水，一边问。

扎拉铁青着脸，努力耐着性子讲解道："这条河叫左柯河，先汇入玛曲大河，然后你们部落的柯曲河也跟着汇入玛曲，按着先后都汇入玛曲这个事实来看，算是连在一起的吧。"

"那就好。"阿旺罗罗放下心来。

"怎么这么说呢？"扎拉好奇道。

阿旺罗罗支支吾吾的，有点不好意思。"我给柯曲河念过六字箴言的，两条河连在一起的话，那么佐可河也能听到吧？"

"那当然，"扎拉说，"关键是玛曲大河也能听到，这很重要。"

阿旺罗罗这下认真开始扒拉河水，为的是想听下文，离河岸也不远了。"扎拉说的关键是什么？"

扎拉挥汗如雨，两条细胳膊上青筋暴起，气喘吁吁地说："你想想看，玛曲是玛查仓部落的地盘，玛卿大山神就是玛查仓的祖先，而你出自东氏，是格萨尔大王的后裔，玛查仓和东查仓在很久很久以前就有姻亲联盟关系，格萨尔大王的灵魂也寄托在玛卿神山上，关系更加牢固，玛氏和东氏有着很深的缘分呢。"

阿旺罗罗仔细听着，想要努力跟上这位保护神的思维。"然后？"

"东查仓的你来转神山，祭拜玛卿大神，早早给玛曲念经，那玛卿大神心里肯定是有数的。"

"有什么数啊……"

扎拉没好气地使劲戳一下他的手心："许多事情老天已经安

排好的，你只管专心致志地完成自己的任务，别问那么多行不行？”

阿旺罗罗头晕目眩起来。扎拉手指戳痛的地方正是他手心里的那枚白海螺。白海螺看似无形，但它的坚硬质地只有自己能感觉得到，此时正硌着手心，他哎哟一声，隐隐听到白海螺发出啸叫的声音。

游上岸来的阿旺罗罗坐在沙石滩上歇气，扎拉帮他拧干衣物，晾晒靴子。他干脆仰躺下来。阳光毫无遮拦地撒下万道金光，阿旺罗罗眯缝起眼睛。眼前的大河宽敞平坦，他似乎又一次听到河水在歌唱，鱼儿们在天上舞蹈……

宽阔的河床旁，是碎石连绵的沙石滩，沙石滩后面是山坡，平缓地连接到一座座山峦，山坡上绿草如茵，一丛丛野花遍地开放，更为盛大的是铺满整座山坡的经幡，簇拥着那一棵神圣的大树，像一片经幡的海洋。

“卓玛本宗指的就是那棵柏树吗？”阿旺罗罗坐起身子，向那一片五彩的海洋望去。

扎拉已经使尽浑身解数勉强帮他把衣物拧干。“是这样的，小伙子。”

阿旺罗罗有些沮丧，他说：“我们到了圣地，每次都没有一点儿准备，什么供养也没带。”

扎拉抓起一把细沙，聚成一座小沙塔。“你可以就地取材，一把沙石也是心意，只要是诚心诚意，就是最好的供养。”

阿旺罗罗拾起晾在一边的圆光镜，仔细装进怀里。“如果寻不到月镜怎么办？”

“别说丧气话，有志者事竟成，快走吧。”

他们向山坡走去。

阿旺罗罗的双脚拂过青草和野花。他发现所有的植物都朝着柏树的方向弯着腰身。“扎拉你看！”

扎拉坐在他的肩膀上，早早就双手合十，目光顷刻也未离开远处的那棵柏树。“正常正常，度母肯定在讲经加持呢。”

“你是说青草、野花也需要加持？”阿旺罗罗轻叹道。

“青草、野花也有生命呢，度母的加持力就像一场场春雨，滋养它们呢。”

阿旺罗罗心头为之一振，不由得加快了脚步。

距离柏树越近，柏树就显得越高大，但走近它却不容易，因为铺天盖地都是经幡，简直没有地方下脚。阿旺罗罗挑起摞在地面上的一层层经幡，找个下脚的地方。“爷爷说我们不能踩在经幡上，那上面的文字会生气的，山神更会生气的。”

阿旺罗罗记得爷爷写字时都会正襟危坐，那支有棱角的竹笔就像有生命一样，往左边斜着笔尖写出的是乌金楷书体，往右边斜着笔尖写出的是乌缅行书体，行云流水一样，“这是世界屋脊上的文字”，爷爷如果对自己写出的文字满意的话，总会这样总结。

“你爷爷说的对，凡是有文字的东西，都要格外尊敬。”由于阿旺罗罗时不时要弯腰，扎拉只好飘起来，他双眼放光，似乎朝觐卓玛本宗是他心仪已久的事。“想想看，一千三百多年前，十六位贵族少年带着大量金银财宝，从吐蕃都城逻些出发，翻越喜马拉雅去印度学习文字，可是学成归来的只有吞弥·桑布扎一人，其他十五位学子都因为不适应那里的气候而夭折，可见文字的获得是多么不易。”

他们终于走到柏树前。这株柏树主干粗壮挺拔，枝条繁盛茂密，树冠撑满了半个天空，几乎每一根枝条上都丝丝缕缕地牵挂出无数经幡向远处延伸。阿旺罗罗粗略辨认一下，大部分的经幡上都撰写着度母的祈祷文和赞辞，各种颜色的度母像端坐在经幡上，随着猎猎山风吹动。

扎拉已经开始整理一下衣裳，把后脑勺上的几根头发使劲抚平，倒头便拜下去。

阿旺罗罗把一直攥着的一把细沙供养到地上。细沙从指缝中慢慢滑下，在地上形成一座小小的沙之塔。此时，一阵山风吹来，卷起细沙飘到空中去了。

“度母一定会看到你的心意。”拜下身去的扎拉侧脸看着他。“跟着我祈祷吧。”

阿旺罗罗伏下身去，跟着扎拉诵读起来：“至尊圣者救度母，十方三世诸如来，以及佛子菩萨前，实陈意想作供养，圣度母众请受用……”

那些细沙飘浮着，围绕着柏树从右而左地旋转，渐渐飘向高处，随后钻进柏树繁密的枝叶中不见了。

阿旺罗罗和扎拉同时注意到这番情景，正诧异间，柏树的枝叶间“嘭”的一声，像是轰出一股热浪，随着热浪轰然而出千万个五颜六色的光环，一环套一环，环环相扣，环环相叠，最终汇聚一处，成为一个巨大的同心光环，从中间向外环发射着夺目的光明。

一股更加耀眼的光芒从环心放射出来，光环中盛开一朵七彩的莲花，莲花的叶片逐渐打开平铺下来，上面端坐着一位年轻美貌的女性，她全身上下翠绿色，头发上戴着花冠，身上佩满各种璎珞珠宝，两只纤巧的手上各拈着一枝莲花，华贵而庄严。与此同时，她四周放射的虹光中，四射出二十位面容姣好的女子，呈现不同颜色的身相，围绕着她飘在柏树上空。随后，颜色各异、数不胜数的女子更多地呈现出来，各自坐在自己的光环莲座上，形成一个庞大的圆形坛城一样的阵容，占据了半壁天空。

“万尊度母宫！”伏在地上的阿旺罗罗赞叹不已。

祥云缭绕中，只听见环珮叮当伴随着曼妙的音乐由远而近，轻抚着阿旺罗罗的耳膜，一种惬意舒适的感觉传达至他身体的每个角落，心中升起一股莫名的欢喜。

坐在万尊度母正中的绿度母望着他，双目含笑，她的声音那么悦耳：“你因何事祈祷？”

“我……我……”阿旺罗罗因激动而一时语塞。

“他来求圣救度母的一样宝贝。”扎拉拜伏下去，快人快语抢答道。

二十一位度母以及众多的女性眷属们凌空闪耀着光芒，光点所到之处熠熠生辉。阿旺罗罗连忙拿出损坏的圆光镜双手捧上，紧张地语无伦次："我受闸宝大师的委托，前来卓玛本宗请求度母允准赐予月镜。"

度母微微颔首，悦耳的声音再次响起："这枚日镜来之不易，想不到损坏成这般模样。"

扎拉又抢着说："是因为魔王路赞盗取了阿尼玛卿大神的九股如意能断利剑才破坏了圆光镜，否则有我在，肯定能保护阿旺罗罗和他的圆光镜。"

度母道："看来你尽职尽责，是一位很好的保护神。"

扎拉骄傲地仰起头来，后脑勺上的几根头发在度母的虹光之下闪着光亮："那当然，那当然，圣救度母明鉴！"

度母说："想那魔王经过一千年轮回，转世再来，必定对格萨尔的事业不利，尤其是对众生的生命不利。圆光镜是格萨尔艺人传唱的重要法器，只有圆光镜在，艺人才能传承格萨尔利国利民的精神，史诗空间才能得以扩大保护光环，所以你们为了保护圆光镜做出的很多努力，应当嘉许。"

阿旺罗罗把圆光镜再捧得高一点，仰着脸说："闸宝大师无法修复这枚圆光镜，只有卓玛本宗赏赐月镜后，日月镜合二为一，才能成就格萨尔大王的英雄事业。"

度母点点头，她手持的两枝莲花在风中轻轻摇曳。"看来取到月镜是唯一的办法，不过……"

阿旺罗罗着急道："我明白月镜非常珍贵，可是……"

扎拉拽拽他的袖子："别急，度母心怀天下，慈悲至极，不会不允。"

度母也笑道："不过月镜不在我这里，月镜乃众多空行母修供而成，如今在一位得道女上师的手里。"

"那她人呢？在附近吗？"阿旺罗罗连忙追问。

度母道："她来无踪去无影，雪山为家、江河为伴，不过有缘的人总会相遇。"

"这如何是好……"扎拉也着急起来。

"别急，"度母在空中坛城中央端坐，"明天是二十五日，这位女上师一定会现身于卓玛本宗。"

阿旺罗罗不解地望着她。扎拉明白了，跳起来说："好啊好啊，二十五日是一切女性本尊和空行母会集荟供的殊胜日，所以这位女上师一定不会缺席，我说的对吧？"

度母微微含笑，莲座慢慢升腾起来，一瞬间，铺满半个天空的度母坛城化作一缕虹光，注入那株柏树的顶冠中去了……

"阿旺罗罗！醒醒！"扎拉急切的声音由远而近。

阿旺罗罗迷迷糊糊地翻个身坐起来，发觉自己躺在柏树的树根下，抬眼望去，层层叠叠的树枝和经幡在风中摇摇晃晃，让人头脑愈发昏眩起来，那阵仙乐似的音乐好像还在耳畔回响，但眼前除了盛大的树冠遮着光线，其他的景象都消失得无影无踪。

阿旺罗罗低头看到自己双手里捧着圆光镜，"我是睡着了么？"

他懵懵懂懂地想着，但度母的样貌和声音却那么逼真，五彩虹光中的度母坛城那么清晰，她们衣服上的金线银线纤毫毕现，如在眼前……

扎拉吃吃地笑着，拉着他起身。“山上有度母修行宫，我们去参拜一下。”

“我一定睡着了。”阿旺罗罗揣起圆光镜，但身上酸痛，每个骨节缝里都冒着寒气。

“可能你在河水里时间太长，着凉了，太累了，所以就睡着了……”扎拉找了很多理由。

他俩绕着大柏树右旋而行，扎拉说过，每到圣地，要转三圈才吉祥。两人默不作声地走着，阿旺罗罗心里有一百个疑问，但看扎拉专心致志地倒地叩头，也就不问了，觉得跟着先参拜才是。

此时扎拉突然转身对他说 :“度母是夸奖我了吧，你要记得的。”

阿旺罗罗呆呆地看着他。“难道你进入我的梦里了？”

扎拉得意扬扬地接着说 :“走喽，去拜访度母修行宫喽。”

巨大柏树的后面山坡上，有一个不大注意到的洞府，周边岩石耸立，碧草丛生，经幡的海洋几乎把洞口遮盖住了，要不是扎拉引路，阿旺罗罗恐怕一时半会儿找不到入口。

在洞口叩了头，他恭敬地低头进去。起初黑乎乎的什么也看不见，午后的阳光被一下子挡在洞外，阿旺罗罗摸着洞壁，一步一步朝里探索。“扎拉，照个亮呗。”他请求道。

“这不太恭敬吧……”扎拉犹豫着，始终没有将他那响指打起来。

洞内渐渐宽敞，视力也适应了，再往前走，是一方圆形的阔大厅堂，正中摆着供桌，四周挂满了装饰各异的唐卡。每幅唐卡下又凿出一面小洞，大概是修行者闭关修行的地方。站在厅堂中央，整个洞府看上去像一轮躺着的巨大法轮，向四面八方延伸出轮辐。每个轮辐的终端是一座小型修行洞，整整齐齐地守卫着各自的规矩方圆。

阿旺罗罗数了一下，有八个小修行洞，所有洞口的小门一侧都挂着一截柏树枝，他试着推推最近的一扇门，没推开。他立刻放下手，告诫自己不可冒失。

近前一些，看到供桌上有各色供器，供器里供养着花、香、灯、水、果等供品，好像刚供上去不久，还散发着各种馨香。铜制的净水碗一排七只，阿旺罗罗探头一看，净水轻轻荡漾着，不断浮出六字箴言！

酥油灯照亮了供桌上方的一幅唐卡。阿旺罗罗抬眼望去，一尊绿色圣救度母端坐唐卡中央，彩虹背光四周是白色、红色、蓝色、黄色等二十位婀娜多姿的度母；唐卡下部分布着雪山、草原、江河和湖泊，供养着诸多奇珍异宝；唐卡上部是祥云缭绕、彩霁飞天的天堂，顶端正中供奉着红色身相的阿弥陀佛。记得时时刻刻念诵度母心咒的爷爷说过，度母的目标就是把众生引度到阿弥陀佛的净土去，他的净土就是西方极乐世界。

阿旺罗罗目不转睛地望着主尊，绿度母也似乎笑盈盈地俯视着自己，那眼神和神态那么熟悉，就像……就像……就像梦中见到的一样！

阿旺罗罗望着，喉咙里有什么东西往上拱，鼻子一热，双眼模糊，他连忙伏下身子叩拜起来，忍住就要落下的眼泪。

扎拉已经拜了又拜，他身形轻巧，叩拜起来一点儿也不费劲。“人们看到度母的面容就眼泪汪汪的，这是正常不过的事情，因为度母是观世音菩萨慈悲的眼泪化现的呀。”

阿旺罗罗埋着头不吱声。扎拉继续说：“有一天，救度了无限众生的观音菩萨思量已经救度得差不多了，就用他的慧眼察看了一下六道，发现受苦的众生仍然数不胜数，不禁心生忧戚，落下悲泪，泪珠化作一朵清净无染的莲花，莲花中生出度母。度母对观音菩萨说，我等誓度一切流转生死苦海的众生，为菩萨分担救度众生的悲愿。就这样，圣救度母遵守诺言，一直救度到现在！”

扎拉见他还闷闷不乐，就故意睁大眼睛在供桌上瞟过来瞟过去，“我看我们今晚就借住了这里吧，这里多吉祥啊！又暖和，还有吃的……”

阿旺罗罗终于站起身，说：“明天是荟供日，今天应该吃素食才对。”

他话音未落，供桌上的两个苹果就滚落了下来。

三、闭关女

他又一次听到了白海螺的声音。

起初白海螺的声音来自远方，飘然而来，缭绕不去，耳畔久久回响着那番渺远的，带着潮湿而混沌的气息，好像大海的呼唤。

继而白海螺的声音来自手心。它在呼应那飘然而来的螺声，发出尖利的啸叫，一阵阵刺激着他的手心和大脑。森姜珠姆王妃在泉水中向他招手，纤长的双臂飘然而至，可是一会儿后在泉底的却是那位熟悉又陌生的妇人，她的双臂竟被捆缚着，穿过幽深的水底，她忧伤的目光仰望着自己……

阿旺罗罗一下子清醒过来。

洞外的黎明已经升起，半明半暗地照进洞府，四周渐渐清晰起来，供桌上的酥油灯仍然亮着，还是昨天一样的清静。

“扎拉！”阿旺罗罗站起身，轻声唤出他的保护神。

扎拉眼睛耷拉着，一副没睡醒的样子。“有点早吧，小伙子……”

“我觉着……”阿旺罗罗捏着掌心，想把白海螺的事情给他讲讲。

此时，某一扇门后面有了响动，撬开顶门柱的声音传来，接着门从里面拉开了。出来一位与自己阿妈年纪相仿的妇人，整理着身上非僧非俗的衣裳，说道：“早安，小伙子们。”

扎拉已来不及钻回他的住锡地，阿旺罗罗惊讶了半晌，这么说她能看见我的保护神……

“早安，阿妮！”阿旺罗罗忙合起双掌行了礼，他和家乡所有的人一样，对于闭关修行者总是恭敬有加。

扎拉因为被称作“小伙子”有些气恼，但不好发作，合掌礼敬时木头木脑的，很快回到阿旺罗罗的肩膀上坐端正。

只见这位女性修行者专注地观察着阿旺罗罗，然后转身从门侧取下柏树枝，供奉到供桌上，对着唐卡上的度母行了长头大礼。

“今天正好是我出关的日子。”她边说边返回洞中取出一支小巧的转经筒，开始转动起来。“一出关就遇到你们，缘分真是奇妙啊。”

阿旺罗罗朝她恭敬地弯着身子：“是很巧，今天也是度母荟供日。”

“是个吉祥的日子。”扎拉大咧咧地补充了一下。

阿妮走到有点亮光的地方，阿旺罗罗看到她黑油油的头发整个盘在头顶上，大概头发很多，看上去很厚实。她的眼睛又大又亮，两片脸颊红彤彤的，岁月虽然留下许多痕迹，但脸庞上却带着纯真的微笑。“这么说你们是来参加度母荟供日的？”她的目光在两人脸上来回逡巡一番，“我以为姑娘们会来得多些。”

扎拉这下急了：“我们不是姑娘们！”

阿妮发出爽朗的笑声，她的一根手指举起扎拉的衣裳边看了一下。“唔，看来你这位保护神有四百年历史啦，时光真是漫长啊……”

扎拉盯着她看了一会儿，喃喃说道：“好吧……时光真是漫长……”

阿旺罗罗也看了一眼扎拉干净整洁的衣裳，不知那上面是否写着四百年的隐形文字。神仙们的事情不好懂。

“请问阿妮，您闭关了多长时间啊？”阿旺罗罗听她中气十足的笑声，不由问道。

阿妮抬眼望着唐卡上的度母，说：“我从小修习度母仪轨，赞诵度母功德，自认为与度母有着非常特殊的缘分，经常闭关苦修法门，这次算来是九年九个月又九天了。”

阿旺罗罗心生崇敬地望着她，只见她与唐卡上的度母四目交汇，仿佛冥冥中交流着什么。“修法这么久啊！”

“还有更久的。”阿妮朝另外那几道门指了一下，“看到旁边的柏枝了吗？意思是里面有闭关者，不要轻易去打扰，那扇门里的修行人，已经有十一年了。”

“这么长时间您吃什么呀？”扎拉问道。

阿旺罗罗瞪他一眼：“你就关心吃！”

“你看阿妮身体健硕，说明有好吃的。”扎拉一点也不掩饰他的好奇心，他飞转着到处查看。“您不会是只喝露水吧？问题是洞里也没有露水呀。”

“我同意你的观点，吃什么和怎么吃，的确很重要。”阿妮爽朗的笑声再次响起，她模仿着扎拉的口气：“问题是我看你家小主人心事重重，你们到这里干什么来了？”

阿旺罗罗苦恼起来：“怎么说呢……您知道闸宝大师吧？”

“当然，我想这里的山山水水都知道他的大名，”阿妮犀利的目光停留在阿旺罗罗的脸庞上，“与他齐名的还有一位金刚上师，身负重任，在阿尼玛卿深处修行至今……想必是闸宝大师让阿旺罗罗来参拜卓玛本宗的。”

“您知道我的名字？”阿旺罗罗大吃一惊。

“我们见过面，那时你还是婴孩，我与你的父母亲人相交甚笃。”

“您是长辈，我就直言了，”阿旺罗罗很喜欢这位快言快语的阿妮，他艰难地说出了他的目的，“闸宝大师派我来求一面月镜。”

阿妮沉吟了一下：“你是来找月镜的啊……”

“阿妮知道月镜的下落吧？”

阿妮坐下来，拍拍旁边的位置。阿旺罗罗落座后，扎拉高兴地围着他俩飞个不停：“看来这位阿妮正是持镜者！”

阿妮借着洞外的微光，注意地观察了一下阿旺罗罗的眼睛，“说说看，是闸宝大师需要月镜还是你需要？”

这一下把阿旺罗罗问住了，他从未思考过这个问题……实际上，他一直在回避着这个问题，他皱着眉头想捋一下思路。

“别急，孩子，你寻月镜说明日镜出了问题，这正是我们担心的。”

阿旺罗罗一时不知从何说起，他想起火曜日的那天，最初一切风平浪静，盼望见到格萨尔神授艺人的情形还历历在目，度母泉中的奇遇也像梦境一般，可是红铜角野牛却出现了，一切似乎都在一瞬间改变了，艺人受到伤害，交付自己圆光镜时的决绝眼神……他仿佛看到自己抱着圆光镜奔跑在山岗上，奔跑在原野中，奔跑在白天和夜晚，奔跑啊，一心想跑到阿尼玛卿的怀抱里，可是事情并非想象中那么简单，他遇到了很多人，也遇到了很多事，但是，圆光镜却一直不停地出现状况，不但没法完满解决，而且似乎越来越糟……

阿旺罗罗拿出损坏的圆光镜给阿妮看，阿妮翻来覆去查看了几遍，发出“啧啧”的惋惜声。

“末法时代啊！雪山消融，圣水枯竭，两岸失去滋养，动物失去家园，人类强烈的欲望蒙蔽了智慧，贪婪、嗔恨、痴惑、傲慢，导致各种冲突，扰乱了宇宙秩序，破坏了自然法则，人们失去上天的护佑，使得魔鬼出世成为可能，妖魔鬼怪全都伺机而动，可以想见，魔王路赞也正是在这种种条件下才可以转世再来的呀！”阿妮伸出胳膊，使劲搂住阿旺罗罗单薄的肩膀，“唔，我算着日子也差不多了，孩子，该来的总会来的。”

“阿妮也知道十年前的红铜角野牛事件？”

“当时我也在场，那次有个很糟糕的结果，我们虽然都为这事伤透了脑筋，不过我们从未放弃，你的祖辈们还在努力，你的父辈们还在受苦……”阿妮停顿少许，仿佛才从久远的记忆中回过神来，“嗯，从哪儿讲起呢，先从保护罩开始讲起吧。”

阿旺罗罗望着爽快的阿妮，很难想象她独自一人如何度过近十年的时间……

“古代藏地有古老的六个姓氏，其中东氏一支绵延到康多地区，包括黄河上游玛曲一带，这支后裔分为长、仲、幼三部，幼系的格萨尔赛马夺魁，成为统领三部的岭国大王，开始征战魔、霍尔、姜、门等四大魔国，救众生于苦难之中，惩恶扬善，广建乐土，完成使命后返回天界，他离开人间的时候，将保护乐土的使命交给了神授艺人，只有当艺人唱起格萨尔史诗时，他的保护罩就能起作用，一旦艺人们中断歌唱，保护罩的功能就会消失，众生又会陷入无明的黑暗中。”

阿旺罗罗想起那轮光罩，当嘎玛威色老艺人唱起歌谣，那轮光罩从他头顶升起，像一个膨胀的透明气泡，越来越大，罩住了痴迷倾听的人们，罩住了东查仓的山山水水，并且散放出清新的香气。

“我看到过保护罩……”阿旺罗罗无限怀念嘎玛威色老艺人那激情四溢的说唱。

“一千多年来，格萨尔神授艺人们恪守不渝，坚持到处传唱，而神山圣水的加持、听众们的虔诚，也给予他们特别的力量，雄狮大王格萨尔的英雄事迹也得以流传至今，保护罩也起到了应有的作用。”

阿旺罗罗问：“阿妮，您也认得嘎玛威色爷爷吧？”

“凡是热爱格萨尔史诗的，无人不知，他正是维持英雄保护罩的杰出艺人。他所到之处，给人们带来快乐，带来光明。在红铜角野牛事件中受到严重创伤后，我们都希望他能再休养一段时间，以便身体完全恢复，”阿妮那双明亮的眼睛深沉起来，“但是我们也都明白，他是一位非常坚强的老人，估计他已经感到来日不多，所以坚持这次一定要复出说唱，不料却再次引来魔王的寄魂牛，导致了珍贵的圆光镜受损。”

“是啊，谁会想到魔王能偷走我们东查仓白塔下的九股如意能断神剑呢？”

“的确始料未及，魔王的占卜能力非常强大，他能算计出将来继承嘎玛威色衣钵的艺人，也能算计出对这位艺人至关重要的圆光镜，因此他的目标定然是抢夺或者毁坏圆光镜，只要嘎玛威色的传授失败，保护罩失去保护的作用，魔王就可以为所欲为。”

“我亲眼看到九股如意能断神剑劈开保护罩，红铜角野牛冲进了人群里……”阿旺罗罗回想起那一刻，后悔自己不该离开会场，应该早早守在老艺人身边。

“我们谁也没有想到魔王会得知神剑的下落，他要比千年前进步多了，知道获得神剑是唯一取得成功的关键，”阿妮说，“我们也预测到多种可能性，日镜的损毁也在我们预料之中，因此十年前红铜角野牛事件后，我们就开始做着各种准备，其中之一就是供修月镜，以备不时之需。”

扎拉一直在一边反复嘀咕：“我诅咒魔鬼！我诅咒魔鬼！”

他呸呸地朝外面吐唾沫。

“诅咒是没用的，我们要团结起来帮助阿旺罗罗实现他的目标，也是我们大家的目标。”阿妮用拳头敲打着膝盖骨，估计盘腿而坐时间太久了，“跟我来。”

阿旺罗罗跟随阿妮重新上供，祈祷，朝着唐卡礼拜三次。只见阿妮双手掀开唐卡，里面有一方凿进去的龛台，她从中取出了一面洁白如雪的圆形铜镜，“让我们看看你是否就是那位有缘人吧。”

阿旺罗罗手心的白海螺突然啸叫起来，似乎在指导他向前靠近，他不由得将脸庞接近月镜，一下子就看到里面幻变着色彩，一会儿淡黄色的云雾飘荡，一会儿又有淡蓝色的水浪翻卷，波谲云诡的图像渐渐稳定下来，里面隐约出现一个人影，正骑着骏马向前奔驰。

“格萨尔大王！”阿旺罗罗内心激动起来。

随着格萨尔大王的骏马奔跑，背后的风景也变幻莫测。那骏马四蹄稳健，迅疾如风，好似很快就穿越万水千山，来到了一座黑乎乎的山峰下，奇峰怪石中建有一座红色的三角城堡，城头的飞檐上挂着五颗骷髅头，前面两个岔路口，一条红色的路，一条白色的路。

格萨尔大王下马驻足，前后观望片刻，自言自语道：“正如阿达拉姆所说，要走红色那条路，才能到达魔王九尖铁围城。”

这时城门豁然洞开，走出一个怪魔，长着三颗羊头，模样丑陋。他用手中攥着的一把长刀，指指点点着格萨尔，怪声怪气地唱道：

用歌来上供，
黑色自在魔！
单人单骑者，
胆量如此大！
若不知此地，
魔土黑谷地，
沟口三岔路，
全是魔王界。
男魔跳舞踢踏踏，
女魔唱歌声喔喔，

男魔女魔相亲爱，
生下铁卵魔国崽。
魔国妖魔种类多，
三头五头九头魔，
各个武艺无人敌。
若你不识我，
三头采雏魔，
如果显神通，
叫你肝胆裂！

格萨尔大王朝前一步，英勇无畏的身姿映照在太阳的光辉下，他唱出一首威猛的金刚曲：

我也用歌来上供，
我供无欺三宝尊，
还供天念龙三神，
也供格卓念波神！
在那上部白岭国，
四位英雄最出名，
父王僧伦取狮名，
叔父超同取虎名，
僧达阿冬取豹名，
察根总管取鹞名，

狮虎豹鹞四头领，
九种本领皆俱全。
特别狮王之子我，
福德丰厚人仰慕。

那三头羊魔上下打量着格萨尔大王，说道：“听说小小岭国也要来我北方亚尔康大魔国寻衅滋事，我家大王早就明察秋毫，让我等沿途设防。我以为你会千军万马来奔袭，想不到你单人单骑就敢来犯。你虽英俊孔武，但今天算是遇到对手了，休想从我这把割草刀底下活着过去！”

格萨尔大王闻言大怒，他逼近采雏，威严地唱道：

大海深处起雾气，
形成乌云布天空，
红曜黑曜魔王毒，
遮住日月无光明。
岭国丈夫去降妖，
黑魔采雏难挡道，
我比金刚霹雳猛，
你想阻拦办不到。

三头羊魔采雏也不示弱，立刻挥舞起大刀，准备开战。

格萨尔大王却不疾不徐地拿出阿达拉姆的金戒指，在三头魔眼前一晃：“你知这是何物？”

采雏好像被那金光四射的戒指所震动，他怔怔地望着它，说道：“当然……这是我三角城堡的通行证！”

他收起大刀，声音柔和起来，做出个邀请的姿势，请格萨尔大王进入城堡，他说：“采雏莽撞了，贵客勿怪，阿达拉姆公主的朋友，就是我采雏的朋友，我的城堡你都可以畅行无阻。”

格萨尔大王也收起武器。他侧转脸，对着镜面观望……镜外的阿旺罗罗吓了一跳，难道他看到自己了？大王对着镜外的阿旺罗罗说：“我须记住阿达拉姆的嘱咐，只有用三头魔采雏自己身上的割草刀才能杀死他，然后念经祈祷把他的灵魂引度到天堂。”

采雏魔并未注意到客人的举动，他仍兴致勃勃地说道：“魔国地大辽阔，我已很久没有见过人影了，孤独如影随形，今天贵客降临，我俩可否玩玩兵器助兴？”

格萨尔大王慨然答应：“听说采雏魔擅长远处射箭，近处比刀，不远不近的距离舞矛，不管啥武器，统统拿出来比一遭。”

采雏黑魔兴高采烈地搬来兵器，两人便拉开距离开始比试。格萨尔大王唱道：

看你长相真可怜，
傻瓜生着牛心肝，
笨蛋长着羊脑袋，
所有怪相都俱全，
让我引度到天堂。

无论比箭、比刀、比矛，采雏魔尽管非常卖力，但次次皆输，不过他输得很开心，总算有人和他玩耍了。最后，他擦拭着羊头上的汗珠，恭敬地将格萨尔引进三角城堡的寝室安歇。

月黑风高之时，格萨尔大王起身，从睡熟的采雏魔身上搜出那把特殊的割草刀，大刀一挥，把他的三个头颅统统割下，念经祈祷把他的灵魂引度到天堂，然后头也不回，骑上骏马出了城堡。

随后格萨尔双臂一挥，用法力把三角城堡变成了一座庄严的九层佛塔，远方飞来三只神奇美丽的鸟儿落在佛塔上，格萨尔对它们说："寄魂鸟请牢牢记，魔王骑马来巡查时飞起来惊吓他。"鸟儿们展翅点头后，格萨尔继续赶路。

随着格萨尔大王骑马离去的马蹄声，月镜里淡黄色的云雾又缥缈而来，很快变幻成淡蓝色的水浪，翻卷着渐渐隐去。月镜恢复平静，阿旺罗罗双手捧住，意犹未尽地观望不已，"尊敬的阿妮，请求您赶紧让日月合镜吧！"

"看来月镜已经选定了有缘人，"阿妮松下一口气，"不过日月合镜还需要一些特殊的条件，不要着急，孩子，我们先出去参加荟供活动。"

第九章　卓玛本宗Ⅱ：月镜的加持

一、女神的荟供日

此时，天色已亮。洞府外不断有熙熙攘攘的声音传来。

阿妮把头巾拉下来遮住照在眼睛上的光线，阿旺罗罗急忙上前扶住她。扎拉倏忽钻进他肩膀去了。阿妮走起路来稍稍有些趔趄，是因为闭关太久的缘故吧，阿旺罗罗小心地用力地支撑着她，想把所有的劲都使上。

“需三位女性的度母持咒者，共同祈祷发愿才行。”阿妮解释道。

度母持咒者很多呀，阿旺罗罗放下心来，在家乡，几乎所有的妇女终其一生都在念诵度母心咒。

“最好来自玛查仓，清静无染的女子为佳。”阿妮好像听见了他的心声，补充了一句。

他们朝洞府外走去。橙红色的晨曦映照着河谷和远方的山峦，好似山川之间罩上了一层淡淡的佛光。黎明清凉的空气掠过脸庞，脚底下的草丛里都是昨夜的露水。

“末法时代度母的加持力非常殊胜迅速，荟供是快速积聚福慧资粮的最佳修法，尤其在此吉祥日参与荟供，即可获得度母加持，也可快速获得无量之福德资粮，断除我执和烦恼、祛除病魔恶缘，因此信众们总会想方设法赶来参加。”阿妮慈爱地看一眼阿旺罗罗，把目光投向远方，“往昔莲花生大师曾在邬金国作了广大的荟供法会，当即就有十万位空行母成就佛果。”

远处飘来煨桑的香烟，根深叶茂的巨柏附近站满了人们，他们正在悬挂新的经幡，而地面上早已铺满了一层层纸质的五色风马旗。

人群围了过来，接二连三向阿妮顶礼。“阿妮卓嘎辛苦了！”“阿妮卓嘎辛苦了！”他们恭敬地问候着她，争相上前从阿旺罗罗的手里抢走闭关女的胳膊。

“荟供马上就要开始了。”他们说着话，扶着阿妮卓嘎朝巨柏前走去。

阿旺罗罗拍打一下闲下来的双手，四面望去，蓦然发现了布群昂加，他正和姐姐、姨妈挤在人堆里，想把哈达献给阿妮卓嘎。

阿旺罗罗挤过去，“布群昂加！布群昂加！”

布群昂加苍白的脸庞转向他，开心地笑起来：“你也来这里啦？”

两位尼姑也看到了阿旺罗罗，打了招呼。阿旺罗罗悄悄把一只苹果塞给布群昂加，布群昂加望着高出他半个头的阿旺罗罗，接过去就咬了一口，然后递给德央梅朵尼姑，她仍然很害羞，咬了小小的一口，又递给姨妈。老尼姑不接，让他俩吃，满眼感激地看看阿旺罗罗：“我们布群昂加有福气，交了你这样一个好朋友，老想着他。”

阿旺罗罗笑笑。布群昂加三两下吃完苹果，一边咂巴着嘴巴，一边和阿旺罗罗攀谈起来：“阿旺哥哥，一路上怎么再没见你啊？”

“我走得快，”阿旺罗罗支吾着，转移话题道：“你们怎么知道今天在这里举行度母荟供日？”

“是阿妮班玛曲珍知道，专门等这一天的。”

班玛曲珍听到了，低声解释道：“很久以前的规矩啦，我们来转山，遇上这么吉祥的日子是我们的福气，更何况人人知道阿尼玛卿神山上的这棵柏树非常殊胜，此地有度母的璁叶绿松石刹土，这一天十万空行母都会来与度母聚集，因此叩拜的功德翻倍增长，尤其女人参加荟供，会格外获得度母的加持力，度母很眷顾女人的。”

德央梅朵也仔细听着，立刻双手合十，念诵起度母心咒。

两位尼姑敬仰地望着人群中间的阿妮卓嘎。阿旺罗罗问道：“你们认识这位阿妮吗？”

班玛曲珍说：“虽然不认识，但早就听说过她的尊名，能闭关九年九个月零九天的修行者非常了不起，我们部落还有专门献给她的祈祷词呢，虽然年纪不大，但她的事迹可家喻户晓，她是我们的骄傲呢！”

阿旺罗罗点头称是，然后问道：“你们的车呢？”

“留在河边了，这里人太多。”

他们风尘仆仆的样子让阿旺罗罗有些心疼，刚才递苹果的时候，他发现布群昂加的手皲裂而冰凉，不知他们昨晚睡得怎样。

围着阿妮卓嘎席地而坐的人们开始晨诵，荟供活动开始了。

人们供养酥油灯，供养山坡上采来的野花，据说灯光可以照亮往生佛国净土的道路，而花香可以让佛菩萨心情愉悦，增长慈悲的力量。

树上的雀鸟们也飞来飞去，“咕咕咕——”地叫着，与上师们晨诵的声音相唱和，在清凉的早晨，显得格外动听。突然一阵旋风在远处旋转，旋转了一会儿就消失了。德央尼姑轻声告诉阿旺罗罗，那是魔鬼来捣乱，但是度母的力量强大，把它们赶跑了。

近中午时，荟供仪式结束了，阿妮突然对着大家问了一句：“请问在座的有没有来自玛查仓的？”

大家面面相觑，不知上师用意何在。这时挤在人群中的阿妮班玛曲珍起身怯生生答道：“我是。”

“很好。”阿妮同时看到她身边的德央尼姑，“她也是吗？”

得到肯定的答复后，阿妮道：“请跟我来。”

大家都看着她们，不知阿妮有什么事。德央尼姑埋着脸，脸庞红到了脖子上，从没有那么多人一起看着她，她迈着碎步紧紧靠着阿妮班玛曲珍朝前挤去。

阿旺罗罗惊喜地看了一眼布群昂加，拽着他的袖子，跟着两位尼姑进入度母修行洞府里。

洞府里非常安静，隔绝了世间的喧嚣，那盏酥油灯依然散发着微弱但却稳定的光芒。

等搀扶着阿妮的几位小伙子知事地退出去后，阿妮说："我需要你们二位的帮助。"

阿妮班玛曲珍和德央两位尼姑恭敬地望着她。阿妮把日镜和月镜供奉在供桌上，说："玛查仓和东查仓历来和睦一家，我们与格萨尔大王的事业有着血肉联系，让我们一起来努把力吧！"

阿旺罗罗这才明白过来，小声对身边的布群昂加说："原来这位阿妮也是玛查仓的呀！"

布群昂加骄傲地挺直了单薄的脊梁，清秀的眼睛里闪着光。

阿妮转身对他俩说道："也需要你二位助力，请你俩到度母圣树上，取一些柏果，不多不少，要十三颗。"

阿旺罗罗和布群昂加来到树下，先合掌说了一些请求度母原谅的话，然后就沿着枝丫爬到柏树上。柏树枝叶稠密，红褐色的树干上布满纵向裂纹，干燥地发出清脆的爆裂声，一阵阵浓郁的柏香扑鼻而来，浸染着双手和身体。阿旺罗罗感觉脑子清醒了很多，他瞅着高枝往上攀爬。

两人费了不少劲，终于来到最高的枝干上，探出头去一看，啊，漫山遍野的经幡铺满了整个山谷，还有人零星地走动，坡下的佐可河蜿蜒而流，河床宽阔平坦，河岸上有不少帐篷和汽车。

布群昂加在大树的另一侧喊道："阿旺哥哥，我看到柏果啦！"

一颗颗柏果结在针叶之间，绿油油的，有大拇指大，上面长满了小刺，阿旺罗罗说："你摘六颗，我摘七颗就够了，小心刺。"

阿旺罗罗挑选大颗的拣摘，手伸过去，柏果的刺还是扎了他一下，好像在以行动反抗着他。他轻声诵了一句六字箴言，把它摘到手心里。这时，他看到主干上有一道长长的裂口，像是张开的伤口，里面正汩汩地朝外淌着红褐色的液体，似乎有一眼小小的泉水藏在树干里。他沿着液体的流向朝树下巡视，发现红褐色渐渐洇到树皮里面去了。他想想自己也没什么办法让树干好起来，但是度母一定有办法，她能救灾救难，消除病痛障碍，帮助生命长寿，于是他手抚伤口，念起度母心咒，"嗡达咧——都达咧——都咧——梭哈——"，他的手指温柔地抚摸着裂口的每一处，执着地升起希望裂口合拢平复的意念。当他的手指刚刚探到伤口深处时，里面有个东西落入手中，他打开手掌一看，是一颗殷实的柏果，比先前拣摘的都稍大些，上面包裹着的刺也格外尖锐。

两人摘好柏果，顺着树干往下滑。放在怀里的柏果时不时硌着肚皮，扎得他们咬着牙。下地后，布群昂加把怀里的六颗柏果放进阿旺罗罗的手心里，十三颗柏果个个青翠饱满，有的上面还覆着薄薄一层雾一样的白霜。

当他们把柏果交给阿妮卓嘎的时候，她露出满意的笑容，说：“现在有了东查仓和玛查仓的后裔共同劳动的果实，我们要对结果充满信心。”

损坏的日镜和光亮的月镜平放在供桌上，她抚摸着日镜的缺口，“日镜和天下万物一样，是有生命的，它受到魔王攻击，不免气血攻心、惊厥过度，而柏果具有凉血行气、安心养神、散毒平疮的功能，此时此地，能取到柏果真是天意！”

阿妮卓嘎带领两位尼姑在供桌前行了大礼，然后开始了漫长的祈祷仪式。

将近两个时辰过去后，阿妮净了手，将柏果一个个剥开，里面现出许多小白籽，她将柏籽仁抟在一起，放进一只钵里。阿旺罗罗看到之前备在钵里的有藏红花、雪莲、虫草和一些矿物的碎粒。阿妮揉搓、抟捻了很久，伴随着悦耳动听的度母颂，她将它们涂抹在两面镜子上。浓郁的柏香气息再次袭来，让昏昏欲睡的阿旺罗罗和布群昂加的精神为之一振。阿妮将两面镜子摞起，覆上一条哈达，重新安置到供桌上。

祈祷的声音再次响起。阿旺罗罗看到班玛曲珍认真地跟随阿妮诵读，而德央尼姑涨红了脸蛋，努力跟上她们的节奏。

阿旺罗罗仰望着唐卡上的度母，三位女性祈祷的声音柔婉美妙，像什么东西轻轻地揉捻着他的听觉，舒适的抑扬顿挫的祈祷声音正好契合着自己的呼吸，他的腰椎慢慢软和下来。不知过了多少时间，迷离恍惚间，他似是看见一道虹光从唐卡度母的手上射下，直直钻入哈达覆盖着的镜子里去了。

他机灵了一下，从幻觉中清醒过来，阿妮也正好起身，三位尼姑再次行礼，同时揭去哈达。

阿妮举起镜子，朝着酥油灯光看了一下，双手交给了阿旺罗罗。

两面镜子真的黏合在一起了！阿旺罗罗仔细观察，周边平整，金色和银色相交汇，形成错牙式的花纹，镜背的纽结上方，太阳和月亮的纹饰相叠，日月同辉的光芒射向四方。翻过来再看，镜面光滑如初，清晰地映照出自己的脸庞。

阿妮俯身过来，“可以看见了吗？”

“可以看见啦！”阿旺罗罗轻声惊叹。

他听到马蹄声从日月镜中哒哒而起，继而云卷云舒，翻滚铺排，昨天从月镜里看到的景象渐渐重现，看到了淡黄色的云朵和淡蓝色的水浪。

随着马蹄声的临近，格萨尔大王骑马奔驰在黑白相间的风景里。远处出现连绵的山岭，像五个指头排列的五指峰，五指峰前是广阔的草场，白色羊群和黑色羊群自由自在地徜徉在草场上。牧羊人出现了，竟然是一位长着五个头的妖魔！他见格萨尔来到眼前，挥舞着抛石索唱道：

若不知道这地方，
此乃魔谷沟中间，
是那魔鬼毒气滩，
名为如意森林园。
若不认识我是谁，

魔王大臣是相宛。

单枪匹马男子汉，

请把话来听仔细，

你是命尽不想活，

才到魔土来送死。

你是打从哪里来？

现在要到哪里去？

相宛说完，就用抛石索打出一个石头，打得那草原上生烟，石山上冒火。看到这情景，格萨尔从骏马上一跃而下，回道：

口唱空歌牧羊人，

你不知道我底细，

少时我叫格萨尔，

现在号称雄狮王，

来这九尖铁围城，

魔王邀请作客人，

我是梅萨娘家亲，

还不赶紧把客迎。

你若迎客立箭靶，

我来射箭做游戏，

要让我这好利箭，

开设一次箭宴席。

相宛便以九只公羊、九只母羊、九副铠甲、九口鏊锅、九副鞍木作为靶子，让来客射箭。只见格萨尔张弓射箭，那箭头带着火焰、闪电和冰雹，铺天盖地而去，就像火燎羽毛一般，把所有靶子都射得粉碎，接着又嗖的一声，那箭像一道彩虹一样又回到箭筒里，五头魔相宛看到眼里，吓得心惊肉跳，他道：

红火燃烧如过度，
沸水也可把它灭，
白岭逞强不自量，
还是就此回家乡。

相宛话音未落，格萨尔就在神灵协助下，把他摔倒在地，接着就用膝盖顶着他的胸膛，拔出白柄水晶刀，发怒道：

你若还不了解我，
我乃白天神爱子，
我乃红念神化身，
我乃青龙神骄子，
善业英雄大力士，
今天要把魔臣除。
你若与我交朋友，
魔臣当中你先活。

五头黑魔相宛吓得不轻，他说：

说话若不用比喻，
智者也难懂其意，
我是阿奴僧承王，
魔王劫来把臣当。
贵体康健雄狮王，
还望息怒开笑颜，
我要永报饶命恩，
发誓要做弘法臣。

在相宛的再三请求下，格萨尔放开他，说："既然要结为朋友，从今以后我为君王你为臣，现在速速去魔宫告知梅萨绷姬。"

相宛说："大王放心。"

他随即招呼来属民，请雄狮大王坐在中央，接着让人端来酒肉食物，说：

"您尽管喝酒，欣赏歌舞，我先去替您观察老魔去。"

相宛离开后，格萨尔双臂一挥，用法力在广阔的草原上幻变出一座庄严的九层佛塔，远方飞来三只神奇美丽的鸟儿落在佛塔上，格萨尔对它们说：

"寄魂鸟请牢牢记，魔王骑马来巡查时飞起来惊吓他。"

鸟儿们展翅点头。

众位侍者开始伴随着音乐起舞。格萨尔按照相宛嘱咐，一边喝酒吃肉一边欣赏歌舞。

音乐响起时，影像消失在一片白云碧水间，渐渐地，日月镜恢复到平静的模样。阿旺罗罗从日月镜里又看到自己瞪着一双入神的眼睛……

意犹未尽的男孩说："格萨尔大王单枪匹马去征服魔国，已经顺利过了三关，就快要见到梅萨绷姬王妃了。"

"史诗的伏魔篇到了关键时刻，"阿妮道："但是你现在的圆光功力还不稳定，所以日月镜中反映的影像也时强时弱、断断续续，你还需多努力才行。"

阿旺罗罗抱着日月镜，郑重地点点头。

一直在身后默默等待的布群昂加一家这才上前，阿妮班玛曲珍拉着阿旺罗罗的手，上下打量："真的吗？你真的能看到圆镜里有格萨尔大王吗？你真的是神授圆光艺人吗？"德央梅朵兴奋地又绯红了脸，眼睛亮亮地望着他。

"严格地说，"阿旺罗罗紧张地冒汗了，"我还不是……"

一直不说话的德央梅朵急急道："我们相信你！"

"听到了吗？"阿妮说，"你要对自己有信心。"

布群昂加抓紧阿旺罗罗的胳膊肘儿，崇拜的表情溢于言表："我早就知道阿旺哥哥不同凡响！"

阿旺罗罗局促不安，求救似地望着阿妮。

"还有一样东西呢？"阿妮问道。

“什么东西？”阿旺罗罗茫然地问道。旋即想起大柏树上的果实，嗯，自己是想留个纪念的……他乖乖地交出那颗柏果。

阿妮并不惊讶，似乎早已了然于胸。她剥开果皮，里面不是柏籽仁，而是一枚散发着柏香的贝壳。

“这是你应得的。”阿妮爽朗地笑起来。

这时，洞府外一阵异样的躁动引起大家的注意，出去一看，是一只羊咩咩地叫着，只见它身上伤痕累累，脚步颠乱，但眼神紧紧盯着阿旺罗罗。阿旺罗罗明白过来，这不是半夜挂在网围栏上的那只羊么，它是如何过的河……如何千辛万苦赶到卓玛本宗的……

阿旺罗罗过去抚摸着他受伤的羊角，那上面还有铁丝划的痕迹。

“我是个罪孽深重的人！”那只大羊竟然开口说起了人话！

二、守塔者

我是个罪孽深重的人。

不知什么因果，我受到命运捉弄，生在了北方亚尔康魔国。

你能想象吗？魔国是一个黑白两色的世界。这个世界没有其他色彩。

这也是一个由黑色焦铁围成的世界，周边是黑猪鬃一样的山峰，毒血一样的黑湖。很久很久以前，在猪鬃山和毒血湖之间，我的父魔和母魔相遇了，父魔跳着踏踏作响的舞蹈，母魔唱着喔喔音调的歌谣，他俩相亲相爱，后来就生下了一个铁卵，这个铁卵中生出了我这个魔崽。我出生后长得很快，风吹过来就长大一点，再吹过来又长大一点。

我就是在这样一个世界里长大的。我的伙伴们都奇形怪状，但他们依然嘲笑我，因为我长着一颗牛的心脏，还长着三颗羊的头颅。

我为此苦恼。

为什么我不能和伙伴们一样，多长一个或者少长一个不太显眼的器官，比如眼睛、胳膊、腿什么的，偏偏多出来整整两个头颅，问题是也要相应地多出来两双眼睛、两条鼻梁、两对长耳朵、两个大嘴巴……

我一哭起来，六只眼睛里同时淌着伤感的泪水。此时父魔就会走过来，一把抹去我的所有泪水，告诉我说：男子汉大丈夫，眼泪就是敌人，怯懦解决不了问题。

他带我来到一处猪鬃山的深处，在那里开始供养黑色自在魔。我们用毒血湖中的湖水，用打猎技术获得的各种野兽，供奉献祭。从那时起，我的个子越来越高，力气越来越大，打猎技术越来越好，我的六只眼睛能看见飞速掠过的动物身影，我的六只耳朵能听见它们奔走呼号的警告和暗语，我的三只鼻子能嗅到它们东躲西藏的惊慌和恐惧……

我的祭品越来越多，黑色自在魔赐予我的能力也越来越强。

我继承了父魔踏踏作响的舞蹈，我踏踏作响地跳起舞来的时候猪鬃山都要抖上三抖。我也继承了母魔喔喔音调的歌谣，我喔喔地引吭高歌的时候毒血湖也要翻卷起三个波浪。

在黑色自在魔的法力护佑下，我身形日益高大，武艺日益高强。我尤其擅长射箭和舞矛，我射箭的时候，父魔跳着踏踏作响的舞蹈，铁箭所至之处一片焦土。我舞矛的时候，母魔唱着喔喔音调的歌谣，铁矛所至之处一切尽毁。

我矗立在荒野之上，四周生灵涂炭，哀号声此起彼伏，我不再哭泣，所有生灵的哀号是我快乐的源泉。

终于，我的英名传播到魔国之主路赞大王的耳朵里，他一时兴起，召唤我到魔都九尖铁围城。

那真是一座雄伟的都城！

九尖魔宫高耸入云，腥风血雨从天而降，森森白骨堆积成山。迎接我的是内大臣齐卡热索、外大臣夏那肖让、管事大臣炮姜俄那，他们分别以狗嘴羊牙、长翅乌鸦和喝血魔童而得名，还有二十九位魔法高强的法师，而花牙女奴和遍知女巫则跳着谄媚的舞蹈，他们一个个笑逐颜开，把我推到了国王面前。

高座上坐着至尊魔主路赞大王！

哎呀呀！黑魔王身体庞大就像一座高山，他长着九个牛头，十八只犄角就像锋利的刀锋，全身上下爬满了乌黑的毒蝎，腰间缠着九条摇头摆尾的毒蛇，三十六个手脚就像铁爪一样，他一张嘴说话，整个宫殿里就弥漫起了乌云一样的毒雾。

路赞大王磅礴的气势压服着我的骄傲，我这三个羊头比起他的九个牛头来算什么呀，我瞬间明白了他是主、我是奴的道理，这世上再也没有比这个更加一目了然的道理了。

我明白后，双膝一软，跪拜下去。

就在跪下去的一刹那，我的第六只眼睛忽然瞥见了坐在魔王身边的美人。

那美人二八芳龄，仿佛是天女携带着一缕阳光降下凡尘，错误地来到了这个不合时宜之地，她的飒爽英姿在这阴云密布的魔宫显得那么不同凡响，我周身的阴霾一扫而光，她是魔王之妹，是这座铁城的公主。

我有生以来从未见过如此美妙的人儿。

她自始至终未发一言，但她的美貌反而比魔王路赞的威武更加令我震撼。

我感觉到消失已久的卑微情感又从脚尖开始往上冒，一直冒到四肢，冒到我卑微的牛心里，一股陌生的、酸甜的、带着淡淡哀伤、也带着淡淡芳香的气息席卷了我的周身，我没有勇气直视，而是战栗地闭上了眼睛。

长着九个牛头的魔王摇晃着他的十八只犄角，赞赏地将“魔国第一勇士”的名号封赏给了我，同时赏赐了我一把割草刀。这把割草刀锋利无比，割头如割草。后来我用我的血祭祀了它，从此以后，便没有任何武器能够伤害我，除了这把割头如割草的大刀。

我臣服在魔王座下。

实际上我更愿意臣服在公主足下。

魔音妖乐奏响起来，众多的少男少女涌上歌台舞榭，他们跳起踏踏作响的舞蹈，他们唱起喔喔音调的歌谣。人们欢欣鼓舞，歌颂着这个国家将会越来越强大，总有一天，它会征服周边的霍尔国、姜国、门国，更别说刚刚赛马称王的格萨尔统领的小小岭国，到那个时候，称雄世界的霸主非我们魔王莫属。

而我谦卑地低下我的三只头颅，垂着我的六只眼睛，但其实所有的感官都张大着，努力捕捉着来自公主的一颦一笑。

我默默地记住了她的名字，这世上最好听的名字，双唇微启，叹息一般地呼出，然后舌尖轻轻弹向上腭，卷起的舌尖舒展开来，让气息从两侧穿出，最后将充满敬意的上下唇温柔地合拢，她的名字的发音就完美地呈现了出来——

阿达拉姆！

从那以后，我常常会在深夜时分徘徊于旷野之中，面对浩瀚的星空发出孤独的长嗥，我会在阴气森森的熊罴山游走，在烈火熊熊的红石岩山上哭泣，我身上的十八般武艺毫无用武之地，我厌恶自己的粗鲁，沉迷在那一缕阳光中不能自拔，我甚至忘记了嗜血好杀的本性，在夜以继日的耽溺里审查着自我的前生今世，试图寻找出因果和缘分的奇妙连接。

沉迷于幻想之中的我全然不觉命运再次翻转，有一天来了一位五头魔，他的名字叫相宛。他有五个头，比我还多两个，不但如此，他的摔跤技巧要比我高一百零八倍。就这样，他获得了性情暴躁、反复无常的魔王路赞的喜爱，成为铁城的新宠。此时，围绕着路赞的阴谋家们立即颠覆我的战绩，为我网织莫须有的罪名，魔王也对我失去了耐心，他当机立断褫夺了我的封号，贬谪我去守卫边疆。

我极其留恋那座金碧辉煌的王城，留恋我穿上“勇士”的戎装和荣光。在九尖铁围魔城走来走去地炫耀时，偶尔会遇见阿达拉姆公主骑着坐骑从远处飞驰而过，我看不清她的容颜，但记住了她鄙视的眼神。尽管如此，我也会沉迷在她飞驰而过时扬起的漫天尘土中，张开鼻孔呼吸，努力掩藏脸上露出的微笑。

我甚至留恋她鄙视的眼神。

当然，我只是个连告别的机会和权力都没有的奴隶。

我饱尝了屈辱和迫害，带着那把心爱的割草刀，远离了九尖铁围魔城，远离了路赞大王和他的政治中心，远离了伪善的谋士、虚假的弄臣和志得意满的小人们。那里的人们各怀异心、奸诈阴险，他们用心邪恶、睚眦必报，在利益和权力的巅峰任性地挥舞着冷酷无情的利刃，随心所欲刺向无助的子民。听啊，正是这些精于算计害人的邪魔，敲响了亚尔康魔国的丧钟！

我虽位卑望浅，但心性甚高，极难咽下这口恶气，权宜之计，就是远离尘嚣，来到魔国的边疆，在一条唯一呈现血红色的大路尽头，在一座怪石嶙峋的黑山上，建起了一座三角城堡，我成为城主，为魔王，不，实际上我内心里是为阿达拉姆公主谦卑地担负着守卫边疆的职责。

我的世界终于安静了下来。

我手握割草刀，随意取下任何生物的首级，加固城堡，使它固若金汤。只有血和肉才能填满城墙的裂缝，才能填满我的空虚和渴望。我让白骨成为泥土，让骷髅挑起飞檐，让皮毛成为旗帜，高高飘扬在三角城堡的上空。

我获得了暂时的宁静——舒畅啊，我自由地穿梭往返，我的地盘广袤无垠，黑风白地，人畜不留，寸草不生，舒畅啊……

但是到了夜晚，孤寂重新侵袭了我的内心，父魔母魔为我取名长寿无边，可是现在只剩我一人，长寿又有何用？

我常常遥望着月光下的九尖铁围大魔城，好似能望见有着满月脸庞的阿达拉姆，可是腥风血雨永远没有停止的时候，森森白骨的城墙也越垒越高。我明白此生断无再见公主的机会，不是生离，就是死别。

我听见魔王的寄魂鸟儿飞来又飞去，在黑魔国土亚尔康的北方，在熊罴的家园，紫红的岩石下，九尖铁围魔城时时发出微弱的颤抖，但歌舞升平的假象掩盖了真实的危机，人们全然没有意识到危险已经来临。

就这样浑浑噩噩不知道过了多少时日……

在一个白日无光的时辰，我站在三角魔城的城头，迷迷糊糊地看见天边有了来物，越来越近，看出是单人单骑，那人白螺牙齿紫面皮，身穿金光闪闪的金甲衣，骑着火红的千里马，真是一位气宇轩昂的美少年。

我的地盘上还有活物？这让我很气愤。我的割草刀开始歌唱，它又想一试身手了。但我努力压制住它的渴望，因为那步履轻快的骏马和骏马上衣冠整齐的人物引起了我的好奇心。

还未等我发话，他倒喧宾夺主、先发制人：“你是何人？”

我杀心顿起，朝下面喝道：“我是这魔土山谷三角魔城的主人，采雏是我名，来者何人？你从哪里来？要到哪里去？”

那人仰起脸庞。

哎呀呀，我从未见过相貌如此英俊的男人！他满面春风地望着我，令我一时不知身在何处。

他的声音充满丹田之气，孔武有力地喝道：“我来自上部白岭之国，那里有狮、虎、豹、鹞四位英雄最出名，我父僧伦王是狮雄，我叔达绒王是虎雄，我友僧达阿冬是豹雄，还有总管王是鹞雄。”

我由于长年累月独自一人，思维僵直，好半天转不过弯来，又问道：“你是何人？”

他轻蔑地看着我：“我是集狮、虎、豹、鹞英名于一身，九种本领皆俱全的格萨尔。”

格萨尔……隐隐约约听说过的小小岭国赛马称王、娶天下美妇的那位乞丐？坦率地说，我根本不会思考，不管他是谁，我看到一个活物还是满心欢喜的，我太孤独了，我的孤独是没有对手的孤独。

一贯妄自尊大的我开口道：“你有什么本领？会不会在远处射箭？会不会在近处使刀？会不会在不远不近处玩矛？”

“在我白岭大上国，上自佝偻众老人，下到幼童与少年，人人仰慕我威名，怎会允许你这三头小黑魔撒野！”春风满面的英俊少年这样问我。“我先问你，你可知这是何物？”

他擎出一枚戒指。

啊，那是阿达拉姆的戒指，在昏暗的日光下散发着五色的光芒，这是我的世界里唯一的色彩，因为阿达拉姆温暖的手指曾经佩戴着它。

我连忙飞奔而下，见到戒指，犹如见到了主人。

我涕泪交流，久违的微笑出现在我的脸上。

此时此刻，我收起杀机，改变了主意。但我当时不知道这个主意一改变，就改变了我的一生。

我决定留下这个陌生人。既然阿达拉姆公主交给他这枚戒指，这就是我三角魔城的通行证，阿达拉姆和关于她的一切都可在我的天地里畅行无阻，更何况我已经太久太久没有玩伴了，我要与他在远处射箭，在近处舞刀，在不远不近的地方玩矛……

宾主尽欢后，天黑了下来，我邀请他住在城堡最好的房间，侍奉他犹如侍奉主人。

当我独自待在黑暗中，默默回味着阿达拉姆公主的戒指散发出来的芬芳时，我的割草刀又开始歌唱，它是在暗示我或提醒我吗？可是我完全不以为意，因为这世上没有任何武器能够伤害我，除了我自己这把割草刀。

我沉浸在那一片芬芳中，直到睡意来临。

我不知道的是我的贵客并未睡着，他在我睡意朦胧的时候，前来取下我的割草刀，用它割下了我的三个头。

满面春风的美少年头也未回地离去，因为他知道，只要他一回头，我这三头魔就会复活。

黑暗啊……我在黑暗中踉踉跄跄，孤魂野鬼一般到处飘荡，可是谁能听见我的哭号？谁又能看见我的眼泪？我孤寂无依，失去了依附的肉体，黑色自在魔也帮不了我。

我游荡已久，饱尝饥寒交迫之苦，我看到连年的战乱、饥馑和瘟疫，正在黑土白地之间兴风作浪，生杀予夺的魔王及其徒子徒孙已经走到穷途末路，覆巢之下，焉有完卵？我惴惴不安的魂魄哀叹不已。

谁能帮我？这个世上还有谁能帮得了我呢？

然而，奇迹一般，我的头顶出现一缕光明，这缕光明指引着我往上飞升，瞬息万变的光环围绕着我，我听到格萨尔大王振聋发聩的祈祷之声，冲破黑暗中的迷雾，引度我重新来到世上，而我的身体，竟然成形为人，一个真正的人。

人们常说人身难得，我因获得珍贵的人形而涕泪交流！

此时，世界已经发生了天翻地覆的变化。

黑色自在魔已被格萨尔封杀。

我才知魔国已经颠覆。路赞，那位力大无穷、盖世无双的九头魔王被岭国狮子王格萨尔毁了寄魂物，废了功夫，灭了威风，失了九条性命。听说格萨尔的枭羽箭何其了得，端端射进了他的命根子——额间那尾闪闪发光的金鱼。他被格萨尔的黑塔压下，永生永世不得超生。

而我，成为守塔者。

格萨尔传令而来：塔在，我必得在。

这个世界已然属于格萨尔。听说阿达拉姆公主也已经属于格萨尔。当然，我也属于格萨尔，我有了神圣的使命，要为这位天神之子尽绵薄之力。

孤独重新占领了我的心房，但这洗心革面后的孤独全然不同。这是一种心满意足的孤独，我常常在湖边端详着自己，与常人相同的容貌的确得之不易，我要倍加珍惜。

我重新开始游走。世界在雄狮大王格萨尔的光环照耀下，恢复了原来的样貌：森林蓊郁，草木苍翠，河流丰沛，山川富饶，飞禽走兽们安详地游走于春夏秋冬，天人合一、人神共欢的美景常常使我流下感慨的泪水。

世界虽然变了，但我对阿达拉姆公主的牵挂却从未改变。

我虽然从未得到过她的只言片语，但依然记得她英姿飒爽的模样。一千年来我打捞着关于她的所有记忆，多数是苦涩的，但苦涩的陈酿后，却变成甜蜜，满溢在我的胸膛，就像滔滔不绝的玛曲大河不舍昼夜，就像巍峨千里的阿尼玛卿神山连绵不断。

我怀着希望，又怀着绝望。我品尝着哀痛，也品尝着十里春风如何温暖着我孤寂的心房。

我已经过多少轮回，生而又死，死而复生，但无论何时，我守塔人的责任不会改变。

听说她最初下了地狱，听说她最终上了天堂。

唉，有人离去，却有人归来。

一千年过去了，黑塔在我的守护下安然无恙。

可是十年前的某一天，天地突然昏暗，电闪雷鸣之中，一束邪魅的闪电不偏不倚，端端击中黑塔，黑塔在一声巨响后倾倒，魔王路赞的魂魄竟然飘荡而出！

他对我凶神恶煞，恨我咬牙切齿，怒斥我是叛将、逆徒，企图将魂魄寄存到我的身上，但我早已学会在危难时刻念诵格萨尔大王的祈祷。我呼唤格萨尔的大名，魔王就无法近身。他恼羞成怒地使出最恶毒的魔咒，把我变成了现在的模样。

哈哈，一只羊，多么讽刺啊！一千年前我要天天割头取肉的生物，如今我才真正感受到这种生物的痛苦，或许这就是我的果报和宿命吧！

他狂怒地叫嚣着复仇计划，将要如何血洗一千年来的耻辱；他要如何夺得魂石，获得宇宙力量后，将变本加厉地残害这个世界……正在这时，一头野牦牛出现在旷野中。他相中了野牦牛力大无穷、无人匹敌的莽勇，立即寄魂其上，驱动着往远方去了。我看见野牦牛在被寄魂的那一刻，一双犄角变成凶悍的红铜色，恰似千年以前他曾经寄魂的那头猛兽。

我在最初的惊慌失措中慢慢镇定下来，望着自己的身体无计可施，只好远远跟踪，以便适当的时候报告适当的人。

我看到风卷残云，黑雾重新笼罩四野，怕是这个世界的末日就要来了。

果然人类中也有魔鬼附身的人，我看到一个男人在傍晚时分与魔王交谈甚欢，看那情景他们已经达成某种不可告人的阴谋。而我走到这里已经彻底走不动了，鉴于你曾搭救我的性命，我愿将秘密告知于你：想要关闭魔戒开关，只有找到它的主人——阿达拉姆公主，而她的秘密城堡，在鹿城。

至此，我的使命已然结束……

三、千年鹿城

“至此，我的使命已然结束。”那只羊说着，双眼里的炽热渐渐暗淡。

阿旺罗罗抓着它的两支角，想帮它已经软塌下去的身子重新站好：“采雏！采雏站好！”

大羊终究倒下去，咚的一声，沉重的生命回归大地。阿妮卓嘎轻轻念诵起往生咒，助它的灵魂往生净界。两位尼姑虽然不清楚事情的经过，但也随着阿妮卓嘎的经文翕动嘴唇，一声声的经文点亮了小小的灯光，映照着它往生的道路。

一切沉寂下来。

若不是那只羊的遗体还在脚下，刚刚一幕就像梦幻一样。

阿旺罗罗沉默了许久。当阿妮卓嘎冗长的经文念诵完毕后，他终于开口问道：“阿妮，我知道必须完成这件事情，但是我如何找到鹿城呢？”

阿妮轻轻把手放在他的肩膀上，看着他的眼睛：“相信自己，孩子，相信你能找到。”

布群昂加自告奋勇要加入：“我们陪你去！”德央梅朵热切地点头同意，班玛曲珍望向阿妮卓嘎，她知道需要获得这位修行者的许可。

但阿妮卓嘎却说：“恐怕不行，这件事需要他自己完成。”

阿旺罗罗明白。他向阿妮卓嘎顶礼告别，独自走向外面的世界。

“我们回头见！”布群昂加恋恋不舍地送他到坡下。

群山做伴。阿旺罗罗自从来到这个世界，就一直生存于群山之中。群山之中的生活有时带给他忧伤，有时又带给他希望。他抬眼望去，阿尼玛卿终年积雪的雪峰顶上白云飘荡，估计明天会有一场大雨，他加紧了步伐。

要想关闭魔戒开关，必须先到鹿城找到它的主人。可是鹿城在哪里呢？“扎拉！”阿旺罗罗轻声唤出他的保护神。

“我就说那只羊很奇怪，眼神很奇怪，模样很奇怪，”扎拉一出来就喋喋不休，“果然吧，我说的没错吧，好家伙，采雏在史诗中也是个厉害角色，曾经为亚尔康魔国立下汗马功劳，可那魔王竟然让他变成一只羊，狼心狗肺啊，太不地道了！”

“扎拉，问题是我们怎么找到鹿城呢？”阿旺罗罗忧心忡忡。

“你手里不是有戒指吗？找它的主人，就要向它祈祷，它肯定能帮你达成愿望。”扎拉漫不经心地说，“听说所有的白唇鹿死亡的时候，都要到那里，把自己的角留下，所以那里应该是鹿群进入天堂的入口。”

应该是真的。阿旺罗罗看他一眼，知道他的意思。

阿旺罗罗在扎拉的提示下，握着戒指默默祈祷：“请带我到你主人的城堡！”

果然，他感觉飘了起来，但他不敢睁开眼睛，扎拉飘动的衣裳边角一直在他的脸颊上蹭来蹭去，弄得他痒痒的，但他还是坚持着没有睁眼。他现在已经和最初来到这片圣地时的心情有所不同，许多事情他都能坦然接受了。

当他双脚轻轻落到地上，睁开眼一看，映入眼帘的却是一片废墟。

石崖山下，荒草萋萋，四处散落着布满了青苔的石板和鹿角，石板大小不一、厚薄不同，而众多的鹿角裂纹斑斑，看上去年代久远，仿佛经过很多场战事，已经沧桑莫辨。

“这是什么地方？”阿旺罗罗道。

“应该是鹿城的遗址。”扎拉说着，把戒指举起来，从指环里看，又放下，不断重复着，并且发出惊叹的咋舌声。

“这里曾经是阿达拉姆的鹿城城堡！”阿旺罗罗很快明白过来，但他有些失望，曾经在历史上留下气势如虹的英名，如今却是荒凉的废墟。

“问题是……”阿旺罗罗看着鹿城城堡遗址，一筹莫展，“问题是我们如何才能找到这座城堡一千年前的主人啊？”

扎拉答非所问：“你可以用戒指试试看。”

阿旺罗罗举起魔戒，从指环里看去，豁然间一座城堡在眼前拔地而起，宫殿顶上高高飘扬着绘有猛虎、雄狮、大鹏、苍龙的战旗，整整齐齐的石砌城墙傲然屹立，墙顶上摆放着无数的白唇鹿的鹿角，那些鹿角枝杈林立，生机勃勃的千年鹿城好似表达着丰富的过往世界。他也不由得发出与扎拉一样的咋舌声。

扎拉继续说：“你还可以进去试试。”

对，想起康珠玛教他的咒语，立刻念出声来，只觉得身体变得轻巧起来，像是被一股巨大的吸力瞬间吸进了戒指的圆环内。

再次睁开期待的眼睛，已经站在城堡之下。高墙上的鹿角倒影投射下来，阳光下的草地碧绿青翠，铺排在城堡四周，清风拂来，天地间一派静谧。放眼望去，成群结队的白唇鹿游走在城堡之外广袤的草场上，它们有的悠闲自在地啃食着青草，有的神态安详地回望着他。远处，是一群黑色的野牦牛，长可及地的披毛在阳光中熠熠生辉。

“这就对了，”扎拉已经不知何时坐在他肩膀上，神情激动地说：“早就听说当年岭国幅员辽阔，成群的野牦牛是格萨尔大王的家畜，由于它们野性十足，没人敢去挤用牛乳，但阿达拉姆王妃是个例外，只有她有本事让野牦牛驯服，让它们乖乖听她摆布，而她用的挤奶桶也是用一只野牛角做成的，她用野牛角盛牛奶，常常奉献给格萨尔大王。”

扎拉指着城堡背后的石山，在空中划出一个很大的空间，“这里曾是格萨尔大王的神鹿宝库。当时的祈祷法会盛况空前，身着戎装的阿达拉姆就站在这里，高举着彩旗缠绕的宝盆，召唤财富之神。各路地方神和保护神纷纷前来，宝库缓缓开启，潮水奔涌般奔腾而出成千上万匹神鹿，种类就有十三种。格萨尔大王用智慧法力，将十三种神鹿分给各个邦国，从此我们雪域高原就有了珍贵的神鹿，成为我们黑头藏人生活中不可或缺的宝物。神鹿全身可都是宝啊，可以入药医治疾病，造福黎民百姓。阿旺啊，你开动脑筋想象一下，当时的情景多么壮丽！”

是啊，那是个壮丽的时代……

在阿旺罗罗感叹间，那扇装饰着鹿角的巨大城门无声无息地洞开。在阿旺罗罗犹豫的时候，一头体格壮硕的白唇鹿出现在城门口，一双七叉犄角威武地占据着显要的空间，它的背上是一位女子。

“五官如画，面如皎月，身披玉甲，手握弓箭，骁勇善战，箭术超群……”阿旺罗罗脑海里立刻出现了描绘她的句子，正如眼前这位女子一样，“阿达拉姆王妃！”

扎拉飞速上前双手合十道：“拜见女英雄！我最钦慕的就是您啦，劈波斩浪的开路先锋，岭国三大神箭手之一，您的箭术千古流芳！佩服佩服！史诗里那句赞美女英雄利箭的唱词是怎么说的来着……”

扎拉眼巴巴地望着阿旺罗罗，男孩毫不费力地琅琅而言：“囊中取出九缠利箭，是用绒钦林中精竹造，九种鸟羽做箭翎，九种精铁做箭镞，套中取出威猛降敌弓，雄龙角做弓上鞘，响声犹雷鸣，雌龙角做弓下鞘，力威如电闪，雷箭做弓把，握在手中声萧萧……”

“想当年达赤国地域辽阔，物产丰富，兵力强大，达赤王魔力过人，勇将无数，不过在您带领下，岭国强将勇猛出击，达赤王也只落得个土崩瓦解的下场。”扎拉充满敬仰地望着她。

“这里正是与达赤王杀伐的战场，”英气灼灼的阿达拉姆王妃从骑鹿上一跃而下，“这里本是狮王格萨尔的领地，但被达赤王侵占，杀了岭人，夺了牛羊，我受贡曼婕姆天姑旨意，率领岭军报仇雪恨，敌将桑珠赞布、东查虎巴、赞杰崩仁个个在我手中如大山倾倒。记得叔父超同王着急立功，用法术将岭营隐蔽起来，使前来进攻的达赤兵马找不到对手，而我岭军却可以随时出击。”

阿旺罗罗和扎拉听得入迷，合十的双手迟迟没有放下。阿达拉姆微微颔首回礼后，话锋一转：“一千年的路途非常不易，你们来此何意？”

阿旺罗罗连忙如实禀告了来意，同时双手呈上戒指。

“啊，在万物丛生的人世间，无常的变数无区别！”阿达拉姆惊讶地望着他手心里的戒指，“当初毁灭王兄路赞的是我，今天为何依然是我……”

阿旺罗罗分明看到她那双美丽眼睛里的忧伤。

就在她准备按下开关的时候，阿旺罗罗伸出手，制止了她。

阿达拉姆满是疑问：“除了我，恐怕再没有人能够关闭这个开关。”

“小子！这是最后的机会，再不关掉，魔王随时都会来的，这很危险，你到底懂不懂啊！”扎拉着急地拉开他。

“不！”阿旺罗罗坚定地拿回戒指。“该来的就让它早点来！”

扎拉急了，干脆直接上手去抢，“你不要命啦，你、你……”

“谢谢女英雄阿达拉姆，我会永远记着您！”阿旺罗罗执拗地躲开扎拉的双臂，向阿达拉姆施礼。阿达拉姆回赠了一条金色的哈达。阿旺罗罗迅速拉起扎拉，念诵咒语，直接向戒指里钻去。

扑通一声，阿旺罗罗和扎拉掉在地上，屁股疼得像着了火一样。扎拉从没有像这次一样生气，抱怨的声音回响在空寂的草原上：“你小子不识时务，还连累我费功夫，早知这样我们就根本不用跑这一趟，就算要回来，你也得说一声啊，我的老腰都快断了，哎哟老天爷啊，我造了什么孽非要保护这个臭小子！”

他的大脚对准一颗小石子，一脚上去，小石子立时飞出去不见了踪影。他这样连续踢了九次，还不解气，转来转去寻找撒气的目标，找不到，但很快有了主意，他把身上的哈达衣服扯下来，三下两下撕了个粉碎，那是阿旺罗罗送给他的礼物。

阿旺罗罗沉默地望着他。

“我一点儿也不想听你解释！一点儿也不！”他愤怒不安地踱着大步，忘了自己不穿衣服的样子。

阿旺罗罗明白他在说什么。“好吧，我想魔王总是要来的……”

“别解释！别解释！”扎拉声音很大，但脚步慢了下来。

“如果戒指关闭了，魔王来的地方就不好控制，不知道要有多少百姓遭殃，如果没有关闭，那他出现的地方必定是戒指在的地方。”

扎拉安静倾听，“是这个道理……”

“魔王每出现一次，那么多无辜的老百姓就要受伤受罪，所以应该让魔王出现在我们控制范围内，我们就可以想办法制伏他。”阿旺罗罗继续说，“何况，这件事我有责任，应该由我解决。”

扎拉此时已经坐在他肩膀上，慈爱地望着他：“我就说我们阿旺罗罗长大了，有慈悲心，有责任心，敢于担当，是个男子汉了，我还有什么可担心的呢，哎哟我这个糟老头儿是有点太老啦！”

阿旺罗罗说：“糟老头再老也得穿件衣裳吧，那边是不是来人了……”

扎拉嗖地把身体藏进肩膀，探着头到处看。“哪有人？哪有人？”

四处无人。苍茫天地间，只有大风的声音从河岸吹来。

快要下雨了。

“你早说计划啊，害得我没衣裳穿……”扎拉嘟囔着钻出来，“不过我知道你还有一条哈达，阿达拉姆的赠礼，快拿出来臭小子！”

那条金色的哈达披在扎拉的身上还真是别有韵致。扎拉凌空漫步，走出各种花式舞步，细长的胳膊也应和着风的音乐。开心的保护神自我陶醉了一会儿，突然停下动作，回头问道：“问题是你有什么办法制伏魔王啊？”

“我……我还没想出来……”阿旺罗罗翻身起来，草地上的湿气已经洇湿了他的裤子。“我先找点牛粪给你煨个桑吧，实在对不起，我应该天天专门给你煨个桑的。”

“没关系，孩子。”扎拉温柔的声音传来，“今早那么多人给卓玛本宗煨桑，我也分享不少，不饿不饿。”

“点堆火也可以暖和一下身子嘛。”

“这倒也是。”

两人说着话，四处找牛粪。牛粪火堆燃起来的时候，他俩谁也没有注意到挂在阿旺罗罗脖子上的阿达拉姆魔戒闪了一下诡异的光点。

狂风突然而至，把牛粪火堆卷起来甩向天空，随着一声霹雳，石粒一样硬的雹霰扑面而来，腥臭气席卷了河岸。“糟糕！”阿旺罗罗赤手空拳，望着半空寻找魔王的影子。

扎拉抽起那条金色哈达，一扬一抻，霎时变作了一柄又长又直的黄金宝剑！阿旺罗罗接过手，挺沉，他做好了应战的准备。腥臭气味呛得扎拉咳嗽起来，但他面露坚忍之色，与阿旺罗罗并肩站在一起。

那头红铜角野牛在乌云翻滚中现身，但此时它的下半身已经完全成为人身，一双罗圈腿支撑着摇摇欲坠的庞大身体，九个清晰可辨的牛头愤怒地摆动，十八个犄角上沾染着地狱的气息，浑身上下的毒蝎弯曲着毒针，随时准备弹出置人于死地，而腰间缠绕的九条毒蛇高高扬起蛇头，獠牙狰狞，蛇信阴险……

它像一座山一样砸向地面，发出惊天动地的轰鸣。

阿旺罗罗感觉脚底下的大地都在颤抖。“稳住！”他对自己说。

魔王已擎出九股如意能断神剑，狂野的笑声夹杂着含混不清的话语：“这次我看你往哪里逃！”

“上次逃跑的是你这个老魔头！”扎拉愤声应道。

扎拉飞上飞下，一会儿在犄角上又抓又挠，一会儿在身上又撕又咬，魔王不胜其烦，但奈何不了身形小巧、飞行敏捷的保护神。它移动着笨重的身体，由于头重脚轻，站立不稳，它需要花费更多的力气与扎拉周旋。

在扎拉勇猛攻击魔王上半身时，阿旺罗罗连连举剑刺向魔王脆弱的腿部，他似乎是刺中了几次，因为听到魔王发出奇怪的“哎哟”声，好像另一个人的声音在魔王的身体里喊痛。

扎拉又一次奔向魔王的眼珠，他知道要害。当他顺利把伸长的手指塞入魔王的一只眼珠时，只听魔王撕心裂肺般大叫起来，另外一个头上的犄角不偏不倚挑起扎拉，把他甩向空中！

魔王不顾眼眶里淌出黑血，扔下扎拉立即就势冲向阿旺罗罗，它的九股如意能断神剑一下子就把哈达宝剑劈成两截。“阿达拉姆的小小魔法还能阻挡得了我！”他狂乱地吼叫着，怒气冲天地逼近少年。

阿旺罗罗举着半截剑柄朝后退去。他感觉自己所有的力气都使完了，连呼唤神灵的力气都没有了。魔王庞大的身体移动而来，像一座大山，把他逼到一个逼仄的空间，就连呼吸都十分困难。

疯狂的魔王大叫道：“赶快把圆光镜交出来！”

九头魔王的十八支犄角此时全部对准了少年，它举剑扑向阿旺罗罗的怀中，知道他怀中藏圆光镜，那些缠缚在它身上的蛇蝎也没闲着，一条毒蛇蜿蜒而来，猛然弹出蛇头，伸入他怀中衔夺镜子。

一个声音从魔王的身体里说：“拿了镜子快走，不要伤害孩子。”

阿旺罗罗懵懂中听出那声音好熟悉，但一下子判断不出是谁。

“废什么话，我还需要他，”只见魔王粗暴地拍打着自己的身体：“只有你听我的，哪有宿主指使我堂堂魔王的道理！”

宿主？什么宿主……

阿旺罗罗来不及思索，魔王已经狞笑着将剑挥舞到他的胸前，“跟我走吧，只要你乖乖听话，等我找到魂石，掌握世界大权，你今后就是荣华富贵加身，王侯公爵增色，名和利随便你挑。”

“与你为伍还不如与你同归于尽！”阿旺罗罗不知哪来的勇气，擎起断剑向前刺去。

魔王使剑恶狠狠地压住他的剑锋，威胁的咆哮从头顶灌下：“敬酒不吃吃罚酒，你不跟我走，只有死路一条！”

眼看那柄九股如意能断神剑的剑尖直抵胸膛，阿旺罗罗已退无可退，刹那间一个人影从魔王的身体里奔扑而出，护在了阿旺罗罗身前，同时扎拉飞速赶来，小小的身体挡在了魔王与主人之间。

神剑进入了肉体……

扎拉透明的身体分裂成了两半，紧接着那个护在身前的男人中剑了，剑穿过他的身体，卡在他的某块骨头上，阿旺罗罗听见他哎呀一声，血腥的气味冲天而来。

这时魔王摇摇晃晃快要跌倒了。它低头端详了一下自己的身体，阿旺罗罗也发现魔王奇怪地失去了双腿，它哼哼道：“留你这个宿主也无用。”它跌跌撞撞冲向前准备再次使剑刺杀阿旺罗罗。阿旺罗罗绝望间，发觉自己嘴里传出威猛的金刚之声：

我是播撒善良种子的人，
我是拔除罪孽根子的人，
我是岭国的治国人，
我是断路赞魔命的行刑人！
我是熔化黑铁魔的烈火，
我是烧焦霍尔草山的闪电，
我是烤干姜国毒海的火焰，
我是医治一切疾病的药丸！
我是引来天上甘露的月光，
我是勇武无敌的战神，
我是攻破五毒的智慧者，
我是引导众生的如来佛！
我是击碎魔军的铁锤，
我是郭姆妈妈的亲儿，
我是岭国的大首领，
雄狮大王格萨尔！

闪电带着雷暴之声，天幕上霎时出现万道金光，像太阳的光芒一样从天而降，金光紧紧围住魔王，像千万条金色绳索缚牢了魔王，魔王的九个头哐啷啷掉下来八个，身上的毒蝎毒蛇也正在一个一个消失……

金光闪闪中，阿旺罗罗看清扎拉分成两半铺在地上，而那个护在他面前的人躺在血泊中，他竟然是……竟然是……

阿旺罗罗愣怔在那里动弹不得，此刻缠绕在魔王腰间的一条毒蛇拼死一跃，毒液瞬间喷射而出，洒到阿旺罗罗脸上，与此同时，日月镜突然挣脱后飞升起来，凌空爆裂！一团火焰越燃越大，仿佛燃着了半个天空。

魔王路赞被烈火逼退，它见势不妙，一股黑风裹携着它，滚进乌云里飞速离去……

世界瞬间暗了下来。

阿旺罗罗双眼刺痛，他摸索着抱起扎拉，发现自己什么也看不见了。

第十章　达却贡卡 I：黎明前的风暴

一、黑暗中的授记

大雨滂沱。满地泥泞。

悲痛欲绝的阿旺罗罗捂住双眼，无法相信电闪雷鸣后看到的一切。

猛烈的刺痛，刺痛着双眼；更猛烈的刺痛，刺痛着心脏……他像是进入到一个密封舱里，空气稀薄，张大鼻孔也无法呼吸，大脑一片空白，仅剩的一点理性让他猛然醒悟过来。

他早该想到是父亲。

他身上特有的烟草味，自小骑马养成的罗圈腿，他的落寞眼神，寡言少语的背影，常常夜不归宿的缘由，等等，顿时一一显现，原来，他一直和魔王在一起，他成为魔王的宿主，心甘情愿被魔王奴役……不不不！这不可能，这不是真的！

阿旺罗罗伸手去探查父亲的身体，不知是雨水还是血水，父亲的身上已经湿透了。“阿爸！”

父亲发出轻微的喘息，抓住了儿子的手：“阿旺……你没事吧……”

“我……我的眼睛看不见了……”

“恶毒的魔王啊！”父亲的手在他脸庞上抚摸，“都怪我……都怪我……”

父亲的自责让阿旺罗罗抬起头，一个疑问在脑海里盘桓已久，也可能是他一直不愿意相信此刻躺在地上的人确实就是父亲，“你怎么会和它在一起？”

虚弱的父亲咕哝着什么，好像是在解释，又好像是在自言自语：“我不知道……我不知道……我是在做梦吧……老天爷啊快让我醒醒！”

这就对了，他一定是被魔王裹胁的，迫不得已，就像一千年前被魔王裹胁而去的梅萨绷姬王妃，只要解救出来，一切都能恢复正常……

阿旺罗罗正准备扶起父亲，却听到父亲使劲拍打着大腿，黑暗中传来他疼痛的声音，突然又听得他怒从心来的抱怨：“在你们家人眼里，我始终是个流浪汉而已，你爷爷从来都看不起我……”

钻心的眼痛袭来，阿旺罗罗努力忍受着，“问题是你怎么会和它在一起？”

“看看，看看，连你都有权力置疑我，啊呀呀我是个多么可怜的人啊……”他似乎挣扎着想要站起来，但又颓然倒下，“没有财产，没有一技之长，但我有力气啊，我原以为我可以用力气证实我的价值，我拼命干活，从夏季牧场到冬季牧场，都是我一个人完成转场，几十头牦牛，几百只羊，拉帐篷，拆装锅台，一个人吃饭，从早忙到黑，可我有一身莽力有什么用？还不是和你们这个空间格格不入吗？你爷爷从来就没喜欢过我，他只认可与格萨尔有关的人和事，什么格萨尔，只不过是个神话故事而已……”

阿旺罗罗大惑不解地听着父亲的胡言乱语，爷爷是不喜欢父亲，大概全部落的人都知道，但自己感情上还是不愿意父亲诋毁爷爷，他机械地继续着自己的追问：“为什么它会选择你做宿主？”

“当然因为是你！”

阿旺罗罗震惊地听到这个解释，“跟我有什么关系？难道是我让你去做的吗？”

“什么神授……什么圆光……只有灾难，你带来了灾难……”他的嘤嘤之声却让阿旺罗罗感到振聋发聩，轰然间他听清父亲的后半句话：“你的出生显然就是个错误！”

阿旺罗罗愤怒地说不出话来，大概他的双手攥得太紧，父亲在他狠劲的攥握中又低声下气起来，竟然啜泣起来，“其实我也挣扎过……当它来到我的身体里，那个痛苦啊，简直无法用语言来形容，我就像被吹起来，膨胀、膨胀……五脏六腑都裂开啦……”

“你是愿意的了？你愿意他寄宿到你身体里？”

被打断了话的父亲支吾着，紧接着他以充满得意的腔调开始嘶鸣：“好吧……老实告诉你，其实我很享受在它身体里的时候，就像一个梦幻，对，是梦幻，这个梦幻里我摆脱了卑微的身世，我站起来，显得那么高大，别人不能无视我的存在，我是个大力士，我无所不能，我可以驾起乌云任意飞翔，来无踪去无影，所到之处，人人畏惧我，我看到他们卑贱的脸庞上充满恐惧的眼神，我那个高兴啊……”

惊骇的阿旺罗罗忘记了眼睛的疼痛，他呆呆地立在那里。这个陌生人，难道他真的是我父亲吗……

“其实你也该早就猜到了吧，我根本不愿意成为你的父亲！”躺在地上的男人傲慢地说道。

阿旺罗罗悲愤填膺，这是什么样的父亲啊，反反复复、喜怒无常，此时此刻，甚至连父亲这个责任都不愿意承担，他一定中魔了，一定是疯了！“你这个魔鬼！”他厌恶地将最恶毒的话语甩给父亲，同时甩开他的手，朝前走去。但是没走几步，他就被绊倒，连续几次，最终倒在了泥泞里。

“快离开吧，这不是真的。”倒在泥泞里的阿旺罗罗听见自己说道。

腥腻的血味飘荡在空气中。

远处传来狼的嚎叫。是一群狼，一个集体，迈着轻盈的脚步逼近，有计划有谋略地包抄而来，它们一旦嗅到猎物，通常是不会放弃的。

阿旺罗罗身子一紧，似乎已经感觉到头狼绿莹莹的目光正在摩挲着自己的喉管……

父亲可怜巴巴的呻吟从身后传来，一想到父亲从魔王身体里奔扑出来护在自己身前的样子，阿旺罗罗默默原谅了他那些不可一世的话语，魔王的残渣余孽还一定留在他身体里，他一定是吓糊涂了，得把他背到闸宝大师那里治病，等他病好了就应该没事了……阿旺罗罗忍受着剧烈的眼痛，转回头摸索着找到父亲，把他背起来。他还来不及想自己眼睛的事，先把父亲送去治疗的信念支撑起了他。

父亲沉重又绵软的身体在背后摇晃，阿旺罗罗艰难地摸索着道路，他感觉不到方向，只是盲目地迈进滂沱大雨里。

“看看你的眼睛啊……”父亲嘟嘟囔囔道。

眼睛……的确，他的眼睛长的一点儿都不像此刻在后背上摇晃的男人，但奇怪的是也不像爷爷和母亲，他从来没有意识到这个问题，我像谁？我到底来自哪里……

从前一有疑惑总是有扎拉来帮他解答，可是如今扎拉静无声息地窝在怀里，他能感觉到他的疼痛，今后不知他是否还能在自己肩膀上雀跃欢笑？如果失去扎拉，我该怎么活下去……一想到这里，阿旺罗罗心如刀绞……

父亲突然使足力气从阿旺罗罗的肩背上滑下来，“看看你的眼睛啊！我怎能跟你回去？不不不……”但他刚落地又试图重新爬回到阿旺罗罗的背上，还没等到儿子搂住双腿，马上又改变主意重新滑下来，犹豫不决地折腾了两次，最终好像下了决心，双手环抱着受伤的腹部，朝相反的方向奔去！

阿旺罗罗用耳朵判断着父亲离开的方向，大声呼唤他，但弃他而去的人已经决绝，没有一点回答。

阿旺罗罗坐在雨中悲痛欲绝。

雨越下越大……阿旺罗罗想起另一个雨天。那天爷爷生病，他独自放牧，羊群在大雨里走散了，他又饿又冷，还不愿意直接回家，总想把羊找齐了一起带回家，他找到一只，另一只又走丢了。走不动的时候，他就到山崖下躲雨。山崖边长满了青翠的植物，还有紫色和粉色的小花匍匐在草丛里，任由大雨浇灌。

那时他只有七岁。

七岁的男孩抱着抛石索，蹲在山崖下，望着大雨如注的世界出神。雨雾弥漫，深不可测，山坡下的草原、牛群和羊群，还有远方的帐篷，一切都看不清了。阿旺罗罗在雨雾弥漫中沉沉睡去。

醒来时发现大雨已停，一道彩虹静静地挂在天幕上，他站起身，深吸了一口雨后的新鲜空气。此时，那道彩虹也似是在移动。他朝前走了几步，彩虹竟也移动到了眼前，似乎伸手可及。于是他伸手试探，彩虹真真切切地移来，像一座桥，他不知不觉踩了上去。

彩虹桥软软乎乎的，但足以支撑起他的重量。阿旺罗罗搭着彩虹桥过去，一望无际的草原上开满了盛夏的花朵，馨香的暖风吹拂着脸庞，他看到几座帐篷簇拥着一座华贵的大帐，骏马们在帐外歇息，帐内不断有欢声笑语传来。

阿旺罗罗不由自主地移步到了帐篷前，帐帘自动打开，他看到帐篷里宽敞透亮，许多将军围坐在一位大王两旁，大王看到他，微笑着问道："你又来了？"

这个景象非常熟悉，他似乎是经常来拜望这位大王的，而每次来的时候，大王与他的将军们都在饮茶谈话，好像就要出征的样子。

阿旺罗罗点点头，木木地立在那里。旁边一位将军说："行礼啊，这孩子，每次来都要我提醒。"

阿旺罗罗想起来了，连忙跪下去行礼。猛然记起每次来，他们都会进行一次选择仪式。是的，这次也不例外。那位将军果然指着一堆东西让他选择，有法铃、金刚杵、缀满宝石的宝塔、一匣经书、马鞭、长剑、食物等等，阿旺罗罗伸出手，毫不犹豫地选择了一枚亮闪闪的宝镜。

将军哈哈大笑道："圆光镜，你选的跟上次一模一样！"

阿旺罗罗摩挲着光滑的镜面："我记不清楚了……"

"你三岁以前经常来的，只是你三岁时受到一点魔障，被暂时封闭了密脉而已。"那位大王说。

"那时不是说好十年后他满十三岁再说吗？"

"可能他等不到十三岁，着急想早点出师了吧？"

"我看还是得受点磨难，否则说话时嘴里没词，思谋时脑中无计。"

"就担心他现在年少，不容易把控自己，万一走火入魔……"

“哎呀我说大王，不要再考验啦，看这孩子天赋异禀、慈悲心善，承继事业的使命也迫在眉睫，赶紧为他开启智门为好。”

“授权得挑个好日子！”

“赶早不如赶巧，今天日子就不错。”

阿旺罗罗听着大将们说着一些他听不懂的话语，爽朗地大笑着。他靠近圆光镜，镜面上清晰地映照出自己的脸庞，但仔细一看，又不是现在的自己，好像比现在的样子要大好几岁……

那位大王走过来看了看圆光镜，说道：“绳索套不住清风，石头压不住河水，他总有时机成熟的那一天，我们还是不要违背天意，等他到十三岁吧。”

阿旺罗罗听到这句话，一阵难以抗拒的睡意袭来，他蜷伏着身子，舒适地睡去。

据说他在山里昏睡了七天七夜。被人发现后送回家里。

那天羊群实际上自己回家了，但阿旺罗罗并没有跟着羊群回家，一开始母亲以为他贪玩，但是一入夜就焦急了，一家人出门找，遍寻不见，部落里男人们帮忙再找，担心被狼叼走，最后发现他在山崖下安然睡着。

醒来的男孩瘦成皮包骨，但精神状态还算饱满，在喝了一大碗阿妈煮了又煮的牛肉粥后，阿旺罗罗把山中的经历讲给他们听。

阿妈忧心忡忡地说：“这孩子冒雨受凉，发高烧脑子糊涂了。”

“什么受凉，肯定是中了邪了！”父亲若有所思。

爷爷瞪了父亲一眼，父亲不再出声。父亲通常都在冬季牧场，但那天不知什么事偏偏回来了。

阿旺罗罗看到没人相信他，就把圆光镜的事咽回了肚子里。

但那以后他经常长睡不醒，醒来后也常常胡言乱语，一会儿慷慨激昂似是战场厮杀之声，一会儿又嘤嘤作态似是女儿之身。阿妈的一碗牛肉粥下肚后，睡一觉，一头汗起来，又正常如初。

阿妈的忧虑也跟着他的睡和醒而起伏，只有爷爷沉吟不语。有一天他让阿旺罗罗穿戴整齐，带着他去拜见森格云丹活佛。琼贡门吉多杰林寺建在山坡上，远远就能看到一座白塔迎风而立，塔眉上一双慧眼照拂着东查仓的子民。一条小河穿寺而过，活佛府邸就在河畔。蹚过小河时，阿旺罗罗朝着河水笑，爷爷问他笑什么，他说河里的鱼在朝着自己微笑，他也要回礼。爷爷的目光在河水和男孩之间盘桓数次，不答话了，抱着他进了宅院。

活佛的庭院里种满了各式花草，飘溢出满院的馨香。管家引他们沿着小路来到一处宽敞明亮的玻璃暖房，洁白的石头地板打理得干净清爽，一排坐榻前的矮桌上摆着牛肉肋条、干果和水果，森格云丹活佛已起身走来迎接。爷孙俩顶礼献了哈达，活佛把哈达回赠到阿旺罗罗的脖子上。

虽然森格云丹活佛是爷爷的兄长，但礼数一定要周全，这是爷爷再三嘱咐的。活佛承袭的是上一位活佛的灵魂，他的身体虽然是兄长，但灵魂是活佛，对人来说，灵魂更重要。

这时爷爷叫他过去，让活佛看他的眼睛，又让他对着阳光看。那天的阳光分外灿烂，像一万支细密的金箭穿刺而来，他看见金箭上缠绕着彩绳，绚丽夺目地跳着各种姿态的舞蹈……真美啊！

兄弟俩坐在榻上交头低语，阿旺罗罗吃着干果，望着一棵大树出神，这棵大树在玻璃大厅里格外醒目，绿油油的枝叶肆意伸展，都要顶到玻璃顶篷了，如果再这样长下去，大树会不会顶破屋顶呢？

“现在越来越封不住了，好像有什么在催促着他……”爷爷焦急的声音传来。

“我早就说过要让你好生看待……”活佛微微责备道。

“是在好生看待，只不过没想到会这么快……”爷爷低语着。

“是啊，十年的封印应该起作用……”

“实在不行……就解封吧佛爷！我看这孩子很痛苦，整日疯疯癫癫的，弄不好会把他憋坏的……”

大树的枝干在阿旺罗罗的注视下开出了花朵，都是什么花呀！有蓝色如脸盆大的，鼓鼓囊囊地不断往外翻卷着瓣叶，也有粉色如糌粑团大的，咕咕噜噜往地上掉，掉下来一朵，又长出一朵！好看好看！阿旺罗罗看得高兴，手舞足蹈，张嘴就唱起来：

呼请白梵天神兵，
呼请顶宝龙兵众，
呼请黄念神大军，
今天帮我做后盾！
天上化身六佛出，
夜空昴宿六星升，

大地六谷同时熟，
六字箴言口中诵，
藏人原有六氏族，
众生轮回六道中，
……

大树上的巨大花朵随着他的歌声开开合合，树枝也跟着节奏摇曳起来，来自邈远但却异常清脆的法铃声声入耳，阿旺罗罗更来劲了，换一曲更加威猛的声调唱道：“雄狮大王格萨尔，容貌堪比十五月，面色红润似珊瑚，双眸明亮似晨星，牙齿洁白好像珍珠串，身体要比须弥山魁伟，心地慈善好似白绸子，声音动听像把鹰笛吹，头上盔旗像舞蹈，铠甲叶片闪闪亮，脑后鹰翎随风飘，跨上快蹄赤兔马，就像与风在赛跑……”

爷爷无可奈何地望着兄长。森格云丹活佛长叹一声。

活佛走到阿旺罗罗面前，一挥长袖，大树上的奇异景象全不见了，阿旺罗罗的歌声也戛然而止。“阿旺宝贝，”他亲切地直视着他的眼睛，“我知道你能看见许多常人看不见的东西，不要担心，对你来说，这是正常的。”

“我难受……”阿旺罗罗半天回不到现实中来。

“我知道你不唱就难受，不唱就会生病，但你要忍耐，因为时候未到，会对你的身体有损害，为了保证你将来能够一直唱下去，你需要克制自己。”

活佛让他跪下来，在他左肩上薰香，念了好多好听的赞美词，一个一肘高的蓝色人儿从左肩里飘了出来。蓝色小人儿有一双蓝蓝的大眼睛，有一双和身体不相称的大手大脚，他与活佛互相致意的时候，朝阿旺罗罗友好地闪了闪眼睛。

活佛交给阿旺罗罗一条哈达，让他呈献给这位蓝色小人儿。阿旺罗罗恭恭敬敬地献给小人儿，小人儿三裹两裹，就裹到身上当作衣裳了。

“照顾好你的保护神，他会对你大有裨益。”活佛最后这样交代道。

爷爷千恩万谢，带他临别出门时，活佛再次嘱咐道：“等到十三岁吧。”

从那以后，他不断生病，总是发烧，总是长睡不醒。梦里一位妇人经常来看望他，一会儿哭泣，一会儿又笑着，捧着他的脸亲吻。后来他问过扎拉，那位妇人是谁，为何来了又不说话？扎拉总是含糊其词，说许多妇人在守戒，守戒期间不吃饭，除了佛语外，更不能说话。“等她守戒期满后，她会亲自告诉你你想知道的一切。”扎拉总是以这句话结束这个话题。

值得庆幸的是，从那以后有了扎拉的陪伴，他的孤寂生活充满了色彩，只要独处时，扎拉随叫随到，他们一起度过了许多愉快的时光。可是现在，扎拉了无生机地躺在怀里，如果失去扎拉，他将如何度过？他的心脏剧烈地疼痛起来，胜过眼睛的灼烫……

十三岁……全身淋湿的阿旺罗罗突然意识到这个年龄，如今不正是十三岁么？

寒冷的夜，寒彻心扉，但他觉得身上却热了起来，死亡的幻觉五颜六色，眼前一片残骸，好似整个天空在轰然倒塌下来，他用最后的力气咆哮着，从自己的身体里升起来……

他听到远处有人呼唤他的名字。

既而听到杂沓的脚步声传来。他不想答应，让这个世界离我远点……

很快有人抓住他的胳膊。“在这！阿旺罗罗在这！”是久美更松的声音。

随之而来的是布群昂加。

二、来自墓穴的人

阿旺罗罗睡了很久。这似乎是个无梦之夜，除了眼睛的疼痛外，他感觉不到他与自己身体的联系，他有时觉得自己是一片土地，沉沉地陷落在宇宙的深处；有时又觉得是一汪流水，流淌在平缓的河床上；有时也是一团火，火焰的高处是一片寂静；有时又是一缕长风，轻轻掠过阿尼玛卿圣地，留下白茫茫的虚空……当他醒来时，土、水、火、风全然不见，只剩下绝望的情绪伴随着他，仿佛已经过了一百年的时间，发生这么多的事，但愿这一切只是个梦，等一觉醒来，什么都变回去了，也许这正是他迟迟不愿醒来的理由。

“春春、春春……”奇怪的鸟鸣声叫醒了他。他起来一看，一只白仙鹤扑扇着翅膀，来到眼前，紧接着一只上半身像白色肌肤的人形、下半身像大鹏的鸟也“香香、香香……”地叫着飞了过来。阿旺罗罗揉揉眼睛，眼睛是好的，看的真真切切，双手一摸，完全没事了，果然是梦，那就好那就好，他放心下来，注意力转到两只大鸟身上。

“你还没听完我们的故事呢。”白仙鹤说。

共命鸟王也附和道：“故事听完才算数，中间断掉太可惜。”

阿旺罗罗来精神了，这不是岭国的寄魂鸟和魔国的寄魂鸟吗？《格萨尔》的故事当然喜欢听，他兴奋地双手合十:“敬请！”

两只鸟一下子飞起来，吹拂起清凉的微风，微风中魔国的九尖铁围城豁然出现在眼前，两只鸟先后飞落在城顶上，白仙鹤说：“我担心共命鸟王把格萨尔已到魔国的信息传递给魔王，因此特意赶来劝走它。”它唱道：

你是魔国寄魂鸟，春春，
我是梅萨寄魂鸟，春春，
达绒超同来做媒，春春，
路赞大王娶梅萨，春春，
他们都是一条心，春春，
固若金汤铁围城，春春，
外部敌人再强大，春春，
也不可能攻进去。春春，
你我两只寄魂鸟，春春，

时常充当保护者，春春，
如今所见都平安，春春，
还是各归各家园。春春。

两只鸟翩跹而舞，环绕在九尖铁围城顶上。共命鸟王听了白仙鹤的歌，点头称是，它也唱道：

以前虽未亲眼见，香香，
耳中却早有所闻，香香，
这是亚康八山地，香香，
它与别处大不同，香香，
太阳被那乌云遮，香香，
月亮罩在黑暗中，香香，
天上星星不发光，香香，
迷迷茫茫笼烟尘，香香，
上面纷纷降血雨，香香，
中间阴魂刮暴风，香香，
魔土黑谷这地方，香香，
我俩不必久留恋，香香，
以后有空再回来，香香，
告别祝你永平安！香香……

两只鸟各自飞去。而九尖铁围城中的宫殿里出现两个人影，魔王路赞和王妃梅萨绷姬听到城顶的动静，急忙起身抬头仔细倾听。魔王路赞说："哎呀，我听见城顶上一阵阵咚咚直响，坚固的铁围城怎么啦？"

梅萨绷姬王妃机智地回答："大王，这是寄魂鸟飞来保护我们呢。"

路赞说："近来我梦中有不祥，还是小心为妙。"

梅萨说："大王勇猛无敌，还怕什么？"

路赞说："那当然，我天生九头十八支犄角，黑色毒蛇盘四肢，口吐火焰喷毒雾，手脚指甲似铁钩，人人见我胆吓破，除非格萨尔来降我……"

梅萨答道："岭国遥遥不可及，大王放心。"

路赞大呼一口气，放松道："爱妃言之有理，大王我就放心了。"

此时相宛入宫觐见，叩拜之后，魔王路赞问道：

各个地方可平安？
牛羊畜群可安全？
防守城堡疆域大，
可有敌人来进犯？

相宛答道：

各个地方都安定，

各类牲畜都平安，
既无敌人来进犯，
也无猛兽来侵害。

魔王道：“大臣辛苦啦，我先去巡查疆土，你陪王妃聊一聊。”魔王带着大臣们离开后，相宛向王妃问安道：

梅萨王妃听我言，
我有佳话告诉您，
你我天涯同沦落，
魔王掳来罗刹城，
天无日月降厄运，
痛苦不安犯愁肠。
唯有豪杰格萨尔，
才是心中依靠人，
如今他已快马来，
专为救您度众生。

相宛说完引上格萨尔后退下。格萨尔与梅萨两人相见，左右端详、百感交集，格萨尔道：

凶恶妖魔黑路赞，
南赡部洲大公敌，

属民艰辛度日难，
水深火热悲号中，
我担责任来降伏，
誓把魔土变佛国，
你快准备把路上，
幸福岭国把家还。

梅萨唱道：

命运不济福运薄，
魔王抢来厄运临，
日日盼望雄狮王，
拯救梅萨灾难中。
可是大王虽勇猛，
征服妖魔也很难，
您看常人卧魔床，
犹如婴孩显渺小，
试试妖魔生铁箭，
定然沉重拿不动。

梅萨从头巾中取出路赞王的铁城秘密通道的钥匙，带领格萨尔来到路赞的寝宫，格萨尔躺在魔王的卧榻上，就好像一个婴孩睡在一个角落，显得非常渺小，再去试魔王的饭碗、铁箭和箭镞，根本就拿不动。

梅萨继续道：

宰杀魔王母黄牛，
夫君吃肉长力量。
还需探知寄魂物，
狮王伏魔莫心急。

她把魔王的一头母黄牛偷偷宰杀，煮肉给丈夫吃，格萨尔吃过后，身体迅速长大，力量无穷，再躺到魔王的卧榻上，发现已经容不下他了，魔王的饭碗、铁箭和箭镞也很容易就拿得起来了。

梅萨说："雄狮王啊，现在你有力气降伏魔王了，但是魔王的寄魂物还会保护他的生命，还需我探知后才好。"

雄狮王说："梅萨心细周全，这样也好，降伏魔王要万无一失。"

梅萨说："魔王快要回宫了，现在请雄狮王暂时藏身一下，灶台下的九层深宫是我早就预备好了的，我再铺上柴草伪装妥当。"

梅萨在灶台底下的九层深宫里安置好了格萨尔，上面铺好柴草。

"哎呀呀！格萨尔大王要小心！"阿旺罗罗大喊一声，坐了起来。

"醒了？"是闻宝大师平静的声音。

阿旺罗罗半天没反应过来，他还在为梦里的格萨尔担忧，闻宝大师清晰的声音传来，刚才是梦吗？梦里是能看见的，我的眼睛没事吧？为什么看不见闸宝大师？……他赶紧一摸眼睛，发现双眼上缠裹着一层又一层绷带……那么，又是一场该死的空梦啊……他重重地躺倒，我已经彻底完了，眼睛看不见，这世界就与我无干了。

“昨晚你来后已经昏迷了，眼睛上了药，尽量保持不要掉眼泪。”

阿旺罗罗的手伸到怀里，扎拉不在。

“你的保护神受到严重的创伤，需要一段时间的静养，恐怕这段时间陪不了你了。”

“是我，”阿旺罗罗沉默许久后说，“是我害了他们。”

闸宝大师过来把手放在他的肩膀上。那里曾是扎拉喜欢坐着的地方，扎拉坐在肩膀上，为他指点迷津，为他逗乐开心，为他遮风挡雨……他的小小身体，他的蓝色眼睛。一想到扎拉，阿旺罗罗就痛彻心扉……

一切努力都是徒劳。害了扎拉，丢了日月镜，连久未出现的父亲也不知为何竟然与魔王沆瀣一气，走到了一处。

闸宝大师说：“我先带你去见个人吧。”

“见个人？”阿旺罗罗心灰意冷，“我看不见，没法见人。”

此时此刻，他谁也不想见，谁的声音也不想听到，他只要一个人待着，直到化为灰烬……

闸宝大师握住他的手，不容分说带着他向前走去：“此时不见，我怕你以后后悔。”

我已经没什么可后悔的了。阿旺罗罗啪嗒着脚后跟，不情愿地跟着去了。

好像依然在岩洞里，他们在走向更深的地方，脚底下崎岖不平，但闸宝大师牢牢地握着他的手，不让他有犹疑的机会。

感觉走到了深处。寒凉的气息扑面而来。闸宝大师停下脚步。阿旺罗罗听到一个陌生的虚弱的声音从更深处传来："闸宝大师，您来啦？辛苦了！"

闸宝大师说："多杰丹坚，你辛苦了！"

他们互相问候的声音明显地按捺着激动，是老年人通常都会有的不动声色。阿旺罗罗还是敏感地竖直了耳朵。

"服用三怙主圣地的三色丸，效果如何？"闸宝大师问道。

"您给予我的永远是一剂良药，十年来年年如此。"

十年？什么意思……阿旺罗罗无法描摹陌生人的形象，那声音来自更深处，仿佛在穿过一条幽深的孔道。但奇怪的是陌生人并没有走近闸宝大师，闸宝大师也并未再走向前，而是把身后的阿旺罗罗推到了身前。"我想，他才是你真正的良药。"

陌生人沉默着，似乎能听到他急促的呼吸。"阿旺宝贝！"陌生人终于轻声开口叫出他的名字。

阿旺罗罗呆呆地立着，这样称呼自己的只有爷爷和母亲……他努力捕捉着陌生人的声音，快速翻找记忆中能够贴合的人声，但是搜索是徒劳的，记忆中似乎确实不存在与此相符之人的容貌与特征。

"世事变幻无常，但是最终总会显现真实的一面，"闸宝大师故作轻松地说道，"正如我们预测的一样，魔王卷土重来，最严峻的时候终于到来了。”

阿旺罗罗感觉到闸宝大师放在他肩膀上的手指在微微颤抖，而从前方传来的陌生声音也在微微颤抖：“十年的艰苦斗争总要有个了结。”

整个空气都是颤抖的。伴随着颤抖的空气袭来的是寒彻身心的冰冷，阿旺罗罗不由得打了个寒战。

闸宝大师感觉到他的抖瑟，低声提醒道：“运用你的气脉，现在是你用‘拙火定’功法的时候了。”

对，大师曾经教授过“拙火定”，没想到会用在这种时刻，他暂时撇开陌生人的事，专心修持起意念，气脉在身体里上下往复，热热的脐轮火使得周身暖和起来，勉强抵挡住对面像一座千年冰山一样的强烈寒意。

阿旺罗罗很快反应过来，现在正是盛夏，为何此地却出奇地寒冷？而且像一股股冷气，从对面某一个地方扑射而来，好像……好像对面那位陌生人所处的位置正是寒冷的源泉。

“他是谁？”阿旺罗罗惊问道。

他们沉默了一会儿，但他敏锐地感觉到他们可能在互相示意，大概为了避免让他听到，是在用手势激烈地交流吗？阿旺罗罗揣测着。最后还是闸宝大师打破了沉默：“他是一位出色的瑜伽士，请你记住，他的名字叫多杰丹坚，你将来会以他为荣。他也是一位伟大的战士，十年前在与魔王的斗争中不幸遭到毒手，被魔咒冰封，他以坚韧的毅力挺到现在，真是好样的！”

“我终于盼到了这一天……”那人叹息般地低语了一句。

“可以说，现在是最严峻的时候，也是我们即将迎来曙光的时候。”闸宝大师洪亮地接过话。

“您是说红铜角野牛事件？”阿旺罗罗的脑海里一些记忆碎片正在连接。

闸宝大师沉沉地说：“对，红铜角野牛事件打破了东查仓和整个阿尼玛卿圣地的平静，正如千年前莲花生大士预言的那样，末法时代来临，北方亚尔康魔国的路赞魔王还魂临世，他魔法强大，企图重新掌控世界，当然，我们所有人，都有责任阻止他，决不能让他得逞。”

被称作多杰丹坚的陌生人长吁一声，“那天正巧是你三岁生日，我记得天气晴好，人们都赶来参加东查仓和玛查仓召集的姻亲联盟活动，神授艺人嘎玛威色的演出非常成功，而你也显露出特别的天赋，跟着他咿咿呀呀地哼唱着格萨尔史诗的曲调，然而就在那时，红铜角野牛就突然出现了……”

“不是正巧，是有意而为。”闸宝大师接口说道：“红铜角野牛正是冲着这一天来的，因为那天是你的生日，你尚未长成，最容易受到伤害。其实我们也有预测，所有的大师都到齐了，虽然有所准备，但还是低估了魔王的实力，损失非常惨重。嘎玛威色老艺人和圆光镜创伤极深，你绛秋昂杰爷爷的腿也被致残，多杰丹坚护你最切，因此魔王的寒霜咒全都被他一人承担住，保全了你和诸位大师免受其苦。当时我们虽然击退了野牛，但知道他还魂成功后还会再来。”

陌生人再次发出叹息的声音，似乎想要阻止闸宝大师的谈话，但大师飞速地继续说道："这就是大家隐瞒你的原因，你十三岁成人这一天，也一定是魔王再来寻衅的时刻。"

阿旺罗罗显然受到极大震动，虽然隐隐约约明白这一切与自己相关，但不能如此明晰地联系起来。他怔怔地侧着耳朵，试图尽快适应和理解这些一下子就钻进脑袋的话语含义，以及含义背后隐藏的信息。原来，大家都是为了保护我……

"十年来，诸位大师韬光养晦，重修法门，积极做着准备，而你也被封闭了密脉，为的是更好地护你周全，以便这一天到来时，你能真正承受所有的考验。"闸宝大师更加有力地按着他的肩膀。"我们总被魔鬼追赶，光明和黑暗的斗争永无停息，但现在到了最终要解决的时候了。"

"阿旺宝贝，想必你现在一定感受到了，这是个荣耀的职业，也是个不幸的职业，你得承担常人所不必承担的痛苦。"陌生人充满怜惜的声音低低传来。

冰凉的冷气愈来愈重，阿旺罗罗用意念运着脐轮火，想维持身体的温度，可是运着运着，就哭了起来。

"我恐怕不应该出生……"

陌生人立刻打断他："你的出生是个奇迹，对此我们充满了感恩！"

他的声音义正词严。阿旺罗罗身上的毛孔都张开了，汇聚着冷气的凛然之音一针一针地扎进他的毛孔里，他分不清是冷气的浸渍还是语气的锋芒。

"记住，我们被称作是来自墓穴的人。"那个声音说，"我们部落的男人从来不怕死，以战死疆场为荣！”

阿旺罗罗的泪眼里浮现着一个人影，他想，那一定是个伟岸的身影。

“可是……可是圆光镜已经不在了，我已经没用了！”阿旺罗罗沮丧地哭出声来。

“圆光镜固然可贵，”闸宝大师温暖的手掌在他的脖颈上摩挲，“但你要打破对圆光镜的执着，明白吗？你的心念比任何外在的事物都可贵。”

阿旺罗罗使劲地摇着头，他明白的是一旦失去圆光镜，那么他就失去了被神授的可能性，所有因他而起的牺牲就全都白费，太对不起大家了，他深陷在自责中无法自拔。

“闸宝大师，在达却贡卡吉祥之地，不妨请您示现圆光镜的实相吧！”只听陌生人请求道。

“也好，”闸宝大师的手掌从阿旺罗罗的脖颈上移开，“阿旺罗罗，你集中意念，注意接受我的指示。”

阿旺罗罗感觉大师与他面对面立着，随即被一股强大的热力包裹起来，他赶紧调息顺气，保持平静的心态，渐渐地，眼前升起一轮光环，四散着五颜六色的光斑，正中向外鼓凸着，好像有样东西在努力挣脱束缚，以便显现出来。香气扑鼻，温润满怀。阿旺罗罗屏息等待，不一会儿，一只圆光镜从光环中脱颖而出，悬在半空，真真切切，正是那面从自己手上失去的日月合镜！

“圆光镜！”

喜悦从阿旺罗罗的胸腔里冲溢着，难道圆光镜能够自如地回来吗？未等阿旺罗罗表达疑惑，闸宝大师就说：“这是你心中挂念的圆光镜的幻象，不过你可以听听它的故事。”

阿旺罗罗紧紧盯着圆光镜，它有故事？它还可以讲故事？只见光洁的镜面上开始波谲云诡，一阵阵云霓雾霞，继而渐渐明朗，像最初见到圆光镜一样，清明如新。阿旺罗罗吃惊地见它竟然……竟然朝着自己鞠了一躬！

“最初世界混沌一片……”圆光镜徐徐吐出清晰的话语。

三、镜的自述

最初世界混沌一片……

曾几何时，土、水、火、风开始流动，亿万年来，它们相依相存、互生互克，后来形成了陆地海洋、山川河流……

当露珠和雾凇凝结，大地之上生成一枚光明卵和一枚黑暗卵，光明卵弥散之际，诞生了人类的祖先，他的名字叫什巴桑波奔赤，是光明之子、富庶之主。而黑暗卵弥散后，诞生了门巴色丹，他是黑暗之王，个性愚痴，偏爱毁灭世界万物。

光明神后裔的人类和黑暗神后裔的魔鬼，从此在战争与暴力、禳解与和平中度过了漫长的岁月……

但在往昔第一劫时，人神和魔神从界顶跌落，大喷焰降魔神的化身及时出现，精神抖擞地站在七大金山之巅，他高举一块金焰魂石，命令诸魔交付魂魄。诸魔迫不得已交付出去，所有的魔魂被吸附在金焰魂石上，它们开始谨言慎行，像走狗一样奔跑，像仆人一样顺从。这样的和平一直延续到中劫以后，那块魂石不慎被抛向大地，浩瀚的大地开始沸腾，从此诸魔不再遵守誓言，时时侵犯人类疆界，世间纷纷扰扰，战事旷日持久，毁灭、抗争，毁灭、抗争……

因此几乎每一千年，天神就会派遣神子降世，扫荡黑魔，维持世间秩序，恢复世界和平。

当初只有天神知晓金焰魂石的去向。由于魂石具有特殊的能量，不但能够役使鬼神，它所在之处，还是宇宙的轴心，谁获得魂石，谁就掌控了世界的主权，当未来某一天，地球毁灭之际，魂石所在区域，会升入天际，与宇宙的某处相合，创造一个新的星球。

因此，天神与魔鬼争夺的不是当下，而是未来。

人们猜测魂石会在三大魂山藏匿，这三大魂山都有秘密天梯与天界相接，即上部魂山冈底斯、中部魂山念青唐拉和下部魂山阿尼玛卿，他们各有自己的明妃和眷属，古人有云：“上部为冈底斯眷属，中部为念青唐拉眷属，下部为阿尼玛卿眷属。”

而天神之子当然也知晓金焰魂石的具体所在，为了依附这种能量，他把自己的魂魄寄托于此，在拥有世间最安全的保护的同时，更能获得强大的生命力。

人们说所有有情生命皆是五蕴和合而成，食自然之谷，穿树叶之衣，六大氏族繁衍生息，部落丛生、小邦林立，男人们打造骨镞和石斧狩猎和征战，女人们磨制骨针和石锅缝纫和烹饪，高原人类历史的巨卷就此打开。

然而在某个时代，一位通晓天神密语的掘藏师受到魔鬼的蛊惑，在一派混沌中，获得我，并且获得开启我的密咒，他从我的光影中，豁然发现这个亘古的秘密：金焰魂石正在阿尼玛卿神山的某处沉睡。

这个秘密不胫而走。很多年后，传说渐渐沉寂，人们又在一部《寄魂延寿接命经》的密传中发现了魂石的踪迹，但是几代人的搜寻都无果而终，因为他们无法判断准确的地理位置。阿尼玛卿山体庞大，方圆超过280公里，最高峰高达6282米，在巍峨磅礴、冰峰雄峙的群山之间找到小小一块魂石，谈何容易。

我想，我是在最初世界混沌一片时，就有了父之骨、母之血……

我想我出自虚空，观望着光明神和黑暗神从上古时代开始的征伐，观望那块珍贵的魂石如何被抛向神秘的阿尼玛卿大山深处，被冰雪和岩石收藏，被岁月遗忘。

一些人遗忘，一切人却在惦记。嘘！神的子民遗忘是因为神的血脉在一点点流失，而魔鬼的惦记是终想获得一切。

土、水、火、风造就了我的形体和精神，经过郑重的礼敬、祈祷和承诺，我沿着一缕真气来到人世间，至尊祭司获得了我的身体。

他常常在神坛上撒上绿色的青稞粒，点燃一排供灯，他向光明之主祈祷，敬献黄金、绿松石和清香可口的酒水，他还演奏两种礼乐，以雷电冰雹之音或飞禽走兽之调，赞美天地山川和日月星辰，以及自然万物。

我成为重要的法器，因为至尊祭司获得了与我交流的秘密语言，他研究圆光的特殊方式，通过我隐秘的传达，获得光明之主的预言，保护人类摆脱痛苦和障碍，同时驱散与禳解黑暗神后裔的破坏和毁灭。在冈底斯神山和玛旁雍错圣湖的召唤中，红鹏金翅鸟喷吐着火焰飞临，带来大圆满宝典，为人们医治心灵的创伤。

祭司令工匠把从我的镜中看到的景象敲凿到岩石上，野鹿奔腾，野羊撒欢，而野性的牦牛向远方涌去，带尾巴的执鞭人若隐若现。更多的是雍仲符号在悬崖上旋转，暗示着金焰魂石的存在，但蒙昧的人们并没有意识到它的重要。

我在象雄帝国立足，也在喜马拉雅北麓和南麓之间流连。那时，吐蕃六牦牛部刚刚迎来肩舆之王，古代历史文书上这样记载："在天之中心，住着父王天神的王子，他来作雅砻大地之主，当他降临神山江多之时，须弥山为之鞠躬致敬，树木为之奔驰迎接，泉水为之清澈迎候，石头石块都弯腰作礼。"因此，包括这位肩舆之王在内的最初的天赤七王，在死亡降临时，都要沿天梯回到光明神的怀抱，但天梯后来被无知的人类自己砍断，从此人类离光明越来越远。

我时而光亮，时而暗淡。当四季调和、水草丰美，光明神的后裔和平共处、安居乐业之时，我浑身散发着柔和的光芒，至尊祭司因我通透、明确的兆示而额手相庆。当自然失衡、灾害频仍，黑暗神的后裔四处出击、寻衅，播撒贫穷和饥饿之时，我的光辉就会消失，至尊祭司也因我模糊且语焉不详的显现而泪水涟涟。

一位来自邬仗那的上师破解了我的与众不同。他生自莲花，自带虹光，他为我加持，洒上净水，供奉烟火，我沐浴在水与火的洗礼中，获得了无比的力量。我们互相欣赏，他在我的背纽上镶上了藏王赤松德赞赠予的宝石。对于难以一遇的相知者，我当然也向他袒露心扉，呈现出遍布藏地的黑暗神后裔的镜像，它们带来旱灾、荒年和瘟疫，这位殊胜稀有的上师降伏黑魔的意志非常坚定，降伏黑魔的力量也非常强大，但这意志和力量只能维持一千年。因此他离开时宣布了著名的预言，千年以后，末法时代来临……

不幸的时代就要来临。我被藏匿起来，辗转于许多上师或平民之手，最终被带出卫藏，来到广袤的朵康地方，开始了更多的游历。

我经过土地的埋藏，蝼蚁们践踏着我的身体，屈辱和愤慨充满了我的胸膛，光的力量使我一点点上升，我奋力摆脱着植物根系、沙石和鼠穴的阻挠，大地给予了我新的成就，土壤的滋养，就像一位上师的加持，我的形体虽然没有长大，但我的灵魂就像一株植物一样，发芽、生长，日益丰盈。

我也经过河流的冲洗，从象雄腹地的玛旁雍错圣湖的洗礼中，我获得宁静、平和的根性，流水的抚摸令我恍若回到混沌之前，一切皆无，一切皆有。水中生物擅长交流，它们的尾鳍试探着掠过我的身体，邀请我参加盛大的婚礼，成千上万的鱼卵携带着火热的生命在水波里舞蹈，那水里冰凉如夜，却阻挡不了它们滚烫的生命力。我震撼于它们显然知道明天将死，却依然游弋出醉人舞姿的悲壮。

我经过烈火的焚烧，人们说烈火才能辨玉，而我非金非玉，却在烈火的焚烧中愈加坚韧不拔。我保持头脑清醒，努力吸纳烈火中的阳气，天火无可避免，但歹毒小人们的柴火之焚，却让我心灰意冷。

我也经过暴风的袭击，暴风将岩石打磨成沙粒，把世间万物打磨出疼痛的凹痕，它改变了江山的样貌，掠夺丛林和草地，让河流干涸。我们默默对峙，暴风无形，却像绳索一样紧紧缚住我的身体，围攻着我的光芒，企图加害我进入永劫不复的黑暗，但我呼吸着尘埃，将沙粒当作食物，照单全收，我的质地因此更加坚不可摧。

我经过土、水、火、风的历练，精神抖擞地踏上春天的旅途，花朵们开放在向阳的山坡，青草开始艰难地生长，季风带来温暖的问候，那时我恍然以为光明神和黑暗神友好起来，殊不知光明与黑暗是世间的两面，永远不可能调和。

我也曾经过无数白昼和长夜，日光给予我光亮，月光给予我滋养，而耀眼的星光尤为我所钟爱，我想那里必然对应着我的生老病死与爱恨情仇。

我在时空中穿梭。时代更迭，我有时被待若上宾，享受黄金和宝石的供奉，沐浴纯净的甘露，打扮得时尚而俊美，绫罗绸缎包裹着我，奇香异草熏染着我，优美尊崇的赞美歌颂着我，甜言蜜语的祝福恭维着我，美人的惊鸿一瞥，少年的庄重顶礼，令我在陶陶然中吐露出更多秘密的兆示。但有时也被弃若敝屣，风尘扑面、形容枯槁，但我并不气馁，心平气和地等待着下一位主人。

每一位主人与我的渊源都有不同，有的长，有的短，有的擦肩而过，有的视若珍宝。曾有一位主人虽然无病无恙，但阳寿已高，有一天他把弟子聚到一处后告知他们："我该踏上归途了。"他把身边财物全部分赠给了他们，唯独留了下我，因为他知道我会找到我的下一位主人。弟子们痛哭流涕，恳请他长久驻留，他喝着一碗酥油茶，跏趺而坐，弟子看见茶水沿着碗沿嘀答流下，才知他已离开人世。人们看着他宁静而慈祥的身体越变越小，直到化为一缕虹光，超脱一切羁绊，回归光明神的怀抱。

像这样生死自如的上师，我陪伴过很多。我曾经与一位国师邂逅，彼时他患重病，长卧不起，人们在我的镜像中看到魔鬼正捧着他的心脏向黑暗处狂奔，经过禳解师的法事，消灭了魔鬼，从而解除了国师的魔障。国师从此以后与我须臾不离，他常常于无人之处与我两两相对，良久不言，从他愉悦的神情来看，他的期待就像十五的圆月一样，离我们越来越近。

我仍记得，那夜圆月当空，久已干涸的三处泉眼突然泉水直涌，扑泄而出，各色鲜花的花瓣从空中飘然降落，带来一阵阵香氛。国师更衣焚香，高燃心灯，郑重设立了坛场，将我供奉其上，我蓦然明白，我们分别的时候到了。

一种情绪在我胸中激荡……长期以来，我学会了隐忍，学会了平静地对待万事万物的兴衰成败，看惯了四季更替、此消彼长，虚幻与现实摩肩接踵，喜剧与悲剧相交相融，雅致与粗鲁分庭抗礼，喜悦与欢笑失之东隅，高贵的神性越来越稀有，卑劣的魔道越来越盛行，人们啊！最终是劣币驱逐良币，奸徒日繁，正业日亡，大千世界，喧嚣至极必将归于静默。而国师的辞别，就像心灵的依怙主突然离去，无疑加剧了我的悲伤感怀。

他向我顶礼，以国师的身躯，谦逊的胸怀，答谢我的相知相伴。我悲从中来，镜像一片模糊，背钮上镶嵌的宝石也莫名脱落。国师最后一次耐心擦拭了我的身体，告诉我说，我身负使命，应该去更需要我的地方。他与我洒泪作别，用意念驱动我飞身离去。

回首一瞥中，我看到国师已经安然入化，一缕虹光升向天际。

我则随着一声雷鸣，飞临阿尼玛卿上空。

作为礼物，我被遥赠给阿尼玛卿，成为群山之中的一块璞玉，我仿佛听见了森林的呼啸，也听见了大海的涛声，我的整个身心都愉悦起来，有好久好久没有这么愉悦了，似鸟投林、如鱼归海，我静候着，静候有缘者与我相遇。

那时，我有着洗尽铅华的通透，远古的镜像深深隐藏。阴晴圆缺之间，我时而半梦半醒，不知品尝了多少次夏日的酷晒和冬季的暴雪后，我那位命定的主人终于出现了。

一位盖世英雄横空出世，他承接了天神的使命，年神们护佑他，龙神们拥戴他，他降临凡间要做一番事业，后来人们称他为狮王。

自从他将魂魄寄托给阿尼玛卿大山神，他与阿尼玛卿之间就有了血肉联系，我细心倾听着他们的话语，为他们的神交激动万分，当然我得保守他们的秘密，每当他横刀立马、征战疆场之时，我都与山神一起，为他高唱起赞美的歌谣。

啊，他降妖伏魔时英勇无敌，他抑强扶弱时慈悲至极，他统一世界时智慧无比，最终……最终他完成人间使命回归天界时，上天落泪、大地泣血！

然而当我誓死追随时，狮王却将我留给青蛙转世的神授艺人，命我继续向前。

时至今日，我依然能够感知到他的存在。艺人们的说唱中，他活着，巨大的光罩升起，保护着世界的安全。只要艺人在，光罩就在，山河大地的原生样貌就在，人与动物、自然与生灵的最初平衡就在。

我的身体看似空空荡荡，实则清香满溢，因为我身怀使命，帮助一代代圆光艺人留名青史，也帮助嘎玛威色成为杰出的使者，传递出末法时代最终的呼唤，人们啊！要谨记土、水、火、风的造就，要礼敬世间万物的恩德。

长着一双鸟眼的男孩啊，我与你一见如故，仿佛回到久远的从前，我与主人们温馨的交谈、长久的凝眸一一闪现。有时候历史惊人地相似，我们虽隔着千山万水，却依然能够在阿尼玛卿的脚下、玛曲大河的源头相遇。穿越时空可不是容易的事，在你的帮助下，我得以日月合镜，获得新生。

我本也想陪你——来自墓穴的人，向死而生，勇敢向前，遵守那位狮王的嘱托，但是，我个性如此骄傲、脆性十足，自认为经过众多上师的加持，聚集着日月的光辉，万物的精华，天穹之下，大地之上，没有人比我活得更久。

然而亚尔康魔王路赞想要夺去你的性命，并且企图从我的镜像中窃取金焰魂石的下落时，我不能违背天神的誓言，为了阻止魔王利用，我只有自断光芒、自爆身相。

如今，我镜像全失，世界混沌一片，土、水、火、风重新呈现，我有我的来处，也自有我的归处。你大可不必执着于我的形式，记住一切皆无，一切皆有。

第十一章　达却贡卡Ⅱ：圣地的火焰

一、护身符

长久的黑暗，让他的听觉异常灵敏起来。刚开始时能听到血液在血管里嗡嗡作响，像溪流涌向大海一样，它们涌向心脏，让心脏不能承受，涌向颅顶，头颅就沉重地垂下，当它们涌向四肢，带来的不是力量，而是心神不安的恍惚……

继而能听到身边的植物在地底下破土，它们勇敢地生长，努力顶起坚韧的桎梏。小虫子们在根茎上撕咬，它们一个军团一个军团，扑向新生嫩芽，啃啊、咬啊，但植物总会在它们咬过的伤口上分泌出汁液，保护伤口不能溃烂。也有牺牲品，有些根茎的伤口久久不能愈合，汁液无法分泌，这些根茎就永远不能长出枝叶了。

我是不是也是一个牺牲品呢？我的出生是不是就是一个错误呢……

他随即想起闸宝大师与陌生人的谈话。想起圆光镜在低语后化为乌有，留下一片空旷的沉寂。想起父亲决绝离去，无情抛弃。为何他们如此笃定地认为自己就是那个要承担责任的人？他们为我做的牺牲是否值得？……

还有，那位陌生人，他到底是谁……

没有扎拉，许多答案都无法获得！这段时间来，他每天清晨的第一句话，就是讯问扎拉是否恢复，是否可以回到自己身边，可是每次闸宝大师的回答如出一辙，就是让他耐心地等待机缘的到来。

他烦躁起来，甚至感觉植物生长的声音都太嘈杂，耳朵像是失去了保护膜，那些声音拼命往里钻，有的直接钻进大脑，在那里生根发芽起来。枝蔓迅速盘根错节，向更深处探寻，有两条根茎抵达双眼的后方，正在捉摸着做出是否继续前进的决定……

继续吧……请把汁液分泌到双眼上，请把眼睛的创伤弥合……请继续吧……

这时他的听觉捕捉到一双脚步由远而近，打乱了脑袋瓜里正在疯狂伸展的枝蔓的计划，它们停顿了一下，然后马上消失于无形。

“该吃药了。”兰顿大师随着他身上特有的香气来到面前。

阿旺罗罗顺从地将甘露丸放进嘴里，把快到咽喉的一条枝蔓使劲咽了下去。

“一会儿上师会亲自来给你眼睛敷药。”兰顿大师说着坐到身边，拉起阿旺罗罗的双手，“小阿旺，我知道你这几天不好过，再坚持一下，要对上师充满信心。”

他的手真暖和。阿旺罗罗心想，如果当时留在他的洞府，或许我能成为一名不错的弟子，又或者，干脆返回家乡，和爷爷安宁度日。可是一切太晚啦，对于我这个废人来说，什么都没用了。

兰顿大师轻声叹口气，像是听到了他的腹语，“人的肉体实际上也没那么重要，它是为了包裹灵魂的，如果没了灵魂那才真的是废人，只剩皮囊有何用？”

人的肉体可能没那么重要，说得轻松！如果是胳膊或者腿没了，我也许不会如此绝望，可是眼睛看不见，就太残忍了，我究竟有什么罪孽，老天爷要这么惩罚我……

“孩子，”兰顿大师轻言细语道，“眼睛和四肢是一个道理，虽然你难以接受，但你想想看，说不定老天爷想让你用灵魂看见……”

“什么意思，大师？”阿旺罗罗终于开口问道。

“眼睛只是个形式，你若换个形式，只要想看见，就一定能看见。”

阿旺罗罗感到浑身冰凉，难道胳膊或腿上能长出眼睛来不成！

“这么说吧，你不要执着于形式，受形式束缚。”兰顿大师站起身，阿旺罗罗明显的抵触让他觉得现在说这些有些不容易接受，他离开时开玩笑似地说："你可以先试试用鼻子看。"

鼻子？阿旺罗罗气鼓鼓地喘着气，鼻子里热气腾腾，他听见兰顿大师走远，那股香气也随之远去。阿旺罗罗摸了一下肚皮，想起兰顿大师把格萨尔史诗装进肚子里时的情景，他是个好人，是位好上师，可是现在看来，他看错人了，命运弄人，我已无能为力，大师啊，您还想让我坚持什么？您也没预料到我的眼睛会瞎吧？

用鼻子能看见什么？阿旺罗罗越想越生气，若不是说此话的人是兰顿大师，他早应该把愤怒全部倒灌给他，你自己倒是试试看，用鼻子！亏他想得出！

突然又有脚步声走来，是兰顿大师返回来了？听着却不像，也没有他身上的香气……"谁？"阿旺罗罗警觉起来。

"是我，丹底。"啪啦啪啦懒散的脚步声已经到了近前，"你还一个人傻坐着？"

阿旺罗罗咬咬嘴唇，不想搭理他。

丹底坐到旁边，咕哝道："今天天气不错，那些老头子不折磨你了？"

"闸宝大师让我练习冥想……"阿旺罗罗老老实实地回答了他。"你到这儿来干吗？"

"跟着闸宝大师来的，他让我跟着他。"

阿旺罗罗很想问问拉姆卓玛，但话到嘴边已打住，他不敢亲耳听到什么不好的结果。

两人沉默地坐着。微风吹拂，再也没有听到植物生长的声音。但远处似是出现嘈杂的人声，那些声音贴着地皮，穿过花草，翻越山坡，淌过溪流，一路上音质虽然有所减损，但无一遗漏地进入阿旺罗罗的耳朵里。

这些声音不属于阿尼玛卿。他们是外来客。因为他们的声音弹到岩石上的时候，山石都无一例外地全部反弹了回去。

“来的是什么人？”阿旺罗罗问丹底。

“来了很多人，我不知道发生了什么，好像什么人去世了，明天要在这儿举行葬礼。”

阿旺罗罗立刻站起身来，“我不想见人，请你带我到远一点的地方，我们不妨躲一阵。”

“这个容易。”丹底牵着他的手，走了好一阵子，耳畔终于清静了。

躺在太阳底下，周身热起来，但他看不到光。阿旺罗罗真想一把将眼睛上蒙着的布撕下来，又努力忍了忍。

丹底的手里好像玩弄着什么东西，发出咯啦咯啦的碰撞声。“听说那老头子很厉害……”

阿旺罗罗不舒服了，“他是著名的金刚上师！”

“我没有不尊重的意思，只是说顺嘴罢了。”

阿旺罗罗听出他的歉意，也就缓和下来，“看来你的身体恢复得不错。”

“老头子的厉害就在这里……”丹底脱口而出，“我是说你那位金刚上师。”

丹底把那咯啦作响的东西放到阿旺罗罗手里。阿旺罗罗摸索着，是两瓣坚硬的石头，合起来就是一个完整的，想起来了，是丹底身上戴着的护身符。

“你记得我们刚认识那天吗？”

“当然记得。”拉姆卓玛那张明媚的脸庞浮现，阿旺罗罗的心底猛抽了一下——所有与自己相关的人，都因为我的过失而出现一系列不幸，尤其拉姆卓玛，那么纯洁善良，人生刚刚开始，还没有转完神山，还没有看看世界，还有许多藏棋没有教给她……

“那天……那天，嗯……”看来丹底也在尽量避免谈到妹妹，“父亲把我叫回闸宝大师的洞府，让我给大师叩了头，大师让我把这个戴到脖子上，说是这段时间会有危险，这个护身符会保佑我。”

这是阿旺罗罗不知道的，当时他和拉姆卓玛在外面玩骨节游戏，在格萨尔大王和士兵们的追逐当中，拉姆卓玛迅速掌握了棋艺……啊！如此聪明伶俐的姑娘，竟然没有与世界道别的机会……要是我在格萨尔法会上好好照看拉姆卓玛，遵守兰顿大师的嘱咐，或许就不会发生那么惨烈的事情……

“但我当时不相信这个玩意儿能保佑我，你想想看，黑乎乎的重的像铁疙瘩，还是泥巴做的，谁知道里面到底有什么宝贝装藏，况且一个泥巴做的东西挂在脖子上多难看，我当即塞到父亲手里，父亲一个巴掌扇过来……”丹底摩挲着脸蛋，“哎哟哟打得我眼冒金星，好吧，我戴上还不行吗？反正我什么也不在乎……”

他没有说他当即将护身符甩给了妹妹，是妹妹帮他重新挂到胸前的。

“为啥什么都不在乎……”

“因为我是个垃圾呗。”

阿旺罗罗心头一凛。不错，我现在也是垃圾了。

“没人理解我……”丹底的声音低了下去，能听出是发自内心的真诚的声音。

阿旺罗罗静默着，一时不知怎么接话。

“但是奇怪的事来了，”丹底拉住阿旺罗罗的手朝自己的胸膛上摸去。“摸到了没有？就是这里，护身符吊在这个位置，子弹也打在这个位置，护身符烂成两半，子弹留在皮肉之间。”

“这还不算，”阿旺罗罗的手跟着丹底的指引在身体各处游移，是一个个鼓包，“十一颗子弹啊，十一颗！”

“当时我是看见的……”阿旺罗罗的手指停留在一处鼓包上，想着拉姆卓玛义无反顾地扑上枪口的那一瞬，这个哥哥不是垃圾么？他值得妹妹舍出性命保护么？……他想到“看见”，此时的触觉让他犹如看见，这是手指头的“看见”吗？呸，我还能看见什么，没有保护好拉姆卓玛，这就是上天对我的惩罚。

“对啊，你是跑过来了吧？你是看见了吧？当时……”又要说到妹妹了，丹底及时咽口唾沫，刹住舌头，“当时子弹打到胸口上，那个冲力打得我站都站不住，只感觉一股凉快劲从胸口上流下来，一摸，摸到了血，血从身上淌出来是凉快的，你不知道吧？”

阿旺罗罗知道，他摸到扎拉时是凉的，摸到自己的眼睛时是凉的，拉姆卓玛躺在血泊中时的眼神是凉的……

“我反应快，赶紧倒在地上装死，实际上我的脑子里是清楚的，我闭着眼睛，任他们打，虽然乱哄哄的一片，来不及思考，但我知道我没死，我只是吓昏了，我想是这样……”

丹底不断地吸着气，好像还在咂摸着当时的情景，“且不说我没法反抗，我也是个勇敢的人，也是个不服气的人，只不过我想讨论的不是这个，我想不通的问题是另外十颗子弹的问题。”

阿旺罗罗这次认真在听，他侧过脸庞，把耳朵的通道打开。

“第一枪打到护身符上了，算是护身符保佑了我，算我侥幸，没中弹，这可以解释，但问题是护身符已经被打成两半打飞了，起不到保护的作用了，是吧？接着打到我身上的子弹也个个只在皮肤表层，根本没打到骨头上，更别说打死我，难道这么小的护身符可以保护全身？我真的没法相信……”

阿旺罗罗捏着那个护身符，光滑如水，冰凉如铁。

“我不信，但是这就是事实，不得不信，我总怀疑……”丹底看看阿旺罗罗的脸色，小心纠正着自己的措辞，“不是怀疑，是疑惑……疑惑……难道是你的金刚上师和那帮人商量好了吗？他们故意使的假子弹，只是想吓唬吓唬我？”

阿旺罗罗突然想起自己身上的护身符，最初见到红铜角野牛时，恐怕是护身符起到了非常重要的作用呢，只是当时自己不知而已，可是转而又想，仅仅保佑肉体有何用呢？

“一切都是巧合对吧？”丹底不确定地自顾自地说着，“可是疑点太多啦……”

阿旺罗罗捏起护身符，发出咯啦咯啦的碰撞声。

“除非做个实验，对，只有做了实验，结果才是最正确的，才能让人心服口服。”丹底决绝地说道。

“什么实验？”阿旺罗罗把护身符放在胸膛上，两手枕到脑后。

丹底一把拉起阿旺罗罗朝山坡下奔去，然后在某处寻找着什么：“我的标记呢？噢，在这儿。”

阿旺罗罗听到他刨土的声音。

“有了。”他说。

“什么有了？你在做什么？”阿旺罗罗听到窸窸窣窣的草丛翻动声。

“我藏了一支枪，现在找到了。”

“枪？你怎么会有枪？你拿枪干什么？”

“当时打我那小子胆子怂，枪掉了，我赶紧捡起来的，”丹底声音里竟然还有得意，“这个实验不做，我一辈子都想不通这件事。”

丹底拉着阿旺罗罗，在山坡上和沟坎间走走停停，一群羊咩咩地叫着走近，听到丹底和牧羊人打招呼，牧羊人听上去和自己年纪差不多，没两下就叫丹底说服了，借给他一只羊做实验。那孩子听他们说是闻宝大师的弟子，就很爽快地答应了丹底的请求。

阿旺罗罗不知他葫芦里卖的什么药，正在疑惑间，丹底已经从他手里拿回护身符，安顿他坐好，然后自个儿忙活了一阵，阿旺罗罗竖着耳朵，极力判断丹底的举动，不明就里地等待着。

“好了，现在护身符在羊的身上，我试试枪。”丹底回到阿旺罗罗身边，很快嘭的一声巨响，阿旺罗罗吓了一跳，紧接着又响了数次枪声。

“你疯了吗，在干什么！”阿旺罗罗从巨响中缓过劲来，气愤地吼起来。

听得见羊在拼命叫，扑腾着，大概想从绳索中逃脱出来，丹底不答话，奔过去查看，再掉头回来说：“羊没事！居然没事！子弹都在皮毛里，我的枪法不赖的，瞄准的技术很好，我把护身符取下来了，再试试。”

又是一声枪响。羊不叫了。阿旺罗罗伸着脖子听。丹底却好半天不作声，半晌才跑去查看，回来后也一声不吭。

“怎么了？怎么回事？丹底说话！”阿旺罗罗觉得事态失控，他听见那颗子弹的呼啸声，飞出去后，噗的一声钻进肉里，穿进去的时候没有受到骨头的阻拦，强健的肌肉和筋膜瞬间紧缩进来，想起到自我保护的作用……

“是不是打进羊的后腿了？”阿旺罗罗厉声问道。

“哎呀，你的耳朵比眼睛还厉害。”丹底的声音怪怪的，完全被震慑住了，“这么说……护身符真的起作用……”

此时阿旺罗罗听见兰顿大师在山坡背后喊着自己的名字，他答应着，突然想到兰顿大师身上带着的香气，只要能闻到香气，就知道兰顿大师就在附近，这算不算是用鼻子“看见”了呢？

兰顿大师不是一个人，阿旺罗罗还没有来得及分辨脚步声，只听一声“阿旺宝贝”，爷爷就把他揽在了怀里。

阿旺罗罗几天来的压抑情绪，终于在爷爷的怀抱里掉下了眼泪。“阿旺莫哭，对眼睛不好……”爷爷的声音也哽咽着，双臂颤抖，抱得更紧。

“爷爷，您怎么来了？”阿旺罗罗克制着眼泪，眼泪已经刺激得眼睛疼痛难忍。

“是这样……”爷爷好像在找恰当的词汇，“你记得嘎玛威色爷爷吧，嗡嘛呢叭咪吽……”

爷爷念诵着六字箴言！在他的记忆里，只有说到过世的人的名字时才会念诵一句六字箴言，人们避讳直接道出逝者名字，不得已时要念诵这句经文为逝者祈祷。莫非……

“他当时受伤很严重，你离开后，他的身体没有恢复过来，唉，受伤很严重，昨天离开了人世。”爷爷字斟句酌地说，“他离开时嘱咐我要把他带到阿尼玛卿圣地来举行葬礼，正好我也放心不下你，也可以和你见见面……”

阿旺罗罗有许多话要和爷爷说，但是这一噩耗来得太突然，他怔怔的，浮现在心头的是老艺人的音容笑貌，“或许我能帮你什么也未尝可知……”记得他说这句话时笑吟吟的样子，只有神授艺人才拥有的“仲夏”帽在他的头上，实际上自己一直惦念着他，惦念着自己想成为的那个样子，可是……

“东查仓很多人都来送他，仁增赤列爷爷一家子都来了，你可以见到仁青卓玛了。”

“我这个样子……”阿旺罗罗回到眼睛的情绪里。

“这个样子没什么不好，”爷爷厉声说：“男子汉大丈夫，生下来就是要吃苦的！”

一边的兰顿大师大声地训斥着丹底，而丹底倒头便拜，发下毒誓，要从此时此刻起，改邪归正，真心做一名虔诚的弟子。

“我们回去吧，今晚还要守夜。”兰顿大师说道。

阿旺罗罗依傍着爷爷，两人互相搀扶着走上山坡。很想说说关于父亲的事，但话到嘴边，又咽了下去，还是不要让爷爷知道的好，免得他伤心难过。

“神了……真是神了……”丹底跟在身后一路都在嘀咕。

二、艺人的葬礼

火葬一直持续到傍晚。

大火映红了达却贡卡的山岗。晚霞飘浮的时候，达却贡卡山岗上的火焰才微微熄灭。爷爷说过，达却贡卡的山岗上经常有独角马驰骋，那是一种非常珍贵的奇珍异宝，传说牧场人家中的马匹达到一千头时，就会产下一匹独角马，这种马会带来福气和运气，因为它们的“央”就藏在这里，这里是良马的宝库。

阿旺罗罗盘腿坐在人群中间，其实他想藏到黑暗的角落里平静地流淌自己的泪水。昨晚守夜时，他“见”到了东查仓的乡亲们。阿妈默不作声地抱着他流泪，在爷爷的埋怨中才放开双臂。仁增赤列爷爷把他举起来，大咧咧地叫他“我们东查仓的小英雄”。森格云丹活佛摩挲着他乱蓬蓬的头发，还把一提草药交给了闸宝大师。仁倩卓玛拉住他的手，朝他怀里塞了好几块“辛”点心……阿旺罗罗故作镇定地一一致意，他“见”的只是他们从前的模样，爷爷慈祥的目光，阿妈沉默的身影，仁增赤列爷爷红扑扑的双颊，森格云丹活佛严肃的神情，还有仁倩卓玛在成人礼上的盛装……而现在，或者以后，他再也“见”不到他们了，他们的模样从此只在记忆中，他努力克制着涌上来的泪水。

据说康珠玛是骑着她的金雕来的，金雕落地后，对久美更松表现出特别的亲热，竟然允许他抚摸一下那金色的羽毛。康珠玛还带来红宝石，但阿旺罗罗没能见到她，她已经和闸宝大师们离开了。

阿妮夏琼卓嘎也来了，她朗声笑道：“我这次还真给你带来了露水。”

阿旺罗罗礼貌地微笑着接受了。她似乎并未在意他的眼睛，转而也去寻大师们去了，或许他们聚合一处要商量什么吧。

久美更松一家人围着他，送给他一支乌尔朵抛石鞭，软鞭上的牛毛像一根根细密的倒刺，但到了阿旺罗罗手里就温顺地倒伏下去，正好贴合着他的手心。这是他们专门为他编织的，他们希望下次阿旺罗罗到他家帐篷时，就用这根软鞭为他们演唱格萨尔史诗。

人们围着酥油灯唱诵着观音菩萨的六字箴言，这一盏盏长明灯将照亮最黑暗的长夜，也将陪伴嘎玛威色爷爷走过他人生最后的路程。

一方白塔矗立在山坡上，是前一天男子们临时搭起来的。

森格云丹活佛带领僧侣们，念经祈祷，用经过加持的净水洗涤了嘎玛威色爷爷的遗体。占卜后得知嘎玛威色老艺人属于风命，就用象征风的白色布条缠裹，两指宽的长条经卷裹住十八个关节，是写给阎罗们的赞美文字，起到类似通关文牒的作用。遗体像婴儿一样蜷起，双手合十，安放到塔里。大火烧起来的时候，金雕绕着白塔的上空飞了三圈后飞走了，人们看到火焰升起来，说是火焰里不断闪现着一尊护法神模样的幻影，人们窃窃私语，说是阿尼玛卿山神前来送别，因为嘎玛威色临终时的遗言，是要把身、语、意供养给格萨尔大王的事业。

火焰的高处，一缕青烟缥缈而去，人们说那是老艺人的魂识离开肉体，去寻找下一个转世，它要经过七七四十九天的跋涉，经过中阴之路后，踏上新的轮回。

法铃声声，清越地飘荡在达却贡卡的上空，庄严的度亡经祷文在僧侣们翕动的双唇间流连，这些祈祷文是中阴路上的伴侣，它会陪伴老艺人的魂识一路向前，路上点燃的灯火，为他照明，送上温暖，并且确保他不会迷途。

俗众们在山坡下念诵着六字箴言，遥遥对着白塔。阿旺罗罗一边诵经，一边紧紧靠着爷爷。这是他最温暖的时刻，也是最伤感的时刻。

“你知道他为何要选在这里离开吗？”绛秋昂杰捶打着疼痛的左膝，问他的外孙。看到阿旺罗罗摇头，继续说道：“达却贡卡是格萨尔的坐骑江嘎佩布的圣地，人们为了纪念它，家里的马匹死去后，都要把马头骨送到这里来。”

“江嘎佩布！它是神马，森姜珠姆王妃把它从天庭请到岭国的。”

“对，正是它，它帮助格萨尔大王完成了许多英雄业绩，是一匹了不起的战马。”绛秋昂杰侧脸看了一眼阿旺罗罗，后者抬起头来，露出神往的表情，这是他在眼睛出事后很少有的表情。“森姜珠姆王妃是怎么夸赞它的呢？”

阿旺罗罗的脑海里过电一样，低声朗诵起来：“毛色赛过红宝石，它与众马不一般。美艳如彩虹灿烂，奔驰似流星闪烁。马头明王神变来，赤兔神驹人钦羡。红艳艳的全身毛梢上，天神马头明王在旋绕；直直的鬃毛和长长的马尾上，无数歼敌战神在旋绕；皎洁雪白的皓齿上，消除病魔的神祇在旋绕；油光光的胸脯上，福寿兴旺的神灵在旋绕；耳朵尖一撮鹫毛上，洞察三界的慧眼在旋绕；飞快如风轮的腿膀上，一生听令的战神在旋绕；铁花瓣似的四蹄上，征服四魔的战神在旋绕。”

“好样的孩子！”绛秋昂杰赞赏道：“还说到它的象征……”

“这匹江噶佩布马中王，是解脱轮回的象征；那美丽高昂的头颅，是赞美三宝的象征；那匀称协调的身躯，是菩提心续纯熟的象征；那毛长厚密的尾和颈，是神变无边的象征；那明亮放光的眼珠，是明察善恶的象征；眼珠成双又成对，是洞悉轮回与涅槃的象征；那始终如一的丰姿，是指明万物皆空的象征；那漂亮受看的双耳，是点明二谛的象征；那集中为一的头颈，是二则为一的象征；那装饰身体的六根，是施行六度的象征；那踢踏跳舞的四蹄，是四方利他的象征；那浅黄泛白的胸脯，是未染轮回污垢的象征；有时它能够说人语，是语言虚假无凭的象征；有时它能飞上九霄云，是万象皆为幻术的象征；对人温顺又依恋，是用慈智利益众生的象征；绳索套住被绷断，是事业兴旺的象征；任人乘骑无怨恨，是普度众生的象征；步伐平稳又迅速，是善巧方便众生的象征……”

阿旺罗罗滔滔不绝的词语像流水一样从那张灵动的嘴巴里倾泻如注，他从未排练过，这些词语仿佛原本就在脑海里，就在舌头上排好了队，经过提示，一下子井然有序地排列而出。

仁增赤列爷爷一家坐在旁边，仁倩卓玛一听见阿旺罗罗的声音，就开始往这边挤挤挤，挤到阿旺罗罗的身边，以便更清楚地享受那美妙的词语。仁增赤列听完这段“马赞词”，由衷地感叹道：“真是绝妙的评价，与老艺人唱的分毫不差！”

爷爷抽搐了一下鼻子，像是极力按捺着激动的情绪。他总是不善表达感情，像草原上所有的老人一样，把一生的跌宕起伏深深地埋藏在心里，满脸的皱纹里舒展的都是风淡云轻。“骏马是英雄的象征啊，养马可是技术活，每年六月时，我们会把马赶到河边洗个痛快澡，然后架起火，在锅里煮大量茶叶，加上一点山羊奶，让马儿吃个够，然后把马赶到山里去，一个月后回来时，那个肚滚腰圆、膘肥体壮，看着喜煞人，记得我们常常用骏马载着嘎玛威色到处说唱，嗡嘛呢叭咪吽！”

仁增赤列爷爷的声音里满溢着怀念：“想当年老艺人也是你这个年纪，他一个人从玛查仓来到我们部落，他的歌声吸引着我们，我们几个志同道合，成了好朋友，为了格萨尔大王的故事，我们简直在所不惜，记得有一次听说德格发现珍贵的手抄本，要价四头壮年的牦牛，我们几个一商量，偷偷把家里最好的牦牛挑出来，赶去换的，回来那一顿好揍，不过还是值得，虽然挨了打，但手抄本的内容全原原本本地记到我们脑子里，他能唱出来，我能写出来，你能画出来，对不对，老家伙？”

“他给了我们一个世界。”爷爷沉沉地说。

仁增赤列爷爷意犹未尽，“那个时候真是黄金时代啊，老艺人的唱功日臻完美，所到之处广受尊崇，玛查仓和东查仓为他骄傲得不得了，我俩也在他的演唱中获得很多受益，我写的更多，你画的更多，对不对，老家伙？”

爷爷响亮地抽动着鼻子，“对的，没错……”

“人们说他是唱不完的格萨尔，我是写不完的格萨尔，你爷爷是画不完的格萨尔！”仁增赤列爷爷兴奋地使劲撞了一下阿旺罗罗。“还有你阿爸的阿爸，当然也是你爷爷，他是讲不完的格萨尔！”

他一下子戛然而止。

气氛凝滞。阿旺罗罗听见自己血管里的血液呼啸着冲向头顶，他把脸转向爷爷的方向，寻求着答案。

静默了许久。

“我还有个爷爷？”阿旺罗罗轻声问道。据他所知，阿爸是孤儿，一个人从远方来，被爷爷收留，做了爷爷家的上门女婿。

绛秋昂杰挪动着坐姿，似乎不知从何说起。

还是仁增赤列打破沉默，“哎呀，孩子都成这样了，你就告诉他吧，别老是犹犹豫豫的，说是保护孩子，实际上一点儿都没起作用，该承受的还得承受，与其让他在别处知道，还不如你自己亲口说出来。”

爷爷抬手抚摸阿旺罗罗眼睛上的绷带，“让你受苦了！”

“说吧说吧，你就是啰唆。”仁增赤列抱起孙女的肩膀，再不吱声了。

“你的祖父名字叫班玛江达，他家三代单传，都是著名的瑜伽士，家族在东查仓非常有名，真正是我们东查仓的宝藏。我们从小就是朋友，一起朝拜过阿尼玛卿，这点我给你说过的。你祖父他学识渊博，相貌英俊，是姑娘们追逐的对象呢，但他一直到三十几岁还不成家，原因是祖上有过预言，说他要娶一位空行女为妻。后来真的有一名女子从玛查仓来，她声称从小获得授记，说她必须和这位瑜伽士成婚，因为他们的后代中要诞生一个利益格萨尔事业的人，只有玛查仓和东查仓结合，才会成就这份事业。她独自一人前来，你祖父与她一见钟情，婚礼是突然举行的，就连我们这几个好朋友都根本没有准备，但客人们一进帐篷，灯火也点起来了，音乐也响起来了，筵席也摆起来了，牛奶在奶桶里取之不尽，各式菜肴刚吃完又盛满了，于是人们相信她真的是位空行女……”

“她长得很美，美极了，像森姜珠姆王妃一样美。”仁增赤列又碰碰阿旺罗罗的胳膊插话道。

仁倩卓玛压住她爷爷的胳膊肘儿不让他插话：“后来呢，绛秋昂杰爷爷？”

仁增赤列却坚持要把话说完："她真的是空行女，据说她出生的时候周身全是纯白的光芒，而且天生就会诵读度母心咒，长大后因为美貌非凡，许多人都踏破门槛想要娶她，但她坚持说她未来的夫婿在东查仓，你看看，我们东查仓还是很受天神眷顾的。”

“后来，阿旺罗罗的父亲就出生了……”绛秋昂杰突然咳起来，停顿了一下，接着说，“他是个好孩子，天资聪颖，气度不凡，关键是他特别有慈悲心，愿意为别人牺牲自己，总之，我的女儿嫁给他是我们家的福气。”

“你最喜欢他，我知道。”仁增赤列小声嘀咕着。

阿旺罗罗和仁倩卓玛都呆呆的，这与已知的情况明显不符。阿旺罗罗突然反应过来："您说的是另外一个人？”

“当然不是拉达巴桑，那个没出息的怎会生出阿旺罗罗这么出色的孩子！你真正的父亲叫多杰丹坚！”仁增赤列爷爷快人快语，爱憎分明。“哎呀老家伙，你要说就说清楚，让人着急！”

阿旺罗罗五雷轰顶，难道闻宝大师带我去见的那个人真的是我的父亲吗？

“你阿妈达娃玉珍有个姐姐，我的大女儿，名叫尼玛鲁姆，她与多杰丹坚成家，生下了你。”绛秋昂杰艰难地说完了这句话。

仁增赤列爷爷又碰碰发呆的阿旺罗罗，迅速填补上空白，“绛秋昂杰与他夫人从小一起长大，青梅竹马，情投意合，但结婚成家好久，却没有生育孩子，而你班玛江达爷爷因为获得预言，坚持不早婚，一直到你奶奶从玛查仓嫁过来，那时他们两对夫妇都三十好几了，一起相约到措琼诺日依则圣湖祈祷求子，据说这座圣湖对妇女的祈求特别灵验。”

“非常灵验！”绛秋昂杰接过话题，“那天天气很好，蓝天上浮着大块的云朵，我们四个人都心情愉悦、脚步轻快，很快到了湖边。我们摆上供品，点燃桑烟，记得我们祈祷还没过半，就有冰雹突然降了下来，但一会儿就停了。我们看那冰雹，就像一粒粒珍珠，洒了我们一身。我们认为非常吉祥，高高兴兴回去了，当晚我就做了个梦，梦见龙神从湖里游出来，朝我怀里塞了一枚白色海螺，醒来给你奶奶一说，她竟然也做了同样的梦，惊奇之余，觉得舒畅无比，我和你班玛江达爷爷差不多同时拥有了自己的孩子。我的女儿就是你的母亲，班玛江达的儿子，就是你的父亲。”

“你的母亲名叫尼玛鲁姆，因为纪念太阳下的龙湖度过的那一天，也是活佛听了他们的经历后取的名字。”仁增赤列爷爷补充道。

绛秋昂杰沉浸在记忆里，轻声说道：“她出生的时候，小嘴里含着一枚小小的白海螺，我们怕她不小心咽下去，可是一取出来她就哭闹，只好由她含着，那枚白海螺一直陪着她长大，直到十年前红铜角野牛事件……”

“阿妈！”阿旺罗罗手心上的白海螺开始呼啸，脑海里突然浮现梦里常常来看望自己的妇人，有些像泉水中飘逸而出的森姜珠姆王妃，又有些不像……不不不，那只是梦幻而已，“阿妈在哪？”

阿旺罗罗简直无法相信这个突如其来的消息，为何直到现在他才知道自己的父母另有其人？他委屈、愤怒，继而悲伤起来，若不是有爷爷一直对他疼爱有加，他会怀疑整个人生。

“十年前，你知道，就是那次红铜角野牛事件之前，你祖父已经预测到异动，告诫我们要做好准备，我们当时都没在意，只有他儿子，就是你父亲，坚定地相信班玛江达大师的预言，因为你在他心目中，占据着非常重要的位置，他不允许你有任何一次闪失，因此他那天没有参加祭祀活动，你阿妈陪伴他去修建降魔坛城，你祖父母、你父母亲，四个人的目标很明确，就是为了保护你的安全，因为他们预感到魔王会对你的生命不利。”

这么说，我三岁之前，父母亲还在身边……

“你三岁之前，你是你祖父母、父母亲的掌上明珠，当然也是我的掌上明珠啊，我们常常分享着你的每一次微笑，每一次有趣的举动，”爷爷苦涩地笑了一下，“自从他们离开，就很少看到你那么开心，好像你记得他们似的。”

“我不记得……”阿旺罗罗此刻才有一种想哭的冲动。

“就像梅萨绷姬王妃藏起格萨尔大王一样，你阿妈将你藏到地宫，盖上柴草，并且嘱咐我，如果他们有不测，一定要将你好好抚养成人，”他听到爷爷抹了一把脸面，“但是降魔坛城还没修完，红铜角野牛事件就发生了，不幸的是，他们四人都有不同程度的受伤，闸宝大师和兰顿大师陪同他们来阿尼玛卿神山疗伤修行，算来我们有十年没有相见了。”

仁增赤列爷爷适时插话道：“红铜角野牛事件完全改变了我们的生活。”

“所以，阿旺罗罗，”爷爷说，“虽然你没有看到他们，但事实上他们一直在你身边，他们的每分每秒，都在为你的成长而努力。”

“他们都在阿尼玛卿？我们可以见面了？”阿旺罗罗旋即又有暗暗的喜悦，不仅可以见到亲生父母和祖父母，还觉得父亲，不，应该叫他拉达巴桑吧，他追随魔王而去的情景可以解释给爷爷听，他如释重负。

“应该可以，我想这就是闸宝大师所说的机缘到了吧，我也非常挂念他们。”

仁增赤列爷爷又插话说：“我们前前后后都相聚到神山来，这当然就是机缘。”他身旁的仁倩卓玛还没转过弯来，只是乖乖地倚着他的胳膊肘儿不吱声。

“问题是……”光明刚刚到来，但是黑暗的感觉依然浓重，阿旺罗罗犹豫不决地开了口，“问题是，我阿爸他，我说的是拉达巴桑，路赞魔王寄魂给了他，他就是魔王的宿主！”

爷爷大惊失色的声音传来：“这不可能！”

“是我亲眼所见！”阿旺罗罗知道爷爷虽然不喜欢这个女婿，但一直对他存有慈悲心，还不至于彻底失望。他慢慢地道出了详细情况。

“简直让人惊出一身冷汗！”仁增赤列爷爷嗫嚅道，“事态竟会如此严重！”

爷爷半天不吭气，大概他也和当时的自己一样，需要消化好一阵。“真想不到，宿主竟然天天在身边守着，太可怕了！”

仁增赤列爷爷突然一个机灵，“我想起一件事，你记得魔王为何总是追着嘎玛威色老哥不松手？除了要夺他圆光镜、破坏格萨尔保护罩外，还有一层用意，就是一直对他怀恨在心，因为很久以前，嘎玛威色老哥曾观过一次圆光镜后，看出不祥，告诉我们东查仓将有一人会成为魔王的帮凶，但我们当时哪会相信啊？你想想看，东查仓世世代代为格萨尔的事业倾注全力，怎会为魔王效力呢？”

两位爷爷几乎同时脱口而出：“生于铁卵，无父无母，常游走牧场，常徘徊草原！”

阿旺罗罗听明白了，这是嘎玛威色爷爷当时观镜所言。

怪不得只要听到哼唱格萨尔史诗的曲调，拉达巴桑那高大的身体就颤抖不已……阿旺罗罗的记忆中出现他躲躲闪闪的眼神。老艺人的观镜技艺已经炉火纯青，看出其中端倪再正常不过，因此宿主对嘎玛威色爷爷的憎恨和不满才显而易见起来。

仁增赤列爷爷搂紧了孙女，降低了声音：“你再想想看，这段时间以来，凡是拉达巴桑走过的地方，连狗见了都好好不敢叫，我就一直奇怪呢，连狗都不敢叫，你说是什么人哪？现在才明白，肯定是魔鬼喽。”

阿旺罗罗只觉爷爷全身抖瑟，“这就对了……这就对了……一切都讲得通了……”

“我看这个情况还得赶紧报告闻宝大师。”仁增赤列爷爷一拍膝盖站了起来。

三、马蹄印

第二天清晨举行了开塔仪式。

巨大的圆形煨桑台上桑烟升起，后边有十三座拉则依次排列，里面插着迎天而立的铁箭，白色石块垒砌而成的最大拉则上供奉着一架架马头白骨，无数彩色经幡环绕其间，一座石经墙蜿蜒伸向群山深处，上面镌刻的经文在晨风中吹送着吉祥如意的祈祷。

经过一夜的凉风吹拂，白塔的温度完全晾凉，僧侣们打开塔门准备取出骨灰时，发现嘎玛威色的头盖骨完整地保留着。绛秋昂杰招呼阿旺罗罗上前，说老艺人离开时留有遗言，要让阿旺罗罗亲眼见证这一时刻。

阿旺罗罗捧住老艺人的头盖骨，洁白光滑的表面上，能摸出一个半圆形的凹痕。从前人们的传说看来是真的了。爷爷说："他想让你看到一个看不见的真实，只有死亡才能看到的真实。"

那是明显的马蹄印。

"他要证明他是青蛙转世的艺人，神授的肇始早于一千年，那时格萨尔大王第一次北征，要远赴魔国征服魔王路赞，路上他的江嘎佩布宝马不小心踩死了一只青蛙，格萨尔大王不忍心平凡的生命就此了结，他念诵了往生经后，发下宏愿，愿这只青蛙生生世世转世为神授艺人，为弘扬格萨尔的利众事业起到传播作用，所以这是他与格萨尔大王缔结缘分的佐证吧。”爷爷的声音里都是怀念。

阿旺罗罗捧着头盖骨，恍恍惚惚间，那上面的马蹄印仿佛就要飞腾起来……

“天下虽大，但有缘人总能相遇。”分明是老艺人嘎玛威色的声音。“我相信在某个特殊的时刻，你也已与格萨尔大王缔结了缘分。”

阿旺罗罗惊诧道：“我不是又在做梦吧？”

嘎玛威色坦然自若的声音传来：“梦与非梦本无区别。”

阿旺罗罗紧紧握着印有马蹄印的头盖骨，“嘎玛威色爷爷，您是说我额头上的青蛙脚印吗？”

嘎玛威色清晰地浮现在眼前，他依旧像刚开始见面时一样，头顶呢礼帽，戴着黑墨镜，花白的头发在风中飘动，慈祥的面庞上刻着岁月的痕迹，微微笑着点点头。“如果我没记错的话，还有你手上的小海螺。”

阿旺罗罗几乎已经忘记，此时手心里的海螺也隐隐地鼓突着，似是要与老艺人相呼应，“关于森姜珠姆王妃的模样，我记住了……”

“很好，”站在对面的老艺人在阿旺罗罗的心目中非常高大，他的声音也需要仰视，“很好，小海螺的用处很多。现在请把眼睛闭上。”

“嘎玛威色爷爷……”阿旺罗罗难过极了，“我的眼睛已经看不见了……”

嘎玛威色沉默了一会儿，举起双手，摘下黑墨眼镜。

阿旺罗罗惊骇地发现他的两个眼窝深深地凹陷下去，完全是失明的状态。他猛然想起自己的梦，魔王捧着一对眼珠在前面奔跑，后面追着的那个人——正是嘎玛威色爷爷！

“魔王夺走我的眼珠，但并不能夺走我的‘看见’，眼睛看到的不一定是真实的，只有灵魂感悟到的，你才要用心把握。正因为如此，我才放心不下你，才赶来最后一次告诫你，关键是灵魂，你懂吗？”

阿旺罗罗似懂非懂地点点头，又摇摇头。他看着老人深陷的眼窝，心痛不已。

“格萨尔史诗中的关键点也是灵魂的问题，灵魂在何处安放，是许多重要人物的生命保证，所以《魔岭大战》一个重要的部分，就是梅萨绷姬王妃从魔王路赞口中探知他寄魂物的情节，还记得吗？”嘎玛威色老艺人的声音沉着稳定，就在耳畔回响。

“记得……”阿旺罗罗沉静下来，让大脑放空，徐徐之后，一幅画卷在脑海里展开：

那时是傍晚时分，在魔国九尖铁围城的寝宫里，魔王刚刚返回，梅萨绷姬王妃迎上去对魔王说：“大王，我昨晚梦见左边的头发被剪去了，这是不是不祥的兆头？如果大王有什么三长两短，叫我梅萨如何是好？我看还是要把你的寄魂湖、寄魂树和寄魂野牛妥善安置。”

魔王道：“爱妃为我如此忧虑，告诉你也无妨，我那寄魂湖啊，在我的密室里有一颅碗癞子血，此血泼到湖里才会干枯，别的任何办法也弄不干它；我那寄魂树啊，在我的密室里有一把黄金斧，用这斧子砍三下树才会断，别的任何武器也砍不倒它；我那寄魂的野牛啊，在我的密室里有一根系有松耳石箭羽的黄金箭，拿这支箭才能射死它，否则别的任何箭镞都没办法。纵然这三样都没有，我还有额上水晶鱼，当我睡着，水晶鱼闪闪发光时，用箭射中它，我才会死掉，它是我的寄魂鱼。”

梅萨绷姬王妃点头记下，忙说：“大王一天辛苦，快快就寝安歇。”

魔王躺下后，灯光渐暗，一切沉寂。一直到第二天清晨，魔王起身离开了寝宫，梅萨绷姬王妃迅速招来格萨尔大王，陪他潜入密室，很快找到盛放癞子血的颅碗、黄金斧和系有松耳石箭羽的黄金箭。梅萨绷姬王妃说：“这就是癞子血、黄金斧和系有松耳石箭羽的黄金箭，三样宝物都齐全，雄狮大王您先要消灭魔王路赞的寄魂物，他的生命才能完结。”

格萨尔大王带好三样东西离开……

他来到魔王寄魂湖畔，把癞子血倒入大湖搅混，湖水迅速干枯了；用黄金斧把湖畔的寄魂树连砍三下，树干从中间断裂了；此时，魔王的寄魂野牛咆哮而来，格萨尔用系有松耳石箭羽的黄金箭一箭就射中了野牛面门，它应声倒地……

阿旺罗罗描述完脑海里的景象，嘎玛威色老艺人满意地说：“记得就好，关键是寄魂物，寄魂物要有特殊的武器才能消灭，只有寄魂物消灭了，它的主人的生命也就失去依怙和源泉，基本就完结了。”

阿旺罗罗又回忆了一遍魔王的三样寄魂物以及三样法器，以便记牢。

老艺人浑厚的声音里有一种特别的韵味，就连说话都那么好听，“孩子，你为保护圆光镜做出那么多出色的成绩，我们都为你感到骄傲，你的努力不会白费，格萨尔大王会看到，阿尼玛卿山神也会看到的。”

“但是……我终究是弄丢了圆光镜……”颓废的情绪又袭上阿旺罗罗的心头。

“圆光镜确实是重要的法器，是连接艺人与格萨尔的特殊纽带，我们通过它，了解到宏阔的格萨尔事业，也通过它不断地弘扬到世界各地，但是它也仅仅是法器，是身外之物，成为艺人更重要的是自身的能量。”

“能量？”阿旺罗罗琢磨着，“记得当时您唱格萨尔的时候，我看到有一轮光环围绕在您身边，唱的时间越长，那光环就越大，一直大得可以把人群罩住。”

“这叫英雄罩，孩子，它还可以大到把山川河流罩住，把人世间罩住，格萨尔大王就可以护佑全世界和平安宁，人们把这称作史诗空间，只要越来越多的艺人继承这个事业，歌颂和赞美来之不易的和平和安宁，才能封闭住魔王时刻准备还魂的野心，就能让末法时代退出历史舞台。”

“可是九股如意能断神剑破坏了英雄罩……”

“对，九股如意能断神剑本是阿尼玛卿山神赐给东查仓用来镇压魔王的，可是现在反为魔王所用，不过，这也正是考验我们的时候，”嘎玛威色爷爷镇定地告诉他，“魔王很强大，我们已经奋斗了十年，忍常人所不能忍，容常人所不能容，行常人所不能行，决常人所不能决，最终，要看你，成常人所不能成！”

阿旺罗罗连连摆手：“我什么事都做不好，现在已经成了废人，我看不见，甚至感觉也没办法呼吸……我愿我从来没有来到过这个世界……”

“孩子，振作起来，虽然你的保护神受到重创，暂时的精神委顿可以理解，但不能以此为理由，放任自己迷失，艺人的天职就是承担责任，现在这个事业就托付给你了，你一定要传承下去，明白吗？”

阿旺罗罗沉默着，眼睛里噙满泪水。

“毋庸置疑，你的家人都是我们中间最坚定的勇士，勇于自我奉献，为了格萨尔事业，吃尽了苦头，孩子，现在已经到了关键时刻，记住只有天神、年神、龙神汇聚，就一定能够打败魔王！我已经无能为力了，好在还有你，你一定要坚持下去！”

阿旺罗罗百感交集，失去扎拉的肩膀上空空荡荡，失去老艺人的内心也空空荡荡。“您不能走……”

“所有的艺人都与各自部落的神山建立了契约，我们把魂魄寄托给山神，山神也会给予我们特殊的力量，我是玛查仓的后人，我的魂魄最终也要回到阿尼玛卿的怀抱，这是我最好的归宿。”

阿旺罗罗伸出双手想去拽住他的胳膊，一匹雪白的独角马腾空而来，载起老艺人，渐行渐远。“或许我们来世还会相见……”飘然而去的老人留下最后一句话。

“现在不是流泪的时候。”闸宝大师威严的声音传来。阿旺罗罗抹了抹脸颊，两行泪又从蒙眼布里流下。

一片空寂。如果没有嘎玛威色艺人的歌声，这个世上将会失去什么……

闸宝大师见他久不回声，又问道：“老艺人最后有个遗愿，希望我们将他的头盖骨做成擦擦，供奉在此地，以便能够日日夜夜听闻格萨尔大王的战马嘶鸣，你愿意和我们一起去吗？”

当然愿意，我什么也没有为他做过，但他却为我做了很多……阿旺罗罗捧着头盖骨，绛秋昂杰牵起外孙，一起跟着闸宝大师下山。他记得凡是爷孙俩一起时，从来都是自己扶着爷爷的，现在换了身份似的，让他很不自在。爷爷小心翼翼地扶着他胳膊的样子，可能……可能很失望吧！

阿旺罗罗摇着头，想把这些念头通通摇走。如果眼睛还好的话，他应该能够看到阿尼玛卿神山上那架天梯，嘎玛威色爷爷一定沿着天梯而上，神态自若，衣袂飘飘，那一定是天堂之路。

而我，却是如此不幸……

他们和泥巴的时候，各种异香在空中飘动，阿旺罗罗知道那些都是珍品，藏红花的芬芳、麝香的馥郁、雪莲的清香，在人们的祈祷声中渐渐丰盈。他的手在泥巴里搅动，据说这泥土取自阿尼玛卿主峰的雪顶上，大概是金雕取来的吧，那里只有金雕才能到达。

经过大师们的加持，这位名满天下的神授艺人，随着遗骨融化入擦擦，一座座拳头大小的圆形塔——圆锥形的塔尖部分涂上了金色，塔的底座涂上了红色——安置在河水的浅湾里，像微型的塔之城，随着流水的轻摇漫浸，终将回归自然，回归阿尼玛卿的怀抱，终于可以安宁地日夜倾听那匹神马的嘶鸣声了。

山是活的，风吹过来，山就开始奔跑；水也是活的，风吹过来，水也开始奔跑；山水之间的白唇鹿在奔跑，大树也活了，卓玛本宗的柏树喷撒着油绿色的柏果，柏果在风中奔跑……一个苍老的声音也在风中奔跑：孩子，你要醒来，使命在身的人，不能允许自己懒惰……

阿旺罗罗一个机灵，从梦中醒来，发觉自己睡在爷爷身边，那个声音还在耳畔嗡嗡回响，那是嘎玛威色爷爷在说话。

他摸索着起身，潮湿的草地上有些锋芒，一下子就割到手掌，白海螺呜咽起来。他瞬间明白，循着白海螺的指引朝前走去。很快，他辨别出那就是闸宝大师带他去过的地方，也正是自己此刻迫不急待想去的地方。

随着冰冷寒气的逼近，他来到上次站过的地方，冰霜即刻淹没了脚踝。

“你不能再向前走了。”那个声音叹息一般地响起。

阿旺罗罗停下脚步。他有太多问题想要知道答案，但冰霜正在沿着小腿骨飞速地向大腿方向浸渍，他感觉动弹不了了。

“赶快运起你的拙火定法……”对方微弱的声音在说。

对，先运起拙火定，但他的心力好半天无法集中，“什么是寒霜咒？要怎么做才能解除？”

“是魔王的邪门奇术，最初寒彻骨髓，最终锉骨销肉，令人痛不欲生，好在早年遵父命投身闸宝大师门下，习得拙火定宝法，才得以残喘至今，要说如何解除，除了以毒攻毒、以寒攻寒之外，恐怕没有别的办法了。”

连闸宝大师都没有解法，我还能帮上什么忙呢？阿旺罗罗顿觉气馁，心气一松动，冰霜冻住他的速度就更快了。他心里很想喊一声“阿爸”，可是不知怎的没能喊出声来。

或许阿妈有办法，应该先找到阿妈才对。阿旺罗罗努力转动着快被冻僵的脑子，此时身体已经不听使唤了，就连气脉似乎都被冻住，拙火定法根本运用不起来了。

“我阿妈在哪里？”阿旺罗罗用最后的力气喊道。

“她在一个更加寒冷的去处……”他的声音越来越渺远。

“我要救你们出来！”阿旺罗罗听见自己说，但这句话完全冻在了嗓子里，根本没有冲出嘴巴。

就在阿旺罗罗感觉快要昏厥时，一股热力裹住他的身体，将他拉出很远，好半天才喘上气来。

“在没救出你父母之前，你这样做无疑自投绝路。”

是闸宝大师。

阿旺罗罗的怒气冲天而来：“您是大师，您为何不救他们？”

闸宝大师冷静的声音传来：“我只是一般的圆光师，从某种意义上来说，我只是护镜士，保护圆光镜不受损害，但魔王还魂后功力更加强大，不但毁了圆光镜，攻击诸位大师，局面更是到了难以控制的地步，目前我们能想到的最好办法都系于一人身上。”

“难道还有比您更厉害的大师？”阿旺罗罗绝望地喊道。

“还记得嘎玛威色老艺人的话吧？只有天神、年神、龙神汇聚于一身的人，才能担当此任，”闸宝大师不疾不徐，缓缓道来：“你的祖父是东查仓之子，身上流淌着天神之子格萨尔的血液，你的祖母来自玛查仓，是最大年神阿尼玛卿的后裔，而你的母亲，是你爷爷从措琼诺日依则圣湖中求来的龙族之女，所以，从某种意义上来说，只有你，集天、年、龙神于一体，最适合与圆光镜结合，是圆光镜选择的最佳人选，也正因为如此，你一出生，天象异常，昭示着新的圆光艺人的出现，连魔王都感受到震动，它迫不及待地出现，企图置你于死地，但大家保护你，包括你的祖父母、父母家人，他们牺牲自己的一切，都是为了成全你的成长，保护你实际上是保护格萨尔事业，你属于格萨尔，所以你责无旁贷。”

白海螺剧烈地呼啸起来，阿旺罗罗不由得握紧拳头。

“白海螺来到你的手上自有它的道理，”闸宝大师似乎也听到了他手上的啸叫。“这是一把钥匙，需要你去打开这把封藏十年的锁。”

阿旺罗罗暖和起来，感觉到力气一点一点回到了身上。

“你的母亲，她在昂唯雪当等你，现在，是你要帮助他们的时候了。”闸宝大师说。

第十二章　昂唯雪当 I：龙族的礼物

一、水边的功德

翻越达却贡卡的山垭口，晴空下的草原绿茵如毯，连绵起伏的雪峰傲然屹立，一面碧绿色的湖泊倒映着神山阿尼玛卿的主峰。不远处有大大小小的湖泊沼泽，一直延伸到雪山深处。

闻宝大师说："这座圣湖的名字叫作措琼诺日依则，她周边的三百六十座小湖泊名叫昂唯雪当，每到春秋两季的时候，大天鹅总会在这里停留，因此得名天鹅滩。"

"你可不要小看这些小湖泊，在阿尼玛卿山神的谱系里，那里住着三百六十位男女龙神，如果我们幸运的话，就能看到他们跳舞的样子，据说非常曼妙殊胜呢。"兰顿大师的喜悦溢于言表。

阿旺罗罗听到身边人们已经开始跪下来叩头了。绛秋昂杰爷爷的腿不方便，是仁倩卓玛扶着他完成了虔诚的心愿。仁增赤列爷爷小声抱怨着孙女没有照顾他，不过自己倒是很利索地叩完了头。

森格云丹活佛和闸宝大师、兰顿大师、阿妮卓嘎已经围坐起来，面朝圣湖，准备进行祭湖仪式。湖面上潮湿的水雾扑面而来，寂静无声。还在等什么吗？阿旺罗罗心想。就在此时，听到金雕低沉的叫声。

他循声抬起头来，感觉一股巨大的气流在头顶盘旋。“康珠玛！”人们呼唤着她的名字，金雕滑翔落下。爷爷难以掩藏激动，“你的祖母到了。”他仰着头说道。

康珠玛……祖母……阿旺罗罗来不及反应，她那特有的清香已经愈来愈近，“阿旺宝贝，我们时时刻刻都在记挂着你！”康珠玛将他拥入怀中，吻了他依然蒙着布的双眼。“不过，只能等到机缘成熟才能相认，真是不容易……”

她温馨的怀抱让阿旺罗罗喘不过气来。

“十年未见，你俩还是老样子！”康珠玛在和两位爷爷打招呼。

“你怎么越来越年轻？好像……好像回到了你刚来东查仓时候的模样！”仁增赤列爷爷惊叹着。

看来祖母是白天的样子。

“人家是空行母，你恭敬点嘛。”绛秋昂杰爷爷中规中矩地说。“真是一晃十年过去了，班玛江达老哥他还好吧？”

“他常送消息来的，很好，坚持守在山里。”

“了不起的瑜伽士！请转告他，我们很挂念他。”听得出绛秋昂杰爷爷真诚地怀念着老友。

“我也挂念他，请一定加上这句。”仁增赤列爷爷抢着说，“唉，我们平平安安，都是托他的福！”

阿旺罗罗注意起来，但没有等到康珠玛祖母的回答，就听爷爷又说道：“阿旺他阿爸……”

“闸宝大师传的拙火定法救了他，他还能保住温度，我们寻医问药这么多年，算是勉强度日，但成效不大，据我们所知，只有龙畜之乳才能真正解除他的寒冰之痛，长出新的皮肤，恢复健康。”

“坚持十年真是不简单！”仁增赤列爷爷叹息一声。

“龙畜之乳……谈何容易……”绛秋昂杰爷爷不吭气了。“听说来自深湖，最解寒毒，千年以前也只有格萨尔大王的母亲郭萨王妃才能从龙宫带来……”

一阵沉默。仔细听着的阿旺罗罗心跳如鼓，脑海里郭妃从天而降，她的龙畜乳白牦牛……松耳石奶桶……

“那要看我们阿旺罗罗的了。”康珠玛祖母的声音打断了他的思索。

阿旺罗罗抬起头来：“我不确定……我在想……或许……”

“你要坚定地相信自己的感觉。”康珠玛祖母果断地说。“我就是为了你才来到东查仓的，自始至终，我知道你与众不同，到目前为止，我还这么认为。”

闸宝大师走过来接上话头：“我想坚定的意志是你们家族的遗传基因吧，来自墓穴的人从来义无反顾。”

“还有我家绝不服输的遗传基因呢。”旁边绛秋昂杰爷爷不服气地嘀咕道。

“哈哈，还有我家的纯真、善良、聪明、勤奋、执着、勇敢，关键还有守诺守誓，邻居也可以影响的，对不对？”仁增赤列爷爷也不甘落后。

阿旺罗罗觉得自己脸红得耳朵根都在发烧，一时不知说什么好。闸宝大师搂住他的肩膀，“好了，别难为他了，说说看，你有什么主意？”

“记得大师您让扎拉保存过三样宝贝……”

“正是……”闸宝大师也深思起来。

忽然湖面上起了风雨，一阵阵浪花急切地拍打着湖岸，阿旺罗罗手心的海螺也隐隐地呜咽有声。

“我想你的母亲一定听到了你的呼唤，我们等这一天，太久啦！”站在后面的兰顿大师喟然长叹。

思女心切的绛秋昂杰抓紧了外孙的肩膀，“阿旺宝贝，看你的了！”

“可是没有扎拉，我该如何进到湖里？”阿旺罗罗心急如火。

“只有用魔的东西才能降伏魔物，”闸宝大师缓缓说道：“这正是今天我们来此的目的。”

阿旺罗罗的脸庞转向他。闸宝大师一向是众人的精神中心，他迫切地想知道大师的计划，只要扎拉能够回来，他愿意赴汤蹈火。

“你与扎拉互为依存，只有你，才能让他真正回来，目前他的身体已经恢复得差不多，但是魂魄的力量仍然不够，你的气息与他最近，需要你来为他完成聚魄。”

仁增赤列爷爷急速问道：“怎么办才好，闸宝大师？”

“按照古老的计算方法，他离开主人的身体七天后，就永远不会回来了。”闸宝大师的声音。

现在只有三天了。阿旺罗罗问道：“我该怎么做？”

“你需要修一座白塔，然后所有大师修行和加持过的法宝都会汇聚到塔里，再加上你的虔诚祈祷，第七天时他的魂魄就会回来。”闸宝大师又补充道，“如果不出现意外的话。”

“怎么会有意外？我来帮他完成。”绛秋昂杰爷爷搂住阿旺罗罗的肩膀。

“还有我。”仁增赤列爷爷的声音。

紧接着是仁倩卓玛：“还有我！”

“我搬石头快，登山队营地的石梯是我一个人修完的。”是久美更松。

“我们一起……”是布群昂加。阿旺罗罗猜想德央梅朵尼姑一定在旁边着急地涨红了脸蛋。

“搬石头么，我没问题。”这是丹底拖长了音调，以示他的重要。

阿旺罗罗的身上热了起来，血液嘭嘭嘭地向心房搏击，他知道这些人都是由衷地表达着想帮助他的愿望，他满怀感激地咬紧了双唇。

“恐怕不行，”闸宝大师打断了大家热切的情绪，“这件事只有他自己完成，因为每一块石头都要经过他的手和祈祷，否则毫无效果。”

时间仿佛一下子凝滞住，大家争先恐后的声音低落下来。但阿旺罗罗在意料之中，自从来到阿尼玛卿，每一个日夜都历历在目，这都是上师们指导和加持的缘故，只要给他救回扎拉的机会，他已感激不尽。

“塔也不需修太大，两人合抱大小即可。”闸宝大师慎重地握紧阿旺罗罗的肩膀，“坦率地说，如果七天后他不回来，那么你的性命也就危在旦夕……你俩互为依存，明白了吗？”

咬着双唇的阿旺罗罗使劲点了一下头。

“时间很紧，我们几位会在不远处共修，阿旺宝贝要坚持住。”康珠玛打破沉默。

“而且，是独自，独自。”兰顿大师目光如炬，照着热情相助的人们。

康珠玛说：“意思是大家需要给他一个独立的空间，我们一起回到帐篷里去吧，等三天后再回来。”

他们留下了食物和水，相携而去。

空气凉爽下来，已是傍晚。湖边只剩阿旺罗罗一人在挥汗如雨，他马不停蹄地垒砌着石块。好在湖岸上到处都有大小不一的白石块供他采用，想到扎拉爱整洁，他就越发仔细摸索着石缝的对接，尽量保持石块的平整和对齐。他觉得有使不完的力气，只要扎拉回来，我愿意用双手为他修一座世界上最漂亮的白塔，三天足够，照这个修法，根本用不了三天。

星光出现的时候，阿旺罗罗的塔基已经初具规模，湖面的冷风吹来，每个石块都冰凉刺骨，但阿旺罗罗干得热火朝天。七岁以来，扎拉从未离开如此之久，亲密的伴侣怎能一夜之间就消失无踪？这在阿旺罗罗是不可想象的，他从未想过扎拉会离他而去，他不是说好要保护自己一辈子的吗？他不是都活了四百年吗？怎能……怎能毁在我的手上……

阿旺罗罗的蒙眼布不知什么时候已经弄丢了，他抹了一把眼泪，意志愈加坚定，救扎拉，救母亲，救父亲，这一连串的信念支撑起了他，他要在太阳升起之前垒完石块，明天垒出一个独一无二的塔尖，扎拉看到一定会开心，他第一句话保准就是“你这臭小子”，他的蓝眼睛里保准就会淌出大滴的眼泪，他会穿着哈达衣裳，绕着白塔来回地飞……

只要扎拉回来，我从今以后不再懒惰，一定天天早上给他煨桑，捡最干净的柏枝，磨最细的炒面，奉上他喜欢的蜂蜜和白糖，一定不惹他生气，一定好好听他的话，晚上睡觉不再朝左边睡，不压着他，他思考的时候不打扰，他唱歌的时候要用心欣赏，最好能学会他的文字，他疲惫的时候帮忙记录……

时间一分一秒过去，周边的石块已捡完，阿旺罗罗也紧锣密鼓地修完了塔肚。喘息的时候，他抚摸着塔身，平整有序的塔基，略呈弧形的塔身，基本算是完美。阿旺罗罗满意地背靠塔坐下来，他累坏了，不知不觉迷糊起来。

阿旺罗罗是冻醒来的。醒来的时候还迷糊了一下，湖水碰撞湖岸的声音让他很快反应过来，听到水鸟在湖面飞翔鸣叫，应该是清晨了。他伸伸懒腰，周身骨节疼痛，尤其手腕承重过大，已经痛得无法打弯，他一边扭动手腕，一边回头去摸塔身……

什么也没摸到！

再扩大一下范围摸，没有塔身。站起身来周边摸，没有塔身。他狂跑一圈，还是什么也没有摸到。塔呢？他被回到原处的石块绊倒，面庞杵到松软的草地里，半天缓不过神。这块石头，这个位置，昨天明明白白地捡起垒进塔里的呀！草地上的露珠浸湿脸面，草尖戳着两颊和鼻子，他从狂乱中慢慢冷静下来，首先不是做梦，湖面的冷风此刻吹得他头脑很清醒，那么昨夜是神志不清根本就没有垒塔？

在草地上趴了半天的阿旺罗罗决定不再梳理思绪，修塔要紧，时间不多了。他很快精神抖擞地调整好身体，把绊倒他的那块石块当作塔底，狠狠地踩上两脚，让它更加牢固，他迅速开工，忙活起来。周边的石块一块一块在减少，阿旺罗罗的白塔一点一点在升高，快正午的时候，塔肚再一次呈现出弧形。

阿旺罗罗这次不敢大意，所谓吃一堑长一智，他一手抓着塔身，一手简单地吃了食物、喝了水。很好，塔身实实在在地存在，粗粝的石块棱角分明地硌着手掌心。他放心下来，身体也放松地换个姿势。太阳晒得暖洋洋的，汗水在骨头缝里蠕动，又痒又舒服……又累又困的阿旺罗罗唯恐自己睡着，索性抱住塔身，整个身体扑在塔上，这样就放心多了……

醒来的阿旺罗罗本能地伸展一下腿脚，发现自己趴在草地上，双臂中抱着的是最初的那个石块……他仿佛攀在一架高梯上，一脚踩空，一直在往下掉、往下掉……咚！落到地上——不用摸，石塔肯定不在了。到底是怎么回事？难道是睡着后自己拆了费半天垒好的塔？不应该啊！没有时间多想了，该怎么办？继续垒，还会继续消失，他想不明白塔为何会消失，但会消失肯定是事实。问题是时间也在消失，他几乎能感觉到扎拉也在一点点消失……不不不，他不能失去扎拉。

阿旺罗罗把双袖扎在腰里，光着膀子开始垒塔。上次捡到石块的地方，石块还在原地，好像从未搬动过，它们是怎么回到原地的？阿旺罗罗决定不再浪费时间思考，只管埋头干活，他每捡一块石头，就啐一口唾沫，事不过三，看你们再跑。第三次垒到塔肚的时候，太阳已经偏西，凉风吹得前胸后背干疼干疼，糟糕的是腿肚子打弯，已经跑不动，胳膊也重得抬不起来，但他时刻警醒着自己，这次不能停下来，要一鼓作气，把塔垒完。

气喘吁吁的阿旺罗罗终于如愿垒好塔尖，最后一块石头摆放在塔顶后，他舒了一口气。想必此刻星光满天，虽然累得要死，手掌上都是血泡，但他心满意足地抱着塔肚，快要昏昏欲睡的时候，他立刻站直腰身，为了防止睡着，干脆一只手搭在塔身上围着塔转圈，时刻不放手，时刻保持清醒……

风平浪静。

夜晚的草丛也静谧无声，只听见自己的靴子哗啦哗啦地掠过，一切都风平浪静。不知转了多少圈，他蓦地听见塔身上轻微的咔嗒一声，好像石缝松动的声音，他疑惑起来，是刚才太急没垒稳定平整吗？紧接着又一声，更重，更清晰，他连忙摸索过去，只听得一个石块嗖地从眼前飞出去，划过他的脸颊，立时血流下来，他还未来得及抹脸，石块一个接一个从塔身上抽离出来，嗖嗖嗖地飞身而去，回到原来未捡时的位置，只一瞬间的功夫，阿旺罗罗辛辛苦苦垒起的石塔就在他眼皮子底下消失了。

黑暗重新降临。草地上是筋疲力尽的少年仰面朝天，欲哭无泪。是老天爷不救扎拉了吗？是老天爷不救母亲了吗？还是因为我本不该来到这个世界，让所有最亲的人都为我而死？

仿佛过了一百年的光阴，每个时辰都是煎熬……就是死，也要最后再修一次塔。

不能急！他告诫自己。他要冷静分析前三次出现的状况，由于着急，他失去了耐心……当然，更关键的是失去了慈悲心。修塔的过程才是救人救己的过程，闸宝大师不是早就提醒过吗？每块石头都要带着虔诚的信仰和加持力，我都做了什么？不但没有祈祷，还朝石头上啐了唾沫、踩了脚印……

阿旺罗罗坐起来，一把抹掉脸上的血迹，撕下衬衫的袖口包住血泡累累的双手，又一次开始搬运第一块石头，明白了前三次失败的原因，皆是自己心浮气躁、只求形式的缘故，这次他将这块石头举上额头，念诵六字箴言，平和的气息传达给每一块石头，吉祥的话语低声诵出，像唱着温婉的歌谣，黑夜笼罩大地，黑夜也像一团火焰，照亮了他的心房。他在这团熊熊燃烧的火焰中，第四次顺利完成了石塔的全部工程。

此时，太阳升起，鸥鸟鸣唱。湖畔微澜拍打，召唤着阿旺罗罗，他近前探下身子，双手舀出冰凉的湖水清洗了脸庞，他要以干净清爽的面貌迎接扎拉的归来。

大师们非常守时，按照约定的时间出现，看到斗志昂扬的阿旺罗罗斜倚在严丝合缝的石塔旁，正在等待着他们的到来。

大师们把许多加持过的宝物放进塔里，合上塔门，开始诵经祈祷的仪式。

阿旺罗罗安安静静盘腿坐在兰顿大师和祖母之间。失去扎拉后像是整个心脏被掏空，现在心脏正在一块一块复原，他满怀希望地等待着扎拉出现的那一刻。

兰顿大师突然停下诵经，俯身过来小声说："听说昨晚有不少罗刹小鬼忙得不可开交……"

阿旺罗罗不明就里，转过脸向他："什么罗刹小鬼？"

"磨炼意志的方法有很多种，"兰顿大师慢悠悠地说，"尤其是磨炼人类的贪、嗔、痴、慢的毛病，这也不啻是很好的方法，顺便也可以消除不少的罪恶……"

阿旺罗罗呆呆地听着，恍然明白过来。

突然，嘭的一声，塔门打开，阿旺罗罗感觉一束光飞到自己头顶，从天灵盖直灌进来，脑袋瓜里震荡不已，紧接着许多重影闪现，渐渐定格……扎拉的一双细胳膊已经牢牢地抱住了他的脖子！

"扎拉！"阿旺罗罗喜极而泣，眼泪立刻让眼睛刺痛得受不了，但他已经顾不得疼痛，抓紧扎拉冰凉的双臂，沉浸在狂喜地哈哈大笑中，可眼泪止不住地流。

康珠玛祖母清凉的甘露水涂了过来："这孩子……"

闸宝大师停止诵经，长舒一口气，低声叹道："是啊，这孩子真不简单，保护神离开正位，他就一直生病，情绪不稳，竟然坚持下来了……”

“格萨尔大王选中的人不会有错的！”

兰顿大师使劲压低声音，但还是引起了扎拉的注意，他从阿旺罗罗的脖子上抽出细胳膊，端端正正地坐回肩膀老位置上，咳嗽两声，大声说道：“诸位上师大德，我回来继续保护我的阿旺罗罗，你们辛苦了，可以休息了。”

兰顿大师故意提醒道：“啊呀呀这么快就好了伤疤忘了疼，这段时间你都在忙什么啊？”

扎拉双手合十道：“各位都是获得非凡成就者，要说与魔王的大战，那我就不客气了。”

众位大师善意地微笑着等待他的故事，他立刻眉飞色舞起来：“那路赞老魔就像天上面掉下来一座山，那个地动山摇的魔劲别提有多腻味了，他老拿这种把式吓唬谁啊，我可是活了一把年纪的神，什么没见过？他就这么从天上往地上一墩，也不打声招呼，人家正忙着准备吸一口桑烟呢……我说到哪了？噢对，说到魔王，他真是不要脸呢，竟对一个孩子下手，当然，一千年前像阿旺罗罗这样的孩子也只是他塞牙缝的零食，可是你也不能老用熏天臭气来影响我的食欲啊，那个臭！呸呸呸……为了保护这小子，我当然首先要挺身而出，我的功力也不是吃素的，女英雄阿达拉姆相赠的哈达肯定有秘密功用，我就这么这么这么一抻，黄金宝剑是也！要说这宝剑的密咒是怎么来的，那是我上师的秘传，在此我就不表。话说那老魔见我宝剑，吓得七魂丢了六魄，打蛇要打七寸，对不对？杀魔要杀魔头，对不对？我照准他的头，先给他来个下马威！哈哈哈……”

扎拉讲到激动处，一会儿跳上半空，一会儿俯在地上，大有纵横捭阖、睥睨天下的气势：“他像大山一样又大又笨，我机灵，对不对？我至少在他头上抓咬了九个洞，他还没转成一次身，哈哈哈！我看他头太多角太多不容易撂倒，就急中生智想了个法子，你们猜猜是什么法子？当然是取他要害，魔头砍不了是吧，我可以对付眼珠啊，我照准一个眼珠子就下了手，哎呀呀，听到他的惨叫我那个快意啊，简直不能用语言来描述！要不是他擎出九股如意能断神剑，我肯定能打赢他，话说九股如意能断神剑的威力真是不得了，戳到身体里，凉飕飕的一下，就像大风灌满了身体，喘不上气呀……不过我的保护意识还是非常强的，他下手之前我先护的你，对不对，阿旺？”

二、龙畜之乳

“不要老用你的鸟眼瞪着我！”兴致勃勃的扎拉发现阿旺罗罗根本没有配合他完成对重大事件的重述，非常不满。

阿旺罗罗回过神来，他收回茫然的表情，低下了头。

“蒙眼布也弄丢了，再抹抹甘露水吧。”康珠玛祖母捧着阿旺罗罗的脸庞，在他眼睛上细心地涂抹了三四遍。

“别折磨他了，看他已经焦虑得心神不宁、坐立不安，迫不及待地要去看母亲了。”闸宝大师说。

“我当然知道的啦，”扎拉侧耳俯下身子，拍拍大耳朵，三样宝贝依次滑了出来，“这不拿出来了嘛。”

阿旺罗罗两只手立刻上前摸索。

扎拉抓着他的手摸到准确的位置，说：“别着急，我们这就下湖去。”

闸宝大师说：“扎拉身体还没有完全恢复，就留在岸上吧。”

“开什么玩笑？我得陪着他。”扎拉不顾礼貌大叫起来，但他遇到闸宝大师严厉的眼神，立时不吱声了。

“他需要你的时候自然会呼唤你，让他自己去吧。”兰顿大师安抚着他。

扎拉只得听从大师的安排，他从阿旺罗罗的肩膀上飞起来，同时小声叮咛道：“有什么问题就用神杖打水，我马上就到……别忘神杖要握牢，神杖咒语记住没有？不然它力气大不受你控制，别忘森伦箭要念咒语，咒语记住没有？不然射出去就回不来，还有松耳石奶桶要交给阿妈用，你自个儿没法用，还有进到水里记得别说话，一说话就呛水，有事就用眼睛示意，不，用手比画，另外……”

闸宝大师拍拍自己的肩膀，让他落上去，“他会用好的，对吧，阿旺罗罗？”

阿旺罗罗点点头，他已经不能再等一分一秒。“兰顿大师！”他把松耳石奶桶和森伦箭系到后腰上，求救地朝向大师的方向。

“你得敬请它出来啊，”兰顿大师念起咒语，姜嘎贝噶神杖在咒语声中迅速膨胀起来。“记得如何使用吗？”

“行止如意、快步如飞……”阿旺罗罗握住了神杖，那粗糙的表面，令他一下子想起初次借用时的情景，为了母亲，他暗下决心，一定要去湖底走一趟。

神杖一出现，湖水就蓦地掀起巨浪，轰然冲向半空。

神杖带着阿旺罗罗飞离地面，迅速向湖面飞去，疾风从耳畔向后掠去，呼呼的像是吹起了螺号。很快衣裳和靴子湿了，紧接着肩膀和脸庞也湿了，清凉的湖水浸没了他的身体，不久他就发现自己在水里也能自主呼吸，想必这也是白海螺的功德。

此时的白海螺，在手心里鼓凸着、跳跃着，好像要挣脱皮肤的禁锢，从肉里飞奔而出，快乐地奔向水底。

阿旺罗罗紧闭的双眼慢慢睁开，他看到湖底的光，变幻着五彩的颜色，向湖面射来，通透得犹如白夜，起初湖中稀疏的水草摇曳生姿，越往湖底，就越茂密起来，一株株古老的大树从湖底伸展向上，铺排的枝叶就像卓玛本宗的柏树宫殿，繁盛而壮丽，在幽静的深处是连绵起伏的山岗，岩石与岩石之间，有逡巡的雪豹、棕熊和猞猁，山腰上游荡着岩羊、白唇鹿和马鹿，山脚下有红狐和狼群渐行渐远，香獐出现在森林间，雪鸡群在草丛里忽隐忽现，而山鹰和金雕扶摇直上，在静水之中划开一道道波浪，留下白色的翅影……造物主在创造陆地世界的时候，也创造了一模一样惊人相似的水底世界，唯一的不同，就是水底世界中所有的动物都多了一双翅鳍和一条背鳍及尾鳍。

阿旺罗罗发现在这座圣湖里，他的眼睛能够看到这一切令人叹为观止的景象，他惊喜极了，甚至舍不得眨眼，要一个不落地看个够。

他听从白海螺的指引，它跳跃得越欢畅，说明方向越正确，他握着神杖向深幽处挺进。一阵飘忽的歌声传来，起初以为是幻觉，但很快就听出有清晰的旋律，白海螺停顿了一下，它似乎也听到了，随即调整和判断后，更加密集地加紧了跳跃的节奏，他顺着那个方向游去。

深幽处，一株大树散发着阴森的气息，盘根错节地生长在湖底的岩石上，阿旺罗罗依附着神杖，掠过枯萎的树冠探查一番，只见许多游鱼在围着树干旋转，忧伤的歌声正是从这里缥缈而出的。

再仔细看，那群围着树干旋转的游鱼不一会儿竟成为鱼刺外露的尸骨，飘向树根，又一群游鱼冲来，继续围绕着树干旋转。阿旺罗罗低头一看，树根处已有无数鱼尸一圈又一圈地落在那里，层层叠叠，悲壮肃杀。

阿旺罗罗紧握神杖冲向树干，穿过密集的鱼群时，它们自动给他留出一条通道，神杖颤动着，白海螺呼啸着，他一刻不停地奔到巨大的树干前。

熟悉的腥臭味扑鼻而来，曾在魔王路赞身上看到的毒蛇一条条缠绕盘旋，一位瘦弱妇人反剪双臂紧贴着树干，毒蛇将她的身体紧紧捆搏在树干上。

此时，妇人仰起头来，看到了他，她先是惊讶，继而苍白的脸上浮出笑容……

好似珠姆泉中的那一刻，“阿旺罗罗，你过来……”好像听到了微弱的呼唤声，又好像时时梦到的妇人，笑着，哭泣着，对他低语着什么，阿旺罗罗猛醒过来，毒蛇们也发现了他，刹那间所有的蛇头齐齐飞转向他，翘起蛇首，弓起蛇背，沾满毒液的蛇信子发出“滋滋滋”的危险信号。

阿旺罗罗镇定下来，再三看清局面后，解下森伦箭放出手去，只见森伦箭自动调整角度，对准最大那个蛇头，嗖的一声飞身而去，正中它张开的獠牙巨口，穿肠破肚出来后，调转箭头，又返回到阿旺罗罗手中。

那条蛇像一段无用的粗壮绳索，松开蛇身，瘫软下坠，坠入树根下那一堆鱼骨中去了。

此时阿旺罗罗觉得手心中的白海螺发出厉声的呼啸，一声紧似一声，冲破手掌的皮肉，飞了出去，直直飞进妇人的口中，瞬时她的身上放射出无数虹光，像一柄柄光箭，万箭齐发，射向缠绕着的毒蛇，毒蛇们一条条从她身上无力地松开瘫软下去，阿旺罗罗不失时机，使用神杖一一敲打在毒蛇头上和身上，它们膨胀暴亡，一时间灰飞烟灭。

在毒蛇的缠绕中痛苦不堪的母亲扑向阿旺罗罗……

“阿妈！”他在水里没办法张口，但心里一百遍一千遍地叫着阿妈。

正是梦中不断出现的妇人，像梦中一样哭泣着，亲吻着他的脸颊。“阿旺宝贝……”

毒蛇毁灭的那一刻，这片水域的阴森苦涩随之消失，腥臭气味荡然无存，代之而来的是清新自然的气息，大树恢复生机，郁郁葱葱的新叶长满枝头，众多的湖底生物接头衔尾聚拢过来，像是要庆贺她的新生。

他不能说话，因而从身后拿出松耳石奶桶，母亲一眼就明白了他的意思，转身推开大树根部几乎看不出来的一扇门，原来她把龙畜母牛藏在树洞里。母牛见了主人欢欣鼓舞，它通体雪白，一双大眼睛上长着浓密的白色睫毛，善意地瞅着刚刚团聚的母子俩。

阿旺罗罗挽着母亲，母亲牵着那头白色乳牛，直往湖岸游去，他回头看了一眼，只见乳牛摆动着巨大的鳍翅和背鳍，四蹄在湖水中迈着碎步，怡然自得地跟在后面。想来父亲有救了。

就要游出水面了，阿旺罗罗目不转睛地望着母亲，他要牢牢记住母亲的模样，母亲的侧脸尽管苍白，满头乱发，但却是世上最美的母亲。他知道自己出水后眼睛又会什么也看不见了，所以在出水的最后一刻，还在努力地刻画着母亲深情的眼睛、高挑的鼻子、略带忧伤的嘴唇、仰向水面的颀长脖子、紧紧握着自己的手腕……

果然不出所料，一出水的那一刻，他的眼睛重新陷入黑暗，什么也看不见了。但他很快听到守候在湖边的亲人们拥抱、问候的声音，心里倍觉安慰。扎拉已悄悄回到肩膀里，“好样的！”他没忘抓紧时间在他耳边夸赞一句。

“我的尼玛鲁姆，快让我看看，受罪了！”带着哭腔的声音是绛秋昂杰爷爷的。

“阿爸，真是对不起了！”

“说的什么话，只要你活着就好……活着就好……”一直坚强不屈的爷爷终于克制不住，“要不是你儿子，我这把老骨头怕是见不到你了……”

祖母则把儿媳称作“我家的女儿”，泪水涟涟中哽咽无语。

尼玛鲁姆拥抱了妹妹达娃玉珍，“你辛苦啦，你是我最大的恩人呢，阿旺罗罗已经长大了！我知道你吃了不少苦……”

阿妈达娃玉珍只是哭，一会儿又笑起来，她抽抽搭搭地说：“看我哭什么，今天应该高兴，我就是一直都没出息……”

仁增赤列爷爷插话说：“什么没出息，你把阿旺罗罗抚养得多好，这就是你的功德，快别哭了。”

阿旺罗罗静静地站在一边，一股气流袭上左肩，知道是扎拉回来，终于松了一口气。算是圆满。他对自己说。

仁倩卓玛轻声喊道：“这就是传说中那头乳牛吗？真好看！”她围着乳牛转，抚摸它，安慰它，然后弯腰低头开始数乳头：“一、二、三……”乳牛也亲热地围着她转，白色乳牛到岸上后，就褪去了鳍翅和背鳍，看上去就是个普通的家畜，没有龙畜的模样了。

“不是传说，是真的，格萨尔史诗里确有其事，”仁增赤列爷爷跟着孙女转来转去，满意地吟诵起来，“吉祥的白色乳牛，有一百三十个乳头，非龙女无人能挤奶，非松耳石桶不能承受。”

等候多时的阿旺罗罗已经取下松耳石奶桶，问道：“闸宝大师呢？我们是不是快点去看父亲？”

“他们就来！”爷爷还沉浸在女儿失而复得的喜泪里。

就在说话的时候，闸宝大师、康珠玛、兰顿大师和阿妮夏琼卓嘎抬着一副担架飞奔而来，“大家快避开！”兰顿大师远远就喊道。

绛秋昂杰爷爷明白事理，马上吆喝大家往一边躲避，只见担架接近的地方出现冰凌，沿着脚底铺展过来，仁倩卓玛步幅小，没跑多远裙摆就被冻住了，仁增赤列爷爷一把抱起她，裙子扯破了，也顾不得许多，尽量跑远。

阿旺罗罗听见脚底下咔嚓咔嚓的结冰声，一股寒气随着大师们的临近扑面而来。他虽然心里已有准备，但没想到会如此严重，想张嘴喊母亲，但嘴巴都快冻住了，硬邦邦地说不出话来。母亲已经跪在白色乳牛的身后，松耳石桶里就响起了叮咚叮咚的挤奶声，一百三十个乳头出乳很快，热气腾腾的龙畜之乳很快挤满奶桶，奔到担架旁，这才看到丈夫的模样——

“阿旺他爸……”母亲低泣着。

“你辛苦啦！”父亲喑哑的声音传来。

祖母康珠玛和大师们为父亲擦拭，沉默而迅速地投入到工作中。

阿旺罗罗难以想象父亲是什么样子，只听见他咬牙克制着巨大的痛苦。大家牙齿上下磕碰，打着哆嗦，寒冷的气息仿佛直接钻进身体内部，阿旺罗罗感觉整个人都在冒着寒气，他手足无措地站着，不知道该如何帮忙。

“阿旺罗罗，快为上师们敬上牛乳，暖和一下身子。”

听到阿妈喊他，阿旺罗罗抬脚要靠近，却发现靴底已经冻在地上，拔了半天才能走脱。他摸索到松耳石桶前，将滚烫的牛乳一勺勺挨个儿敬奉了一遍。上师们喝过牛乳，紧接着又忙活了起来。

母亲又叮叮咚咚地挤了一桶，乳牛哼哧哼哧地发出声音，默契地配合着她。大概母亲和龙畜本身就来自寒凉之地，所以不怕冷，而上师们都修习过拙火定，自己也能勉强耐住奇冷的时刻，扎拉已不知什么时候从肩膀上冒出头，两排小牙齿直打战："哎呀呀，幸亏有兰顿大师的香气给我俩垫底，这几天你也没少服用大师们的宝物，要不然这会儿是我给你喂龙畜乳了。"

阿旺罗罗明白了。又听扎拉惊叫起来："真是惨不忍睹……多杰丹坚大师，哎呀呀……身上没有一块好肉……皮肤全烂完了……"

阿旺罗罗紧张起来，意念飘移，气脉打结，紧张加上寒冷，双脚又粘在地上没法移动了。

"现在好了……"扎拉及时发现他的情绪，声音平稳下来，"现在好多了，尼玛鲁姆大师的龙畜之乳真是传说中那么厉害，涂抹了两遍就长出新皮肤了，现在看上去好多了，现在在涂第三遍，应该很快就恢复了，你别太紧张！"

"我应该再给大师们敬奉一勺牛乳。"阿旺罗罗使劲抽出靴子，这会儿好像冰凌也开始融化，他用脚摸索一下，没错，湿乎乎的冰雪正以很快的速度融化成水。他接连敬奉了牛乳，敏感地觉察到大师们放松下来，涂抹的频率也慢了下来，兰顿大师干脆接过勺子喝起来，"真是天赐良药，暖身又暖心！来来来，你自己也多喝点，龙畜之乳虽然永远不会断流，但我们能遇到也是极其不易的。”

母亲这才顾上儿子，“阿旺罗罗冻坏了吧？趁热喝！”

阿旺罗罗端着勺子，先把舌头伸进去尝了尝，是甜的，淡淡的奶腥味，紧接着是醇厚的后劲，洪流般奔到腹部、四肢和身体的各个角落。只听扎拉已经在勺边咕嘟咕嘟喝起来了，阿旺罗罗先让他喝个够，再舀一勺一饮而尽。滚热的牛乳顺滑地沿着食管进入胃中，身上立刻就热起来，一种特殊的感觉让他停顿了片刻，趁着放回勺子的功夫，他偷偷抹了一把眼泪。

那应该是母亲的味道。大概留存在记忆的深处，此时此刻翻转出来，不由得回想起一个恍惚的梦境，一个女子抱着孩童，藏在家乡高高的河岸下，她在耳边低声轻诉：“……宝贝别轻易唱歌，你的嗓子里住着一只百灵鸟，一出声就让恶魔听见抓走了，想唱就悄悄给河里的鱼儿们唱吧……”

阿旺罗罗猛然醒悟，这不是梦，那个女子就是母亲，而怀里的孩童，就是自己……

阿旺罗罗泪流满面。

扎拉用他的哈达衣裳不停地为男孩拭眼泪。“别哭别哭，男儿有泪不轻弹，阿妈见了会难过……再说眼睛还没好……”

此时，身上腿上明显地暖和起来，地上的冰凌也完全融化成水，吸收到大地里。看来父亲身上的寒凉已退。“快过去吧。”扎拉在耳边嘱咐。阿旺罗罗摸过去，来到父亲身边，母亲和祖母大汗淋漓，她们为亲人使完了力气。

“儿子！”父亲的手抓住了阿旺罗罗。

阿旺罗罗内心里一万遍地喊着阿爸，可是嘴上却怎么也说不出。他的两只手握过去，发现父亲瘦弱的胳膊上皮肤松弛，几无肌肉。

湖边爆出冰裂声，一会儿工夫，彻骨之寒便烟消云散了。

三、心圆光

月光下，康珠玛祖母的帐篷从地下伸出来，里面有温暖的床铺和被窝。

阿旺罗罗记事以来第一次在父母身边度过整个夜晚。他在黑暗中睁大眼睛，虽然还是什么也看不见，但他心里温暖、满足，甚至觉得只要父母在，眼睛瞎了也值得。

他紧缩的肌肉慢慢放松，啊呀，放松的感觉真舒服，自从离开东查仓来到圣地阿尼玛卿，这是第一次彻底放松筋骨，放松心神，父母的怀抱是那么温暖，他暗暗使着心劲，我要与你们永不分离。

躺着的阿旺罗罗非常期待明天的到来，因为大师们集体为他举办法会，要为他念诵除障颂，祈祷八大持明、诸位护法消除违缘，为他传法。他兴奋了半天，迷迷糊糊睡着了，睡着以后还做梦梦见父母在轻声争执着什么，父亲不允许母亲那么做，但母亲执意坚持自己的决定，父亲说由他来，但母亲认为父亲身体尚未恢复，还是由她来。母亲为他又一次在双眼上涂了龙畜之乳，一阵暖意扑满双眼，深入到脑髓中，他俩给儿子掖掖被子，就相继出去了。

过了没多久，就听见脚边窸窸窣窣的声音，父母返回了？听着又不像，“谁？”阿旺罗罗警醒起来。

熟悉的香气浸入鼻腔，“是我呀。”兰顿大师笑眯眯的声音传来。

阿旺罗罗连忙坐起，问候道：“大师这么晚还没有休息？”

“我有点事忘记了，想补救一下，”兰顿大师似乎犹豫着，“怎么说呢，你还是躺下吧。”

阿旺罗罗遵命躺下，但马上觉得不对劲，他抱住肚子，怀疑道：“大师不会又剖开我的肚子吧？”

“嘿嘿嘿……”听上去兰顿大师笑得很蹊跷，他笑着说：“你这孩子记性不差嘛，不过剖过一次，你也有经验了，反正不痛是吧？”

阿旺罗罗紧张得要命，是不痛，但是太吓人了，能看见自己心脏跳动、看见自己肠肠肚肚扔到一边的，这世上不会再有第二人吧！

“好大师！您已经装过一次了，我好好保存着呢……”

听着阿旺罗罗几乎央求的声调，兰顿大师已经走到跟前，“经书是装好了，不过我还得整理一下顺序才放心，这是大事，免得今后你埋怨我，再说还得顺便取一样东西，很小，但或许过几天你能用得着。”

阿旺罗罗浑身冰凉，和中了寒霜咒差不多，“什么东西？既然很小，不取也罢……”

“那哪成？那东西要数字齐整才可靠！”兰顿大师嗔怪起来。

什么东西要数字齐整？阿旺罗罗双臂僵硬、肚子抽筋，只觉得天昏地暗，“好大师，我保证三辈子不埋怨您……”

“嘿嘿嘿……”蹊跷的笑声再次响起，“我倒不怕你埋怨，我要对自己的事情负责任。”

兰顿大师说着话，两只手已经上来使劲扒开阿旺罗罗护着肚皮的胳膊。阿旺罗罗绝望地喊道 ：“大师！”

“嘘！别喊那么大声！就一会儿工夫……”

阿旺罗罗明显地感觉到凉气进入腹部，看来肚皮已经再次划开了！那双灵巧的手已经进入腹腔，翻来覆去捣鼓了一阵，很快合上，腹部又暖和起来。

阿旺罗罗鼓足勇气呼吸一下，还好，和上次一样，呼吸正常。手心里被兰顿大师放入一样东西，他一摸，是一枚小小的贝壳。

“差点误了大事。”兰顿大师嘿嘿地笑着，听到他已掀帘而出。

第二天阿旺罗罗才知道那不是梦，而是父母与闸宝大师、兰顿大师、康珠玛祖母以及阿妮卓嘎一起，在湖边修了一夜的法。

白雪皑皑的山峰下，措琼诺日依则圣湖静谧而安详，远方的三百六十座湖泊上传来天鹅展翅的声响。湖边已经供养了一座坛城，是天亮前大师们猛厉修行的成果。上百盏酥油灯在晨风中摇曳，托盘中供养着各式法器，阿旺罗罗被指引到坛城之前，行了长头大礼。此时天已大明，大师们的祈祷声愈加猛厉，铃鼓声声，如雷贯耳，阿旺罗罗沉浸其中，不时有大师上前为他的眼睛涂药，还命他就着龙畜之乳服下一些小药丸。

“观想时要全神贯注！”闻宝大师引导他走近湖边，“记住眼前这座湖，就像自然之镜，也是你的眼睛，天人合一，你就可以通过它看到大千世界。”

阿旺罗罗听到湖水拍打着湖岸，靴尖已经湿了。静下来，让心静下来。他勉励着自己。双手合十的时候，精神逐渐集中，他心心念念的雄狮大王格萨尔，终于出现在头顶上，只见格萨尔大王身穿青色长袍，外披红色氅披，下身围着青色猛兽皮，长发散披，闪闪发光，头戴孔雀翎顶饰的白色羊毡帽，彩绸飘带环绕其间，双耳上垂着莲形宝物耳饰，胸前挂着一枚明镜。相貌堂堂的狮王容颜好似十五皓月当空，光彩照人……

阿旺罗罗不由得呼唤道：“啊！能满所愿战神大力士，三部莲师幻化大狮王，大宝降敌护法使者众，祈祷供养所愿任运成……”

格萨尔大王面带微笑，将明镜取下，一抛，抛向圣湖的中心，圣湖随即卷起大浪，翻江倒海似地滚向岸边。格萨尔坐上吉祥纹饰的黄金宝座，飘然而去。

天上飘下甘霖，各种璎珞和花朵在眼前飞舞，上百盏酥油灯一盏盏飘起来，凌空摆出一幅万字图，然后开始旋转，一轮光环从湖中升起，云开雾散，湖水清澈透明，阿旺罗罗重新看见那些水中生物浩浩荡荡游过来聚集到湖边，有的仰着头与他示意，有的跃出湖面，把水花溅到他的脸上，他听见它们的嬉笑声，听见它们的窃窃私语……

圣湖清波微微晃动，湖中出现嘎玛威色老艺人的身影，这次他没有戴黑墨眼镜，而是有一双明亮深沉的眼睛，他端着仲夏说唱帽，神态自若，看上去健朗快乐，他与阿旺罗罗的目光相对时，颔首致意，然后将说唱帽戴到头上，一身说唱服齐整华丽，他半闭着眼睛，进入到某种状态当中。

美妙的音乐从湖底荡漾而来，嘎玛威色爷爷洪亮的嗓音直抵耳膜，韵脚整齐、吟诵流畅，像一泓清亮的山泉自口中汩汩流出。

这时已到傍晚。在魔国九尖铁围城魔王寝宫里，梅萨绷姬王妃将格萨尔大王安置到灶台下的九层深宫里。

魔王跌跌撞撞回到寝宫，此刻他的九个头只剩下一个头，身上伤痕累累。梅萨上前假意安抚："大王这是怎么了？"

魔王咬牙切齿道："梅萨你有所不知，我堂堂九头魔王原有十条性命，可是不知谁人在我的疆土上修建了三座九层佛塔，每个塔顶上落着三只神奇的鸟儿，鸟儿飞起一次，我的魔马就受惊一次，我连着跌下马九次，折断了大肋骨不说，还惊吓丢了九条性命。"

梅萨故作惊讶地说："哎呀大王，这都是谁干的？"

魔王道："还会有谁？定是那格萨尔，除了他，天下没人敢与我为敌。"

梅萨说："大王剩下的一条性命最为珍贵，要好好看管才是。"

魔王怀疑地围绕着她看了一圈，说："我也知性命攸关，所以藏匿在不同的四个地方，谁知寄魂湖、寄魂树和寄魂牛都被消灭了，唉，如今保护神已远离我，身上的魔力也快要消失，九个头只剩下一个头，我头重脚轻站立不稳，胸闷气短难受不已，我的秘密只告诉过爱妃，莫非爱妃与我貌合神离，不是一条心？”

梅萨说：“大王说的什么话，不是还有您额头的水晶鱼么？今后仔细保护好。”

魔王摇摇晃晃地坐下，说：“我还是不放心，你把那明灯般的卦书拿给我，把能预知一切的卦线也拿来，记着别从腋下过，别从门槛过，别在脚下踩，否则卦象不灵。”

梅萨说：“记住了，大王。”

她从宝柜中取出卦书和卦线，背着魔王，专门从自己的腋下穿过三次，从门槛上穿过三次，再在脚下踩了三次，这才转身交给魔王。

魔王路赞占卜道：“睿智神灵请加持，所卜所问请明示：格萨尔如今在何方？路赞我性命可无虞？”

紧接着他惊呼道：“哎呀，这是什么卦象？格萨尔他近在我的灶台旁，藏在深宫九层里，我的性命已堪忧……”

他说完慌忙起身去灶台下面开始狂挖乱抓，抓出来一把柴草问道：“梅萨，这些是什么？”

梅萨阻拦道：“灶膛里放柴草正常啊，如果没有柴草，家族要断血脉的，你挖的到处乱糟糟，神灵会不高兴而发怒，我可要逃走啦！”

路赞只得停下手，回到床榻上，一会儿摸头，一会儿抚胸，说道：“怎么这么难受啊，实在是病痛难忍，我要休息一下，你们女人心，就像出沟的溪水一样难以捉摸……”

梅萨看魔王已睡下，就招来格萨尔道："雄狮大王啊，你降魔的时候到了！"

此时，格萨尔的神箭们已经等不及了，雕羽箭说："我去"，鹰羽箭说："我去"，鹞羽箭说："我去"，个个争吵着要第一个射死老魔。

魔王病蔫蔫道："什么声音啊？"

梅萨道："是我捻线的声音。"

格萨尔已拉满弓箭，唱道：

白梵天王依弓上，
护螺龙王依弓下，
红念神王依把手，
遍入天神来引箭，
雷神闪电齐出发，
霹雳冰雹来助战，
如我所愿领箭头，
射中老魔鲜血溅！

神箭一箭射向路赞的前额，正中那正在闪闪发光的水晶鱼。路赞闻声一跃而起，喊道："魔妇梅萨，你把我骗了，只有格萨尔，才是有胆量来打我的敌人！"

魔王路赞唱道：

天上飞鸟乱纷纷，
地上毒虫乱纷纷，
黑色魔地出虹光，
不祥预兆已显现。
九尖铁围城已破，
水晶魂鱼命已丧，
长命百岁路赞王，
如今寿命到期限。
虽然难逃因与果，
拼死也要斗一场！

格萨尔怕伤着梅萨绷姬，近身与魔王搏斗起来，两人打着打着就打到了宫外，一会儿打到天上，一会儿打到地上，虽说那魔王的寄魂物全部被消灭，但他仍拼死来战，两人在角力中一时不分胜负。

梅萨在格萨尔脚下撒下灶灰，在路赞脚下撒下豆子，说道："雄狮王脚下撒灶灰，保他站立稳如钟，路赞魔脚下撒豆子，让他倒地不翻身。"

格萨尔吁请岭国神灵——天、念、龙三神助阵，天、念、龙三位神灵出现在上方，把灵光加持给格萨尔，格萨尔用劲一摔，老魔在豆子上站立不稳，终于摔倒在地，格萨尔挥起红刃断尘宝剑，一下把老魔拦腰斩为两段……

嘎玛威色老艺人说到激动的时候，脸颊通红，能清晰地看到他脖子上的血管都肿胀起来，全身抖擞的时候说唱帽上的金雕羽毛纷纷扬扬，就像下雪一般，他整个身心全部投入到故事当中，说到格萨尔的时候正义威武，说到梅萨绷姬的时候柔声细语，说到魔王路赞的时候粗鲁无礼，声情并茂的演唱让阿旺罗罗着迷不已。但很快，说唱的声音渐渐弱了下去，嘎玛威色取下说唱帽，将一枚贝壳摘下，抛向阿旺罗罗，阿旺罗罗忙接住，老人微笑着，一阵云雾又起，他消失不见了。

阿旺罗罗想起那天晴空下，头戴艺人帽、神采飞扬的老艺人在说唱，当红铜角野牛冲进会场后，那顶珍贵的艺人帽在黑风中四散裂开，老人们围绕着他时决绝的神情，一切仿佛还在眼前，一切仿佛已经久远。

阿旺罗罗捏着贝壳，抬眼四处瞭望，还想多看一眼老艺人，此时湖面风平浪静，扎拉不知何时已经端坐在他肩膀上，痴痴地望着老艺人消失的地方："他知道你一直惦记着《魔岭大战》的最后关键部分，现在毫无保留地全部传授给你了……"

阿旺罗罗强忍着痛楚，这痛楚让他牢记所经历的一切。

这时，水中游鱼们再次聚集到湖岸，跳跃着，旋转着，竟排列出一行六字箴言！"是我家阿旺罗罗经常为水和水里生物念诵六字箴言的善果吧！"扎拉一见，玩兴顿起，说着话就立即飞过去与它们嬉戏，龙畜乳牛也游过来，仰着头，它的双翅上闪动着耀眼的光点，背鳍一次又一次露出水面。

忽而远方的众多湖泊中各飞起一只天鹅，旋转着升起，升起后幻化成了一位位龙女，身上穿着五彩缤纷的绸衣，袅娜而来，各捧着一瓶甘露水，飞到阿旺罗罗的头顶上空，将瓶中甘露倾洒到他的眼睛上，一抹彩虹影影绰绰出现在天际。

“整整三百六十个！”扎拉又兴奋起来，追着她们飞去。

“扎拉回来！”阿旺罗罗感觉到凉爽的甘露浸润到了眼眶里。

“我去看看龙神们如何入水，这么快就叫我回来。”扎拉很不满意地回到肩膀上。

“我……我好像能看见了……”阿旺罗罗不确定地眨巴着眼睛。

“看见什么了？”扎拉一头跌到眼前，两只眼睛来回观察：“真的！是真的！眼睛有神儿啦！”

“看见你衣衫褴褛，头发不整……”

“没良心！”扎拉一边骂着，一边抹去流到脸颊上的大滴泪珠。

闸宝大师闻声已经来到近前，他抬起阿旺罗罗的下巴，仔细看了看。“唔，情况不错。”

阿旺罗罗无言地扑进了老人的怀里。

第十三章　昂唯雪当Ⅱ：众神的后裔

一、狮龙宫殿

很多天以来，阿旺罗罗不分昼夜在湖边练习，重新获得的视力来之不易，他异常珍惜，常常眼不交睫地盯着圣湖观想。闸宝大师说过，从他圆光，到自圆光，再到心圆光，是一个非常奇妙的历程。阿旺罗罗从最初只能借助大师观看圆光镜，发展到能够自己观看圆光镜，到后来在失去视力、没有圆光镜的情况下，能够从大自然中获得灵感，以圣湖为镜，修得心圆光，是非常了不起的进步，从此以后，阿旺罗罗可以借助任何可以反光的物质，就可以打开通往遥远岭国的神秘道路，任意撷取格萨尔史诗中《魔岭大战》篇章里的任何部分。阿旺罗罗暗自试验了好多次，一张白纸，或是净水碗，甚至自己大拇指的指甲盖，格萨尔前往亚尔康魔国征服魔王路赞的每一个细节都会历历在目，场景再现在反光的白纸、净水碗或是指甲盖上，唱词随之涌泉般出现在脑海里，那些精美的谚语、绝妙的比喻、优雅的韵文、流畅的旋律，全都无一遗漏地排列在舌苔之后，等待着他张嘴开唱。

他独自一人时有意识地试着唱过几回，像老艺人嘎玛威色爷爷一样，挺胸抬头，目光掠过茫茫群山，深深呼吸，调动丹田之气，但是他唱了几句就疑惑起来，总觉得底气不足，哪里不得劲，老艺人那股威风凛凛、气势磅礴的架势总是模仿得不到位，思来想去不得要领。人们说他从前的演唱都非常好、非常棒，可是那都是在自己失去意识时演唱的，完全不由自主，现在就是想回到那种状态中都没办法。倏忽之间，老艺人头上戴着的艺人帽闪闪发光地出现在眼前，这就对了，应该是自己还没有这么一顶象征着艺人身份的仲夏帽，可是这需要有权威的上师或喇嘛授予才行。

阿旺罗罗苦恼起来。

“一步一步来，别急，魔王路赞还没死呢。”扎拉总是耐心帮他。

一想到魔王，阿旺罗罗就烦躁地结束了冥想姿势，说：“我还是先给你煨个桑吧。”

“对嘛，太阳就要出来了，又一夜过去了。”扎拉对这个结果比较满意。

煨桑刚完，父母就来送早茶了。他俩自从团聚，似乎再也舍不得分开一分一秒，父亲的身体恢复得很快，他知道母亲常常召唤龙畜乳牛回到岸边，为父亲一次次精心照顾，母亲仍然会为儿子留下一勺龙畜之乳，尽管眼睛已经完全复明，但母亲还是坚持涂抹，似乎要让儿子的眼睛比从前更加明亮。

阿旺罗罗将剩下的龙畜之乳喝完，身上热乎乎的，昨夜的寒气一扫而光。自从与父母重逢，他常常暗自观察他俩的眼睛，但失望地发现自己的眼睛长得并不像他俩的，或许只是继承了父亲挺拔的鼻梁和宽阔的额头，继承了母亲的脸庞和柔韧的性情吧。他望着母亲，忙碌的阿妈看上去比在湖中初见时老了许多，鬓边有了白发，但愉快的神情是显而易见的。

糌粑面粉、酥油、曲拉和糖粉在他的手指下灵巧地转动成一抟，他一边吃着糌粑，一边问道："阿妈，我的眼睛为何长得不像您呢？"

阿妈说："一切都是最好的安排。"

阿爸则什么也不说，心满意足地沉浸在这方暂时安宁的天地里，顺手推过来一只茶碗。阿旺罗罗喝着龙畜之乳熬成的奶茶，母亲这是要让他长出无穷的力量呀。

扎拉闪闪眼睛，意思是等于没问。

阿旺罗罗吃完早茶，立刻投入新一轮的观想修习当中。母亲临走时偷偷在他屁股底下塞了一张坐垫，他佯装不知，但坐在坐垫上心里温暖极了。湖面上微风不断吹来，太阳从东面升起，又在西边落下，阿旺罗罗勤奋刻苦地修习时，扎拉很知趣，一直不打扰他，乖乖待在肩膀里不出来，直到黄昏再次降临时，阿旺罗罗终于伸展两臂放松身体，站了起来，扎拉一下子就飘出来，

“哎呀呀，我们阿旺罗罗最用功！”

他嘴巴上夸奖着，大手在肚皮上摩挲着，眼睛在周围飘忽不定。

“饿啦？”阿旺罗罗连忙去捡拾干草，准备给保护神做晚餐。

扎拉疼爱地看着他，说：“我就不明白，你一个小孩子，昼夜不饿不冷，我保护的人如此有恒心，真是莫大的安慰！”

煨桑完成后，阿旺罗罗躺下来休息。太阳一落山，草皮就已经变凉，身下寒意慢慢浸上来。吸饱了桑烟的扎拉挺着圆滚滚的肚皮，大喊道：“赶紧起来，躺在凉地上容易生病。”

阿旺罗罗从草地上爬起来，这才感觉浑身像散了架一样，不过他内心非常愉悦，修习的这个周期内，他严格遵守阐宝大师的要求，宁心屏息，聚精会神，全部身心都用在大师指导的内容上，按部就班地完成了功课。

“你的临湖观想修习功课今天算是圆满结束了，赶紧回帐篷吧，阿爸阿妈等你吃饭呢。”扎拉舍不得坐在他肩膀上，在身旁迈开细腿大步跟上。帐篷就在山坡下不远的地方，那里已经有炊烟在迎接他们。

“你也确实累坏了吧？不过阐宝大师为你传授的那若六法是非常厉害的，”扎拉边走边聊，“你知道那若巴大师出生在什么样的地方吗？”

阿旺罗罗答道：“阐宝大师说他出生在遥远的南方。”

扎拉点头称是，“那里最初是一片水域，由一位龙王管辖。佛祖的罗汉弟子想在那里建一座寺庙，就去拜会龙王，请求赐地。龙王虽然应允，但只给他坐禅时身体占据的地方那么大。罗汉显现神通，将身体变化得能够覆盖整个地区那么大，龙王只好遵守承诺，将水域赐给了他，罗汉再次显现神通，把水域变作一块新生地，并在那里建造了一座庄严的寺院。后来附近的人们都喜欢上这块新生地，就请一位大幻师在寺院周围幻变出一座城市，幻师也如他们所愿，幻城美丽富饶，人们流连忘返。可是幻师每到傍晚就解除幻术，新生城市不复存在，人们无法长期驻留，于是他们想出一条毒计，当幻师还未来得及解除幻术的时候，他们残忍地杀害了他，这样，幻城就永久保留了下来。经过很多世代以后，那若巴大师就诞生在了这座大神通之城。”

“贪婪的土地上也能长出大成就者啊！”阿旺罗罗感叹不已。

“那个特殊的国土上出了很多大成就者呢，那若巴大师就出生在尊贵积善之家，发菩提心，行菩萨道，最终获得终极法教，证得圆满佛果，利益和救度了许多众生。”

阿旺罗罗听着故事，脚步也轻快起来。“你说咱们闸宝大师算不算他的弟子啊？”

“当然算，是他弟子的弟子的弟子的弟子……”

“说到闸宝大师，这几天怎么都没有看见他啊？”

“他忙着做准备工作呢。”

阿旺罗罗好奇道：“准备什么？”

“他知道你很努力……”扎拉支吾了一下，痛快道：“告诉你也无妨，他帮你做准备啊，几位大师已经商量好了，打算在圣湖前做祈祷仪式，请求阿尼玛卿山神打开‘央’门，为你赐福。”

“什么‘央’门？”

“阿尼玛卿神山上珍藏着许多运气、福气、财气、灵气，总之能帮助你完成夙愿的好运，但需要山神同意，乐于为你打开装着这些好东西的大门，你才能获得它们，所以要向山神祈祷请求才行。”

阿旺罗罗兴奋起来：“是为我吗？打开央门后我的愿望就能实现了吗？”

“央运就是帮助你实现愿望的，你的愿望大家早都心知肚明。”

阿旺罗罗脸红到脖颈上，嘴里还硬扛着：“你怎么会知道我的愿望……”

“仲夏艺人帽呗，”扎拉落到地上，用脚踢踢草丛，“就连这小草没准儿也知道。”

阿旺罗罗不好意思地别扭着肩膀，嗫嚅道：“仲夏艺人帽可是很神圣的，不知道我有没有那个运气……”

“所以才要向山神祈祷嘛！”

他俩说着话，已经来到帐篷里。阿妈做好了素粉汤，锅里有些青菜飘在汤上，一碟地皮菜包摆在小桌上，正冒着热气。阿妈接过儿子手中的坐垫，招呼他赶紧坐下吃饭。

阿爸坐在小桌对面，手里念珠未停，眯着眼睛端详着儿子把一只菜包送进嘴里。他的新生皮肤已经黝黑，眉毛和睫毛都长了出来，甚至还有胡茬在唇上和下巴上努力生长，他五官端正，骨架高大，要不是目前还很虚弱，他一定是位彪悍俊朗的父亲。

他发现阿爸与阿妈话语不多，但四目相对，眼光好像就完成了交流，对方也就深刻体会到了用意。此时此刻，阿爸与阿妈又在用目光相望，两双目光在空中穿梭、你来我往，一会儿打上了一个结，目光之结凌空翻腾，缠缠绕绕，波纹一样美妙，云卷一样舒畅，一会儿结又散开，各自收回，似乎在做着无声无息的准备，以迎接下一次波谲云诡的密谈。阿旺罗罗有时觉得奇怪，他并不能从中读出内容，暗地里请教了扎拉，扎拉的大手在他头顶摸摸，眼珠一转："怎么说呢，他俩眼睛上有密码，只有他俩能懂。"

好吧，我不懂他们的密码，但是阿妈垂下眼帘的那一瞬，他看懂了她的温柔缱绻，但也看到了更多的苦恼和惆怅，再看看阿爸，他也是愁眉紧锁，两颊紧绷……

"出什么事了？"阿旺罗罗警觉起来。

"没什么事。"阿妈立刻否认，再盛一碗端给他。

阿爸看一眼阿妈，沉吟了一下："还是告诉他吧，他已经是男子汉了，我们需要他的帮助。"

阿妈这次垂下眼帘，是在拒绝丈夫的建议，她说："儿子已经吃了很多苦……"

阿爸望过去的目光是在坚持自己的建议。

阿妈躲闪着那目光，似乎想要回避阿爸的建议。

阿爸用目光请求无果，断然说出话来："是因为闸宝大师，他生病了。"

"我去看看他！"阿旺罗罗霍然而起。

他这才明白内心的隐隐担忧来自对闸宝大师的挂念。父母陪伴他来到闸宝大师的帐篷时，见到大师躺卧在地铺上，虚汗淋漓，打湿了半个被单。兰顿大师和阿妮卓嘎守在身旁，不时为他抹去汗珠，而绛秋昂杰爷爷念诵着六字箴言，束手无策。

“现在情况怎么样？”父亲低声问道。

兰顿大师面色沉重，“一早发病到现在，毫无起色……”

此时康珠玛祖母掀帘而入，她是专程去取甘露水的，想让闸宝大师饮下，但大师紧咬牙根，紧闭双唇，甘露水徒然地从嘴角流下。

大家无奈间，闸宝大师突然挺直腰杆一跃而起，抓起桌上的一柄食肉小刀，朝自己的眼睛刺去！要不是兰顿大师眼明手快夺下，可怕的事情就要发生。安抚他重新躺下后，阿旺罗罗惊恐地眼见他干瘪下去，身体好像正在被什么东西抽走水分。

竭力喂药却无效果的康珠玛祖母叹道：“恐怕挺不过这个夜晚……”

“让阿旺罗罗试试。”父亲说。

兰顿大师将一只净水碗推到阿旺罗罗的面前，说道：“闸宝大师是被诅咒了，诅咒他的人法力高强，应该是魔王路赞所为，但我们无法找到密咒的藏处，今天一天我们找遍了周围的山山水水，圆光术应该能帮助我们找到密咒，只要解除密咒，闸宝大师才有救。”

阿旺罗罗二话不说就开始准备祈祷。解救闸宝大师，自己责无旁贷。他盯着那个净水碗，净水在暗淡的灯光下反着光，照着一张焦虑的脸。他看到自己六神无主的神情后，迅速冷静下来。祈祷。祈祷。祈祷。他沉入幽深的内心深处，观想莲花生大士的容颜，供养洁净的心、语、意……

净水碗中明显起了变化，云腾雾绕中，呈现出一片群山环绕之地，山峦沟壑蜿蜒，所有的沟壑都通向中间的平原，好似千瓣莲花盛开，一条大河旋转东流，真是一块吉祥宝地。此时出现一位天神，说道：泥生莲花第一株，电光闪现红镜间。随即一座宫殿拔地而起，许多商人模样的人穿着宽大衣袍，正在建筑间忙碌，更多的天神、念神、龙神加入进来，以神力运来石块木料，一个怪模怪样的神祇也把一块石料塞入高墙之中。那位天神又道：好地方是玛域莲花谷，好年月是木猴上弦日。在大家的倾力协作下，那座宫殿很快建成，恢宏地屹立在天地之间，一群白仙鹤飞来，展翅嬉戏其间，各种舞姿妙不可言，缥缈的鼓乐渐行渐远……

阿旺罗罗将看到的情景如实相告。

“是格萨尔大王的狮龙宫殿！”父亲说。

阿旺罗罗以净水碗为圆光镜，找到了密咒的埋藏地点，但他发现大人们并没有喜悦的表现，反而更加忧心忡忡起来。兰顿大师说：“狮龙宫殿是格萨尔大王的王宫，应该是魔王路赞最忌惮的地方，他为何会选择这里藏密咒呢？”

“格萨尔大王当年在上部修建了狮龙宫殿，在中部修建了敞口鹫巢，在下部修建了长形茶碉，你有没有看见具体什么位置？”康珠玛祖母小声问道。

绛秋昂杰爷爷探头看一眼净水碗，再看一眼孙子。阿旺罗罗顿时对自己产生了疑惑，暗想是不是看错了，是魔王设置的假象吗？何况，时已傍晚，通常早上观圆光获得的信息更为准确……他一下子不确定起来，对自己的判断失去了信心。

阿旺罗罗鼓起勇气建议道："我也不确定……要不，我再去圣湖观想一遍，圣湖观察的结果应该更准确。"

母亲立即附和："我陪你去。"

阿旺罗罗说："我自己去，一会儿就回来。"

阿旺罗罗来到他这几天打坐的湖岸。月光下圣湖波光粼粼，清冷的空气让他头脑清醒，内心也安静下来。大自然总是能令人心旷神怡。自从他重新获得视力以来，这座湖他观看了成千上万遍，每一道波浪、每一层涟漪他都耳熟能详，湖底的生物们也时时跃出水面与他致意，他的眼睛与水面已经达成对接，能够迅速完成默契的交流。

他开始祈祷，观想。脑海里好像长出无数光线，与圣湖发散出的光芒相连……

圣湖上云蒸霞蔚，灿烂绚丽，不一会儿，呈现出了和净水碗中完全一致的情景，连前后顺序都一模一样，只不过像是放大了，看得更加清晰。

但是仍然没有看到具体位置。

那么大的王宫，怎么才能找到密咒？

阿旺罗罗思考半晌，喊出扎拉："快把姜噶贝嘎神杖拿出来！"

“干吗，你又想干吗？”扎拉嘴上说着，但很快把神杖交给男孩。

“我想我们还是先走一趟，闸宝大师待我恩如父母，如今命在旦夕，我不能见死不救。”

他们飞越圣湖的上空，向狮龙宫殿的方向飞去。“风口谷到了，格萨尔大王和他的将领们经常在这里聚会，宫殿就在前面。”扎拉在耳边喊道。“格萨尔大王学问渊博，他当初选址的时候，就发现这是块风水宝地，风口谷前面的石山是东方白虎，萨纳的河水是南方青龙，班隆的石山是西方朱雀，向阳的险谷是北方玄武，四方守护神齐备的美丽可爱的圣地。”

皓月当空，格萨尔大王的王宫正如圣湖之镜中看到的那样雄伟壮丽，主殿的琉璃瓦顶上的宝幢和祥麟法轮在月光下金光闪闪。扎拉指给他看：“那是格萨尔大王的日光殿，那是森姜珠姆王妃的月光殿。”

可是这么大的王宫，怎么才能找到密咒呀，阿旺罗罗心焦口渴，站在城堡下一筹莫展。“别急，慢慢来。”扎拉一边安慰他，一边叩着巨石砌的城墙，侧耳细听里面的动静。“总觉得好像有什么声音……”

阿旺罗罗蓦然想起圆光时一个忽略了的细微情节，那个怪模怪样的神祇在城墙中塞入石块时分明闪烁了一下狡黠的眼神！

阿旺罗罗立刻把耳朵凑上去，轻微的嗡嗡声好像来自城堡的深处。他们一块石头一块石头地寻找、倾听着。夜已深，夜风吹过这座千年城堡，发出空旷的回声。当筋疲力尽的阿旺罗罗再次将耳朵贴在一块石头上时，明明白白听到一声魔王的狂笑！转瞬之间，一股巨大的吸力袭来，从城堡里侧将他吸了进去，黑暗一片，远处有一个豆大的亮点，阿旺罗罗朝那里慢慢移动过去，看到一个白衣人，亮光是从他身上照射出来的，他将一个包裹交给阿旺罗罗，连连催道："快走快走！"

阿旺罗罗随即被一股力量裹胁着推出城墙，他呼吸急促，头昏脑涨，和扎拉面面相觑。扎拉立刻攀住神杖，拉他一起飞离了地面。

回到闸宝大师的帐篷时，大家正在焦急地等待。阿旺罗罗惊魂未定，扎拉一五一十地告知了各位大师。兰顿大师接过包裹，打开一看，是合在一起的两片头盖骨，里面正是写着闸宝大师名讳和咒符的密咒。兰顿大师端详了一下颅器，摇摇头，连同内容物移之灯前，顿时听见魔王的一声狂笑，黑烟升起，密咒灰飞烟灭。

随着魔王的狂笑在明火的烤炙中变得衰弱、淡去，闸宝大师大声咳嗽起来，喷出一口黑血，脸色竟缓转过来。

多杰丹坚夫妇欣慰地对望一眼，紧紧地搂住了儿子。

二、亚尔康魔王

阿旺罗罗似睡非睡，一根手指在肚皮上描来画去，想起初到阿尼玛卿，在次巩卡惊心动魄的一幕，兰顿大师将格萨尔的珍宝装进自己的肚子，此后的所有日子里，他在半梦半醒的状态中总会下意识地用手指在肚皮上划拉，好像里面有个人在和他说话，最初那些话都语焉不详，后来就渐渐清晰起来，变得有逻辑，前后有顺序，现在他明白，那是一整部《魔岭大战》。

可是今天描来画去的时候，手指一挨到肚皮上就痛得要命，让他几次都从睡梦中惊醒，好不容易挨到天亮，凑到亮光处一瞧，发现双手全是水泡，奇痛难忍。

他想起来了，这是他用双手拿了那个毒咒的缘故。

在父母和大师们的精心照顾下，他休养了好几天。长满水泡的地方痛起来火烧火燎，那魔王加害闸宝大师的办法简直奇毒无比。回想父亲全身中了魔王的毒咒，才知他以多大的毅力挺了过来。

阿旺罗罗在闸宝大师身边修习时，发现他已经恢复如初。大师淡定地进行着日常的工作，似乎全然忘记了魔王诅咒的恶事。阿旺罗罗却放不下，问他：“大师，为何魔王会将咒器放在狮龙宫殿？”

闸宝大师银白的胡须飘动着，淡然说道：“魔王路赞本身擅长占卜卦算，经过一千年的蛰伏，智慧必然长进不少，大概他认为将咒器放在对他而言最不利、最危险的地方，我们就会猜测不到吧。”

“最初我还以为是他设置的假象……”

“的确有假象的成分，他企图掩盖咒器的存放处，但他忽视了一个关键问题，狮龙宫殿的选址选在千瓣莲花的中心、万年吉祥的宝地，此地神祇早已为格萨尔收伏，一心一意为狮王效劳，你遇到的白衣人，正是地祇，他当然要倾力助你。”

阿旺罗罗恍然大悟，“原来如此……”

闻宝大师亲切地看着他，“魔王还忽视了一个关键问题，他定然万万没有想到，我们阿旺罗罗不但恢复了视力，而且观镜能力大增，已经发展成为心圆光，这是圆光术的最高境界，不是任何人能够随意达到的。你能够通过努力，获得这种成就，我非常欣慰，受点磨难不足挂齿，何况还正好验证了你的水平。”

“当时我没有十足的把握……”阿旺罗罗不好意思起来，“魔王如此歹毒，竟然对大师下手！”

“是啊，”闻宝大师沉郁着，“说明他已经感觉到时间紧迫，否则等你能量增强，与你祖父班玛江达大师联起手来，他获胜的机会就会更加渺茫。”

阿旺罗罗顿觉斗志昂扬：“魔王就是机关算尽，我们也决不能让他得逞！”

“好样的，这才是来自墓穴的人！”闻宝大师赞许地点点头，然后话锋一转：“魔王总是要来的，我们要早做准备。”

魔王总是要来的……

阿旺罗罗加快把手上的石料递给兰顿大师，大家按照闻宝大师的安排，正在抓紧时间修造降魔坛城。阳光朗照，清风徐徐，圣湖上波纹舒缓，水鸟翩跹。康珠玛祖母的金雕衔来峰顶的冰雪，据说以此和泥，坛城会建得更加牢固。

阿旺罗罗有个疑问总想找人问问，“兰顿大师！”

“嗯？”兰顿大师站直腰身，正好歇口气。

“请教一下，人人都说我祖父很厉害，可是我到现在也没见过，请您告诉我，他和闸宝大师谁更厉害？”

兰顿大师仰天笑起来：“背地里评价上师可不是我的强项，我看你还是抓紧时间干活为好。”

阿旺罗罗只好默默地干起活来。汗水顺着脊背往下流去，他干脆褪去双袖，痛快淋漓地投入到工作中。不一会儿，趁着兰顿大师离开，又赶紧问另一边的爷爷：“爷爷，请您说说我祖父和闸宝大师谁厉害吧？”

“我可说不上谁厉害，不过他俩有个斗法的故事在广为流传。”绛秋昂杰捶捶膝盖，停下手中活计。

阿旺罗罗侧耳过来，兴趣盎然，“快讲讲！”

“早年的故事了，说是有一次他俩在一起喝茶谈法，好不容易有点闲暇时间，东查仓有位施主跑来求援，说是家中孕妇难产，已有七天在痛苦中煎熬，实在痛苦难忍，求班玛江达大师施恩。大师听闻，二话不说，急速取出一粒金色药丸，令他回去即刻让孕妇服下，来人取了药丸心满意足而去。过不多久，玛查仓一位信众也跑来向闸宝大师求助，说是家中一头母牦牛已经垂危，因为头孕难产，一只脚已经踏入鬼门关，如果能得到大师帮助则感恩不尽。闸宝大师也二话不说，取出一粒红色药丸令他回去为孕牛服下，来人也感谢再三携药而去。过不多久两边都来报喜，一个男婴头顶着那粒金色药丸顺利降生，而母牦牛的牛仔也顶着那粒红色药丸来到了这个世界。接着两个施主却彼此不服，一人说他家班玛江达大师厉害，一人说他家闸宝大师厉害，竟然吵个不休。班玛江达大师听的不耐烦，说原来你们是来试探我俩功夫的呀，救命才要紧，快回快回！”

阿旺罗罗开心地笑起来，“这么说我祖父和闸宝大师一样厉害啊！”

“他俩都是非常了不起的金刚上师，是为了拯救无明的我们才来到这个世界的，单单厉害二字不足以描述他们的功德。”绛秋昂杰的声音里充满了敬畏。

降魔坛城在日落之前竣工，一切准备工作已经就绪，迎敌的气氛令人兴奋又紧张，阿旺罗罗在坛城前走来走去，不时回到坛城前观察一下那枚阿达拉姆魔戒，机关大开的魔戒已经按照闸宝大师的吩咐放置在坛城台上。

但魔王迟迟未来。

连续几天，阿达拉姆魔戒从未闪动一下。阿旺罗罗高涨的斗志终于在这天的黄昏来临时懈怠了，他沮丧地拿起魔戒，想着戒指是不是在上次的打斗中损坏，失去了召唤魔王路赞的功能，但看来看去也看不出个所以然。

“魔戒应该没有问题，”闸宝大师也过来观察了一下戒指，“我看你还是陪父母先回帐篷休息，明早再等。”

阿旺罗罗觑一眼不远处的父母，只见他俩强打精神互相依傍着。

前几天父母身体好像恢复得很好，不知怎的，这几天却越来越虚弱，阿旺罗罗这才注意到这个问题，但他很快硬挺了一下心肠，“我想再坚持一夜，现在不是需要全力以赴么……”

“阿旺，多杰丹坚夫妇一直以来以你为傲，希望你成长得更快更强，以便更好地对付日益临近的危险，他们为你牺牲了很多，自从身体稍稍恢复，每夜都轮番给你输入能量，所以你的每一次飞速提升都有他们的一份功劳，现在你明白了吧？”

阿旺罗罗听得脑袋嗡嗡直响，明白了每夜临睡时父母的谈话并非梦境，而是争抢着要把各自的功力补充给他，一下子明白了母亲深情目光里的期待，也明白了父亲无言注视中的寄托。

“陪伴父母是每个孩子的责任，尤其在他们身虚体弱的时候。”闻宝大师加重了语气，这种语气像一只无形的大手，推动着阿旺罗罗朝父母奔去。

温暖的帐篷里，阿旺罗罗睡在父母之间，这是今夜他执意要做的，他分别抓紧他俩的手，千言万语都在默默地相握中，但愿这个温暖的长夜像一生一样足够长……

三只美丽的仙鹤从夜空中飞来，它们在阿旺罗罗的头顶盘旋舞蹈，曼妙的翅羽上星光点点，其中一只向他鞠躬行礼，婉转说道：“我们是森姜珠姆王妃的寄魂鸟，格萨尔大王有令，恭请世界上最年轻的神授圆光艺人阿旺罗罗，前往狮龙宫殿与大王欢聚。”

阿旺罗罗一跃而起，急忙回礼：“感恩大王记挂，这就去！”

他随三只仙鹤朝前走去。仙鹤的话使他飘飘然，这么说，我已经是世界上最年轻的神授圆光艺人喽？已经得到格萨尔大王认可喽？他快步如风，恨不得当下就能拜见到大王。

可是三只仙鹤左拐右绕，老半天到不了目的地。阿旺罗罗下意识地说道："前几日我刚去过狮龙宫殿，早知今日还去，我应该带上姜嘎贝噶神杖，不要让格萨尔大王久等才好。"

"香香、香香……"奇怪的鸟声传来，阿旺罗罗抬头一看，三只仙鹤已经变成一只大鸟，正是史诗中上半身像白色肌肤的人形、下半身像大鹏的共命鸟王，它是魔王路赞的寄魂鸟呀！

共命鸟王狞笑着飞过阿旺罗罗的眼前，"香香、香香……"

阿旺罗罗停下脚步，这才意识到上了当，眼前哪是雄伟壮丽的狮龙宫殿，分明是阴森可怖的九尖铁围魔城！原来魔王路赞的寄魂鸟共命鸟王幻变成森姜珠姆王妃的寄魂鸟白仙鹤，引诱自己入了魔王的圈套……

正犹疑间，魔城洞开，九头魔王路赞轰然而出，腥臭气味顿时弥漫散发，逼得阿旺罗罗憋住气息。身躯庞大、壮如石山的魔王手执九股如意能断神剑，岿然挺立在阿旺罗罗面前。

"擅长沉睡的人不容易察觉梦幻与现实的差别，常常梦游既是你的最大特点，现在看来也是你的致命弱项，果不其然，正好为我所用。"他含混不清的声音响彻耳畔。

梦游的事只有家人知道，阿旺罗罗心下明白了，继父已经完全把灵魂交给了魔王。

"我们已经修造降魔坛城，降你的决心从未改变，你还魂的日子到头了！”阿旺罗罗愤然回击。

“哼哼，我就知你们已有准备，怎会让你们得了便宜，这点卦象尽在掌握中！”魔王哼哧哼哧地挪动着笨重的脚步，“所以引你一人来见，才是我的能耐。”

九股如意能断神剑寒光如月，在眼前闪耀，如何夺为己用？阿旺罗罗焦灼地想着办法。“我一人足以降伏你这个祸害千年的蠢货！”

“哈哈哈……”魔王竟发出丑陋的笑声，“人不大胆子不小，千年前你这样的小孩每天都有一百个当我零食，塞牙缝都不够！”

混浊的气流从他那巨嘴里喷吐着，阿旺罗罗尽量按捺住冲动，上下左右寻找突破点，但见他九个牛头十八只犄角冷锋凛凛，浑身上下缠满毒蛇，它们正圆睁亮眼，嗞嗞地吐出毒信，黑色的鳞片中纷纷扬扬地爆出毒雾，长可及地的披毛黑风飒飒，密实地保护着魔王的身体。

阿旺罗罗机警地转动眼珠，把他看了个遍。

“看看你的眼睛啊……”魔王突然变了腔调，嘟囔着说。

阿旺罗罗喉头一紧，仿佛回到那个黑暗的夜里，狼嗥声此起彼伏，它们的目光摩挲着他的喉管，令他在那个时刻只能感觉到绝望。

然而今日已经不同，他的胸中甲兵万千，头顶上闪耀着狮王的光罩，左肩上酣睡着保护神扎拉，而内心也不再犹疑，不再恐惧，他直视着对方，怒火在双眼里燃烧。

“看看你的眼睛啊……”魔王凶狠起来，“竟然能找到我密藏的咒器，那么和谐的两片颅骨，简直严丝合缝，闭合程度如此上乘，很难找到，唉呀呀，它俩是夫妻吗？还是兄弟？或者是父子母女？那可是我杀了一百头藏羚羊从中精挑细选得来的，欲善其事，先利其器，我那么费尽心血，想不到坏在你的手上！”

阿旺罗罗这才理解兰顿大师端详颅骨时的怜惜眼神，怀中曾有的温热浸渍全身，那是刚到苍纳卡多时遇见的那只藏羚羊羔的体温。“你这个魔鬼，不但残害人类，还要残害动物，我今天不会放过你！”

“它们在旷野上奔跑，那声音让我头疼，何况人类也需要它们的皮毛，与我何异？”魔王移动着笨重的脚步，一步一步逼近，“本想此法可两全其美，闸宝一死，你就是我的了。”

“闸宝大师知识渊博，智慧超群，岂容你来置喙！”

“知识无法遗传，这正是人类的缺憾，低等生物只能通过后天学习而获得，所以我的还魂术填补了寿命的不足，我可以长命千岁，活过你们的知识和智慧，”魔王身上的毒蛇开始跃跃欲试，争相弹出长舌。“哼哼，眼下许多大师都徒有虚名，一阵风不知要刮走多少，这不，连你经常深陷梦游这个事实都熟视无睹，我能神算至此，而且是你自愿上钩，这就是你们的所谓智慧，我是不是更胜一筹啊？哈哈哈……”

魔王披毛乱舞，狂笑不止。他自鸣得意地摇摆着犄角，“不过这都与我无干了，只要你的眼睛在，我还可以再活一千岁！”

看他口出狂言，阿旺罗罗怒从心起，“嘎玛威色爷爷已经将光罩传给了我，光罩升起之时，你断无再活的机会！”

“那个老家伙太较劲，我只是请他帮我看一眼圆光镜，找找那块金焰魂石的去向，可是他多少年来坚决不从，”魔王张开铁爪，瞥一眼锋利的爪尖，“我只好挖出他的眼珠，他竟自断血脉，害我拿着眼珠也无用。”

阿旺罗罗恍然明白嘎玛威色爷爷的眼睛被魔王夺去的原因！

他悲愤地跳起来，冲上去夺九股如意能断神剑，可是魔王已将剑尖挺在了他的喉咙前。

“但你不会，你才刚刚开始说唱，放着大好前程，丢掉眼睛可不划算。”魔王冷酷无情的声音灌满耳膜，“你既能看到咒器所在，必然圆光术已经炉火纯青，我之所以费尽口舌，就是想说服你乖乖听话，只有你能看到我需要的东西。”

他把剑锋移开，放平剑身，移到阿旺罗罗眼前，“现在告诉我，金焰魂石的具体位置到底在哪？”

剑身闪着寒光，幽深如空，世界混沌一片……土、水、火、风开始流动……许多浮云……许多面孔……一位天神站在金色山巅，将金焰魂石抛向大地……金焰魂石所在之处，宇宙围绕旋转……

“谁获得魂石，谁就掌控了世界的主权，当未来某一天，地球毁灭之际，魂石所在区域，会升入天际，与宇宙的某处相合，创造一个新的星球。”圆光镜苍老的镜面浮现在脑海里，它遥遥致意，含义深远。“一切皆无，一切皆有！”

阿旺罗罗定睛细看，金焰魂石在阿尼玛卿的某处冰封雪藏，十三团天火团团围绕，十三块天石层层加护，一位老人举手加额，守卫在侧……

阿旺罗罗的眼睛湿润起来。

“快告诉我！”魔王不耐烦地抖动了一下神剑，镜相翻卷着涟漪，消失不见。

“一切皆无！”阿旺罗罗轻蔑一笑。

魔王眨巴着困惑的眼睛，大怒，举剑就刺，阿旺罗罗紧急避开剑锋，大概他紧张的肌肉太不寻常，沉睡的扎拉终于醒来，钻出肩膀就大呼不好！他一边护着阿旺罗罗左躲右闪，一边还整理着思路，“睡得好好的，怎么跑到这么个鬼地方！”

“扎拉，以魔制魔，快拿出姜噶贝嘎神杖！”阿旺罗罗想起闻宝大师的话，他现在知道毒蛇最惧神杖的击打，先杀杀老魔的威风。

扎拉马上领命，“行止如意……”随着一声呼唤，姜噶贝嘎神杖已经神速到手，阿旺罗罗飞扬起来，神杖所到之处，毒蛇们厉声惨叫，一条条瘫软如泥。扎拉则上下翻腾，迅速薅完了魔王身上的牛毛。

魔王由于上次的教训，一臂胡乱使剑，其他手臂只顾着护眼睛，等定下神来，发觉自己全然失去威风八面的派头，落的个荒唐的身相。他低头瞧瞧惨不忍睹的身体，气急败坏道："我堂堂亚尔康大魔国国主路赞大王……"

话音未落，才发觉四周已站满了人。

“闻宝大师！”阿旺罗罗喜出望外地看到手执金刚橛的上师

玉树临风，两侧凛然而立的是父母双亲、兰顿大师、康珠玛祖母和阿妮卓嘎，他们分别拿着降魔绳、降魔鞭、降魔铃和降魔剑，意气风发。

闸宝大师缓缓说道：“堂堂亚尔康大魔国国主路赞大王，候你多时不见，想必你定要单独拜见我们的小艺人，所以给你个机会。”

原来这是大师刻意安排的啊！阿旺罗罗此时一手持神杖，一手握紧了森伦箭。

“这也太危险了吧。”扎拉大汗淋漓地回到阿旺罗罗的肩膀上，厌恶地甩掉手上残留的几缕牛毛。

魔王翻动白眼，再也无话可说，举剑就向闸宝大师刺来！

所有大师一齐动手，迅速加入战斗，魔王前抵后挡、左冲右突，在降魔铃的清越法音中，降魔绳和降魔鞭在天空飞舞，金刚橛和降魔剑在魔王身侧穿梭。

阿旺罗罗瞅准空隙，飞出森伦箭，只见那箭呼啸着飞出，直击魔王握剑的腕子，魔王躲避再三，森伦箭像长着眼睛一样紧追不舍，最终听得“当啷”一声，九股如意能断神剑脱离魔王的掌控，掉落在地。大师们抓住机会逼退魔王的进攻，阿旺罗罗也顺利地握住了神剑的剑柄。

这剑好沉啊！

阿旺罗罗与扎拉对望一眼，扎拉立即心领神会，突然使足力气，抬住阿旺罗罗的双腿，人剑同举，把阿旺罗罗甩飞出去！

阿旺罗罗顺着这股磅礴的气势，直奔魔王的眼睛而去，刹那间，魔王惨厉地号叫起来，神剑端正地插入他的一只眼眶。

“嘎玛威色爷爷作证！”阿旺罗罗与他的保护神异口同声地说。

与此同时降魔绳索捆住了魔王的牛腿，降魔鞭缠住了魔王的身体，降魔剑直刺魔王的胸膛，而闸宝大师的金刚橛，从天而降，插入了魔王的天灵盖。

亚尔康大魔国国主路赞大王的庞大身体，摇摇晃晃地倒在了尘土里。一缕黑烟仓皇而起，循着山根遁去。

三、嗓子里的百灵鸟

万里晴空。

在昂唯雪当星罗棋布的湖泊前，桑烟已经升起，浓郁的烟云带着柏枝和青稞的馨香，飘向高空，飘向神灵的居所。洁白的雪山在前方巍峨而立，山腰的云霓像一条条五色的哈达，敬献给了山顶的水晶宫殿。向阿尼玛卿山神祈请“央”运的仪式正式开始。

一方洁净的白毡上摆满了供品，所有供品以十三个为一组，整齐有序地排列于上。十三只高脚供盘里堆满了各色粮食，十三种珍贵的宝物点缀其上，有黄金，白银，海螺，绿松石，天铁，青、白、红三色玛瑙，琥珀，珍珠，砗磲，珊瑚。铺排成片的酥油灯闪烁着点点灯光，像一片海洋，净水碗里飘浮着一朵朵山间的野花，凤毛菊、点地梅和绿绒蒿在净水中舒展着美丽的叶片，一柱柱线香飘出袅娜的烟雾，弥漫着藏红花、雪莲和麝香、藏蔻的芬芳。糌粑捏成的食子和牦牛模型上用各种矿物颜料绘制了色彩缤纷的图案。

闸宝大师神清气爽地站在供桌前，以他为首的十三人各执彩旗，分列两旁，康珠玛、兰顿大师、阿妮卓嘎、多杰丹坚夫妇、班玛曲珍和德央梅朵，紧随其后的是绛秋昂杰爷爷、仁增赤列爷爷、布群昂加和仁倩卓玛。阿旺罗罗站在闸宝大师右侧，他的手中是一支缠绕着彩绸和羊毛的“央”箭。

所有人向着神山行了长头大礼。

闸宝大师仰望着半空，吁请道：“阿尼玛卿大山神，您是福运的央之神，请您跨着乳白色的神马，身穿白螺的盔甲，头戴银色的头盔，请携带众神眷属来，手里拿着白色箭旗来！”

十三位祈请者齐声念诵道：“今天这白色牦牛、花色牦牛、黑色牦牛、蓝色牦牛等各色牦牛，身上挂满绸缎，佩戴珍宝饰品，背骨及尾上绘着彩漆，额头用酥油画了雍仲，头顶抹糌粑及柏枝。糌面为你之供品，今天这吉祥美牛，是供奉于您的供品！请将央降至这里！请不要让央倒塌！请看护央不要让它衰竭！”

闸宝大师朗朗的声音，诗歌一样的韵律传彻湖岸：“请施法力来到这里！为了人财兴旺，今天唤呼央之神，让央满满来，让央多多来，给央不要小气，给央不要吝啬！”

祈请者再次大声呼唤：“酥油之海、牛奶之海、蜂蜜之海，十三样美饮请饮下。青稞点心、蕨麻点心、红枣点心，十三样甜食请食用。今天呼唤央之神，玛卿大神请光临！敬请携带山神妃，还有九子与九女！恭请玛氏男神来，恭请玛氏女神来！”

像音乐一样美妙的颂词在山谷湖岸间回荡，满山遍野的五色风马纸旗在风中飘扬，它们旋转着，晃晃悠悠地向高空飞去。阿旺罗罗手执央箭，一边吁请，一边紧张地等待着。

“让圆满之央似如意雨露，让持久之央似永恒之山。”

早已等待已久的久美更松、丹底父子等男子们，此时上供了绸缎、飞幡、矛箭等物。

“住在家时您是家神，远行的路上您是路神，赴战场时您是战神，有所需要时您是财神，敬请您成为日日夜夜的守护神，成就托付的事业，洒下大海一样永不枯竭的吉祥，一切如意，一切吉祥……”闻宝大师带领众人再次祈祷。

一匹绿鬃白身骏马凌空而降，骑者满月一般的脸庞上一双大眼目光如炬，唇髭与胡须之间唇红齿白，全身银甲银盔，佩戴着王者耳饰，右手长矛上的旗幡飘逸如风，左手捧着如意珍宝，腰间系着虎皮弓袋和豹皮箭囊，白马仰天长啸一声，惊醒了看呆的阿旺罗罗，他连忙伏下身去，头顶几乎碰到了阿尼玛卿大山神登在马镫里的粒皮靴。

刹那间，祭祀的湖岸上花雨飘香，阿尼玛卿山神的贡曼王妃骑着一匹美鹿降临，只见她面容白如海螺，右手持着明镜与彩箭，左手捧握金光闪闪的金轮，绫罗天衣衬托着姣美动人的身姿。紧接着天空中纷纷降下阿尼玛卿山神英姿飒爽的九子九女，以长子多杰东增王为首的九位王子骑着各色骏马驾临，他们个个手持长矛，英俊威武，九位女儿在长公主腊央卓玛的带领下也紧随其后，她们手执彩旗和宝镜，骑着矫健的母鹿，耀眼的白绸衣裳随风飘舞，更多的龙族神灵从湖泊里飞出来，男男女女占满了半个天空。

阿尼玛卿山神从箭囊里抽出一支宝箭，加持过后，宝箭飞向阿旺罗罗的手中，随着宝箭没入手中的还有一枚斑斓的贝壳。贡曼王妃捧出宝镜，加持后也飞向阿旺罗罗。

阿旺罗罗获得央箭和宝镜，欣喜得不知该如何是好。

扎拉在肩膀里使劲踢了他一脚，他当然明白，扎拉和他一样，都希望为他授权开启智门的人是……

“格萨尔大王！”

闸宝大师笑吟吟地看着他，指指他手中的宝镜：“你不妨试试看。”

阿旺罗罗恍然大悟。他将央箭和宝镜插入供桌的粮食堆里，供奉五彩绸缎，重新点燃线香，敬献哈达，行完长头大礼，开始了观想和祈祷。

一心一意、专心致志的观想中，阿旺罗罗进入到一种状态中……

宝镜里风起云涌、异香扑鼻，不知过了多久，世界雄狮大王格萨尔终于如愿出现在宝镜中！

他的身边环绕着十三位威尔玛战神，阿旺罗罗依次看去，正如史诗中描绘的那样，空中翱翔的白鹰，是威望高贵的战神；生有铁爪的黑雕鹰，是战则能胜的战神；白毛前胛的棕熊，是显现威猛的战神；生有绿耳的兔子，是隐蔽不露的战神；花斑红毛老虎，是勇士胆量的战神；白翅金眼鱼，是计谋多变的战神；长有恐怖爪喙的猎鹰，是砍则能开的战神；生金毛角的猫头鹰，是夜不迷路的战神；腹散香气的黑獐，是跑则能脱险的战神；血鬃青狼，是能获食物的战神；血面黑熊，是英雄战术的战神；白角褐毛马鹿，是追踪能捕的战神；金斑花盘蛇，是怒生憎恨的战神。

狮王格萨尔将一枚贝壳抛向阿旺罗罗。

此时供桌上的五彩绸缎纷纷飞到半空，飞进了神女们的手里，她们展开绸缎，摇曳生姿地等待着什么……

“我想此时你应该想起艺人帽的赞美词了吧？”闸宝大师俯身过来，在阿旺罗罗的耳边说道。“记得你已集齐了七枚贝壳，现在是供奉的时候了。”

一语点醒梦中人！阿旺罗罗忙从怀里取出贝壳，有闸宝大师的，有兰顿大师的，有康珠玛祖母的，有阿妮夏琼卓嘎的，有嘎玛威色老艺人的，有阿尼玛卿山神的，当然最重要的是格萨尔大王相赠的。他将七枚贝壳排列整齐，供奉于上。脑海里浮动起神授艺人帽的模样，一些词语开始从喉咙里向舌苔上簇拥而来：

“帽像一山三峰峦，那是卫藏殊胜山。藏地没有三尖帽，仲夏神帽有三尖，三尖象征三怙主。藏地没有六棱帽，仲夏神帽有六棱，六棱象征六种佛。藏地没有四门帽，仲夏神帽有四门，四门象征四天王。帽子顶端呈尖形，象征男子汉机智。帽子中间稍大些，象征艺人智慧面。帽边稍显小一些，象征敌从边歼灭。帽尖要有三指宽，离敌三指不放过。帽边要有五指宽，敌离五指不放过。帽带要有一庹长，敌离一庹不放过。帽高要有一肘正，敌离一肘不放过……”

阿旺罗罗唱词一出口，女神们就开始折叠手中的丝绸，原来她们在等他唱《帽赞歌》呢，手里三折两折，就出现了菱形的三个帽尖，上大下小形成六棱四面，左右两侧有两个小三角，类似帽耳，五指宽的帽边，一肘高的帽身……

“游子四门小花帽，嵌有七颗贝壳宝，象征吉祥如海洋。右边嵌有海螺圈，象征好男洁白心。圈眼嵌有红珊瑚，象征敌眼灌满血。左边嵌有水晶片，象征好女纯净心。晶眼串有筋制线，象征敌眼缝合线。帽前嵌有银佛塔，象征妖魔转向法。帽前要有弓和箭，象征箭穿魔王额。帽口嵌有金刚杵，象征击退敌进攻。帽顶嵌有金刚橛，象征官兵皆英武。帽边围有八十珠，象征八十成就者。三十白眼珠围绕，象征三十空行母，以及三十员大将。帽檐围绕金刚宝，心想事成要至尊……”

供桌上供奉的那七枚贝壳纷纷飞去，落在女神们刚刚完成的帽檐上，一下子就镶嵌在各自的位置上……

“帽尖要插白鹫翎，象征勇士们围绕。帽顶要插黑鹫翎，象征空行母围绕。帽尖要插孔雀翎，象征占领玛域地。帽顶要插杜鹃翎，象征王妃妙嗓音。帽顶要插乌鸦翅，象征敌人丧威望。帽顶还插鹞、雕翅，英雄赛过二禽猛。帽顶还插夜鹰翅，象征驱散无明暗。帽上嵌有鲲鹏鸟，象征摄受皆三界……”

此时各种鸟儿如同获得召唤，从天边飞来，在半空中振动翅膀，一片片羽毛飘落而下，女神们各取一羽，穿插在帽顶上……

“大鹏丰满的双翅，象征威震皆三有。帽上嵌有铜明镜，象征无碍的智力。帽上嵌有一朵花，象征生死得自在。帽上嵌有宝贝图，象征心想皆如意。帽上别有铜制针，象征时时具护法。帽上搭有白色帛，象征东穹寄魂帛。帽上搭有黄色帛，象征格卓寄魂帛。帽上搭有蓝色帛，象征神马寄魂帛。帽上搭有红色帛，象征麦达寄魂帛。帽上搭有花色帛，三十大将寄魂帛……”

各色彩绸在女神们的巧手下，裁成长条装饰在仲夏神帽的帽尾上……

“帽似公鹿站山梁，好似雕鹰冲山腰，好似兔子立山地。放在座前占一席，好似智者诵经文。帽子拿在手中时，好似僧人持供品。帽子放在臂弯里，好似女人抱小孩。帽子放在地上时，好似高僧脱上衣……”

此时仲夏艺人帽已经完成，女神们像歌词中唱的那样，一会儿将帽子捧在手上，一会儿将帽子抱在怀里，等阿旺罗罗最后一句刚刚唱完，帽子就脱离了女神们的手，飘然落到他的头上。

阿旺罗罗如痴如醉的《帽赞歌》唱得如行云流水，畅快淋漓，当帽子稳稳妥妥戴到自己头上时，他还不敢相信这是真的，两只手伸上去摸索，彩绸纹路清晰，绲边柔软，镶嵌的贝壳微微鼓起，各种羽毛柔韧挺立，各色尾翼垂直飘下，帽子大小恰如其分，刚刚好……

“别急，还缺一样东西！”扎拉探出头提醒道。

阿旺罗罗朝供桌上的宝镜中望去，在十三位威尔玛战神的环绕中，格萨尔大王正在朝他颔首微笑，他急忙双手合十，合十的手中竟化现出一朵洁白的莲花，他不由自主地捧向额头，奉献给了魂牵梦萦的伟大英雄。

格萨尔大王接过白莲花，瞬间又向他抛来，莲花幻变为一枚小小的铜镜，不偏不倚地飞到帽子的贝壳上方，“咔嗒”一声，镶嵌在了帽面正中！

“这下好了，格萨尔大王已经为你开启智门，授权给你，从今往后你就是真正的神授艺人啦，快磕头快磕头！”扎拉已经不知何时飘了出来，忙前忙后地推着阿旺罗罗。

激动万分的少年深深叩伏下去。

山神率领众位眷属飞离昂唯雪当，格萨尔大王也在圆光镜中消隐。阿旺罗罗的眼眶中满是幸福的泪水，他转过身来，向各位大师行了大礼。

“知道感恩就是好孩子，”扎拉不失时机又要表现一下，“对吧，闸宝大师？”

闸宝大师的银白胡须在阳光下非常耀眼，“现在你可以正式开唱了。”

阿旺罗罗脸憋得通红，不知从何唱起。

站在后面的仁倩卓玛比他还激动，扑上来就央求道：“你曾经给我许诺，现在是你兑现诺言的时候了，请给我们唱一段吧！”

“请求者也有了，看你的了！”兰顿大师说着。

站在兰顿大师身边他的父母和爷爷都满怀期待地望着他。母亲朝他点点头，说：“我知道你的嗓子里住着一只百灵鸟，唱吧！”

戴着仲夏艺人帽的阿旺罗罗感觉自己在升腾，在山水之间，在阿尼玛卿的怀抱中，格萨尔大王在《魔岭大战》中的最后情景浮现眼前，他从未感觉如此畅快，如此轻松，如此惬意，他微闭眼睛，双手合十，向心中至高无上的英雄顶礼后，开口说唱起来：

话说在亚尔康魔国的王宫九尖铁围城外，格萨尔大王在众人中间，两边是梅萨绷姬和阿达拉姆两位王妃。格萨尔大王开始祈祷，端坐在红铜色吉祥山莲花光宫中的莲花生大师出现在头顶上方，格萨尔向他顶礼，莲花生大师向他颔首表示允准。于是，格萨尔施展法力，打开幻化和平愤怒无边坛场的大门，诵起搅动世界的密经。此时，从他双眉间射出金黄色的日光，变化成千尊如来佛像，排列在莲花生祖师的右方；又从他的喉头，发出了像火焰一样燃烧的红色光芒，变化成大般若经卷千部，排列在莲花生祖师的左方；又从他胸口发出一道白色丝绸般的白光，变化成千座白银宝塔，排列在祖师的前面。

后方出现一座黑色佛塔。

格萨尔大王在众人的环绕中，唱道：

魔王路赞罪孽重，
压到黑塔永不返，
慈悲禅定境界中，
魔臣魔兵齐超度。
修建佛堂和佛塔，
供养三宝行善业。

魔国从此变佛土，
一心向善播福德。

格萨尔在大慈悲禅定境界中，用法力把魔王路赞的尸体压到那座黑塔之下。阿达拉姆和大臣相宛环绕着格萨尔王，向格萨尔大王献上哈达，唱道：

狮王救主指迷津，
我等凡人获新生，
内心深处起誓愿，
西方乐土起信心，
从今随侍大王旁，
南征北战立战功！

众人合唱道：

八辐虹光现天空，
吉祥花雨降人间；
雄狮大王格萨尔，
北征魔国得胜还；
智者所向是天堂，
勇者所往是岭乡。

威武的雄狮大王格萨尔说道："愿我生生世世，从现在直到永远，都是无所依靠者的保护人，迷路人的向导，汪洋渡海人的船舶，过河人的桥，遇险者的庇护殿堂，黑暗中人的明灯，流浪者的收容所，以及所有求助者随侍在侧的仆人！"

阿旺罗罗结束了血脉偾张的说唱，缓缓睁开眼睛。他看到群山之间掠过一片光亮，一轮光罩升起来，越来越大，罩住了山川河流，罩住了广袤的世界。

清醒过来的阿旺罗罗发现绛秋昂杰爷爷刚刚完成他那幅永远也画不完的唐卡，矿物颜料还散发着旷野的芬芳。痴迷其中的爷爷抬起满意的脸庞，下巴上的胡须颤抖不已。

"爷爷画的真好！"阿旺罗罗由衷地赞叹道。

"不是我画的，是你唱《格萨尔》时，神灵捉着我的手画的！"

那是爷爷心目中的格萨尔。是的，每个人的心目中都有自己的格萨尔。雄狮大王格萨尔永远骑着他的江噶佩布宝马，昂首阔步地奔向前方，他的前方恢宏深邃，那里有雪山的伟岸，草原的博大；那里万物生长，所有的生命都郁郁葱葱；那里的男人视死如归，鲜血铸造的英雄冠冕千古流芳……阿旺罗罗不由得面对那一轮荣光暗暗起誓：无论你走到何处，我都要生死追随！

所有人向他献上了哈达。

闸宝大师把手放在他的肩膀上，"恐怕这不是结束，只是一个开始。"

“我在九股如意能断神剑的剑身上看到了，我的祖父正在守护金焰魂石。”阿旺罗罗明白。

“前面的路还很长，虽然亚尔康魔国的路赞魔王消灭了，但四大魔王还有三个，霍尔魔国的白帐魔王、姜域魔国的萨丹魔王、门域魔国的辛赤魔王，末法时代他们都会还魂再来，就目前收集到的信息来看，霍尔魔王已经枕戈待旦，准备抢夺金焰魂石了。”

“魂石在阿尼玛卿的地脐之中，现在看来是很安全的，但往往最安全的地方也最危险，我们都不能保证它的长久。魂石上寄托着格萨尔的魂魄，也寄托着玛查仓和东查仓后裔的希望，”阿旺罗罗紧握央箭和宝镜，坚韧而纯真的表情令人动容，“我不能让它落入魔王之手，我得找到祖父，和他一起完成使命。”

扎拉飞起来，哈达衣裳随风飘摆，他跳出潇洒奔放的舞姿，爽朗的歌声响彻云霄：“即使有一天，飞奔的野马变成枯木，洁白的羊群变成石头，雪山消失得无影无踪，大江大河不再流淌，天上的星星不再闪烁，灿烂的太阳失去光辉，雄狮大王格萨尔的故事也会世代相传。”

2019 年 9 月　青唐